LA
CLEMENZA
delle
BESTIE

TERZO LIBRO DELLA SAGA DE
L'APPRODO

LA
CLEMENZA
delle
BESTIE

GAR LaSALLE

ISBN: 978-1-7328609-6-4

Pubblicato da Solipsis Publishing Seattle, WA

SolipsisPublishing.com

Copyright 2017 Solipsis Publishing

Editing: John DeDakis

Grafica: mappe e medaglione – Randy Mott
(MottGraphics.com)
Copertina: Neil Gonzalez – Greenleaf Book Group
(GreenleafBookgroup.com)

Impaginazione: Alex Head (TheDraftLab.com)

Social media e Web design: Scott James

Web design: Archana Murthy e Scott James

Audiolibro: Mike McAuliffe, Tom McGurk, Wendy Wills (Bad Animals.com)

Traduzione dall'inglese di Francesca Cosi e Alessandra Repossi
(Cosierepossi.com)

All'imparzialità

FLECTERE · SI · NEQUEO · SUPEROS · ACHERONTA · MOVEBO

SOMMARIO

PERSONAGGI E INTERPRETI

La famiglia

Emmy (O'Malley) Evers – vedova
Sarah Evers – 13 anni, figlia di Emmy
Jacob Evers – 9 anni, figlio di Emmy
Kathleen (O'Malley) McEmeel – sorella maggiore di Emmy
Maggiore Jon Evan McEmeel – marito di Kathleen
Kern O'Malley, membro del Congresso – padre di Emmy Evers
e di Kathleen McEmeel
Na'Pen'Tjo (Jojo) – nativo americano della tribù dei Bella Coola

Soldati, approfittatori e comparse

Dottor Rory Brett – fidanzato di Emmy
Maggiore Jonah Cross – dragone ed ex guardia speciale del
generale Winfield Scott
Generale Benjamin Butler – comandante, governatore di
New Orleans occupata, ex socio dello studio legale di Kern
O'Malley
Henri Lebo – trafficante e contrabbandiere
Pen Basetyr – trafficante e contrabbandiera
Otis Loller – sceriffo di Henrico County, Virginia
Reverendo Ardy Dabbs – predicatore metodista
Jedadiah – orfanello
Clarissa – orfanella
Janie James – proprietaria del Noah's Ark (L'Arca di Noè)
Josie DeMeritt – proprietaria della "casa" DeMeritt
Robby Hoyt – orfanello
Jonny e Falco Scarpello – orfanelli amici di Sarah
e Jacob Evers
Roland Escoffier – diplomatico francese
Doyle "Church" Grimes – investigatore privato

MAPPE UNO E DUE :
LA PRIMA BATTAGLIA DI BULL RUN: MARCIA
DI MCEMEEL, SCAMPAGNATA DI KATHLEEN

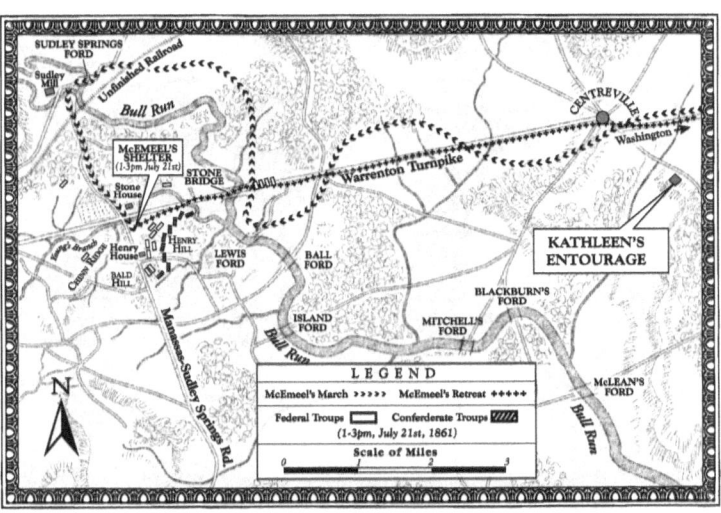

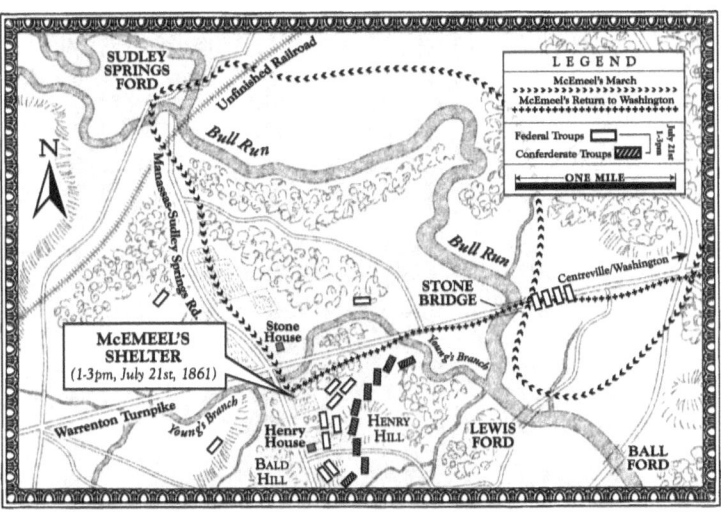

MAPPA TRE :
LA CAMPAGNA PENINSULARE E LE
BATTAGLIE DEI SETTE GIORNI

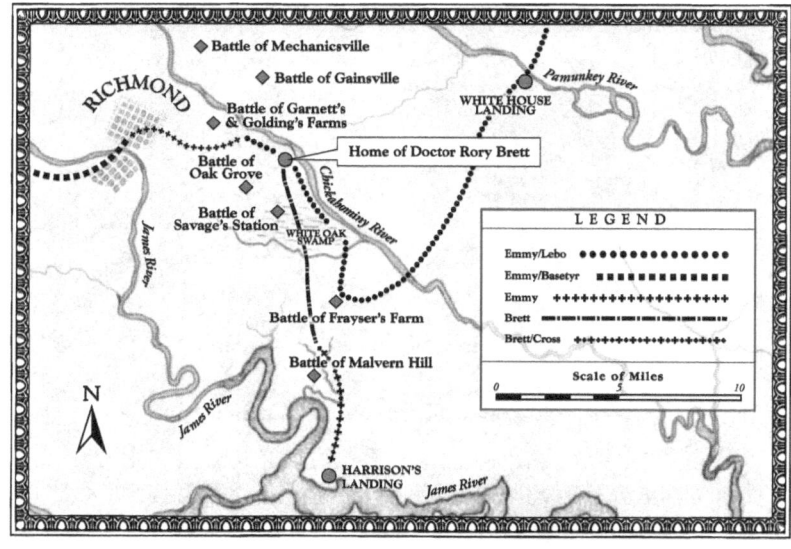

MAPPA QUATTRO :
PERCORSI DI EMMY E LEBO E DI
EMMY E BASETYR

MAPPA CINQUE:
ROTTE DEI TRENI DEGLI ORFANI, 1862

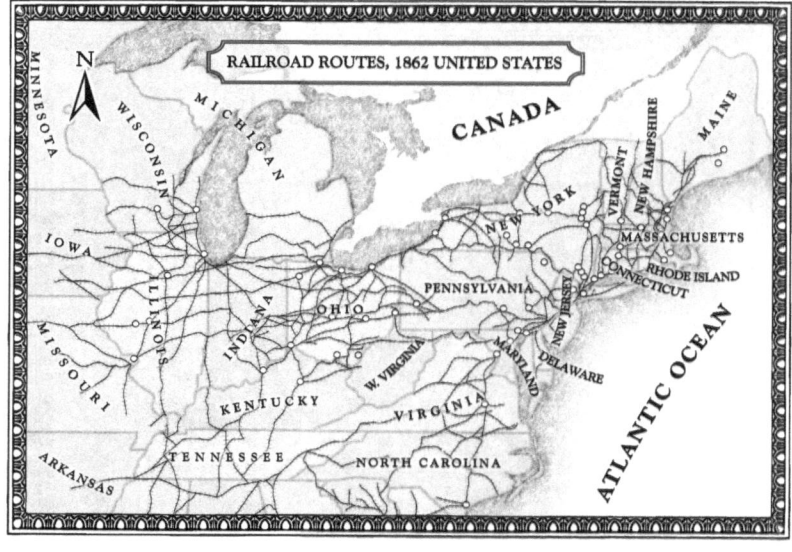

PROLOGO

◇◇◇◇

SARAH

15 febbraio 1861, Washington

S arah sapeva come consideravano lei e suo fratello: degli "zotici bugiardi". Dei "contaballe", li aveva definiti uno degli altri bambini prendendoli in giro.

"Due passi indietro nell'istruzione e due chilometri indietro nelle buone maniere" aveva sentito dire da una delle ragazze più grandi della scuola speciale istituita per i figli dei membri del Congresso e dei senatori.

Ma quelle *non* erano affatto balle... non lo era il fatto che un grizzly avesse ucciso Marrano Levi, azzannandolo alla testa e alla mascella: certo che lo aveva fatto, prima che potesse sparare un colpo, e poi lei aveva dovuto aiutare sua madre e Jojo a seppellire quel poveretto e la sua Bibbia spagnola nella terra gelata;

né era una balla che lei avesse dato una botta in testa a un ubriaco con la sua stessa bottiglia di whisky, un capitano russo nudo che cercava di saltare addosso a sua madre;

né che il suo patrigno era stato ucciso e che i Northerners, le feroci tribù indiane del Nordovest Pacifico, si erano portati via la sua testa per mostrarla a tutti come un trofeo, su e giù lungo la costa per settimane, e che sua madre aveva perso il bambino;

né che lei, visto che era abbastanza grande e la madre era in coma, aveva aiutato la zia Cory e la signora Crockett a portar via il feto morto, che se fosse vissuto sarebbe stato un altro fratellino, perché prima di seppellirlo aveva visto che era un maschio;

né che suo fratello Jacob, dopo essere stato rapito e poi salvato, le aveva detto di aver morsicato tanti dei Northerners che l'avevano imprigionato;

né che Jacob pensava che fosse stato il Diavolo, sì, il Diavolo in persona, a rapirlo;

né che i Northerners l'avevano tenuto legato e lo picchiavano, e che Jacob pensava di aver visto il fantasma di suo padre mentre era prigioniero nel loro accampamento, e che aveva ricominciato a bagnare il letto e a Boston accendeva il fuoco sotto la scrivania del nonno perché di notte sognava che i diavoli stavano tornando;

né che lei, Jacob e altri due bambini piccoli si erano persi nella giungla di Panama durante la rapina al treno in cui molti passeggeri erano stati uccisi, e che erano stati ritrovati dagli aborigeni della zona che li avevano portati alle loro capanne e tenuti prigionieri;

né che gli aborigeni avevano disegnato loro sul volto e il petto tatuaggi che tenevano lontane mosche e zanzare, e che avevano deciso di riportarli alla ferrovia e di lasciarli accanto ai binari, e che dopo l'assalto al treno non avevano più avuto notizie del loro "angelo custode", Jojo;

né che il bandito che aveva preso in ostaggio la loro mamma aveva spedito a Jacob un diamante enorme macchiato di sangue. E che la madre adesso aveva un fidanzato e che lei e il fratello pensavano fosse proprio la persona di cui aveva bisogno, magari per proteggerli, anche se lei non ne era ancora del tutto sicura.

Non erano balle. Era *tutto* vero.

Ma lei e Jacob a scuola dovevano sempre lottare con gli altri bambini, soprattutto quelli più grandi, ogni giorno, ogni volta cioè che cercavano di raccontare a qualcuno quello che gli era successo nel Nordovest Pacifico e a Panama.

Sarah capiva perché gli altri pensavano che raccontassero balle.

Non poteva provare niente.

I tatuaggi ormai erano scomparsi e gli altri alunni della scuola di Washington si credevano molto più furbi di lei o di suo fratello, che non sapevano leggere bene quanto loro. Almeno, non ancora.

Ma lei li perdonava e diceva a Jacob che avrebbe dovuto fare lo stesso, perdonarli. Perché dopotutto i loro compagni erano soltanto bambini. Bambini. Non importava se avevano la loro stessa età o magari qualche anno in più, e non contava come si comportavano quei monelli dei maschi. Non importava affatto, perché lei era un'anima antica e aveva cose ben più importanti di cui preoccuparsi.

Ad esempio la guerra in corso.

CAPITOLO UNO

◇◇◇◇◇

BRETT

2 luglio 1862, Piney Grove, Virginia

Non aveva mai visto dei galli correre così veloci in linea retta. Un branco di galli neri, grossi e lucenti che ballonzolavano comicamente in fila indiana sulla collina che correva parallela al crinale, dietro una bassa striscia di erba gialla e rocce rosse. Si susseguivano a una distanza di due metri precisi l'uno dall'altro, come quegli stravaganti ballerini di Frisco che saltellavano sul palcoscenico con diademi di raffinate piume scure.

Per un attimo lo spettacolo lo colpì, era una di quelle scene che in genere notava e poi metteva da parte per ritirarla fuori in qualche altra occasione, una scena da ricordare scuotendo la testa, come faceva di tanto in tanto suo

4

nonno ripensando a certe cose viste in passato. In quell'istante si chiese anche, delirando, se sarebbe vissuto abbastanza a lungo da poter rievocare quei ricordi.

Ma quelli non erano galli. Erano cappelli, ecco cos'erano. Cappelli di feltro flosci con piume di gallo nere che andavano su e giù. Quando sentì vibrare e rombare gli zoccoli che calpestavano la terra tutti insieme, capì che si trattava della cavalleria. La cavalleria dell'Unione: non poteva essere altro. I ribelli guidati da J.E.B. Stuart non indossavano più i cappelli neri e Stuart era lontano, impegnato a proteggere il fianco dell'esercito di Lee dalla controffensiva. E quando la testa e le spalle dei cavalieri furono ben visibili, vide che dopo aver superato il vicino crinale avevano piegato ad angolo retto. In quel momento stavano andando rapidi e dritti verso di lui, giù per la collina. Erano in sei. Un branco di dragoni dal bel cappello nero, le spade che tintinnavano nei foderi.

Sperava che nessuno degli eventuali sopravvissuti, nascosti nei carri bruciati, facesse niente di stupido, come sparare ai nordisti che arrivavano a cavallo. Ma nessuno puntò l'arma, si aspettavano tutti un altro attacco crudele e meschino. E lui fece lo stesso: rimase ad aspettare. Nemmeno i nuovi arrivati estrassero la spada, perciò Brett trattenne il fiato e si chiese se sarebbe stato possibile spiegarsi, con quella gente. Sperava di sì. Ma poi vide che a capo della truppa c'era Cross, Jonah Cross, con una fasciatura intorno alla testa e alla mascella, e capì che non sarebbe riuscito a sfuggirgli.

Dopo aver perlustrato i resti dei carri, Cross lo trovò. Il nordista fece impennare il cavallo, poi si avvicinò al trotto alla lettiga di Brett, ignorando gli altri feriti che giacevano a terra. Si spinse indietro il cappello con la canna della pistola.

"Dottor Rory Brett" disse Cross, la mascella protesa in avanti e una specie di ghigno soddisfatto sulle labbra. "Ci è voluto un sacco per trovarvi. Siete in arresto per diserzione dall'esercito degli Stati Uniti."

Brett si chiese se l'avrebbero impiccato sui due piedi. Invece lo portarono via, lasciando gli altri feriti sui carri-ambulanza distrutti della carovana, a marcire insieme ai cadaveri di cavalli e uomini sparsi intorno, che si gonfiavano fino a scoppiare nel caldo di quel pomeriggio di luglio.

I nordisti gli legarono i polsi al pomello della sella di un mulo esausto, lo issarono in groppa e si tirarono dietro l'animale. Mentre trottava via, Brett si voltò a guardare i resti dell'attacco del giorno prima, che aveva distrutto tutti e sessanta i carri carichi di pazienti e provviste, e lasciato centinaia di uomini gravemente feriti, ma ancora recuperabili.

Non c'era stato alcun combattimento. Le ambulanze dei ribelli erano state aggredite in campo aperto mentre si allontanavano dalla battaglia di Malvern Hill lungo un sentiero che alcuni chiamavano Piney Ridge Road. La cavalleria dell'Unione, composta da almeno sei o settecento uomini, le aveva caricate dal bosco, calando come una scure sui Confederati che avanzavano lenti, incerti e indifesi.

Erano stati massacrati indiscriminatamente. Passando rapida in mezzo a quei poveretti, la cavalleria aveva falciato uomini ciechi, amputati incapaci di difendersi e soldati colpiti come lui dalla malaria. Avevano sparato agli autisti e a tutti i cavalli da tiro, e poi appiccato il fuoco ai carri pieni di soldati feriti, barili di carne di maiale e sacchi di farina. Avevano freddato chiunque tentasse di spegnere le fiamme dopodiché si erano allontanati fischiettando e imprecando. Con tutta quella carne di maiale che bruciava, per un po' si era sparso intorno un profumo di grigliata.

Brett, che in qualche modo era riuscito a trovare la forza di uscire dal carro in fiamme, ricordava di aver visto in quella marea di Giacche blu che avevano assalito la carovana un uomo dal volto familiare parzialmente coperto da una fascia alla mascella. Gli era venuto in mente che potesse essere Jonah Cross, il quale si era fermato un attimo a guardarlo e poi aveva proseguito. Ma aveva sperato che non fosse lui, perché lo conosceva fin troppo bene.

Due anni prima era stato proprio lui a guidare gli sceriffi sulle sue tracce a Panama, dopo che aveva improvvisamente rassegnato le dimissioni da membro dell'entourage di Winfield Scott. L'ufficiale superiore di Brett le aveva respinte minacciando di considerare l'allontanamento del suo assistente chirurgo una "diserzione".

Ma Rory Brett se n'era andato lo stesso.

Tre settimane dopo era rispuntato dalla giungla del Darién con il celebre vigilante Ran Runnels e una donna ferita, Emmy Evers, che avevano salvato dai banditi. Quando il comando militare lo era venuto a sapere, aveva inviato ad arrestarlo l'unico soldato rimasto nell'istmo che avrebbe potuto riconoscerlo. E si trattava appunto di Jonah "portasfortuna" Cross, all'epoca sergente dei dragoni che aveva prestato servizio come addetto alla sicurezza di Winfield Scott.

Cross era l'uomo perfetto per quell'incarico, pensò Brett. Sempre sicuro di essere nel giusto, fervente seguace di Scott e come lui amante dell'ordine e del protocollo, si era lanciato nella caccia a Brett con slancio appassionato. Aveva seguito le sue tracce fino all'ospedale americano di Aspinwall-Colón, dove il giovane medico innamorato si era sistemato per occuparsi dell'americana in convalescenza.

Brett era sfuggito per un pelo all'arresto arrampicandosi sul davanzale della finestra di Emmy, al primo piano, e saltando giù nel cortile. Quella sera era andato a nord sul suo cavallo, verso il Nicaragua, dove poi si era imbarcato su un clipper della Vanderbilt diretto a New Orleans; da lì aveva preso un barcone sul Mississippi fino a Vicksburg. Dalla cittadina portuale era tornato a casa a cavallo. Sei mesi dopo, quando era arrivato nella proprietà di famiglia sul fiume Chickahominy, aveva trovato ad aspettarlo una lettera di Cross.

Diceva semplicemente: "Ti troveremo".

CAPITOLO DUE

◇◇◇◇

CROSS

2 luglio 1862 – Tre chilometri a est del campo di battaglia
di Malvern Hill, Virginia

N egli ultimi due giorni il mal di denti era peggiorato e ormai era diventata una distrazione costante, al punto che faceva fatica a concentrarsi. Non
dormiva né mangiava niente da un giorno e mezzo, l'acqua
calda o fredda intensificava il dolore e persino respirare
dalla bocca gli faceva male.

Nel trambusto delle ventiquattrore precedenti, trovare
qualcuno – andava bene chiunque – che gli estraesse quel
maledetto molare era stato semplicemente impossibile.
Gli pulsava così tanto e con spasmi tali che per qualche
istante pensò addirittura di puntarsi la pistola alla testa.

Non avrebbe potuto soffrire più di così, lo sapeva. In quel momento niente gli dava più alcun piacere.

Pur avendo catturato il disertore, il dottor Rory Brett, Jonah Cross fremeva di rabbia per tutto ciò che accadeva intorno a lui. C'erano troppe cose al di fuori del suo controllo e per quanto le vicende belliche fossero state esaltanti, il senso di totale impotenza che aveva provato più volte nel caos dei combattimenti cui aveva partecipato, il fuoco di fila che faceva saltare ogni parvenza di ordine lo colpivano in un modo che non sapeva spiegarsi.

Ne era rimasto sorpreso, perché si era sempre ritenuto un uomo disciplinato, che si era sempre imposto l'autocontrollo. Per molti versi era stata una sorta di illuminazione. Fino a quindici giorni prima, non si era mai ritrovato sotto il fuoco nemico.

Nella settimana di battaglie sulla penisola alla quale aveva partecipato, aveva visto uomini lanciarsi in azioni disperate che probabilmente in seguito sarebbero state definite eroiche e per la prima volta aveva colto la disperazione nella voce e negli occhi di un caro amico giunto alla fine. Qualche giorno prima, il quattordicesimo di una disastrosa campagna guidata dal generale George McClellan, Cross aveva visto morire molti altri commilitoni e l'inutilità di quelle perdite l'aveva disgustato. Molti dei ragazzi uccisi erano suoi vicini o amici d'infanzia provenienti dalla stessa cittadina della Pennsylvania che considerava ancora casa sua.

Era infuriato con McClellan, l'uomo che, fino alla sfilza di disastri della settimana prima, editori influenti come Horace Greeley avevano considerato il leader geniale che avrebbe salvato l'Unione e il suo esercito dalla violenta ribellione in corso.

Sebbene la resistenza disperata dell'Unione in un posto chiamato Malvern avesse smorzato l'effetto della serie di vittorie conquistate dal nuovo comandante dei ribelli confederati, Robert E. Lee, il malandato esercito di "Little Mac" McClellan stava arretrando in modo disordinato. McClellan "il salvatore", come lo definiva Greeley, aveva abbandonato il suo tentativo oneroso ma fin troppo cauto di occupare Richmond.

Data la portata dell'operazione, si era trattato di un insuccesso ancora peggiore di quello riportato dall'inetto generale Ben Butler un anno prima, quando in cerca di gloria e forte della sua carica politica aveva cercato a sua volta di conquistare Richmond. Le sconfitte di McClellan facevano diminuire le probabilità che la ribellione venisse soffocata presto. Di fatto, se l'Unione non avesse difeso l'altopiano nella battaglia finale di Malvern, il massiccio assalto di McClellan alla capitale Confederata, così mal gestito, avrebbe portato quasi certamente a una catastrofica disfatta dell'esercito di Lincoln. Washington sarebbe caduta facilmente nelle mani di Lee.

Le voci di corridoio e le opinioni sulla mancanza di comunicazione a ogni livello della catena di comando erano dilaganti e anche se Cross era solamente un ufficiale di cavalleria di prima linea, intuiva che quelle critiche avevano un fondo di verità.

E lo stesso era chiaro anche agli altri dragoni della sua unità, tutti volontari. Tenuti in scacco dalla frustrazione e dall'avvilimento, ogni volta che ne avevano l'occasione sfogavano la loro rabbia con impeto malvagio. Cross stimò di aver abbattuto con la sciabola o la pistola, nell'attacco alla carovana di provviste dei ribelli del giorno prima, almeno venticinque uomini: prima di mezzogiorno aveva già perso il conto. Il braccio e la spalla con cui manovrava la spada gli facevano male e gli ci era voluta un'ora intera, dopo, per pulire e riaffilare la lama. Nonostante la stanchezza, durante l'affilatura aveva pensato con una punta di soddisfazione che se non altro aveva spedito molti traditori ingrati e insolenti nell'inferno che meritavano.

E adesso doveva consegnare alla giustizia il tenente Rory Brett, disertore ed ex ufficiale medico dell'esercito dell'Unione.

Sapeva di aver corso dei rischi tornando sui suoi passi per recuperarlo, ma purtroppo si era ricordato di averlo visto solo dopo essersene andato dal luogo dell'imboscata. Se non fosse riuscito a portare a termine quella missione che si era imposto, avrebbero anche potuto ammonirlo per aver guidato le truppe oltre le linee nemiche, mentre il resto dell'esercito dell'Unione era impegnato a smontare l'accampamento sul Potomac per evacuare a sud passando da Harrison's Landing e raggiungere poi le navi che li aspettavano sul fiume James.

Sebbene gli ordini della cavalleria fossero di proteggere la ritirata, Cross si era convinto che l'incarico affidatogli dal generale Winfield Scott in persona due anni prima fosse ancora valido: se gli se ne fosse presentata l'opportunità, avrebbe dovuto arrestare Rory Brett. Non importava se Scott, il suo eroe, era stato messo a riposo da Lincoln senza clamori dopo il fiasco di Bull Run, e di conseguenza non poteva confermare che il suo ordine era ancora in vigore. Ciò che importava era che finalmente lui aveva la possibilità di eseguirlo.

Aveva stanato Brett, e non indossava l'uniforme.

Pensandoci bene, concluse Cross, questo poteva anche significare che il dottore non si sarebbe nemmeno potuto avvalere delle convenzioni che regolavano gli scambi di prigionieri. Avrebbe potuto essere condannato a morte come spia Confederata, se non come disertore dell'Unione.

Osservò Brett, accasciato in avanti, che veniva trainato su un vecchio mulo legato con una lunga corda. Prima di sollevarlo dalla lettiga, l'aveva esaminato. Non era medico come lui, ma non credeva che il suo prigioniero rischiasse la vita per la malattia che lo aveva colpito, di qualunque cosa si trattasse, il che era un bene, perché se fosse morto sarebbe stato tutto inutile.

Non poteva permettersi di lasciarlo morire prima di arrivare all'accampamento.

Pensò a quello che avrebbe detto ai commilitoni al momento della consegna di Brett al quartier generale. Tra l'altro, a chi avrebbe dovuto consegnarlo? Si rese conto di non saperlo nemmeno. Negli ultimi sei giorni, quando erano iniziati i veri combattimenti, molti superiori della sua catena di comando erano stati uccisi. Sull'altopiano di Malvern, due giorni prima, il suo diretto superiore, un maggiore di nome Speck, aveva perso la vista per via di una cannonata sparata dal suo stesso esercito mentre attaccava le truppe ribelli che avanzavano sulla collina dove si erano trincerate le truppe dell'Unione. Avrebbe ritrovato Speck all'accampamento quando vi fosse tornato con i suoi uomini?

Forse no, pensò, e con la ritirata in corso sarebbe stato lui l'ufficiale più alto in grado. Interessante, no? Dopotutto era stato promosso due volte per le imprese compiute a Malvern. Forse avrebbe potuto ordinare lui stesso l'esecuzione di Brett. Ma non sapeva che cosa fosse di preciso una promozione sul campo a un grado "onorario" e quali privilegi implicasse, e nel trambusto degli scontri nessuno si era preso la briga di spiegarglielo. Lui si considerava ancora un sergente.

Fino ad allora, l'onore più alto che aveva ricevuto era stato essere scelto, presumibilmente dal generale Winfield Scott in persona, per entrare a far parte della sua scorta personale prima del suo viaggio fino al Territorio dell'Oregon nel Nordovest Pacifico, quasi tre anni prima.

Gli avevano detto che su oltre duecento uomini di talento arruolati nell'esercito degli Stati Uniti, il celebre generale Scott lo aveva scelto come primo membro della sua guardia d'onore. Alla fine erano stati selezionati in totale sei soldati, tutti della stessa altezza e corporatura, di pari abilità nel tiro e nell'equitazione, e da quel momento in poi avevano accompagnato l'anziano generale in ogni sua apparizione pubblica.

Nel raggio di chilometri intorno alla sua città natale, Shrewsbury, tutti avevano avuto notizia dell'onore che gli era stato concesso. Era la prima volta che percepiva una certa approvazione da parte del padre, un fabbro dal volto squadrato che a tempo perso fungeva anche da ministro luterano: le notevoli capacità di Jonah nel montare a pelo e sparare da cavallo erano per lui prive di significato.

Ma avevano colpito Scott! E in un'occasione il generale gli aveva persino rivolto la parola! Il fatto che Lincoln lo avesse sostituito era vergognoso, pensò Jonah. Era un insulto.

◇◇◇◇◇

Si trovavano a occhio e croce a meno di un chilometro e mezzo dalle loro linee quando si accorse che alcuni uomini a cavallo vestiti di grigio li seguivano a circa cinquecento metri di distanza, restando nel boschetto sulla destra del campo di mais attraversato da lui e dai suoi soldati. I ribelli – a quanto pareva erano almeno sei o sette – avanzavano lungo un sentiero parallelo al loro. Ordinò alla truppa di accelerare il passo e partì al piccolo galoppo. Ma la cavalleria ribelle tenne il passo e mentre il boschetto si faceva sempre più rado, Cross si accorse di essere seguito da almeno venti uomini.

"Sbrigatevi!" ordinò, e spronò il cavallo.

Cross sentì gridare uno dei suoi e quando si voltò a guardare vide che il mulo al quale avevano legato Brett ragliava e puntava le zampe posteriori.

"Oh Gesù! Accidenti a questo bastardo di un mulo!" imprecò il soldato a cavallo frustando l'animale e cercando di ammansirlo. Il mulo però iniziò a scalciare come un matto. Cross lo aggirò prendendolo alle spalle e poi gli si affiancò e gli cavalcò accanto, ma nonostante i suoi sforzi e quelli del suo uomo la bestia rimase fuori controllo. Continuava a scalciare, sbalzando via i piedi Brett dalle staffe.

"Gesù non risponde alle invocazioni dei blasfemi, soldato!" urlò Cross al suo uomo, poi lanciò un'occhiata alle proprie spalle e vide che la cavalleria dei ribelli aveva iniziato ad avvicinarsi a loro. Scrollò la testa, sguainò la spada, fissò Brett che ormai era quasi caduto di sella e poi tagliò la corda che teneva legato il suo mulo. Vide che il dottore, con le mani legate al pomello della sella, non veniva sbalzato via, ma trascinato sul fianco dall'animale ormai sciolto. Il mulo aveva smesso di scalciare e si stava allontanando tranquillo con Brett, diretto verso un cespuglio di cardi mariani alti un metro e mezzo.

"Vedo che oggi sei baciato dalla fortuna dei senza Dio, dottor Rory Brett" esclamò Cross a denti stretti. Spronò nuovamente il cavallo e poi partì al galoppo per raggiungere le sue truppe in fuga.

CAPITOLO TRE

◇◇◇◇

BRETT

2 e 3 luglio 1862, penisola della Virginia

L a cavalleria dei Confederati lo superò e alcuni soldati gli passarono così vicino da poter vedere che pendeva sul fianco del mulo. Ma a quanto pareva non se ne accorsero e il fatto che non si fermassero non gli importò granché. Sapeva che gli uomini armati nel pieno dell'azione erano sempre una minaccia, indipendentemente dai colori delle loro giubbe.

Non aveva idea di quanto avesse dormito tra i cespugli di cardo, ma a sera, quando si svegliò, il sole era già calato dietro alle colline vicine. Dal fiume James, a ottocento metri da lì, veniva una brezza leggera che pian piano rinfrescava la terra rossa e calda sulla quale era sdraiato. Qualche grillo che probabilmente era rimasto nascosto un po' più a lungo all'ombra dei boschetti lontani aveva iniziato a diffondere il suo canto incerto. Il mulo a cui lo avevano legato non si vedeva da nessuna parte.

Brett si guardò i polsi legati a una specie di straccale e la lunga corda che John Cross aveva tagliato. Non ricordava come avesse fatto a liberarsi dal pomello della sella, ma il nodo intorno ai polsi era stretto e aveva le mani intorpidite, anche se riusciva a muovere le dita. I cardi gli pungevano la schiena e le gambe, ma se rimaneva immobile il fastidio era sopportabile. Cercò di girarsi per poi mettersi in piedi e camminare, ma non ci riuscì, quindi tornò a sdraiarsi e si disse che ci avrebbe riprovato solo a notte fonda. Quella sera la luna non sarebbe sorta. Se fosse riuscito a togliersi quelle corde, si disse, avrebbe potuto mettersi in cammino senza pericoli, almeno per un breve tratto.

Perse conoscenza e si risvegliò più volte. Quando si ricordava di farlo, si sforzava di muovere le dita, anche se gli facevano male. Questo lo aiutava a rimanere sveglio e quando il buio fu totale era ormai lucidissimo. Per rimanere in quello stato fece l'inventario di ogni elemento che contribuiva alla sua sensazione generale di malessere. Aveva sete. Sentiva la bocca secca, la schiena che gli doleva da cima a fondo e la testa che gli pulsava.

Per tutta la notte udì in lontananza gli scoppi dei cannoni a ritmo discontinuo. Si stavano ancora sparando a vicenda: non avevano già combattuto abbastanza? Dopo le battaglie sulla penisola, adesso Lee non poteva fare a meno di lanciare un ultimo avvertimento a McClellan, impegnato nell'evacuazione, incalzando i nordisti in ritirata così che si ricordassero bene di quella sconfitta. Brett si chiese quanti uomini di entrambi gli schieramenti avessero già perso la vita solo per quella dura lezione. Gli scoppi dei cannoni, seguiti da un rombo che riecheggiava e brontolava, zittivano a intermittenza il canto delle cicale finché, al buio, il loro frinire aumentò e divenne uno strepito costante che soffocava gli spari discontinui dei mortai. Fu un sollievo: era stanco di sentire quei colpi.

Mentre se ne stava supino nella boscaglia a guardare l'oscurità, pensò ai diversi tipi di ferite da artiglieria che aveva curato la settimana precedente, da quelle mortali e puzzolenti delle viscere ai timpani rotti che sanguinavano.

Si chiese se i cannonieri delle batterie confederate o i fucilieri delle fregate dell'Unione che proteggevano le lance cariche di evacuati sul fiume James avessero una minima idea dell'incredibile scompiglio che causavano. Era impossibile che assassini fisicamente lontani come loro potessero rendersi conto della devastazione permanente che causavano alle persone ogni volta che premevano il grilletto o sparavano una palla. Avrebbero mai ammesso che il fatto di caricare il cannone e accendere la miccia fosse un atto di cui vergognarsi? Oppure, al contrario, sarebbero stati orgogliosi del disordine scatenato, che ai loro occhi trovava una giustificazione ogni volta che vedevano avanzare verso di loro quantità soverchianti di uomini schierati?

Ma come facevano gli ufficiali di artiglieria che puntavano i loro enormi mortai da assedio a giustificare i colpi che cadevano su aree densamente popolate, così lontane da non poter nemmeno vedere quali effetti provocavano? I cannoni Parrott ad anima rigata e i pezzi d'artiglieria più grandi a canna liscia avevano una gittata di oltre un chilometro e mezzo. Come facevano gli artiglieri delle batterie a sapere se stavano sparando sui nemici o sugli amici? Era strano che non avesse mai riflettuto su quelle cose mentre combatteva nella guerra messicano-americana e Winfield Scott aveva bombardato Veracruz uccidendo tanti civili.

Quando finalmente l'oscurità fu completa, le cicale si zittirono. Brett riusciva ancora a sentire il tenace fuoco di fila proveniente dalle alture sopra il fiume a chilometri di distanza e le raffiche di risposta della flottiglia di barche da trasporto in ritirata.

Per quanto la situazione fosse penosa, per quanto i cannoni facessero un baccano terribile, la cosa che lo irritava di più erano i lampi dell'artiglieria all'orizzonte, perché le scariche che illuminavano il cielo oscuravano le stelle. Fin da quando era bambino, nelle calde sere d'estate buie e limpide più o meno come quella, alzava lo sguardo e restava ad ammirare il cielo, poi si ripeteva che la sofferenza era effimera e quindi irrilevante nell'ordine generale delle cose. Ipotizzava che su Venere regnasse una razza superiore che aveva capito tutto.

Erano sempre state le stelle a fornirgli la prospettiva giusta, ma quella sera, proprio quando ne aveva più bisogno, non lo facevano.

Mancavano parecchie ore all'alba e rimase sdraiato a pensare alla settimana precedente. Aveva cercato di rimanere estraneo a tutta quella pazzia fin dall'inizio. Dopo undici anni di duro lavoro, costellato da qualche momento esaltante nel ruolo di assistente chirurgo nella guerra messicano-americana e poi nei combattimenti all'ovest, era davvero stanco della vita militare.

Aveva concluso che ormai non gli piaceva più *niente* di ciò che l'esercito rappresentava, perciò, dopo aver accettato con estrema riluttanza il giuramento di fedeltà alla Virginia allo scoppio della guerra, aveva rifiutato di arruolarsi nell'esercito ribelle, in cui molti uomini della sua età erano entrati cercando l'avventura della loro vita. Sottrarsi alla coscrizione imposta dal congresso Confederato voleva dire correre il rischio di venire bollato come traditore dai vicini, ma Brett sperava che quella guerra assurda finisse alla svelta e che quando i soldati si fossero scontrati con la realtà e le donne avessero pianto per loro, avrebbero deposto le armi tornando a più miti consigli.

Purtroppo, però, Lincoln e Stanton intendevano soffocare la rivolta con la forza. Non c'erano riconciliazioni in vista e ogni nuova uccisione non faceva che alimentare la rabbia su entrambe le sponde del Potomac.

Non aveva mai visto tanta agitazione in tutta la sua vita. Mentre gli abitanti della regione erano sempre più preoccupati per i resoconti delle massicce incursioni nordiste nella penisola, tutte le cittadine sui fiumi Chickahominy e James si erano fatte contagiare dalla febbre di un'attesa furibonda e nervosa. Nello scompiglio causato dalle razzie delle forze dell'Unione guidate da John Pope nelle città e nelle fattorie lungo lo Shenandoah, anche le donne iniziarono a imbracciare le armi, mentre i loro uomini andavano a ingrossare le fila dell'esercito della Virginia.

"Mia sorella mi ha scritto che appena prima di andarsene quei diavoli di nordisti hanno cacato in tutte le stanze. Hanno spaccato i piatti, rotto le finestre e ucciso il bestiame che non avevano rubato! Hanno persino ammazzato un ragazzino, capite, aveva solo dodici anni e se ne stava sulla soglia di casa" aveva sentito dire a una donna.

Alcune sue pazienti dicevano anche: "Piuttosto che farmi violentare da quelle bestie di nordisti, mi ucciderei insieme alle mie figlie!" o cose del genere.

Nonostante i numerosi resoconti, provenienti da fonti affidabili, che riferivano dell'intensificarsi degli attacchi a cittadini disarmati della Virginia, ogni volta che sentiva un discorso come quello Brett rimaneva in silenzio, anche se comprendeva benissimo lo stato d'animo dell'interlocutrice. E avendo osservato di persona il comportamento dei furfanti in divisa quando faceva ancora parte dell'esercito, era certo che quei racconti fossero tutt'altro che esagerati.

Si chiese che cosa pensasse di ottenere John Pope con le campagne condotte nella parte settentrionale della valle dello Shenandoah. Aveva letto che sia McClellan che Winfield Scott si erano vigorosamente opposti alle tattiche di "guerra dura" di Pope e Stanton, il Segretario alla guerra. Comandanti dell'Unione del calibro di Nathaniel Banks si rendevano conto di quanto fossero controproducenti i loro tentativi di soggiogare gli abitanti della Virginia? Lincoln e Halleck, che a quanto aveva sentito dire elogiavano l'operato di John Pope, tolleravano davvero quella strategia del terrore?

Il 25 giugno, una settimana prima dell'orribile giornata che aveva appena trascorso, Brett aveva sentito i primi colpi di cannone a monte del fiume, a Oak Grove e Beaver Creek, dove quelle che erano iniziate come schermaglie di poco conto si erano trasformate in un combattimento all'ultimo sangue con più vittime su entrambi i fronti di quante ce n'erano state a Manassas l'anno precedente. Con una manovra aggressiva, uno dei generali di McClellan, Fitz-John Porter, si era spinto con i suoi reggimenti fino a pochi chilometri da Richmond, ma si era scontrato con alcune brigate di ribelli molto determinati che erano state inviate a fermarlo.

Brett aveva sperato che gli scontri si interrompessero lì, a monte del fiume, abbastanza a nord da evitare che la sua cittadina natale venisse coinvolta. Per tutto il giorno e fino a notte inoltrata aveva sentito i cani abbaiare alla fiumana di uomini e carri che risaliva la strada in quella direzione per andare a unirsi alla lotta. Sopra la sua fattoria si vedeva salire una nuvola di polvere sollevata dal passaggio rapido di migliaia di uomini risoluti, con la divisa grigia o azzurrina, che ricadeva come una coltre su tutta la sua proprietà. Più i militari avanzavano in quella direzione, più Brett si convinceva che la sua città sarebbe stata risparmiata dall'impatto delle battaglie.

Il mattino dopo, però, guardando dalla finestra del primo piano, si accorse che in lontananza la nuvola era sparita e che gran parte della recinzione della sua fattoria era stata divelta. Quando andò a valutare i danni, vide quelli che potevano essere sette o ottocento cavalli pascolare nei suoi campi di grano mangiandosi i germogli. Gli animali, come scoprì più tardi, appartenevano alla cavalleria di J.E.B. Stuart e le recinzioni erano state strappate per essere usate come legna da ardere nel suo accampamento.

Per quanto la cosa lo disturbasse, sapeva che protestare sarebbe stato inutile. Nessuno avrebbe mostrato comprensione per le perdite che aveva subito in quell'intrusione. Stuart, così come "Stonewall" Jackson, era già considerato un eroe in tutto il sud, e un esercito che proteggeva la terra natia aveva la precedenza sui diritti di proprietà accampati dal singolo cittadino. Pensò che probabilmente anche i suoi vicini si erano ritrovati senza recinzioni. E dopotutto, che importava se gli steccati erano rotti e i campi devastati?, si chiese. Cosa aveva perso, in realtà? Ormai della proprietà di famiglia restava ben poco. A parte qualche maiale, non aveva capi di bestiame, perché li aveva venduti tutti per ripagare almeno in parte i numerosi debiti lasciati dal padre quando era morto. I campi incolti erano soffocati dalla boscaglia perché non aveva più braccianti che li potessero lavorare. Il suo caposquadra e tutti gli uomini rimasti si erano uniti all'esercito dei ribelli non appena Brett aveva consegnato agli schiavi i documenti che li emancipavano. Della proprietà rimanevano soltanto trentasei acri incolti, un fienile con una trave spezzata, un ambulatorio nella grande casa e quattro acri di campi che aveva pazientemente arato di persona seminandoli a grano la primavera precedente. Osservando i cavalli affamati che vagavano nei suoi campi, il suo senso di impotenza si acuì, perché a quel punto era completamente sul lastrico.

"Non è stato un anno facile", disse tra sé mentre se ne stava sdraiato tra i cardi, ridendo alle poche stelle che riusciva a vedere. Aveva appena avviato quella che sarebbe potuta diventare con il tempo una dignitosa carriera di medico, quando la Virginia aveva seguito le teste calde del South Carolina e si era unita al movimento secessionista.

Con il protrarsi della ribellione fino ai primi mesi del 1862, il blocco sempre più rigido dei porti meridionali da parte dell'Unione aveva mandato in crisi l'economia della Virginia. Le fattorie, che prima riuscivano a mantenersi anche senza sfruttare il lavoro degli schiavi, iniziarono a far fatica e infine collassarono, perché prive della forza lavoro necessaria a mantenerle, poiché quasi tutti gli uomini della regione in età da soldato, dai sedici anni in su, erano stati chiamati a raccolta per contrastare l'invasione dei nordisti. Con il crollo dell'economia locale, i piani di Brett di vivere facendo il medico, già gravemente compromessi a causa delle voci infondate sulle sue simpatie per l'Unione, sfumarono del tutto.

Si rese conto che la recinzione, unico confine visibile di ciò che rimaneva della sua modesta proprietà, era stata distrutta e rubata durante la notte da uomini che in realtà cercavano di difenderlo. In qualche modo gli sembrava la degna conclusione dell'anno appena trascorso, durante il quale la sua vita era andata in pezzi e tutto era stato spazzato via da quel terribile conflitto interno.

Fissando il cielo rise di nuovo tra sé e rifletté. Poco più di un anno prima, alla vigilia degli scontri a Sumter, aveva chiesto la mano di Emily Evers. Pensava continuamente a lei e portava con sé il suo ricordo ovunque andasse. Nonostante tutti gli ostacoli del caso, in particolare l'imminente conflitto tra stati, si era arrischiato a farle quella proposta spinto dalla speranza ragionevole, per quanto ottimistica, di poter offrire un futuro sereno a lei e ai suoi figli. Ma adesso non era più convinto che sarebbe riuscito a occuparsi di loro, né sapeva se sarebbe sopravvissuto... Forse lei aveva intuito che il domani riservava solo sfortune ed era per quello che aveva deciso di aspettare a impegnarsi con lui. Di certo ne aveva già passate tante, nella sua giovane vita.

Brett aveva anche temuto di non essere abbastanza bello o affascinante agli occhi di lei, aveva pensato che cercasse qualcosa di più. Non ne era certo, ma aveva l'impressione che lei gli sfuggisse. Forse non era destino che stessero insieme e se lui avesse fallito nella sua impresa o fosse morto, la sua scomparsa avrebbe risparmiato a Emmy ulteriori sofferenze. Ma il pensiero di perderla non faceva che acuire il senso di malinconia e disperazione che provava in quel momento, mentre era immerso nell'oscurità.

No, non era stato affatto un anno facile, ammise cupo.

Dopo un'altra ora supino, sentì che lo straccale che gli teneva legati i polsi alla vita si era allentato quanto bastava per permettergli di alzarsi, ma al primo tentativo ricadde all'indietro e non riuscì a recuperare le forze per ripetere l'esperimento. Aveva ancora la febbre e l'aria fresca del primo mattino gli dava ben poco sollievo. Dormì per un po'. Quando si svegliò era scosso dai brividi e da una tosse grassa per via del catarro che aveva in gola e nel petto.

Sarebbe sopravvissuto?, si chiese. Era la quinta volta che veniva colpito dalla febbre malarica negli ultimi diciotto mesi. Le volte precedenti era riuscito a restare a letto e a curarsi fino alla scomparsa di tutti i sintomi, ma stavolta temeva di prendere una polmonite.

Se fosse morto, l'avrebbero mai ritrovato?

Anche nei giorni precedenti all'ennesimo picco febbrile dovuto alla malaria contratta a Panama, che si era presentato tre giorni prima, si era sfiancato dedicandosi al lavoro che, dapprima con riluttanza e poi con convinzione, aveva scelto. Nonostante le opinioni negative della gente e l'ostracismo dei suoi colleghi della contea – sapevano tutti che era stato un medico dell'esercito, che aveva rifiutato di arruolarsi come volontario e che non aveva voluto unirsi ai loro sproloqui contro Lincoln e i Repubblicani – aveva accantonato la decisione di tenersi alla larga dalle attività in favore dei ribelli. Non sopportava di vedere uomini soffrire com'era successo dal momento in cui avevano cominciato a riversarsi in città i feriti del primo giorno di combattimento.

Tre giorni prima, nella seconda di una serie di giornate sanguinose, si era presentato alla sua porta un medico dell'esercito di Lee, il maggiore Lafayette Guild.

"Da quel che ho saputo, signore, avete servito come assistente chirurgo nell'esercito fino a qualche anno fa" gli aveva detto con un forte accento dell'Alabama. "Non riesco a capire a chi siate leale, in questo conflitto. Potete anche tirarvi indietro, ma con tutto il rispetto io devo confiscare questa residenza e la vostra clinica per trasformarle in ospedale. Ho il vostro permesso? Ripareremo i danni una volta vinta questa battaglia."

Dopodiché Guild gli aveva indicato il vialetto coperto di ghiaino che conduceva alla casa e una lunga carovana che si snodava per almeno ottocento metri lungo la strada. Brett aveva notato che i carri più vicini erano carichi di feriti.

"Manderemo a Richmond tutti quelli che sono in grado di camminare" gli aveva detto.

Non aveva avuto altra scelta che acconsentire alle sue richieste e in meno di un'ora ogni stanza della sua grande casa di famiglia di due piani si era riempita di soldati orribilmente feriti, distesi l'uno accanto all'altro. Verso la fine della mattinata aveva trovato alcuni di loro, freschi di amputazione, accampati sotto il portico e nel cortile.

Qualcuno aveva ordinato che gli arti amputati venissero disposti con cura dietro al fienile in due grandi cataste, una per le braccia e l'altra per le gambe, lontano dai cani e dal recinto delle scrofe. Brett notò che venivano sistemati con grande rispetto, come se qualcuno pensasse che avrebbero potuto essere riutilizzati, suddividendoli in modo che i proprietari potessero andare a riprenderseli, se non in questa vita, almeno nella prossima. Nonostante la cura prestata da chi, all'inizio, aveva diviso gli arti sanguinanti, alle tre del pomeriggio il soldato incaricato iniziò a buttarli indiscriminatamente in una grande fossa.

Mentre arrivavano altri medici locali volontari e alcune donne di città, il cortile sul retro di Brett si era trasformato in un'enorme sala operatoria nella quale Guild aveva fatto sistemare i tavoli della cucina. Gli uomini colpiti da dissenteria e tifo venivano sistemati nei campi, accanto agli scampoli d'ombra forniti dai grandi alberi della fattoria. Ogni stanza della residenza era affollata di soldati in convalescenza dopo un intervento.

In giardino, Guild e diversi altri medici, tra cui uno dei più accaniti detrattori di Brett, un omeopata della zona di nome Rufus Bolt, eseguivano le amputazioni ed estraevano i proiettili dalle ferite. Bolt, un tizio brusco e tarchiato, era così basso che per raggiungere il tavolo operatorio doveva salire su una cassa. Brett, che si era occupato delle ferite meno gravi, all'inizio era rimasto in disparte e si era limitato a osservare notando che Bolt, nonostante l'aiuto di un assistente molto bravo, procedeva con estrema indecisione, che si trattasse di incidere la pelle e il muscolo della gamba con il bisturi o di tagliare un osso. Anche se Brett detestava riscontrare incompetenza in coloro cui era stata concessa la licenza di svolgere un mestiere che considerava sacro, tenne a freno la rabbia.

Ma quando per l'ennesima volta vide che Bolt non riusciva a legare correttamente un'arteria, rischiando di far morire dissanguato un altro soldato ferito e urlante, non riuscì più a trattenersi. Spinse via il medico facendolo cadere dalla cassa, afferrò una pinza emostatica e chiuse il vaso che spruzzava sangue sul soldato urlante e il chirurgo incompetente, poi iniziò a segare l'osso distrutto completando l'amputazione in meno di trenta secondi. Legò i vasi sanguigni e le arterie minori rimanenti, verificando poi che fosse tutto a posto e ricucì il lembo di pelle sul moncone.

Ignorando le rimostranze del medico di campagna sbalordito, furente e imbarazzato, gli consegnò la gamba amputata.

"Signore, vi attendono in salotto, ci sono alcuni uomini con la dissenteria" gli disse Brett. "Potrebbero aver bisogno dei vostri rimedi erboristici."

Poi porse la sega insanguinata all'assistente, un giovane del Tennessee di nome Massingale, e aggiunse: "Affilatela, ragazzo, e mantenetela sempre tagliente. Prego, chi è il prossimo?"

Guild aveva osservato attentamente le mosse di Brett. Alla sera, su sua richiesta, il medico supervisionò tutte le operazioni praticate a una fila di uomini feriti che sembrava infinita, tra cui alcuni prigionieri nordisti. Non aveva mai visto le ferite devastanti causate dalle nuove pallottole Minié per fucili ad avancarica a canna rigata usate dalla fanteria dell'Unione, che danneggiavano così tanto i tessuti da indurre quasi sempre la cancrena. Prima che calasse il buio, eseguì personalmente oltre sessanta amputazioni.

Dopo la grande battaglia durata un giorno intero presso il mulino di proprietà del suo medico di famiglia, il dottor Gaines, Brett curò altre centinaia di uomini, tra cui un giovane brigadier generale ferito. Si chiamava George Pickett. Non ricordava che il suo nome era emerso durante la conversazione che aveva avuto con Emmy Evers a San Francisco due anni prima, né sapeva che quattro anni prima, a San Juan Island, Emmy aveva fatto una lunga passeggiata sulla spiaggia con lui.

Due giorni più tardi, quando il fronte dei combattimenti si spostò verso la città natale di Brett, quasi tutti i civili abbandonarono le loro case, ammucchiando sui carri quanti più oggetti di valore riuscivano a portarsi dietro e conducendo ciò che rimaneva del bestiame per le strade ingombre di soldati. E così la fattoria venne avvolta da una seconda, gigantesca nuvola di polvere. Alle dieci del mattino il rumore dei cannoni si stava avvicinando e mezz'ora dopo Brett sentì gli scoppi provenire direttamente dalla cittadina a poco più di un chilometro da lì. I nordisti contrattaccavano e stavano avanzando verso di loro.

Quando le bombe iniziarono a colpire i pascoli a poche centinaia di metri da casa sua, Brett estrasse l'orologio dal taschino ma non riuscì a vedere distintamente il quadrante né a distinguere che ore fossero. Alla fine capì che erano le undici e calcolò di essere rimasto in piedi a operare i feriti per quasi trentasei ore.

Guardò la barella di tela vicina al tavolo sul quale aveva appena condotto un intervento. C'era un cadavere, un soldato morto mentre aspettava che gli venisse a amputata la parte inferiore della gamba sinistra, maciullata. Sulla barella, tra i piedi del defunto che indossava ancora delle scarpe marroni, sbucava un altro piede con una scarpa simile. Brett rimase a bocca aperta, poi si mise a ridere.

Anche il suo giovane assistente, esausto, vide i tre piedi che spuntavano dalla coperta e scoppiò in una risata isterica. Risero entrambi, sempre più forte, fino a sputacchiare e strozzarsi. Brett ebbe un capogiro, cercò di accomodarsi su una sedia coperta di sangue, ma la mancò e cadde per terra. Provò a rialzarsi, ma non ci riuscì.

Poi sentì una mano fresca che gli asciugava il sudore dalla fronte.

"State bruciando, Brett" disse qualcuno.

Confuso e troppo debole per protestare, sentì che lo portavano via, poi si ritrovò su un carro per essere evacuato da quell'ospedale di fortuna che era stato la casa in cui era cresciuto.

Sul carro che si allontanava, guardando i campi dietro l'abitazione, vide mucchi di cadaveri abbandonati nel grande giardino fiorito che un tempo sua madre aveva curato. Abbassò lo sguardo. Il bancale su cui era sdraiato era fatto con la porta di legno di castagno finemente intarsiata della camera da letto dei suoi genitori. L'ultima cosa che sentì prima di svenire fu il rumore delle bombe, quello del tetto del granaio che andava in pezzi e i gemiti della grande scrofa e della sua cucciolata chiuse dentro.

Il sole gli ferì gli occhi, ma al riparo del cespuglio di cardi aveva dormito abbastanza bene, perciò il dolore era diminuito. Si sentiva ancora caldo, ma la febbre era calata.

Si afferrò la gamba dei pantaloni e stavolta riuscì a mettersi seduto e a portarsi su un ginocchio. Cercò nuovamente di mordere le corde che gli legavano il polso per allentarle, ma i nodi erano stati fatti da mani esperte e le labbra e i denti iniziarono a fargli male, perciò smise. Si diede con cautela uno slancio in avanti e riuscì ad alzarsi in piedi.

Rimase ad ascoltare. A parte qualche scoppio lontano e attutito, il rumore dei cannoni era cessato.

Mentre usciva dal sottobosco di cardi che gli arrivavano alle spalle, dalle piante si levò uno sciame di farfalle monarca che si misero a volteggiare rasoterra, allontanandosi da lui. Poi si sentì il verso di un tordo americano.

Fece un giro su se stesso e cercò di capire dove si trovava. Calcolò di essere a pochi chilometri da Harrison's Landing, punto di evacuazione dei nordisti in ritirata, perciò si allontanò da lì e dal sole nascente andando verso sudovest, nella direzione che avrebbe dovuto condurlo al fiume e poi sano e salvo a casa sua.

Si chiese che cosa avrebbe trovato, una volta tornato lì.

Aveva percorso meno di un chilometro quando vide un cavaliere solitario che veniva verso di lui da ovest.

Cross.

Non aveva modo di nascondersi.

CAPITOLO QUATTRO

✕✕✕✕

JOJO

Maggio 1862 – New Orleans, Louisiana

A llora vuoi imparare a navigare, eh?" disse il tizio con il pastrano blu.

Jojo cercò di scorgere il luccichio della saliva, indizio certo del fatto che, come aveva imparato, l'altro lo studiava per capire se poteva imbrogliarlo. La barba ben tenuta ma cespugliosa del reclutatore dell'Unione, però, gli nascondeva gran parte della bocca.

"Credo che si possa fare, ragazzo. Si sono già arruolati un sacco di indiani, sai?"

Jojo annuì. Aveva sentito parlare delle indennità di arruolamento e della promessa di una paga elevata e regolare proprio da un marinaio che sosteneva di appartenere alla tribù degli Appalachi. Entrambi gli schieramenti nel grande conflitto tra i "bostoniani", i bianchi dalle divise blu e quelli dalle divise grigie, stavano arruolando i membri delle tribù. Non importava da che parte si schierava, pensò, l'importante era poter salire su una grande nave dove avrebbe potuto osservare e imparare tutto sulla navigazione. E l'indennità di arruolamento gli sarebbe servita per pagarsi il viaggio a nord in cerca della signora Evers. Si chiese se, quando avesse firmato, avrebbe dovuto indossare gli stessi calzoni di lana dura che portavano gli altri marinai lì intorno.

L'uomo gli fece qualche altra domanda, alle quali rispose annuendo.

"Bene, allora! Metti la tua firma qui, Mr. Joe Abile-e-Arruolato" gli disse indicando il foglio sul tavolo.

Jojo provò a leggere il documento, ma c'erano troppe parole. Sapeva di doversi prendere il tempo necessario e si sforzò di leggerlo con attenzione, come gli aveva insegnato la signora Evers, ma in fila dietro di lui c'erano altri uomini che aspettavano e il reclutatore continuava a spingergli la penna d'oca in mano e a battere con il dito sul documento.

Jojo scrisse il suo nome, "Na'Pen'Tjo" sull'apposita linea.

Era diventato a tutti gli effetti un membro della marina della Union Boston Men, un marinaio! Prima di lasciarlo uscire dalla hall dell'albergo, l'uomo gli disse di tornare a prendere la sua uniforme dopo qualche ora.

"Raccogli le tue cose e saluta i tuoi cari, ragazzo" aggiunse. Sarebbero partiti quella sera stessa.

Nelle tre settimane in cui vi aveva soggiornato, Jojo aveva scoperto che New Orleans puzzava ed era una città caotica. Faceva abbastanza caldo per dormire all'aperto e lui aveva scoperto diversi modi di guadagnarsi qualche soldo per comprare da mangiare. Leggeva per conto degli altri e traduceva per i passeggeri che arrivavano con le navi dall'Europa e dal Sudamerica. Aveva lavorato diversi giorni come assistente cuoco in un ristorante per ricchi. Lì buttavano via il cibo avanzato e il cuoco permetteva a lui e ad altri due sguatteri di mangiare gli avanzi. Quando camminava per strada, soprattutto sul lungomare, sentiva lingue e accenti di tutti i tipi, ben diversi da quelli che aveva ascoltato a Panama e imparato ad Aspinwall-Colón.

Era colpito dall'energia dimostrata dalla gente di quella città, nonostante il tempo caldo e umido. Molti vendevano la loro merce agli angoli delle strade, c'erano musicisti che suonavano strumenti che non aveva mai visto, gente che rideva − molta più di quanta ne avesse vista a San Francisco e Panama. Da quando l'Unione aveva vinto la battaglia per la conquista della città, poche settimane prima, vedeva parate di militari nelle strade, dopodiché incontrava tanti soldati che barcollavano ubriachi fradici.

Vagò per le vie e notò che più si allontanava dall'acqua, più le case diventavano grandi e i cancelli alti, e la puzza di fogna diminuiva. Era come a San Francisco, dove molti dei palazzi più imponenti erano stati costruiti sulle colline. Ogni volta che ne aveva l'occasione, conversava con uomini e donne nelle diverse lingue che conosceva: era uno dei suoi passatempi preferiti.

Gli faceva ancora male la caviglia per quell'incidente a Panama di qualche anno prima. Ma il reclutatore non gli aveva chiesto niente in proposito, aveva semplicemente domandato se era "abile", qualunque cosa questo significasse. Che buffo modo di dire, pensò. Abile a far cosa?

Come aveva già fatto a Panama, ingaggiò qualcuno perché scrivesse per suo conto delle lettere e le inviò alla signora Evers nella città dei "bostoniani": non se la sentiva ancora di cimentarsi con la scrittura. Non aveva mai ricevuto risposta né ad Aspinwall-Colón né in Nicaragua, e gli dissero che era perché non aveva inserito l'indirizzo completo sulla corrispondenza inviata.

Ma lui non ce l'aveva, l'indirizzo completo. Sapeva solo che sarebbe andato a vivere laggiù con la famiglia di lei e che la signora lo avrebbe iscritto a una scuola. Sperava che la signora Evers fosse sopravvissuta e che Jacob, Sarah e gli altri due bambini non fossero stati feriti dagli indiani Embera che li avevano portati nella giungla. Dopo l'incidente, nessuno aveva voluto dirgli nulla.

Quella sera tornò all'albergo dopo essere rimasto quasi tutto il giorno seduto ad ascoltare la gente nel parco. Indossò gli abiti di stoffa dura consegnati dal reclutatore. Pizzicavano, proprio come quelli che gli aveva comprato la signora Evers a San Francisco. Ma il cappello con la nappa gli piaceva e se lo inclinò come aveva visto fare agli altri marinai incrociati per strada. Mezz'ora più tardi la sala si era riempita di uomini vestiti come lui, in uniforme da corvè bianca, e tutti insieme si incamminarono con i loro fagotti verso il molo, passando accanto alle banchine fino a raggiungere alcune file di navi ancorate lì accanto. Lui non aveva fagotti: aveva gettato via gli abiti laceri indossati per mesi di fila.

Il reclutatore li fece fermare davanti a un'enorme struttura nera legata al pontile, con sinuose fiancate di ferro e botole quadrate dalle quali spuntavano enormi cannoni. Sembravano cani a riposo, incatenati dentro la casa a cui facevano la guardia. La nave era priva di alberi, al contrario di gran parte delle altre ancorate in porto: aveva solo due ciminiere scure, così alte che davano l'impressione di sorreggere le nuvole nere che erano in cielo.

Il reclutatore che li aveva condotti fin lì consegnò un documento a un tizio basso tutto vestito di blu. Jojo lo vide fare dei conti sul foglio, dopodiché l'uomo fece l'appello ad alta voce: erano venti uomini in tutto. Jojo li contò e li ascoltò: molti erano irlandesi, poi c'era qualche italiano, uno spagnolo e un altro indiano come lui. In seguito gli avrebbe chiesto a quale tribù apparteneva. Poi il tizio basso diede al reclutatore un po' di soldi e, mentre Jojo gli passava accanto per salire a bordo, quest'ultimo gli consegnò dieci banconote da un dollaro. La paga avrebbe dovuto essere di centocinquanta dollari.

"Ti daremo il resto quando avrai finito di prestare servizio su questa nave, tra un anno" disse il tizio a ciascuno degli uomini che gli passavano accanto, indicando la brutta imbarcazione dalla forma strana.

Jojo lo vide arrotolare il resto delle banconote e mettersele in tasca.

"Buona fortuna in mare, amico" gridò l'uomo sulla banchina mentre Jojo percorreva la passerella della corazzata.

Ma dov'erano le vele?, si chiese.

CAPITOLO CINQUE

✕✕✕✕

EMMY

8 luglio 1862 – Washington

Era stanca di tutto quel nero. Non le dava più alcun conforto.

All'inizio di maggio, diverse settimane prima che le bare iniziassero a tornare a Washington dopo le battaglie di fine giugno 1862 della ben pubblicizzata campagna peninsulare di McClellan, il padre di Emmy Evers, l'onorevole membro del Congresso del Massachusetts Kern O'Malley, la informò di alcuni dettagli riservati sulle probabili vie che l'esercito del Potomac avrebbe percorso per sferrare l'attacco a Richmond.

Emmy ascoltò ciò che il padre le diceva sussurrando piano, in modo cauto, quasi cospiratorio. Notò che in quell'occasione le parlava con una tenerezza piuttosto insolita per lui. Pareva anche leggermente confuso, pensò. Più di una volta la chiamò distrattamente "Abby", il nome di sua madre.

Emmy ne dedusse che la sua scomparsa, l'anno precedente, aveva finalmente ammorbidito quell'uomo che aveva dedicato la vita ad accumulare potere. Il padre inoltre pareva stanco e sfibrato, notò, pertanto in quell'occasione lo ascoltò molto più attentamente del solito, e col senno di poi quella decisione si sarebbe rivelata provvidenziale.

Era stato il marito di sua sorella Kathleen, il capitano Jonathan Evan McEmeel, a mostrare in segreto a suo padre le mappe della campagna militare. Il capitano lavorava per il senatore Ben Butler, che adesso era diventato il *generale* Benjamin Butler, un opportunista che aveva la fama di farsi guidare solo dall'astuzia e dai propri interessi. Nonostante il disprezzo e la ripugnanza che provava nei confronti di Butler, celebre "War Democrat" (membro del partito Democratico e sostenitore dell'Unione che auspicava una politica aggressiva nei confronti della Confederazione), Emmy capì che le informazioni fornite da McEmeel erano aggiornate e accurate, per via dell'influenza esercitata da Butler in qualità di "generale politico" di Lincoln.

Capì anche che il padre, schieratosi tra i nordisti costituzionali contro la guerra, rischiava di essere accusato di tradimento per aver diffuso quelle informazioni, ma lo faceva perché aveva a cuore gli interessi della figlia. Sapeva infatti dove aveva avviato il proprio studio medico in Virginia il dottor Rory Brett, il giovane che l'aveva chiesta in sposa poco prima dello scoppio della guerra.

Emmy seppe così che la clinica di Rory Brett, situata presso la casa di famiglia che il medico aveva ereditato vicino a una cittadina sul fiume Chickahominy, si sarebbe trovata proprio in mezzo alla massiccia invasione dell'esercito dell'Unione, le cui truppe in quel momento risalivano lentamente la penisola. Il padre le aveva detto che, pur essendo a conoscenza della sua indecisione in merito alla proposta di Brett, apprezzava il giovane medico, e aveva aggiunto che sperava avrebbe "concesso al cuore tenero di quel brav'uomo l'onore di ricevere cortesemente una risposta affermativa". Le aveva anche detto che voleva comunque prepararla al peggio, "nel caso il tuo fidanzato venga ferito".

Emmy l'aveva ringraziato per le informazioni, dicendogli che apprezzava il fatto che si preoccupasse per lei, ma gli aveva risposto che avrebbe deciso a tempo debito se sposare o meno Rory Brett. E aveva aggiunto che, per quanto fosse preoccupata che fosse in pericolo, contava sulla sua capacità di cavarsela.

Dentro di sé, però, era inquieta, perché sapeva di non avere alcun modo sicuro per avvertire Brett del pericolo imminente. Dieci mesi prima, Jefferson Davis aveva ordinato a tutti gli "Uomini del Nord" di abbandonare gli stati confederati, e Rory era stato costretto a sottoscrivere un "giuramento di fedeltà" alla Confederazione. Poco dopo, tutta la posta in arrivo da quella zona era stata bloccata. Inoltre, a causa dei pettegolezzi che avevano avuto un ruolo così importante in molte sconfitte nordiste, Lincoln aveva instaurato la legge marziale e sospeso il diritto all'istanza di Habeas corpus, allo scopo di permettere ai nordisti di arrestare le presunte spie. Le grandi arterie di comunicazione erano state bloccate e l'embargo da parte della marina dell'Unione si era fatto ancora più stringente. Emmy aveva sentito dire che il generale Butler, dopo essere stato nominato governatore generale di New Orleans, aveva fatto imprigionare alcune donne solo perché si erano espresse contro l'Unione.

In entrambi gli schieramenti l'ansia dei civili, soprattutto negli stati di confine, aveva raggiunto livelli che Emmy non credeva più possibili dai tempi dalle guerre indiane nel Territorio dell'Oregon, non solo per le minacce di atti violenti da parte dei soldati, ma anche per via dei provvedimenti presi dai cittadini e dai governi di entrambi i fronti. In seguito all'ordine di Lincoln, a Washington alcuni uomini e donne di sua conoscenza erano stati arrestati e messi in prigione senza possibilità di ricevere assistenza legale. E nel sud, i Minutemen e i "Comitati di vigilanza" di Tennessee, Kentucky e Virginia avevano fustigato, mutilato e impiccato coloro che erano sospettati di spionaggio, e senza processo.

Ovviamente era ancora possibile dirigersi a sud sul lato occidentale del Mississippi e arrivare quasi fino a Memphis per poi attraversare il fiume in quel punto, ma era comunque pericoloso, soprattutto per una donna. C'era inoltre il rischio che chiunque venisse scoperto a viaggiare senza documenti da e verso quella zona della Virginia venisse fatto prigioniero dall'uno o dall'altro schieramento. La paranoia di tutti quelli che conosceva sul fronte nordista era così palese che Emmy si chiese se lei o suo padre avrebbero potuto essere arrestati anche solo per aver *parlato* di quelle cose.

Far arrivare un messaggio a Brett era pressoché impossibile. Che cosa avrebbe dovuto fare?, si chiese. Sentiva di avere le mani legate.

Quel fatto, unito alla conversazione che aveva avuto con il padre, le impose di riconsiderare la propria situazione. Dopo la lunga assenza non era ancora tornata a vivere a Boston, ma si era fermata a Washington per ottenere supporto medico e consigli il più possibile validi per il figlio Jacob. In quel momento, le scarse risorse finanziarie che aveva a disposizione limitavano le sue possibilità di aiutarlo a riprendersi da un disturbo psicologico che era peggiorato dopo le terribili vicende affrontate nel Nordovest Pacifico, e poi di nuovo dopo la drammatica serie di eventi che li avevano prostrati quando avevano cercato di attraversare lo stretto di Panama.

Pur intuendo che il figlio stava facendo progressi nel corso delle sue sedute con un'abile ministra del culto la quale, in cambio di un piccolo contributo per la propria missione, si era resa disponibile ad ascoltarlo, sapeva che il bambino soffriva ancora saltuariamente di incubi notturni e continuava a isolarsi e a essere taciturno. Però l'aveva confortata vedere Jacob reagire positivamente alla visita di Rory Brett a Boston, affezionarsi a lui e poi piangere quando Rory era dovuto tornare in Virginia.

Ma ormai erano passati diversi mesi, Brett era irraggiungibile e Jacob si era chiuso ancora una volta in se stesso. Se Rory fosse rimasto con loro, Jacob si sarebbe ripreso?, si chiese.

Sua sorella Kathleen, che aveva stretto rapporti con molte esponenti dell'alta società di Washington, le aveva suggerito di provare una serie di terapie di cui aveva sentito parlare, terapie che Emmy aveva deciso di scartare perché le parevano troppo rigide e francamente superate. Ma Kathleen non aveva voluto sentire ragioni e le aveva detto che un suo amico che abitava a New York, un diplomatico francese, conosceva un medico specializzato in "malattie mentali", patologia di cui secondo lei soffriva Jacob. Questo fece arrabbiare Emmy ancora di più, visto che la sorella cercava di comandare in ogni situazione, ma non disse niente: magari Kathleen avrebbe desistito, anche se il più delle volte era testarda come un mulo.

Ma perché non aveva accettato subito la proposta di Rory? Pensò al loro rapporto e in particolare si chiese se fosse stata proprio la sua indecisione a spingerlo a mettere in discussione il desiderio di impegnarsi con lei. Era andato a trovarla a Boston, affrontando un lungo viaggio dalla Virginia, avevano passeggiato e chiacchierato. Lui le aveva confidato che sperava di avviare uno studio medico di successo in Virginia e di riproporsi come insegnante di medicina e chirurgia.

Stando a ciò che sapeva di lui e al modo in cui si era comportato con Sarah e Jacob, era convinta che per i suoi figli sarebbe stato un buon padre. Dal canto suo, Rory aveva manifestato la speranza che lei decidesse di allargare la famiglia insieme a lui. Era gentile e di bell'aspetto, aveva un futuro ed era rispettabile. Era giudizioso e non si perdeva dietro alle proprie idee come i suoi due precedenti mariti, non le metteva mai pressione né la spronava a fare alcunché. Le aveva baciato delicatamente le mani, senza contare che a Panama le aveva salvato la vita.

Ma lei gli aveva risposto che non era pronta, che in fondo era ancora in lutto.

Rifletté sulla tranquilla conversazione che aveva avuto con lui mentre erano sdraiati sull'erba a guardare il cielo, che poi era proseguita quando si erano messi a osservare, dalla cima della collina, i piccoli borghi di pescatori a nord di Boston, e più ci pensava, più si rendeva conto di non essere stata sincera: era pronta eccome, a cambiare vita. Per quanto gli fosse grata, però, e per quanto lui l'avesse sempre fatta sentire a suo agio e al sicuro e avesse un atteggiamento ai suoi occhi nobile e orgoglioso, non era ancora certa che fosse la persona giusta con cui dividere il futuro, né, se è per questo, che il suo futuro prevedesse la presenza di un uomo. Emmy sapeva che era un pensiero da irresponsabile, quasi un capriccio, data la sua situazione finanziaria e le difficoltà del figlio, senza contare che Jacob si era subito affezionato a Rory, che quando gli parlava aveva un modo di fare calmo e rassicurante. Ma Emmy aveva da tempo concluso che non era bene ignorare il proprio istinto. Finché prendeva le sue decisioni controbilanciando i sentimenti con un solido processo razionale, tutto andava per il meglio.

Ma in quella situazione, era davvero la cosa giusta da fare? Altre donne in condizioni simili avrebbero forse colto al volo l'opportunità rappresentata dalla proposta di Rory? Si stava comportando da sciocca?

Si chiese se fosse l'imbarazzo mostrato da Rory quando era con lei, simile a quello di uno scolaretto che guarda la maestra con occhi adoranti, a farle temere che avrebbe dovuto fargli da madre. Ma come si conciliava, questo, con l'adorazione che leggeva negli occhi di Jacob quando guardava Rory, la stessa che mostrava quando in passato guardava il padre Isaac? Era forse l'ammirazione per un fratello maggiore? Oppure le sue intuizioni, le cose che percepiva, erano sbagliate?

Era certa di voler bene a Rory, ma sapeva anche di non esserne innamorata, non ancora, almeno. Dati i precedenti dei suoi due matrimoni – John Tern era diventato violento e Isaac Evers non aveva mai apprezzato l'apporto che lei dava alla coppia – Emmy sentiva di doversi concedere il tempo per prendere la decisione giusta. Non solo per la sua famiglia, ma per se stessa.

◇◇◇◇◇

Quel pomeriggio, quando tornò con Jacob e Sarah alla casa di arenaria rossa che il padre aveva affittato a Washington, passò in rassegna il proprio guardaroba: c'era un solo capo che aveva un po' di colore, il resto era cupo, fatto solo di tessuti scuri.

Ma dopotutto il nero era diventato imperante, no?, si disse.

Ormai lo indossavano tantissime donne, vecchie e giovani, come segno di dolore e di rispetto, fin dalla prima, disorganizzata, deludentissima, sorprendente e sanguinosa battaglia che aveva avuto luogo in un posto chiamato "Bull Run", dove aveva combattuto anche suo cognato. La preponderanza del nero, indossato da ogni vedova e madre in lutto, e da tante altre persone a loro vicine, dopo un po' lo rendeva quasi invisibile proprio perché era dappertutto e si mescolava alle uniformi blu scure delle migliaia di soldati che sciamavano per le sudice strade di Washington.

Emmy immaginò che le sue controparti di Charlotte, Knoxville e Richmond portassero abiti simili. Quell'assenza di colori dovuta al lutto era forse l'unica cosa che legava tutte le donne, sia del nord che del sud, perché gli uomini falciati dalle pallottole e dalle malattie erano sempre più numerosi, troppo numerosi in entrambi gli schieramenti di quel conflitto assurdo eppure inevitabile.

Ma Emmy non voleva più sentirsi legata alle altre donne per quella ragione. Aveva sempre trovato il modo di vincere la solitudine, o quantomeno di affrontarla per poi passare oltre. Riempiva le giornate occupandosi di mille cose, riflettendo nei pochi momenti liberi su come le cose alla fine avessero un senso. A volte si rincuorava dicendo a se stessa di non aver bisogno di un compagno, per quanto desiderasse sempre più spesso l'intimità di un abbraccio, il tocco gentile di una mano forte e tenera.

C'erano state in effetti alcune occasioni, all'inizio del secondo matrimonio, quello con Isaac, in cui si era lasciata andare, si era concessa di abbandonarsi alla passione, per così dire. In quelle occasioni accedeva a una sorta di libertà, a stanze nuove nella sua mente ordinata dai compartimenti angusti e ben organizzati. Era meraviglioso, e nei momenti di intimità con il marito si ritrovava a desiderare quegli spazi con tutta se stessa. Anche quando quei momenti a un certo punto erano scomparsi.

All'inizio lasciarsi andare le aveva fatto paura e si era resa conto che quelle esplorazioni, così come il fatto di provare sensazioni nuove, avrebbero sicuramente spaventato Isaac il quale, per quanto fosse un sognatore, si impauriva ogni volta che le cose gli sfuggivano di mano. Non era stata abbastanza paziente con lui, o non abbastanza aggressiva? Aveva aspettato che fosse l'immaginazione del marito ad accendersi, aveva rispettato le *sue* esigenze invece di far valere le proprie?

46

Forse era stato proprio quello uno dei motivi che avevano spinto Isaac ad allontanarsi per undici mesi – sei più di quelli previsti dal suo incarico – per andare a combattere a fianco dell'esercito che cercava di contenere le rivolte indiane sul fiume Columbia, chissà... Se davvero era andata così, il suo tentativo – che gli aveva concesso un minimo di controllo sull'imprevedibilità degli eventi, per poter tenere a bada almeno un po' gli incubi e la preoccupazione costante di un attacco notturno – era fallito, perché se da un lato aveva soffocato le rivolte indiane nel Nordovest Pacifico, aveva anche spento in lui ogni passione.

Era tornato fiacco e confuso.

E dopo quell'episodio, nei loro momenti di intimità, ormai sempre meno frequenti, Emmy non era più riuscita a ritrovare quegli spazi. E non aveva mai raccontato ad Isaac che cosa provava in quei momenti, non ne aveva avuta l'occasione, perché una notte i nemici erano venuti davvero.

Mesi prima, quando aveva iniziato a riflettere sulla proposta di Rory e sulle esperienze vissute negli ultimi tre anni, aveva deciso che finalmente era giunta l'ora di abbandonare il lutto stretto e il senso di comunanza che spesso le dava: quei segni condivisi, terribili, che solo chi aveva perso una persona cara sapeva davvero comprendere.

Si rese conto di non riuscire più a provare empatia. Evitava di incrociare lo sguardo delle altre vedove, soprattutto quello delle donne appena rimaste sole, perché era stanca e il lutto, quel gravoso cammino che conosceva così bene, era diventato un fardello del quale voleva sbarazzarsi una volta per tutte insieme agli abiti neri che le ricordavano costantemente ciò che le era capitato da quando il marito era stato assassinato. La sua morte era stata provocata da un'incursione brutale degli indiani ben diversa da quelle che avevano colpito il resto del paese. E quell'evento pareva ora lontanissimo, relegato nel Nordovest Pacifico, in un avamposto estremo di quel grande paese assediato.

Aveva deciso che avrebbe adottato un nuovo modo di incedere, un nuovo abbigliamento, per nulla vistoso ma modesto, che magari parlasse di speranza, da abbinare a un timido passo danzato, come la gavotta che aveva ballato da ragazza a Boston, anche se l'avrebbe eseguito solo nella sua immaginazione. Si ricordò di un vecchio abito che aveva nell'armadio a casa del padre, color turchese chiaro con una fascia blu scura: le era sempre piaciuto molto, magari le stava ancora.

Decise che se lo sarebbe provato una volta tornata a Boston. E magari avrebbe osservato come reagiva Rory Brett vedendola indossare quei colori, forse la sua reazione le avrebbe fatto intuire che tipo di marito e amante avrebbe potuto essere.

Come si sarebbe comportato? Che cosa avrebbe fatto se si fosse concessa di andare oltre il mero tenersi per mano e i baci delicati che le aveva dato? Sarebbe cambiato? Si sarebbe spaventato e buttato a capofitto in qualche impresa come Isaac? O sarebbe rimasto lo stesso, continuando a essere galante ma controllato, come George Pickett? Forse erano proprio quelle preoccupazioni a farla esitare di fronte alla proposta di Rory Brett. Indossare l'abito turchese avrebbe cambiato le cose?

E poi, il 14 maggio 1862, proprio la settimana in cui aveva deciso di tornare ai colori, suo padre era morto in silenzio, con un brontolio, senza lasciarle pillole di saggezza né frasi criptiche su cui riflettere.

Il marito della sorella Kathleen, maggiore Jonathan McEmeel, che era presente, le disse che prima di farlo sdraiare sul divano gli occhi di suo padre gli erano sembrati sporgenti, ed Emmy si ricordò che aveva pronunciato la parola "rosso" tenendo entrambe le mani sul lato destro del cranio. Anche lui indossava ormai da mesi gli abiti a lutto per la morte della madre di Emmy. Non si era affatto ripreso dalla sua scomparsa, avvenuta l'anno precedente dopo una lunga malattia che l'aveva consumata. E come la madre, anche lui se n'era andato nel cuore della notte, ed Emmy si rese conto che dopotutto non avrebbe potuto mettere da parte i veli neri.

Come dovevano vestirsi gli orfani?, si chiese.

◇◇◇◇◇

17 maggio 1862 – Washington

Poco prima del funerale, Emmy venne a sapere che il padre l'aveva nominata esecutrice testamentaria, perciò si sarebbe dovuta occupare delle sue proprietà.

"Sai" le aveva detto Kathleen, "questo è un vero e proprio insulto nei miei confronti!"

Quando Emmy aveva fatto per ribattere, la sorella si era voltata e se n'era andata e, senza neanche aspettare la sua risposta, aveva aggiunto: "... e non è per i soldi. Io e Jonathan ce la passiamo molto bene, grazie!"

Ma non c'era niente da ereditare. Nei suoi ultimi anni il padre aveva fatto così tante speculazioni che per la seconda volta aveva sperperato la modesta fortuna di famiglia. Aveva ipotecato la casa di Boston al punto che non era più possibile riscattarla e si era lasciato dietro una folla di creditori inferociti.

Mentre Kathleen e il marito vivevano nel benessere da quando lui aveva iniziato a lavorare per il generale Butler, Emmy aveva da parte ben pochi risparmi, quindi si rese conto che presto si sarebbe ritrovata senza il rifugio della casa di famiglia a Boston.

Rimpiangeva di non aver parlato del suo dilemma con Rory Brett, perché anche lui quando era tornato a casa sua in Virginia si era ritrovato in una situazione simile. Ma ormai non era più possibile raggiungerlo e non c'era nessun altro di cui potesse fidarsi.

Il pomeriggio in cui capì di trovarsi in difficoltà, inviò un telegramma a Patrick Dolan, l'avvocato al quale aveva affidato il pacchetto che diciotto mesi prima era stato inviato a suo figlio Jacob. Il pacco, privo di mittente, veniva da un uomo che pensava e sperava fosse morto: Rafael "Bocamalo" Gianakos, l'uomo che l'aveva presa in ostaggio due anni prima a Panama durante l'assalto al treno. Per qualche ragione aveva inviato a suo figlio Jacob un dono prezioso, un grosso diamante grezzo.

Il messaggio di Emmy a Dolan era chiarissimo: "Per quanto mi rincresca pensarci e quindi rivivere parte di quella tremenda catena di eventi, potrei aver bisogno di trovare un acquirente per il contenuto del pacchetto di Jacob".

Il giorno dopo ricevette un telegramma dall'ufficio di Dolan con il quale la informavano che l'avvocato era partito per l'Inghilterra e sarebbe tornato solo da lì a qualche settimana.

Nei quindici giorni successivi, tra la fine di maggio e l'inizio di giugno del 1862, dopo il funerale e dopo che le truppe avevano iniziato a lasciare Washington per prendere parte alla Campagna peninsulare di cui le aveva parlato il padre, Emmy chiamò a raccolta ogni briciolo di energia e mise mano alle questioni in sospeso relative alle proprietà del padre. Ben sapendo quanto si sarebbe potuta abbattere se solo si fosse messa a rimuginare sui suoi problemi, e in particolare sulla sorte di Rory, iniziò a sbrigare sistematicamente anche una serie di faccende quotidiane in modo da stare su di morale.

Lavava i panni, preparava i pasti e puliva la casa di fino.

Si dedicava alla corrispondenza, scriveva lettere al fratello del defunto marito, Winfield Evers, al quale aveva venduto la fattoria nel Territorio dell'Oregon.

Scrisse a New York ad Ari Scarpello, un uomo coraggioso che aveva salvato i suoi figli durante la rapina al treno a Panama. La lettera le tornò indietro sigillata, ma arrivò insieme alla missiva di un amico il quale diceva che Ari era tornato a Panama a cercare la moglie, ancora dispersa dopo i tragici eventi di due anni prima. La lettera diceva anche che Scarpello aveva affidato i due figli piccoli, Jonny e Falco, alle cure di una parente, e aveva comunicato all'amico la speranza che, una volta tornata dall'istmo, Emmy andasse a trovarli a New York.

Emmy inviò altre richieste alla Panama Railroad Company e agli uffici governativi colombiani della Confederazione Granadina ad Aspinwall-Colón e Panama per sapere se erano pervenute notizie di Jojo, che era scomparso durante la rapina.

Decise di portare più spesso il figlio dalla ministra del culto che aveva passato diverso tempo con entrambi per aiutarli a identificare le cause del "disturbo emotivo" di Jacob. Il figlio aveva finalmente iniziato a raccontare qualche dettaglio sulla sua prigionia di tre anni prima nell'accampamento di guerra degli Haida. Aveva anche detto che gli mancava Jojo, l'amico adulto che aveva contribuito a salvarlo e che in qualche modo gli aveva fatto da padre. Per la prima volta da allora aveva detto che gli mancava suo padre Isaac. Emmy si accorse di uscire da quelle sedute ogni volta più sfinita e che dopo gli incontri Jacob dormiva per ore, ma tutto sommato le pareva che fosse molto meno introverso, e anche se restava sempre appiccicato alla sorella Sarah, aveva smesso di bagnare il letto. Poi Jacob ripeté che gli mancava Rory.

A metà della settimana, Emmy ricevette un'altra lettera, questa volta dal capitano George Pickett. Non riportava l'indirizzo del mittente, ma era stata imbucata a New Orleans diversi mesi prima. Pickett le comunicava che aveva lasciato il Nordovest Pacifico e che si trovava a sud diretto in Virginia, dove avrebbe accettato un incarico come membro dell'esercito Confederato. Diceva anche che si sentiva in dovere di difendere la Virginia, sua terra natale. Una volta finita la guerra, sperava di poterla andare a trovare a Boston; aggiunse che pensava spesso a lei. Nel rileggere la lettera pensò ai momenti che avevano passato insieme nel Nordovest Pacifico a parlare delle rispettive solitudini.

Dopo aver terminato la lettera di Pickett, lesse più volte le lunghe missive di Rory Brett e le poesie che le aveva dedicato, soprattutto l'ultima, che aveva ricevuto ormai da qualche mese, appena prima che il servizio postale venisse sospeso. In quella lettera le aveva rinnovato la sua proposta di matrimonio e aveva usato la parola "amore" per ben cinque volte. Emmy aveva letto gli ultimi paragrafi così tante volte che ormai li sapeva quasi a memoria:

Em,

> *... so che in passato avete avuto qualche riserva sul mio corteggiamento, sull'avvio della mia pratica medica e sul rifarvi una vita con un nuovo compagno che non conoscete bene, sul trasferire i vostri figli piccoli che hanno già le loro difficoltà in una terra travagliata in un momento che certo non è dei migliori.*

> *So che esitate perché per certi aspetti sono più immaturo di voi, e anche se entrambi abbiamo visto la morte e la brutalità da vicino, nel mio caso l'esperienza è stata molto meno personale, molto meno devastante. Io ho potuto allontanare da me il dolore di cui sono stato testimone, com'è giusto che faccia se voglio continuare a svolgere con competenza il mestiere che ho scelto per la vita.*

> *Perciò probabilmente credete che non vi possa capire. Per quanto vi riguarda, credo che la vostra competenza abbia un'origine opposta alla mia, in quanto, nel tentativo di proteggere voi stessa e i vostri cari, avete fatto esperienze tali da guadagnarvi la certezza di poter resistere a tutto.*

> *Sapete che ammiro la sicurezza che dimostrate. L'ho percepita fin dalla prima volta che ci siamo incontrati e che vi ho osservata attentamente, e poi in seguito, purtroppo*

da lontano senza poter intervenire, e poi ancora mentre giacevate svenuta davanti a me a Panama, e persino adesso, per quanto gli impedimenti di questa guerra ci costringano a stare divisi.

Il mio amore per voi cresce un attimo di separazione dopo l'altro, Emmy, ogni volta che mi si mozza il respiro quando sento un mormorio dolce e morbido che assomiglia alla vostra voce gentile, o rivedo in qualcuno un atteggiamento coraggioso che mi ricorda il vostro, nella sofferenza e nei momenti di felicità, quando paragono il vostro modo di rispondere a tono nelle conversazioni con quello delle altre, quando vado a Richmond ma mi ritrovo a sognare di essere a Boston con voi, o quando sono da solo in cima a una collina e mi immagino seduto nuovamente al vostro fianco in campagna, a guardare il mare. A sentire ancora una volta il soffio della brezza fresca. A sfiorare la vostra mano.

Vi amo e vi amerò per sempre.

Leggere quegli ultimi paragrafi la fece sprofondare nuovamente in quel senso di tristezza e impotenza che temeva la sommergesse. Non poteva raggiungerlo, parlargli, rassicurarlo: che cosa avrebbe dovuto fare?

30 giugno-15 luglio 1862 – Washington

Una settimana dopo, mentre i feriti dell'Unione si riversavano a frotte in ogni ospedale, chiesa o casa privata di Washington disponibile ad accoglierli, Emmy lesse sui giornali cittadini e su quelli newyorchesi alcuni resoconti su due delle sette battaglie della recente, massiccia campagna militare in Virginia, che si era rivelata un altro fiasco per l'Unione e nella quale erano già stati uccisi o feriti oltre quindicimila uomini. Seppe inoltre che i Confederati avevano subito perdite simili.

Il primo resoconto che lesse la mattina del 26 giugno descriveva una sanguinosa battaglia avvenuta in un luogo chiamato Mechanicsville, che il corrispondente del *New York Herald* definiva una vittoria di misura per l'Unione. Le stime provvisorie parlavano di migliaia di morti. Le forze nordiste, al comando del generale Fitz-John Porter, avevano respinto valorosamente e con successo le truppe ribelli in un luogo che gli abitanti della Virginia chiamavano Beaver Dam, perciò nonostante il gran numero di vittime, i quotidiani di Washington la definivano "una vittoria incoraggiante".

A quanto pareva lo scontro successivo che si era verificato in quella zona era finito diversamente. I resoconti dicevano che l'esercito Confederato aveva sfondato le linee nemiche e battuto i nordisti, tanto che le forze di Fitz-John Porter erano state costrette a ritirarsi. Un editorialista riportava un pettegolezzo su McClellan, il quale, deluso da quella e altre sconfitte iniziali, stava pensando di ordinare la ritirata all'esercito dell'Unione e mettere così fine alla campagna militare. Nel valutare gli ingenti costi di quest'ultima, il giornalista sosteneva che una ritirata sarebbe stata un disastro per un esercito già abbastanza indebolito, e avrebbe incoraggiato i ribelli a marciare su Washington.

Tutte quelle notizie e il fatto che ci fossero così tante vittime di guerra erano davvero una tragedia. Eppure, forse per via dei luoghi in cui si combattevano le battaglie, Emmy seguiva costantemente i resoconti e spendeva almeno due ore tutte le mattine a passare in rassegna diversi periodici e quotidiani. Leggeva anche le prime pagine, che riportavano l'elenco dei morti e dei feriti dell'esercito dell'Unione, in cerca di nomi conosciuti. Quando vedeva che non ce n'erano, nonostante le liste fossero lunghissime, si sentiva sollevata, e quando aveva l'opportunità di scorrere sui giornali vecchi gli elenchi dei Confederati deceduti e scomparsi, li leggeva e rileggeva lentamente, con attenzione e timore, sperando di non trovare nessuno degli unici due nomi che avrebbe potuto conoscere, quelli di George Pickett e di Rory Brett. Ogni volta, il fatto di non incontrarli le sollevava il morale: la morte si era portata via tanti altri soldati, ma le aveva risparmiato di soffrire per qualcosa di personale, di intimo. Era un modo aberrante di mantenere viva la speranza, Emmy era abbastanza onesta da ammetterlo.

Nel pomeriggio portava Sarah allo stesso ospedale di Pennsylvania Avenue dove l'anno prima, dopo la battaglia di Bull Run, aveva trovato McEmeel. La figlia era sufficientemente grande e aveva già visto così tante cose negli ultimi anni da poterle darle una mano a curare i soldati feriti. C'era sempre tanto da fare. Quando la situazione si calmava, lei e Sarah scrivevano lettere per conto dei feriti.

Due giorni dopo, nel leggere una copia del *Richmond Esquire* presa di straforo, vide che un giovane brigadier generale degli stati confederati di nome George E. Pickett era stato gravemente ferito durante un'offensiva in una località chiamata Gaines Mill.

Ricordando le mappe che il padre le aveva mostrato, Emmy capì che entrambi gli scontri, quello di Mechanicsville e quello della cittadina vicina a Gaines Mill, si erano verificati a pochi chilometri dalla proprietà di famiglia dei Brett. Il giornale non riportava altri particolari sulla sorte di Pickett.

Poi, sulla seconda pagina dell'*Herald*, vide una cartina e capì che Rory, il dottor Rory Brett, che si fosse schierato o meno con l'una o l'altra parte, in quel momento si trovava nell'occhio del ciclone. Scosse la testa di fronte a quella coincidenza paradossale. Gli unici due uomini al mondo per i quali provava qualcosa si trovavano a pochi chilometri l'uno dall'altro ed erano entrambi in pericolo, forse già morti.

Quella notte rimase sveglia fino alle quattro, e meno di mezz'ora dopo Jacob le si infilò nel letto piangendo. Aveva di nuovo gli incubi.

"I diavoli sono tornati e hanno ucciso un'altra volta il mio papà! Ma io ho lottato e li ho ammazzati" le raccontò singhiozzando.

"Non ci sono diavoli, tesoro" disse Emmy tenendolo stretto. "Solo persone che fanno brutte cose per far soffrire gli altri."

"Hanno fatto soffrire me!"

"Lo so, tesoro, lo so. Ma adesso sei al sicuro. Nessuno ti porterà più via" disse Emmy.

Sarah si svegliò e cercò di consolarlo anche lei, ma lui continuò a parlare e a piangere fino all'alba, poi si addormentò.

Il giorno dopo Emmy lo riportò dalla ministra unitariana, la donna di ampie vedute che si era occupata dei problemi di Jacob insieme a lei. Lo lasciarono parlare per più di un'ora e lui raccontò nuovamente i fatti accaduti a Whidbey e poi al Nord, durante il periodo di prigionia presso i Northerners, dopodiché parlò dell'accampamento degli Embera a Panama. Emmy iniziava a capire che Jacob aveva confuso le due tribù di nativi – i Northerners, violenti, aggressivi e gli Embera, docili e miti – con demoni simili a quelli che avevano sentito descrivere da un fervente predicatore itinerante durante un sermone domenicale a Whidbey.

"Jacob, quelli non sono diavoli" disse la ministra. "Sono esseri umani proprio come me, te e la tua mamma."

Il bambino annuì e parve capire, dopodiché si calmò.

Nelle due visite successive, si dimostrò molto più loquace e vispo, quasi come da piccolo, notò Emmy. In seguito la pastora le disse che riscontrava progressi significativi e che era convinta di essere sulla strada della guarigione.

"Credo però che Jacob abbia bisogno anche di un padre" aggiunse. "C'è qualche speranza che il suo fidanzato si unisca alla vostra famiglia?" le chiese.

◇◇◇◇

Verso la fine della settimana, grazie ai contatti nell'ambiente militare forniti dal segretario di Kern O'Malley e dal cognato Jon McEmeel, in visita a Washington da New Orleans, Emmy andò a chiedere varie volte di localizzare Brett: se non fosse riuscita a trovare il modo di allontanarlo dai pericoli, quantomeno voleva sapere come stava.

Ogni volta fu respinta sgarbatamente.

Cercò di sapere di più anche sulla sorte di George Pickett, ma non riuscì a recuperare alcuna informazione.

Mentre conduceva le sue ricerche, l'opinione che sentì ripetere più spesso era che nella disastrosa nonché onerosa Campagna peninsulare e nella ritirata di McClellan dalla Virginia erano state sprecate migliaia di vite e una fortuna a livello finanziario. Proprio com'era successo dopo Bull Run, le autorità civili e militari temevano una possibile avanzata dei Confederati sulla capitale. Emmy si sentì ripetere più volte che nessuno sarebbe stato autorizzato a entrare nella zona in mano ai ribelli.

Non passavano informazioni né lettere. Un maggiore dell'entourage del generale McClellan le disse che c'erano anche altri nella sua stessa situazione, e che quelle erano le conseguenze quando "veniva a mancare la lealtà". Le disse di non insistere, altrimenti l'avrebbero inserita nella "lista delle persone sospette".

Emmy si demoralizzò. Dentro di sé sentiva di aver perso Rory, e anche Pickett era perduto.

Alla fine della settimana, un soldato giovane che si qualificò come il tenente Mark Wilford di Boston, degli Wilford di Springfield, le fece recapitare il proprio biglietto da visita e poi andò a trovarla a casa. Il tenente le disse che stava rientrando per la convalescenza dopo la Campagna peninsulare, ma che aveva fatto appositamente una deviazione a Washington per portarle informazioni su un uomo di sua conoscenza, il dottor Brett.

"È il minimo che possa fare, signora" le disse Wilford tenendo il cappello con la sinistra. "Ho ancora il braccio perché il dottore ha impedito a uno di quei macellai di segarmelo" aggiunse accennando al destro, ricoperto da una grossa fasciatura e appeso al collo.

"Quando il dottore ha saputo che ero di Boston, mi ha raccontato tutto di lei. Di lei e dei suoi bambini, suo figlio e sua figlia."

Il giovane le disse che i Confederati avevano portato lui e altri prigionieri e feriti dell'Unione nell'ospedale di fortuna allestito requisendo la clinica di Brett dopo la battaglia di Gaines Mill. Aggiunse che quando i ribelli se n'erano andati l'avevano lasciato lì.

Le riferì anche che Brett aveva un'aria patita e malata. "L'hanno portato via su un carro insieme ai feriti. Era grigio in volto, signora." Poi le porse una busta indirizzata a lei.

Era di Brett.

Emmy attese che se ne andasse, poi ricominciò a respirare e si chiese se la debolezza che provava fosse dovuta al fatto di aver ricevuto notizie di Rory o allo sforzo di darsi un contegno di fronte al giovane tenente di Boston.

Salì le scale, entrò in camera sua, chiuse la porta e si sdraiò sul letto. Tenne la busta spiegazzata vicino al viso, la annusò per sentire se emanava qualche profumo e cercò di percepire la grana della carta sulla guancia.

Le ci vollero cinque minuti buoni per trovare il coraggio di rompere il sigillo.

Aprì la busta e trovò l'incipit di una lettera e una poesia datate fine aprile, cioè cinque mesi dopo che Rory era stato a trovarla a Boston. Emmy ricordò di non avergli scritto per qualche settimana, e ripensando a quello che gli aveva confidato o meno nell'ultima lettera che gli aveva scritto appena prima che il servizio postale venisse bloccato, si chiese se non gli avesse inviato messaggi discordanti, tanto da indurlo a credere di voler rinunciare al loro rapporto.

22 aprile 1862

Mia Em adorata,

> *le ultime lettere che vi ho inviato sono tornate indietro senza essere state aperte. Pare che ormai il servizio postale non funzioni più, o almeno spero che sia solo questo il motivo per cui non avete risposto alle mie tre missive precedenti. Mi sento frustrato. Da qui è impossibile andare a nord, date le ostilità in corso, e se lo facessi il mio gesto verrebbe senz'altro mal interpretato dai concittadini più sospettosi, perciò probabilmente non potrei più esercitare nella mia città. Se dovessi prendere la decisione avventata di attraversare le linee del fronte, questa follia distruggerebbe ogni parvenza di prosperità sulla quale ho sempre fatto affidamento per poter mantenere voi, i bambini e la famiglia che ci costruiremo insieme. Pertanto cercherò di comportarmi in maniera prudente e rimarrò qui nella mia clinica, quantomeno finché riuscirò a sopportare questo silenzio da parte vostra. Prego solo che non persista e non ci sopravviva.*

> *Ho cercato di non interpretare nel modo sbagliato ciò che avete scritto nell'ultima lettera che ho ricevuto da voi, Mia Adorata, ho tentato di leggere tra le righe. Se state cercando di abbandonarmi con garbo, ebbene, in questo momento non so che cosa dire, visto che non posso guardarvi un'altra volta negli occhi per trovare conferma alle mie paure o alle mie speranze.*

Non so proprio se riceverete mai la poesiola che vi allego.
Sono un romantico goffo, Em, e un poeta da strapazzo,
come certo avrete già capito. Sulla poesia aleggia un
senso di disperazione, date le circostanze, e di rassegna-
zione a un destino di separazione dovuto non a parole
astiose ma alla semplice distanza nel tempo e nello spazio
che ci è imposta dalle circostanze. Forse sto dando per
scontato che il vostro silenzio sia dovuto alla peggiore
delle motivazioni, e non alla morte, che potrebbe cogliere
ciascuno di noi in ogni istante della vita di questa nostra
giovane nazione e che piangerei dolcemente fino al mio
ultimo respiro. Temo sia dovuto alla stanchezza che
purtroppo a volte si insinua quando due anime si allon-
tanano, quando coloro che amiamo devono sottostare a
limitazioni che trascendono il loro controllo.

Vi prego, cerchiamo di non dimenticare i momenti
intensi che abbiamo vissuto insieme, Mia Adorata.

Vi amo.

Vi amerò sempre.

La lettera era incompiuta. Emmy vide che la poesia sulla seconda pagina, scritta con una matita a punta
dura, era illeggibile. Le parole sul retro, a quanto pareva
scritte di corsa e datate 1° luglio 1862, erano vergate con
mano tremante:

Ho bisogno di voi, Em. E voi, Jacob e Sarah avete
bisogno di me.

Vi prego. Ho bisogno di voi.

R.B.

L'appunto sul retro doveva risalire al giorno in cui Brett era stato portato via, come le aveva detto il soldato.

Dopo quella serie di coincidenze volute dalla Provvidenza, visto che Rory Brett e George Pickett parevano scomparsi nel fumo infernale e amaro della guerra, Emmy si rese conto di dover trovare il modo di attraversare le linee Confederate fino al Chickahominy. Non c'erano alternative.

Sapeva esattamente dove si trovava la cittadina natale di Brett: presso la biforcazione superiore del fiume. Con un po' di fortuna, il viaggio sarebbe durato solo qualche giorno, lei avrebbe trovato Rory e capito come tirarlo fuori di là. Avrebbe anche dovuto pensare alle parole giuste per spiegare a Jacob e a Sarah che li avrebbe lasciati per un breve periodo alla sorella Kathleen. Il bambino stava meglio e avrebbe avuto vicine la sorella e la ministra. Lei sarebbe tornata prima possibile, e se avesse trovato Rory lo avrebbe portato con sé.

Kathleen avrebbe dovuto sforzarsi di capire. Poteva fidarsi di lei?

E il marito di Kathleen, McEmeel, avrebbe dovuto aiutarla. Di lui poteva fidarsi?

Emmy si fece forza recitando una breve preghiera di supplica a Dio perché la aiutasse a trovare il modo di attraversare le linee senza problemi. Ma non poteva certo sapere che cosa sarebbe successo una volta arrivata là.

CAPITOLO SEI

◇◇◇◇

McEMEEL

15 luglio 1862 - Washington

D oveva lasciare Washington e tornare a New Orleans prima che Lincoln e Stanton lanciassero una nuova offensiva. Non voleva essere trasferito né trascinato a forza in quello scontro. Era inevitabile che l'Unione, con la sua potenza e le sue risorse, avesse la meglio in quel lungo conflitto, o tramite vittorie sul campo oppure sfiancando il nemico. Nel frattempo, i suoi leader avrebbero strenuamente promosso azioni portatrici di altra morte e distruzione. E diamine, lui il suo dovere l'aveva già fatto.

Zoppicando verso il quartier generale di Missouri Street, il maggiore dell'esercito degli Stati Uniti Jon Evan McEmeel, vittima decorata della Prima battaglia di Bull

Run, si chiese se il travestimento che indossava avesse ancora un senso o fosse necessario. C'erano così tanti politici e soldati che andavano e venivano, senza che nessuno li notasse, dalla "Murder Bay" di Washington, la fila di quattro isolati pieni di bordelli a soli quattrocento metri dalla rotonda del Campidoglio ancora in costruzione, che Jon era certo di potersi inventare facilmente una scusa se qualcuno avesse osato mettere in discussione il motivo per cui si trovava in quella zona pericolosa della città. Era "stato a un incontro cui avevano partecipato molti altri ufficiali e membri del Congresso", si era ripetuto tra sé in più di un'occasione, e in effetti non mentiva. Trovava sempre il modo di raccontare quel tanto di verità che gli consentiva di parlare con un tono così convincente che spesso la gente non indagava oltre. Tra l'altro, a quanto pareva sua moglie gli credeva sempre. Probabilmente anche i personaggi importanti che frequentavano le case chiuse ricorrevano alla sua stessa scusa, concluse, che era poi la scandalosa verità.

Si tolse il semplice chepì e indossò invece l'Hardee e il soprabito dell'uniforme da ufficiale che teneva nella sacca da viaggio. Non lo vide nessuno.

I bordelli della capitale, come il Blue Goose, il Madame Wilton's Private Residence for Ladies e il suo luogo di perdizione preferito, la Miss Russell's Bake House, gestita da professioniste di Washington, non erano vivaci come le tantissime case di piacere che aveva frequentato a New Orleans, ma erano comunque numerosi e per il momento avrebbero dovuto bastargli.

McEmeel aveva dato fondo a ogni giustificazione possibile per quelle sue colpevoli concessioni agli istinti più bassi: dopotutto il suo matrimonio asfittico traballava e lui aveva bisogno di molta più comprensione e "varietà" di quelle che otteneva all'interno dei vincoli di un accordo rispettabile ma limitante. Non che fosse privo di rimorsi per quelle sue incursioni segrete e sempre più frequenti: si sentiva in colpa eccome. Ma confessava opportunamente quei peccati subito dopo ogni visita, per evitare che, per colpa di una stupida disattenzione, la sua anima finisse direttamente all'inferno. I cattolici godevano di quel privilegio, no?, pensava. Perciò era uno scambio equo, dal momento che si sforzava di ubbidire a tutti gli altri precetti impostigli dalla religione.

E poi non danneggiava nessuno. Le donne apprezzavano la sua compagnia e pagava sempre bene, anche se gli seccava doverlo fare. E conoscendo le malattie veneree, era sempre stato attento, perché vedendo ciò che erano costretti a sopportare alcuni dei suoi uomini si era reso conto che le cure offerte dai medici generici locali, erboristi e naturopati compresi, erano dolorose e inefficaci. Non aveva intenzione di versarsi nitrato d'argento o podofillina sulle parti intime per curare la sifilide, né di ingerire calomelano per lo "scolo". E poi non avrebbe voluto passare una vergognosa malattia alla moglie.

Mentre indossava gli altri capi che formavano la sua identità "ufficiale", sentì pulsare nuovamente il ginocchio, il che gli ricordò quanto gli dispiacesse essere ancora confinato nel Nord. La sua presenza in quella città era solo di facciata e lo teneva lontano da New Orleans, dove si stava perdendo tante magnifiche opportunità. Fin da quando il suo mentore Benjamin Butler aveva assunto la carica di governatore generale di quella città portuale misera ma interessante, anche le fortune di McEmeel erano aumentate in modo incredibile, come d'altronde era accaduto anche ad altri membri della cerchia ristretta di Butler.

Adesso gli era chiarissimo che la morte del suocero Kern O'Malley era stata una seccatura inattesa, le cui conseguenze andavano bene o male sopportate. In quella città infestata dai pettegolezzi era sempre la morale, o quantomeno una parvenza di morale, a guidare il comportamento delle persone, se ne rendeva conto, e tutti sapevano che era stato lui l'ultimo a vedere O'Malley vivo prima che collassasse.

A chiunque gli chiedesse delucidazioni sul fatto McEmeel aveva risposto più o meno allo stesso modo, con un tono suadente che aveva provato e riprovato più volte. A chi era sinceramente in lutto, così come ai ficcanaso che secondo lui erano interessati ai dettagli morbosi diceva: "Quando ho disteso mio suocero sul divano aveva un'espressione serena sul volto. Sono sicuro che non ha sofferto".

E anche quella era una mezza verità per ingraziarsi gli altri: quando gli era venuto l'infarto, il vecchio O'Malley stava litigando furiosamente con il genero. "Sei un viscido topo di fogna, un opportunista, un guerrafondaio, e sei pure un ubriacone, Jon! Te ne rendi conto?" aveva gridato O'Malley con il viso paonazzo, dopodiché era crollato sul pavimento di marmo. Ma alla fine il suo volto aveva *davvero* assunto un'espressione serena. Perciò le mezze verità e anche le menzogne plateali smerciate al funerale davano in qualche modo a McEmeel l'impressione di fugare i dubbi di coloro che soffrivano e di deludere chi magari si aspettava rivelazioni sensazionali. Forse, si disse, infiocchettando i dettagli di quel tragico evento avrebbe potuto ridurre la sua permanenza in purgatorio.

Era forse diventato un cinico?, si chiese. Quel pensiero lo fece riflettere. E se il purgatorio non fosse esistito? Sarebbe andato dritto all'inferno, viste le misere condizioni in cui versava la sua anima. Avrebbe trovato un lavoro anche là? Il pensiero lo fece ridere: se ce ne fosse stato uno, Ben Butler e suo fratello Andrew l'avrebbero sicuramente aiutato a scovarlo.

Raggiungendo Michigan Avenue vide due militari, un soldato semplice e un caporale, che gli venivano incontro dall'altra parte della strada facendogli il saluto. Anche se quel rituale non aveva più la freschezza di un tempo, sapeva che era meglio rispondere piuttosto che non farlo e attirare l'attenzione su di sé. "Soldati" disse con un cenno del capo, portandosi la mano destra alla fronte.

Pensandoci bene, si rese conto che il saluto militare non era altro che il riconoscimento della causa comune per la quale tutti loro si impegnavano e dell'organizzazione alla quale avevano giurato fedeltà. Gli uomini facevano il saluto per rispetto, obbligo o paura, e dal modo in cui eseguivano quel semplice gesto di deferenza era in grado di comprendere i loro sentimenti. Capiva se erano diventati cinici o se fin dall'inizio non avevano mai accettato quella pratica o quel gioco. E ogni volta dava un'occhiata fugace al loro viso per vedere che tipo di persone fossero, se avevano l'animo ferito o invece erano ladri o assassini. Riusciva a capire tantissime cose dal modo in cui un uomo faceva il saluto. Pensò anche a come rispondeva a quello dei subordinati e dei superiori e si chiese se anche lui fosse cambiato molto. Era diventato negligente, questo lo sapeva, e si chiese se il motivo fosse da ricercare nei fatti accaduti da quando era arrivato lì. Il suo era il saluto di un cinico. Scrollò il capo.

Quegli ultimi terribili diciotto mesi erano stati davvero propizi, ma all'inizio non era sembrato affatto così, ricordò. Grazie alla reputazione del suocero e a una lettera del vescovo di Dorchester, quando Lincoln aveva chiamato a raccolta 75.000 volontari stipendiati per sedare la rivolta, McEmeel si era arruolato e aveva ricevuto dal governatore del Massachusetts l'ordine di guidare con il ruolo di capitano una compagnia di 100 uomini all'interno di un reggimento dello stato. Ma lui era ancora un "pivello" e lo sapeva.

Nonostante la mancanza di esperienza militare, quella nomina a ufficiale non gli era parsa affatto inappropriata: in fondo era ben istruito, più di tanti altri, e di indole estremamente cordiale. Con il suo modo di fare accomodante e la risata contagiosa riusciva a mettere gli altri a proprio agio. Le ragazze apprezzavano la sua compagnia e i colleghi gli invidiavano quella fortuna. Era noto a tutti e stimato da gran parte dei suoi uomini, molti dei quali erano membri degli "Wide Awakes", un movimento paramilitare del partito repubblicano che aveva manifestato in favore dell'elezione di Lincoln e marciato per le strade delle principali città del Nord, Boston compresa. I suoi commilitoni del movimento erano convinti che sarebbe successo qualcosa di grosso e di importante: la sua generazione, piena di giovani ambiziosi come lui, avrebbe fomentato e poi guidato una vasta ribellione che avrebbe permesso loro di prendere in mano le redini del futuro. Eh sì, il 1861 era stato un anno positivo, esaltante e molto promettente, concluse tra sé con una certa soddisfazione.

Riflettendoci meglio mentre tornava a casa, pensò che per quanto si fosse dedicato con passione al movimento e nonostante le aspettative che nutriva riguardo ai suoi scopi, non aveva mai capito in che cosa consistesse davvero, e secondo lui erano in tanti a non saperlo. In seguito, quando aveva parlato con i colleghi che indossavano i mantelli neri di tela cerata e sfilavano in silenzio ai raduni portando delle torce, aveva capito che tutti quegli uomini *non* erano uniti da un credo condiviso, ma solo da una cacofonia indistinta di richieste di "cambiamento" e rovesciamento dell'ordine sociale esistente. Erano forse i giovani contro i "vecchi"? Invidia? Poveri contro più fortunati?

Persino in quel momento, a tre anni di distanza, la situazione rimaneva confusa. Alcuni dei suoi colleghi avevano sposato l'abolizionismo, mentre altri si preoccupavano più della parità di reddito. Altri ancora chiedevano che venissero eliminati i privilegi concessi ai fedeli di certe religioni, mentre c'era chi auspicava un ampliamento della libertà di culto. Le donne che venivano attirate nei ranghi del movimento, quasi esclusivamente composti da uomini, pretendevano gli stessi privilegi delle controparti maschili in seno alla società. Alcuni degli uomini più liberali chiedevano di poter godere della promiscuità senza subire la condanna delle leggi dello stato. Persino nella sua compagnia McEmeel aveva scovato diversi seguaci di John Humphrey Noys, fondatore della comune di Oneida, che caldeggiava la "perfezione" all'interno della dottrina del "matrimonio complesso" e lo scambio dei partner sessuali.

Jon ricordava con immenso piacere che le marce degli Wide Awakes, seguite da migliaia di esaltati a loro volta seguiti da migliaia di esaltate, spaventavano chiunque li osservasse da fuori, soprattutto chi si era conquistato una certa sicurezza economica e si era adagiato nel benessere della florida civiltà americana. Anche se i raduni del movimento erano sempre disorganizzati da molti punti di vista, la vista minacciosa di quelle folle silenziose e non violente ma pur sempre teatrali e drammatiche nel solcare le strade di notte con i loro i mantelli neri, bastava a far venire i brividi a tutta la costa est e a provocare furiosi scoppi di violenza gratuita in vari stati del sud.

Si stupì un po' pensando a quanto fosse cambiato in fretta il suo atteggiamento. All'epoca di quei fatti esaltanti non era ancora un cinico, ma quando aveva partecipato alle marce di protesta e persino quando era stato uno dei "capitani" del movimento si era sempre tenuto qualche passo indietro, al sicuro, attento a capire dove tirasse il vento.

Sapeva anche di non essere mai stato un vero idealista. Certo, la potenza della situazione e l'angoscia dipinta sui volti di quelle barbe grigie gli aveva fatto sentire un brivido, ma quando si era preso la briga di rifletterci sopra si era reso conto che nonostante ciò che aveva dichiarato nelle prime discussioni con i suoi compagni, in realtà *non* teneva in modo particolare a fare pressioni per abolire la schiavitù. Avrebbe dovuto vergognarsene?, si chiese.

Quel che sapeva per certo, però, era che detestava i ricchi e il loro atteggiamento. E dato che molti di loro erano anche conservatori che sostenevano lo status quo sia in campo sociale sia in quello fiscale, era convinto che un rivolgimento sociale fosse sacrosanto, indipendentemente dai mezzi con cui veniva portato a termine. Sapeva di essere abbastanza giovane e astuto da poterne trarre vantaggio, se solo fosse stato possibile smuovere le cose. L'abolizione della schiavitù poteva essere raggiunta con il tempo, ed era convinto che la si sarebbe ottenuta più rapidamente se ci fosse stato un cambio ai vertici.

Poi, per un po', nei primi mesi dopo l'elezione di Lincoln, il Movimento parve perdere mordente e slancio, come se con la vittoria dei repubblicani i principali obiettivi degli Wide Awakes – quali che fossero – fossero stati raggiunti, e i suoi membri furono abbandonati a se stessi.

A cambiare le cose intervennero la secessione del South Carolina e poi il bombardamento di Fort Sumter. Ricordò che dopo quei fatti il movimento si era rinsaldato e aveva trovato espressione nella chiamata alle armi di Lincoln, per quanto concisa. McEmeel, come molti commilitoni della sua scuola, colse subito quell'opportunità, si arruolò nell'esercito e cambiò divisa, passando dal mantello nero del manifestante-per-il-cambiamento a quella del soldato che difendeva le conquiste ottenute grazie al voto popolare. Poi, con una vittoria facile e sicura sui ribelli, sarebbero arrivati altri cambiamenti e altre opportunità.

E adesso, pensò scrollando incredulo la testa, era addirittura un eroe, e per giunta molto ricco!

A un isolato di distanza dalla casa in arenaria rossa del suocero, McEmeel si fermò ad ammirare il nuovo anello di rubini con sigillo che portava al mignolo. Era un uomo facoltoso, ormai, trattava affari importanti in diversi stati, ovunque i traffici del generale Butler lo chiamassero.

Che scusa poteva inventarsi per allontanarsi in modo dignitoso e plausibile? Di sicuro non poteva parlare delle sue intenzioni alla moglie Kathleen, una donna estremamente testarda: non avrebbe mai potuto capire le sottigliezze degli affari tanto complessi che gestiva, e se lui le avesse detto da dove veniva il lusso di cui ora godeva, magari non avrebbe neanche approvato la situazione. Avrebbe senza dubbio voluto vedere il documento di cancellazione del congedo, congedo che lui aveva richiesto e ottenuto dietro sua insistenza.

Era davvero seccante!

E se O'Malley non avesse scelto di morire proprio l'ultimo giorno in cui McEmeel faceva affari a Washington, mentre si occupava in segreto dei dettagli conclusivi di un quadruplice scambio di chinino, alcol, gomma e caffè con tonnellate di cotone sequestrate da Butler e dal suo entourage, si sarebbe già trovato a New Orleans, dove avveniva la distribuzione dei beni confiscati. La piccola fabbrica tessile in cui aveva avuto la possibilità di investire insieme a Andrew Butler, fratello del generale, aveva già dato discreti profitti che gli avevano consentito di comprare quattro case così vicine tra loro che a breve sarebbe stato proprietario di un intero isolato a nord del parco di Boston.

Doveva tornare a New Orleans prima della fine della guerra.

Fece un respiro profondo e si fermò un attimo prima di salire i gradini della casa di arenaria e affrontare ciò che lo aspettava.

Mentre metteva il piede sul primo gradino, un giovane lo avvicinò e gli consegnò un biglietto.

Sopra c'era scritto "Confidenziale".

Dalla calligrafia capì che veniva dalla cognata vedova, Emmy Evers, che viveva nello stesso palazzo. Con parole semplici e dirette gli chiedeva di incontrarla in privato.

Jonathan, un anno fa, quando sei rimasto ferito, mi hai promesso che se mai avessi avuto bisogno di qualcosa mi avresti aiutato.

È giunto il momento di accettare la tua offerta. Come sai, grazie al tuo aiuto ho contattato tutti i referenti civili e militari che tu e altri mi avevate indicato, ma senza successo. Nessuno è disposto ad aiutarmi.

Tuttavia sono a conoscenza del fatto che, oltre ai contatti ufficiali, hai legami con persone che possiedono competenze particolari.

Vorrei che me le presentassi.

Ti prego di non parlare della mia richiesta a mia sorella Kathleen. Non capirebbe.

Em

Infilò la busta nella borsa da viaggio e cercò di ricordare come fosse arrivato a farle quella proposta. E soprattutto *chi* fosse un anno prima.

Nel marzo 1861 era un uomo molto diverso, pensò.

Sedici mesi prima, 14 marzo 1861 - Washington

Le marsine dorate da capitano, non ancora quelle di grado superiore, sulle spalle aggiungevano diversi centimetri a McEmeel, o almeno così gli sembrava ogni volta che indossava l'uniforme da parata. Gli uomini facevano un cenno del capo e le donne gli lanciavano sguardi. Sentiva i loro occhi addosso, quando era in alta uniforme, e poteva anche leggergli nel pensiero: invidia da parte degli uomini, soprattutto se non si trattava di ufficiali, e desiderio o qualcosa di simile da parte delle donne, o almeno sperava. Proprio ciò che aveva sempre voluto, pensò. La reazione giusta all'impressione che voleva dare di sé.

Sperava di trovare il momento adatto per beneficiare di tutta quell'ammirazione, creare situazioni favorevoli, cogliere eventuali opportunità e trarne un vantaggio. Con un po' di fortuna avrebbe mantenuto l'incarico tanto a lungo da usarlo come leva per procurarsi anche altre occasioni. Avrebbe tenuto un basso profilo sul versante degli affari meno puliti, portandoli avanti in silenzio, magari, e si sarebbe messo in evidenza sull'altro versante, quello in cui le sue spalline potevano luccicare, quello che contava, continuando a ricoprire il proprio ruolo anche se il conflitto fosse finito rapidamente e lui fosse stato congedato. Quella scelta era già stata un eccellente trampolino per tanti altri che avevano mantenuto il proprio ruolo nell'esercito senza fare la fatica di doversi impegnare. Era in piena ascesa.

Meno di tre settimane dopo aver ricevuto la lettera che gli notificava l'incarico di ufficiale del reggimento volontario di Dorchester, prima ancora di essersi insediato, gli dissero che non sarebbe stato assegnato all'entourage del quartiermastro, ma alla fanteria, e ne rimase sorpreso e profondamente deluso: il sarto gli aveva appena inviato l'uniforme. Lo stesso giorno in cui ricevette quella notizia, venne anche a sapere che a breve la sua compagnia avrebbe dovuto trasferirsi da Dorchester a Washington.

C'era sotto qualcosa. Lincoln e Stanton volevano accelerare la conclusione del conflitto.

Come molti altri che prestavano servizio volontario, aveva sperato che i ribelli avrebbero semplicemente fatto marcia indietro comprendendo di trovarsi di fronte a un esercito determinato, dalla superiorità schiacciante, ma era andata diversamente, perciò sarebbe stato costretto ad accettare quella svolta indesiderata.

Ci pensò su e, per quanto fosse deluso, capì che se fossero iniziati i veri combattimenti avrebbe potuto fare la cosa giusta. Impegnati, si disse. Se avesse proseguito per quella strada e fosse rimasto vivo, avrebbe avuto dei vantaggi, lo sapeva.

Fino a quel momento aveva avuto il privilegio di occuparsi dei propri compiti all'interno del reggimento restando nel lusso di casa sua, accanto alla moglie Kathleen O'Malley. La settimana successiva lei e la sorella minore Emmy lo seguirono a Washington per stabilirsi nella casa di arenaria affittata dal suocero, il neoeletto membro del Congresso del distretto orientale di Boston.

Durante i primi dieci giorni in città, il trasloco gli lasciò ben poco tempo per studiare le tattiche di comando o affinare le scarse capacità militari che pensava di possedere. A parte essere tra gli organizzatori di qualche marcia degli Wide Awakes, McEmeel non era mai stato responsabile di niente in vita sua, ma si era mantenuto facendo il "consulente strategico" e il contabile per la diocesi di Providence nella città di Dorchester. A dire la verità, quella era stata la sua unica esperienza lavorativa: il vescovo aveva garantito sulle sue abilità in fatto di scrittura e contabilità, e a quanto pareva al governatore era bastato.

Quella mancanza di esperienza lo disturbava un po', ma guardandosi intorno si rese conto che ben pochi colleghi del reggimento di Dorchester ne avevano più di lui. Tuttavia, quando tre settimane dopo, nel giugno 1861, giunse l'ordine di preparare le truppe ad attraversare il Potomac e marciare poi su Richmond, la propria ignoranza nelle questioni militari lo preoccupò non poco.

Sapeva di avere ragione a essere preoccupato. Aveva usato il fucile solo una volta nella vita e in generale aveva sempre disprezzato l'esercito. Possedeva una vecchia pistola a canna liscia a pietra focaia, a colpo singolo, regalatagli da uno zio di Dublino che aveva combattuto nelle Guerre seminole, ma con la Colt di dotazione non riusciva neanche a centrare un bersaglio fisso da quattro metri e mezzo di distanza!

Come molti altri ufficiali dell'Unione, portava la spada, una sciabola pesante e tutta decorata, con un pomello placcato oro e la nappa dorata, regalatagli da Kathleen, ma l'aveva estratta dal fodero solo quattro volte, tre delle quali durante una parata. Quando aveva provato a esercitarsi con una balla di fieno, si era accorto di non averla mai affilata e di non sapere nemmeno come si facesse, e a quel punto gli era dispiaciuto che l'affilatura dei coltelli di casa fosse sempre stata affidata ad altri.

Però sapeva fare l'analisi grammaticale in greco e latino, recitare a memoria il primo capitolo di Cesare sulle Guerre galliche, scrivere lunghe lettere e inserire i propri calcoli sui registri con una bella grafia corsiva che molti ammiravano e che gli era valsa la stima dei sacerdoti che guidavano le parrocchie della zona di Dorchester. Ma non sapeva ancora decifrare le misteriose segnalazioni fatte per iscritto e con le bandiere dai Signal Corps dell'esercito, nonostante avesse più volte cercato di leggere i loro complicati manuali operativi.

Certo, sapeva di essere affascinante nella sua uniforme grigia e blu, e la sua andatura elegante dal passo lungo faceva voltare uomini e donne ogni volta che sfilava in parata o accompagnava la moglie a passeggio in Pennsylvania Avenue, ma gli stivali nuovi e aderenti gli facevano male e i calzoni di lana grezza gli irritavano l'inguine.

Il fatto di *sembrare* un militare era uno dei requisiti di un capo, si ripeteva per rassicurarsi, e aveva letto da qualche parte che gli uomini alti erano avvantaggiati. Si diceva anche che quell'insurrezione sarebbe finita al massimo in un paio di mesi. Come molti cittadini del nord che facevano pressioni su Lincoln affinché spostasse le truppe a sud, era convinto che la feccia sudista si sarebbe demoralizzata, facendosi sconfiggere facilmente. Aveva sentito dire che la maggior parte dei soldati che si erano arruolati volontari probabilmente non sarebbe neanche andata in battaglia, perciò le probabilità di dover dimostrare di che pasta fosse fatto erano davvero remote.

Perciò alla fine, ignorando le numerose, evidenti mancanze della sua persona, con un atteggiamento che qualunque soldato esperto avrebbe considerato di un'ingenuità irresponsabile e di un ottimismo infantile, dopo solo qualche settimana nella sua compagnia il capitano Jon Evan McEmeel si sentì più o meno pronto a sconfiggere gli altrettanto inesperti ribelli. E così la pensavano anche molti altri giovani arroganti e gagliardi che all'inizio dell'estate del 1861 si misero in marcia insieme a lui. Dopotutto erano commilitoni! Il loro coraggio e la loro determinazione avrebbe travolto qualunque ostacolo gli avessero messo davanti quei poveri omuncoli!

In seguito all'appello di Lincoln, che aveva offerto ai volontari novanta giorni di paga garantita, nel giro di quattro settimane la popolazione di Washington triplicò superando i 140.000 abitanti. Due terzi di quelle persone, calate sulla capitale dopo la battaglia di Fort Sumter – soldati, prostitute, giocatori d'azzardo, opportunisti di vario genere e familiari di militi meno fortunati di McEmeel e sua moglie – vivevano in tende e rifugi di fortuna dislocati in città e in periferia.

Le fogne a cielo aperto si riempirono velocemente e i liquami presero a fluire verso il Potomac, formando una palude puzzolente. Quando pioveva, i fossi traboccavano sulle strade fangose e sterrate, mentre il calore estivo non faceva che peggiorare il tanfo di escrementi. Nei pressi di Pennsylvania Avenue si scatenò una piccola epidemia di colera e gli ufficiali medici registrarono il quadruplicarsi dei casi di malaria.

McEmeel non lo sapeva, né era a conoscenza della confusione che regnava ovunque e che persino a un osservatore distratto sarebbe sembrata terribile. Diverse volte riferì alla moglie Kathleen quanto fosse colpito dall'abilità dei comandanti dell'esercito di tenere sotto controllo quella folta compagine di soldati, le cui unità sfoggiavano uniformi di una vasta gamma di colori.

Attraversando gli accampamenti disposti lungo le strade di Washington, notò uniformi e stendardi di foggia diversa: in una lunga fila di tende vide gli uomini dell'"Irish Brigade" al comando del famigerato colonnello Michael Corcoran, molti dei quali sfoggiavano farsetti verdi e i celebri *tam o'shanters*, i baschi scozzesi con il pon pon. In un altro accampamento scorse i "Fire Zouaves" del colonnello Ellison, assassinato di recente, in posa per farsi un ambrotipo con i turbanti rossi, le camicie blu e i pantaloni di tela alla zuava. Incontrò schietti uomini del Maine che indossavano semplici soprabiti di lana blu e gli italiani di Rhode Island, il "Risorgimento Regiment", con le camicie color rosso acceso in onore di Giuseppe Garibaldi, il celeberrimo eroe dei Due mondi. Quando le truppe sfilarono per la prima volta in Pennsylvania Avenue accompagnate dalle bande di ottoni dell'esercito posizionate in ogni angolo, la popolazione affascinata assistette a uno spettacolo meraviglioso: uomini dalle splendide divise marciavano decisi al ritmo di ottoni, pifferi e tamburi che suonavano "Tramp! Tramp! Tramp!" e "Drums of War". La varietà di uniformi – oltre duecentoquaranta tipi, diversi tra loro per colore e foggia – pareva rafforzare il senso di solidarietà a prescindere dalle origini di coloro che le indossavano, perché tutti, in quanto rappresentanti delle comunità del Nord, si sentivano uniti da ideali comuni. E a parte quelli che erano entrati nell'esercito soltanto per la paga e la possibilità di combinare malefatte restando impuniti, agli occhi di Jon Evan McEmeel tutti i presenti avevano uno scopo comune: sbaragliare chiunque cercasse di distruggere l'Unione.

Quell'anno la zona di Washington era stata colpita da una terribile ondata di caldo che aveva avuto un impatto deleterio. Non avendo diffuso direttive, l'alto comando di quell'esercito composto prevalentemente da volontari che si erano accampati in città e nei dintorni aveva perso un'ottima occasione per coordinare le operazioni belliche e preparare le truppe al combattimento. Sebbene quasi tutti i comandanti volontari fossero disciplinati e ordinassero di effettuare manovre sovrintendendo all'addestramento delle truppe, molti altri, soprattutto se privi di esperienza militare, non ne vedevano le ragioni. Alcuni, e McEmeel era tra questi, se non ricevevano l'ordine di eseguire compiti specifici come collaborare ai progetti di costruzione, accorciavano l'addestramento e permettevano ai propri uomini di rilassarsi nell'accampamento, sfuggendo così al caldo afoso d'inizio estate che soffocava Washington.

McEmeel non era particolarmente preoccupato: si aspettava che fossero i suoi luogotenenti a tenere in riga i soldati. Dopotutto era così che funzionava la catena di comando, no? Lui dava ordini secchi durante le sfilate lungo i viali cittadini e si aspettava che, se mai i "Dorchester Gray Devils" fossero stati chiamati a combattere, avrebbero rispettato i suoi ordini allo stesso modo.

Fu criticato dall'unico sergente veterano della sua compagnia, il quale gli disse che, se e quando gli scontri a fuoco fossero iniziati, gli uomini sarebbero stati molto più uniti e impegnati avendo alle spalle tante ore di addestramento.

Il sergente indicò uno squadrone di cavalleggeri che eseguivano figure di dressage e paragonò i giovani volontari della compagnia agli animali che i cavalieri stavano imparando a dominare.

"Li domeranno, figliolo. Li piegheranno come ramoscelli al vento, te lo dico io" disse il coriaceo veterano irlandese. "Se sei duro con loro adesso, dopo non si sfiancheranno e non se la daranno a gambe. Devono diventare coraggiosi come unità, non come singoli. Devono saper guardare le spalle ai compagni, non solo a se stessi."

McEmeel, che si identificava con i suoi sottufficiali, molti dei quali solo poche settimane prima erano suoi compagni di bevute, ignorò le preoccupazioni del sergente, dicendosi convinto che i Dorchester si sarebbero dimostrati più forti grazie al "morale alto dovuto all'atmosfera cordiale dell'accampamento che all'esecuzione di esercizi frustranti che tra l'altro, con tutta quell'umidità, erano del tutto privi di senso". Avevano fatto quanto bastava: si erano esercitati a sparare, fare manovre e marciare. E poi era d'accordo con loro: detestava il caldo di Washington. Purtroppo per McEmeel e la sua compagnia, il veterano fu trasferito in un altro reggimento, quell'Irish Brigade che in seguito si sarebbe distinta più volte durante gli scontri.

Il 16 luglio 1861, quando marciò insieme al suo reggimento nell'esercito del brigadier generale Irwin McDowell, calpestando per la prima volta il suolo della Virginia con l'obiettivo di attaccare le forze ribelli che si erano riunite vicino a Manassas, uno degli snodi ferroviari più importanti dello stato, Jon Evan McEmeel era un ventottenne nervoso ed euforico.

L'entusiasmo per l'imminente battaglia fece riversare per le strade folle immense, accorse a salutare quell'imponente processione che venne fatta sfilare tutta impettita ed elegante il giorno prima della partenza. La compagnia dei Dorchester occupava una posizione di primo piano e McEmeel gonfiò orgoglioso il petto al pensiero della batosta che lui e i suoi uomini avrebbero inflitto a quelle canaglie cenciose degli avversari.

La vivacità di quei festeggiamenti gli ricordò le parate del movimento Wide Awakes, ma con in più il tocco della musica marziale che il giorno dopo avrebbe scandito i loro passi. Marciavano in formazione, sembravano pronti a combattere, ma tenne comunque per sé la speranza che tutto quello sfoggio di forza sarebbe bastato a spaventare i ribelli costringendoli alla resa, magari senza che venisse sparato un colpo.

Seguendo il piano di attacco approvato da Lincoln e dal generale Winfield Scott, l'esercito di McDowell iniziò ad avanzare su tre colonne marciando fino al luogo del presunto scontro, distante quaranta chilometri. Due colonne erano dirette a Manassas Junction, mentre una puntava a ovest e avrebbe circondato le postazioni confederate in modo da bloccare la via di fuga impedendo loro di sottrarsi al massiccio attacco dell'esercito dell'Unione.

Purtroppo le forze di McDowell avanzavano molto più lentamente del previsto e ci vollero altre nove ore prima che gli ultimi uomini delle colonne uscissero dall'area di Washington, alcuni impegnati ad attraversare il fiume, altri diretti a sudovest.

Nei due giorni successivi migliaia di civili li seguirono per godersi lo spettacolo. Come molti altri cittadini benestanti di Washington, la moglie di McEmeel, Kathleen, uscì in carrozza all'insaputa del marito insieme ad alcune amiche, armandosi di ombrellino per ripararsi del sole di luglio. Si erano portate dietro persino dei binocoli da teatro per seguire meglio l'azione, indossavano il vestito della domenica e avevano i cestini da picnic. In seguito Kathleen avrebbe detto a McEmeel che quel giorno sperava di poter pranzare con lui e, se ce ne fosse stata la possibilità, anche di presentare alle amiche quel bell'uomo di suo marito.

A mezzogiorno quasi tutti i soldati dell'Unione, trentacinquemila in tutto disposti lungo oltre quindici chilometri di strada, erano esausti per via del terribile ritardo e della scarsa pianificazione logistica. Il comando aveva ordinato di chiamare gli uomini a raccolta e di essere pronti a partire alle quattro di quella mattina, ma poi le truppe erano rimaste in formazione per ore aspettando l'ordine di mettersi in marcia.

Quando finalmente erano partite, le strade sterrate erano così strette che nei numerosi tratti in cui il terreno era particolarmente sconnesso potevano camminare affiancati non più di quattro uomini per volta. Ad aggiungere confusione alla faccenda vi era stato poi il fatto che gli uomini dei servizi di intelligence dell'esercito avevano distribuito agli ufficiali di ciascun reggimento copie raffazzonate di mappe vecchie e imprecise. Molte delle strade e delle principali vie di comunicazione riportate su quei fogli erano incomplete oppure mai esistite. Al posto delle strade erano segnati i fiumi. Se per caso un carro finiva in un solco di quelle vecchie vie e si rompeva un asse, o se un ufficiale si fermava a decifrare una di quelle mappe approssimative, tutta la processione era costretta a fermarsi. Intere compagnie deviavano tentando di sorpassare la lentissima colonna principale e si perdevano per ore. In seguito McEmeel avrebbe calcolato che nell'arco di quella tarda mattinata umida la sua compagnia aveva effettuato centinaia di fermate e ripartenze, perciò per coprire meno di ottocento metri le sue truppe avevano impiegato più di tre ore.

Iniziò ad avere la sensazione che stare fermo ad aspettare fosse faticoso quanto marciare, o forse di più, per via della noia, della rabbia e del nervosismo provocati dalla colossale inefficienza di quella processione. Risalendo la strada durante una delle tante soste, vide che i soldati più anziani e i veterani delle altre compagnie parevano più calmi dei suoi uomini. Molti di loro si erano sistemati sul bordo della via a giocare a carte e si distraevano scambiandosi battute. Quando tornò nei ranghi, McEmeel notò che i suoi soldati – soprattutto quelli giovani e inesperti – avevano espressioni tese e impazienti e si chiese se quella diversità di atteggiamento avrebbe fatto la differenza nelle battaglie che avrebbero dovuto combattere a breve. Alcuni dei suoi uomini finirono per dar voce al proprio scontento, tanto che quel mattino, mentre proseguiva sentendo crescere l'ansia tra i suoi, capì che sarebbe stato molto meglio se non avesse insistito per far trasferire il suo sergente veterano.

Ma a peggiorare la situazione, già frustrante di per sé, si aggiunsero anche altri errori di calcolo e logistica commessi dagli strateghi della campagna. I quartiermastri del nuovo esercito assemblato in tutta fretta non avevano previsto scorte d'acqua a sufficienza e molti dei soldati meno esperti della colonna scolarono le borracce, di acqua o whisky che fossero, nel giro di poche ore. Con l'intensificarsi del caldo, lungo tutta la linea gli uomini iniziarono a gettar via le giubbe, poi l'equipaggiamento da pioggia, poi le lenzuola e tutto quanto pareva loro troppo pesante da trasportare. Alcuni, soprattutto quelli che erano giunti alla fine dei loro novanta giorni e avevano già riscosso gran parte della paga, abbandonarono fucili e munizioni lungo la strada, uscirono dai ranghi e tornarono verso Washington. Vedendo quell'attrezzatura costosa lasciata in mezzo alla via, McEmeel pensò seriamente di fare lo stesso con la sua spada pesante, ma poi decise di no... dopotutto non sarebbe potuto tornare da Kathleen senza, perciò ordinò a un soldato di portarla al posto suo.

Quando le prime unità dello stremato esercito dell'Unione raggiunsero finalmente la zona di Centreville, quasi due giorni dopo, le pattuglie di ricognizione scoprirono che i Confederati stavano bloccando la loro avanzata verso Manassas Junction. A quel punto McDowell, perlustrando la zona personalmente con i suoi uomini, capì che i ribelli si erano sistemati nei pressi di ciascun guado percorribile lungo un tratto tortuoso di dodici chilometri, largo due metri e mezzo, del vicino Occoquan River, che gli abitanti del luogo chiamavano "Bull Run". Avevano scelto ottime postazioni e il giorno prima avevano rapidamente sventato l'attacco di una delle brigate dell'Unione.

In sella al suo cavallo, cercando di tenersi fuori dalla portata dei cecchini confederati che sparavano addosso ai suoi dall'altra riva, McDowell sfogò la frustrazione per aver perso l'elemento sorpresa. Uno dei suoi ufficiali disse a un altro che la cavalleria confederata li aveva seguiti senza farsi notare fin da quando erano entrati in Virginia. "Ci siamo mossi come una mandria di maiali" fu la tranquilla risposta. "Che cosa si aspettava?"

E senza che loro lo sapessero, un'affidabile rete di spie aveva già consegnato la tabella di marcia e i piani di battaglia di McDowell a P.T. Beauregard, comandante in campo dell'esercito confederato.

CAPITOLO SETTE

◇◇◇◇

KATHLEEN

16 luglio 1862 – Washington

Anche se Emmy le stava chiedendo il favore di accudire Jacob e Sarah solo per un breve periodo, sette-dieci giorni al massimo, quell'impegno capitava proprio nel momento sbagliato e l'avrebbe costretta a rimanere a Washington quando invece aveva già programmato di andare a New York. E poi Kathleen aveva troppe cose per la testa, in quel momento. Aveva dovuto digerire l'improvvisa partenza del marito per New Orleans "per ordine" del generale Butler. Era l'ultima cosa che le ci voleva, si disse, doversi occupare di quei due bambini strani e un po' sgradevoli, ed Emmy era stata egoista, a imporglieli. Sua sorella, ormai lo aveva concluso da tempo, era una donna senza speranza, incosciente e, a prescindere da quello che pensavano gli altri, insopportabilmente bigotta.

Avevano avuto una violenta discussione e lei aveva respinto la richiesta, ma alla fine aveva ceduto e questo la faceva arrabbiare ancora di più. E poi era in ansia, erano trentacinque anni che non si prendeva cura di un bambino. Forse il problema era anche che il marito si fosse reso segretamente disponibile ad aiutare Emmy a entrare in Virginia superando le linee nemiche senza neanche consultarla. Era stato forse quel gesto ad alimentare in lei tutta quella rabbia e quel risentimento per niente decorosi? Non lo sapeva, ma si sentiva tagliata fuori e tradita. E non era certo una sensazione nuova, per lei, ammise tra sé. La provava fin da quando aveva memoria.

Il gioco preferito di Kathleen Lorraine O'Malley da piccola era "Trip to Jerusalem", una sorta di "gioco delle sedie" accompagnato da una filastrocca. Era orgogliosissima della bravura e del contegno che sfoggiava in quel gioco, e chiunque osservasse la rapidità di quell'impetuosa bambinetta dai capelli rossi si divertiva molto. Per lei il pianoforte del salotto era associato a quel gioco, più che alla musica suonata di tanto in tanto dalla madre.

Anche quando ebbe superato l'età in cui gran parte dei bambini si stanca di un gioco simile, Kathleen insisteva a riproporlo ogni volta che se ne presentava l'occasione, soprattutto se partecipava anche sua sorella Emmy, più piccola di lei di due anni.

Una volta, come in seguito il padre avrebbe osservato con aria mesta, disse a una sfortunata compagna di sei anni che correva dietro di lei intorno alle sedie: "Sai, io vinco *sempre*".

E in effetti aveva ragione, almeno per quanto concerneva quel gioco.

Da molti modi punti di vista la filastrocca di Gerusalemme era una metafora del suo modo di vedere il mondo: in quasi tutto ciò che faceva mostrava un orgoglio feroce, uno spirito competitivo. Considerava ogni coetaneo un potenziale rivale, a meno che non si sottomettesse di buon grado ai suo modi aggressivi e diretti.

Crescendo, Kathleen scoprì altri modi per vincere, a volte apertamente – provocando e dominando con la sua arroganza cugini e compagni di gioco che spesso finivano per piangere, e poi tirando i capelli, urlando appellativi vari e conducendo interminabili lotte intestine – a volte in modo subdolo, come quando nascose le scarpe della sorella in modo che la famiglia facesse tardi alla messa della domenica. Suo padre trovava così irritante il suo comportamento che quando Kathleen aveva dodici anni definì lei e il suo spirito competitivo "ridicoli, sgradevoli e incorreggibili".

Ma lei non dava segno di fare caso agli insulti del padre o alle punizioni che le infliggeva, ignorava le critiche dei compagni di gioco e per giustificare i suoi gesti sempre più sfrontati inventava scuse complicatissime.

A quindici anni sprofondò finalmente nell'apatia che spesso colpisce i ragazzi aggressivi convinti di essere in qualche modo delle vittime.

"Perché sforzarmi? Nessuno mi vuole bene. Lo sai che papà mi odia da quando sono nata, o almeno da quando **è nata Emmy**" confidò un giorno alla madre Abby, una donna dal cuore tenero.

Abby O'Malley era consapevole che probabilmente le reazioni severe del marito ai tentativi di avvicinamento di Kathleen contribuivano non poco a peggiorare l'isolamento della figlia e, triste e impotente, la guardò scivolare nell'autocommiserazione. Nonostante i suoi tentativi di intercedere in favore di Kathleen, il marito Kern, che amava tagliare i panni addosso gli altri, le affibbiò anche un altro appellativo poco invidiabile: "testarda incapace".

Mentre la sorella Emmy, osservando le conseguenze deleterie dell'atteggiamento cocciuto della sorella, aveva imparato a comportarsi in modo dignitoso, tranquillo e deciso, Kathleen sviluppò un atteggiamento cupo e altero che la allontanò ulteriormente dal padre e da gran parte della sua numerosa famiglia.

Poi fuggì.

Tornò a testa bassa quattro mesi dopo, incinta e senza una storia credibile che permettesse di identificare il padre del bimbo. Per fortuna sua, della sua famiglia e dell'anima che, a detta di suo padre, aveva "introdotto in questa vita con il peccato", subì un aborto.

Ma poi gli eventi precipitarono: pochi mesi dopo che la sorella Emmy aveva accettato la proposta di matrimonio di un viaggiatore più anziano di lei, molto facoltoso e intraprendente, di nome John Tern, ed era partita in cerca di avventure e profitti nel vasto Territorio dell'Oregon, Kathleen compì una svolta clamorosa.

Tentò in ogni modo di migliorare la propria immagine. Completò gli studi, si reinserì nelle cerchie irlandesi dell'alta società bostoniana, si sforzò di apparire affascinante e gentile, ridendo spesso e sfruttando la sua bellezza ancora fresca per abbindolare uomini giovani. Dimostrando una

prontezza felina, riuscì a tenere in piedi contemporanea-
mente diversi rapporti amorosi con vari spasimanti, spesso
mettendoli uno contro l'altro.

Tre anni dopo, con la tiepida approvazione del padre,
sposò Jon Evan McEmeel, un bel ragazzo loquace e sicuro
di sé. Aveva intuito che quel giovane possedeva le poten-
zialità necessarie per la scalata sociale e la chiave per ac-
cedere alle cerchie delle persone più in vista. Erano abilità
che secondo Kathleen sarebbero risultate estremamente
utili a entrambi e che persino suo padre, ancora una volta
sull'orlo della bancarotta, invidiava parecchio.

Agli occhi di coloro che si interessavano a quel genere
di avvenimenti mondani, le nozze di Kathleen e Jon McE-
meel parvero allegre e ben riuscite. Il padre di lei, pur non
concedendole esplicitamente la sua benedizione, accol-
se gli sposi nelle sue grazie ma con un profondo riserbo,
anche se Kathleen, pur percependo la riluttanza del padre,
non ne fu minimamente scossa. Dato che il padre iniziava
a mostrare i segni dell'età, si rese conto di quanto fosse
diventato importante per lui avere una discendenza, ancor
più da quando era giunta notizia dal Territorio dell'Oregon
che Emmy era rimasta incinta. Perciò, lei e McEmeel si
dedicarono con impegno a mettere su famiglia.

Purtroppo, però, nonostante i numerosi consulti con
una serie di specialisti locali, non ci riuscirono. Kathleen
subì tre aborti e in dieci anni di matrimonio non ebbe figli.
Però, almeno durante l'assenza di Emmy, poté fare da con-
fidente alla madre ed essere, quantomeno dal suo punto di
vista, la figlia unica del padre.

Quando Emmy e i suoi due bambini tornarono a Boston
dopo le vicissitudini del Nordovest Pacifico e le tragedie

che avevano dovuto affrontare nel viaggio di ritorno lungo lo stretto di Panama, Kathleen sentì risvegliarsi l'irritante sensazione di essere fuori posto.

La situazione fu ulteriormente complicata dalla rabbia che provava per la distanza emotiva creatasi tra lei e il marito subito dopo i primi tentativi di avere un bambino e aumentata dopo il secondo aborto. L'orgoglio impediva a entrambi di colmare quella distanza e si incolpavano a vicenda di non essere riusciti a mettere su famiglia: McEmeel, secondo figlio maschio su cinque fratelli e tre sorelle, ricordò a Kathleen che, a quanto gli risultava, nessuna donna della sua numerosa famiglia, i cui membri erano tutti cattolici e fertili, aveva mai avuto un aborto; e Kathleen, sentendosi addossare la colpa, cercava di salvare la faccia mentendo spudoratamente alle amiche, alle quali diceva che McEmeel aveva qualche "problemino".

Per ovviare alla frustrazione, quando suo padre, al traino di Benjamin Butler, fu nominato membro del Congresso per il Massachusetts, Kathleen si tuffò nella girandola di eventi politici organizzati in tutto il paese per le elezioni del 1860. La secessione degli stati confederati infiammò le parrocchie irlandesi di Boston, sia quelle dei democratici, sia quelle dei repubblicani.

Quando Lincoln chiamò a raccolta i volontari perché sedassero la ribellione, Kathleen individuò subito nuove opportunità. Fece pressioni sul padre affinché sfruttasse la propria influenza per trovare a McEmeel un incarico di rilievo nei ranghi della neonata milizia di Dorchester. Il padre, che continuava a essere distante nei confronti del genero, accettò, seppure con riluttanza, e Jon lo ottenne. Kathleen sapeva che non era pronto ad assumersi una responsabilità del genere, ma contava comunque sul fatto che avrebbe trovato il modo di cavarsela, spalancando loro le porte della ricchezza e dello status.

Così, il 20 luglio 1861, nel primo anno di quello che secondo le previsioni sarebbe dovuto essere un conflitto breve e circoscritto, quando le ultime truppe dell'esercito del Potomac uscirono da Washington Kathleen le seguì: era la mattina calma e fresca di un giorno destinato a diventare frenetico e caldissimo,. Accompagnata da Roland Ferdinand Escoffier, suo ammiratore nonché diplomatico francese assistente dell'ambasciatore, e da sette delle sue amiche più giovani, Kathleen guidò quella piccola spedizione diretta a Centreville, in Virginia, a bordo di due carrozze scoperte. Come disse ai compagni di viaggio per rassicurarli, là avrebbero trovato il posto adatto per fare un picnic, abbastanza lontano dal fiume da non essere assaliti dalle zanzare ma in posizione sufficientemente elevata da poter osservare gli scontri in atto tra il loro possente esercito e la marmaglia confederata.

La meta delle truppe, cioè lo snodo ferroviario di Manassas, ormai non era più un segreto, né il marito di Kathleen aveva mantenuto riservati i dettagli della campagna. Perciò, per prepararsi all'avventura che aveva organizzato per gli amici su cui sperava di far colpo, Kathleen aveva comprato da un geniere una cartina che mostrava parte del territorio intorno a Manassas Junction.

A mezzogiorno le strade per Centreville erano per lo più sgombre, perché quasi tutti i reggimenti dell'esercito dell'Unione erano finalmente riusciti a raggiungere le loro postazioni nei pressi del torrente Bull Run. Più di una volta quel consesso formato da otto donne euforiche e con la lingua sciolta e da un uomo molto coinvolto dovette farsi da parte per lasciar passare i carri portamunizioni e i cannoni. E per almeno quattro volte lungo il tragitto le due carrozze di Kathleen – ognuna delle quali era sormontata dai parasole aperti e colorati delle donne che trasformavano quei calessi in vasi semoventi di fiori rosa e gialli – furono avvicinate e poi scortate per un tratto da gruppi di dragoni nordisti a cavallo.

Ogni volta, i giovani soldati avviavano la conversazione con la scusa di essere preoccupati per la sicurezza delle donne, ma subito davano a intendere che il loro scopo era in realtà flirtare e ricevere attenzioni. Il vivace chiacchiericcio tra le ragazze e i militi non fece che alimentare l'euforia della giornata, tanto che il viaggio di quaranta chilometri fino alla Virginia passò in un lampo.

Kathleen dimostrò alle compagne la propria abilità nel botta e risposta civettuolo con quegli affascinanti giovani a cavallo, le cui divise dai colori dissimili rivelavano l'appartenenza a reggimenti diversi. Le ragazze della sua cerchia non avevano mai sentito la dolce pronuncia nasale del Wisconsin né il limpido, schietto accento degli uomini del Maine i cui cavalli si impennavano andando al piccolo galoppo di fianco alle carrozze. Quando quei drappelli di scorta si allontanavano, le ragazze si chiamavano a vicenda dai calessi scambiandosi impressioni sugli uomini e i loro modi di fare.

Il chiacchiericcio animato da una carrozza all'altra continuò per tutto il viaggio fino alla periferia di Centreville, in Virginia, dove alcuni soldati fermarono i giganti presso una barriera di tronchi d'albero informandoli che la città era "già fin troppo piena di civili che si guardavano in giro istupiditi" come loro.

"Sono costretto a rimandarvi indietro, signore" disse il navigato sergente a capo del posto di blocco, toccandosi il chepì. "E probabilmente non vedreste granché in ogni caso".

Kathleen si mise a discutere con lui per superare il posto di blocco, ma alla fine capì che stavolta non l'avrebbe spuntata. Perciò ubbidì e disse ai cocchieri di tornare indietro. Quando furono abbastanza lontani dai soldati, fece fermare le carrozze, estrasse la mappa e guardò verso sud, dove pareva ci fossero alture boscose e promontori a picco: era la zona chiamata "Centreville Ridge".

Pochi minuti dopo riconobbe le insegne dei Signal Corps in mezzo a una compagnia di cavalieri che sfilavano accanto a loro, puntando nella stessa direzione e, colta da un presentimento, ordinò ai cocchieri di seguirli. Ne persero le tracce, ma nel giro di venti minuti, proseguendo con un'andatura lenta su quella strada stretta e in salita, li ritrovarono che si aggiravano nell'accampamento, situato in una piccola radura affacciata su un promontorio rivolto a ovest, oltre le paludi che si trovavano su ciascun lato degli affluenti, decine di metri più in basso.

Vide i soldati tirare i fili su per la collina scoscesa fino a una tenda che celava una stazione del telegrafo. In lontananza, a sud dell'accampamento, si sentiva il fuoco intermittente dei cannoni. Kathleen notò che i soldati dei Signal Corps sventolavano le bandiere. Voltandosi verso ovest e usando i binocoli da teatro, scorse le squadre dei segnalatori dell'Unione rispondere con vigore.

Dopo aver discusso la loro situazione con il maggiore in comando, uno squisito gentiluomo di nome Philip Fagan, Kathleen tornò dalla sua comitiva.

"Gli ho mostrato alcuni documenti dicendo che mio marito è un capitano del reggimento di Henzelman e che mio padre è stato appena eletto al Congresso per il Massachusetts. Ha detto che sembriamo innocui" disse ridendo. "Abbiamo il permesso di fermarci qui, ma non dobbiamo intralciarli. Magari possiamo tornare indietro e ritentare l'ingresso a Centreville in mattinata per sapere che cosa ci siamo persi. Il maggiore ha detto che, secondo lui, a quel punto la marmaglia sudista avrà voltato i tacchi e sarà scappata, e ci saranno grandi festeggiamenti."

Perciò distesero le coperte, aprirono i cestini da picnic e passandosi chutney, salsicce, formaggio friabile, pane croccante e marmellate ascoltarono il rombo dei cannoni dell'artiglieria pesante che giungeva da qualche chilometro di distanza a valle. Le cannonate proseguirono per almeno un'ora, poi nel primo pomeriggio cessarono del tutto. Dopodiché, a parte qualche occasionale colpo di moschetto in lontananza, per diverse ore calò il silenzio. Con il buio videro migliaia di falò del grande esercito dell'Unione sparsi ovunque a perdita d'occhio, a nord e a sud, fino al Bull Run.

Parlarono esaltati delle avventure del giorno gustandosi il picnic serale e chiedendosi che cosa avrebbero fatto gli uomini di loro conoscenza una volta terminato l'incarico, e che cosa sarebbe successo ai ribelli nel momento in cui l'esercito nordista li avrebbe sconfitti. Sarebbero stati impiccati tutti o soltanto i capi?

Kathleen ricordò al gruppetto che per poco Jefferson Davies non era diventato il candidato presidenziale dei democratici e che l'ex socio di suo padre allo studio legale, il generale Benjamin Butler, aveva votato per Davis ben cinquantasette volte. Concordarono tutti che era un vero peccato che quella disputa non si potesse risolvere a suon di diplomazia e negoziazioni.

Sebbene la serata fosse molto tiepida, la brezza che soffiava sul promontorio fece venir loro i brividi, perciò accesero un piccolo falò e Kathleen convinse gli altri a fare il suo nuovo gioco da tavola preferito, "Il gioco della vita", con il quale si intrattennero finché, con tutte le proprietà e le ricchezze accumulate, lei non fu certa di essersi avvicinata ai 100 punti necessari per la vittoria assoluta.

Al buio, senza farsi notare, permise a Roland Escoffier di sfiorarle il gomito e poi il ginocchio, dicendo a se stessa che era solo un giochetto innocuo che aggiungeva un pizzico di sale alla serata. Sentiva che la cosa lo eccitava e quel dettaglio rendeva la situazione ancora più divertente. Osò addirittura rispondere al suo tocco, fingendo di non aver notato i suoi approcci. A un certo punto lo guardò di sbieco, poi quando lui sorrise scrollò piano la testa, rifiutando delicatamente ulteriori attenzioni da parte sua. Nel guardarlo, però, sollevò un sopracciglio, ammettendo a se stessa e a lui, sempre che se ne fosse accorto, di voler tenere la porta aperta all'avventura. Visti i contatti del francese, prima o poi avrebbe potuto aver bisogno di quell'uomo, pensò.

Finalmente alle dieci si misero a dormire tutti stretti intorno dal fuoco. Kathleen si chiese ad alta voce se la battaglia fosse già finita o se il giorno dopo avrebbero visto altro movimento. Voleva partecipare ai festeggiamenti e sperava che McEmeel – da un anno ormai lo chiamava solo per cognome – fosse stato attento. Dal momento che non aveva ancora figli, non era pronta a rimanere vedova, disse, anche se in cuor suo sapeva che ormai da quel punto di vista lei e il marito non avevano più speranze.

Il falò stava per spegnersi e anche se tutti, compreso Escoffier, si erano finalmente addormentati, dall'accampamento dei Signal Corps in fermento giungevano rumori forti. Kathleen era ancora sveglia e rimuginò sul suo matrimonio e sul rapporto con il marito. Era infelice, doveva ammetterlo, ma almeno *aveva* un marito e questo le dava un vantaggio sulla sorella, che non appena era tornata a casa con i suoi due figli si era subito accattivata – anzi riconquistata – l'affetto del padre.

A lui non importava che quei bambini fossero a dir poco strani, pensò. Sarah era una preadolescente brusca a e sfacciata, mentre Jacob era un bambino rozzo e maleducato, abituato a vivere nei boschi, impenetrabile come Emmy. E poi non era normale: gli indiani lo avevano rovinato e svegliava regolarmente tutta la casa per via di quelli che Emmy definiva "terrori notturni". Se ne stava per conto suo, parlava da solo e rivolgeva la parola quasi esclusivamente a quell'impertinente della sorella maggiore.

Kathleen aveva espresso le proprie opinioni a Emmy, ovviamente con delicatezza, suggerendole diplomaticamente di portare il bambino da uno specialista di New York che a quanto si diceva era un esperto mondiale nella cura della pazzia e dei disturbi mentali. Aveva fatto miracoli con molti pazienti: lei stessa aveva letto alcune testimonianze pubblicate sulle ultime pagine del *Tribune* e si era persino offerta di pagare la prima seduta e la cura, se fosse stato necessario "rinchiudere" il bambino. Ma Emmy aveva ignorato i suoi consigli, così come i genitori.

Sembrava addirittura che il padre stravedesse, per quei due, perciò si sarebbe senz'altro schierato dalla parte di Emmy e avrebbe favorito i nipoti: dopotutto erano i suoi discendenti. In seguito alla morte della madre, avvenuta poco dopo il ritorno di Emmy dal Territorio dell'Oregon, si era dedicato talmente tanto ai bambini da farla davvero innervosire. Le sue attenzioni per loro le erano andate di traverso come una crosticina di pane bruciato incastrata in gola.

Si addormentò **verso** le due, poco dopo una breve conversazione con l'ufficiale di guardia dei Signal Corps.

Alle sei si svegliò per quello che le parve un temporale in arrivo, ma poi si ricordò dove si trovava e capì che si trattava della raffica di un cannone molto potente. Le esplosioni proseguirono per almeno quindici minuti. Quando cessarono, Kathleen sentì dei colpi di artiglieria leggera giungere dal punto a nordovest del promontorio in cui avevano fatto il picnic. Non avrebbe saputo dire quanto fossero lontani, ma nell'ora successiva non si avvicinarono e poi cessarono del tutto. Durante la notte, dai fiumi in basso era salita una nebbia talmente fitta che permetteva di vedere soltanto la cima degli alberi. Sebbene diversi soldati a cavallo facessero avanti e indietro, consegnando dispacci agli ufficiali, i Signal Corps non si mossero fino alle otto, quando la nebbia si diradò abbastanza da permettere di scorgere i movimenti delle truppe in lontananza.

Kathleen cercò di seguire il più possibile gli eventi con il suo binocolo da teatro. Non riusciva a distinguere bene una fazione dall'altra, ma vide che i soldati alla sua sinistra avevano ricominciato a sventolare le loro bandierine rosse. Erano segnali, anzi schemi di segnalazioni che le truppe si scambiavano. Gli uomini parevano agitati.

Mentre Escoffier e le altre amiche si svegliavano, Kathleen si avvicinò all'ufficiale nordista con cui aveva fatto conoscenza la sera prima.

"Sta per cominciare" disse lui. "Da quassù non si vede granché, signora, ma come le ho detto ieri sera penso che a breve il campo sarà sgombro, così potrete tornare nelle vostre belle case comode" aggiunse con quello che a Kathleen parve un tono di scherno.

Quando alle nove e mezza ricominciarono a sentire cannonate e spari, faceva già caldo. Kathleen calcolò che ci dovessero essere almeno ventisette gradi e il fumo denso degli scontri che si svolgevano a nordovest annullò anche la scarsa visibilità che avevano. Da quanto poté capire, le manovre militari stavano andando per le lunghe.

Alle dieci pareva ormai chiaro che, come punto di osservazione, il luogo scelto dai Signal Corps era inutile. Ciononostante, le truppe non smobilitarono l'accampamento. Per un po' arrivarono i soldati a cavallo con i dispacci del quartier generale di McDowell, ma poi non se ne videro più perché, almeno così pensò Kathleen, dall'altra parte doveva essere giunto il messaggio che la loro posizione era totalmente improduttiva. Eppure i soldati dei Signal Corps sembravano entusiasti. Sentì diversi uomini riferire che il nemico stava battendo in ritirata.

Il rumore della battaglia lontana proseguì per tutta la mattinata. Alle undici e un quarto, dato che da lì non riuscivano a vedere niente, Kathleen decise di ritentare l'ingresso a Centreville con il suo seguito, così avrebbero potuto sostenere i soldati oppure festeggiarne la vittoria. Richiusero i cestini e, mentre il rumore degli spari non dava tregua, iniziarono la discesa dal poggetto boscoso.

Alle dodici e mezza erano arrivati allo sbarramento sulla strada per Centreville e stavolta nessuno impedì loro di entrare nella cittadina, che raggiunsero all'una in punto.

Ciò che videro li lasciò a bocca aperta. L'abitato era polveroso e pieno di carrozze cariche di civili, e Kathleen riconobbe alcuni di loro perché li aveva incontrati alle feste per i membri del Congresso organizzate dal padre. Tre stazioni del telegrafo, circondate da una massa di gente euforica, giornalisti e soldati, ricevevano e trasmettevano in continuazione messaggi, a quanto pare a Washington.

Anche se l'atmosfera generale era di felicità – vennero a sapere che i ribelli avevano battuto in ritirata in mezzo al caos e che McDowell stava impiegando tutto l'esercito per respingerli – per le strade passavano carri pieni di feriti, diretti alla grande arteria che portava a Washington. Molti di quegli uomini si lamentavano e imprecavano. Ogni volta che un carro prendeva una buca un po' più grossa, i lamenti e i mugolii aumentavano. Passarono cinque grandi calessi carichi di corpi straziati, ricoperti solo in parte dalle cerate. Su un altro carro erano ammassati cadaveri insanguinati che indossavano la stessa uniforme, tutti decapitati come se fossero stati falciati da un'enorme scimitarra.

Kathleen non aveva mai visto da vicino morti o feriti, ed era chiaro che neanche le donne che l'accompagnavano sulle due carrozze affittate avevano mai avuto davanti agli occhi niente di così tremendo. Guardò Escoffier, il quale, sebbene si sforzasse di chiacchierare con le altre cercando di ignorare tutto quel sangue, era pallido come uno straccio.

Uno dei carri, in attesa che la coda si muovesse, si fermò proprio di fianco alle loro carrozze e Kathleen vide i volti dei feriti che trasportava. Indossavano le stesse uniformi grigie dell'unità del marito. Lo cercò ma non lo vide. Faceva caldo e una delle amiche le chiese di aprire un cestino per offrire un po' d'acqua agli uomini. Kathleen annuì. Aprirono il baule con i cestini ma l'acqua era finita, e rimanevano solo marmellate e gelatine.

Ripensando agli eventi di quell'orribile giornata di un anno prima, alle migliaia di morti, si chiese come avesse fatto a uscirne viva.

Il giorno passato a Centreville si era fatto davvero problematico verso le tre del pomeriggio, quando era parso chiaro a tutti che avevano perso terreno e che l'esercito dell'Unione stava battendo in ritirata. I soldati si riversavano in città, una compagine disordinata di uomini terrorizzati. Alcuni avevano un'espressione seria, altri erano angosciati e i loro tratti apparivano così stravolti che Kathleen si era chiesta se sarebbero rimasti per sempre in quel modo. Tutti si muovevano in fretta come se sapessero dove andare, ma a lei quell'agitazione era parsa più che altro un disperato desiderio di fuga. Molti continuavano a voltarsi verso il punto da cui erano venuti, cercando di vedere se gli inseguitori fossero vicini.

"È un terribile disastro, ecco cos'è" le aveva detto un sergente dai capelli grigi che si era fermato un attimo a riprendere fiato accanto alla loro carrozza. "Meglio che ve ne andiate, se non volete che uno di quei bastardi vi infilzi, cara mia." Poi, guardando le altre donne in carrozza, aveva aggiunto: "Con la baionetta o con qualcos'altro, ah, ah, ah!" Detto questo, si era allontanato.

Kathleen aveva preso il binocolo da teatro per guardare in fondo alla strada: nel punto più stretto della via principale, sul ponticello, un cavallo si era impennato rovesciando il carro che trainava e bloccando così l'intera processione di gente in preda al panico. Gli uomini si staccavano dalla folla rimasta indietro all'estremità più lontana del ponte, lasciavano cadere i fucili sulla riva e si gettavano nel torrente per attraversarlo. Nei vari gruppi non erano mai più di quattro o cinque i soldati che indossavano la stessa uniforme, pertanto vi era un disordinato guazzabuglio di colori, dal blu scuro al verdeazzurro e poi cremisi, grigio, oro e verde. Osservare quella folla in fuga avanzare di fianco e dentro al fiume l'aveva fatta pensare a decorazioni floreali appassite trascinate in acqua dal vento, con petali multicolori sporchi di sangue che venivano portati via dalla corrente.

Aveva ordinato ai cocchieri di tornare in fretta al Potomac. Quel giorno non aveva pensato granché al marito...

Le due carrozze avevano raggiunto rapidamente la testa di quelle truppe disorganizzate, terrorizzate e impegnate in un caotico fuggi fuggi. Arrivati a un incrocio affollato, Kathleen aveva afferrato la frusta del cocchiere e respinto un gruppetto di soldati feriti ed esausti che li supplicavano di dar loro un passaggio.

Nel buio, a tarda sera, avevano sentito i rintocchi a martello delle campane e capito di essere arrivati alla periferia di Washington. Tornando nella capitale avevano visto torce accese in ogni strada, in ogni edificio e nelle case. Quando Kathleen aveva raggiunto il palazzo di arenaria del padre, però, l'aveva trovato vuoto.

Si era richiusa la porta alle spalle e subito il rumore della strada si era affievolito. Poi si era accorta che il ticchettio dei tre orologi della casa era fuori sincrono e sembrava più forte del solito. In quel momento aveva ripensato a Jon e con un sospiro profondo si era chiesta se fosse disperso. Ma dopotutto, che importava? Non si erano già perduti entrambi?

Subito dopo il padre era rientrato con la sorella Emmy e i suoi due figli.

"Voglio che mettiate in valigia un po' di abiti per il viaggio" aveva detto. "Se i ribelli riescono a entrare in città la metteranno a ferro e fuoco e probabilmente linceranno chiunque reputino colpevole di aver sostenuto alle elezioni il nostro leader. Ho letto un telegramma in cui si diceva che a Manassas hanno ucciso i prigionieri."

Kathleen ricordò di aver fatto la valigia: per qualche strano motivo aveva deciso di infilarci anche un paio di scarpette da ballo.

A cosa credeva che le servissero?, si chiese.

CAPITOLO OTTO

◇◇◇◇

McEMEEL

Un anno prima: 19 luglio 1861 – Manassas Junction, Virginia

N on sapeva che Kathleen avesse organizzato un'escursione per seguire le truppe dirette a Manassas. Pensava di averla lasciata al sicuro a Washington.

Gli uomini della compagnia Dorchester, esausti e disidratati, arrivarono finalmente a destinazione alle 22.30 del 19 luglio e si sistemarono alla periferia di Centreville, a pochi chilometri dal torrente Bull Run. Pur essendo così stanco da avere la vista appannata, McEmeel non riuscì a dormire, ma trovò una roccia grande quanto un uomo e vi si sdraiò. Si tolse gli stivali per alleviare la pressione sulle enormi vesciche che gli si erano formate nel primo giorno di marcia, e mentre se ne stava lì disteso a sorseggiare acqua e a chiedersi se avesse fatto la scelta giusta, un caporale gli consegnò gli ordini: lui e i suoi uomini già sfiniti avrebbero dovuto radunarsi senza fare rumore in meno di tre ore per iniziare una marcia di accerchiamento di dieci chilometri al buio. Il nuovo piano strategico che McDowell aveva predisposto in fretta e furia prevedeva un attacco a sorpresa da parte dei due terzi delle forze dell'Unione sul fianco scoperto dei Confederati a nordest.

Dopo aver letto gli ordini, McEmeel chiamò i suoi tenenti cercando intanto di rinfilare i piedi gonfi negli stivali.

"Abbiamo l'ordine di preparare gli uomini a un'altra marcia nel giro di tre ore" disse.

Le vesciche che aveva sui talloni scoppiarono. Aveva già avuto la sensazione che i suoi comandanti non sapessero cosa stavano facendo, ma la fitta di quelle maledette ferite sui talloni glielo ricordava a ogni passo.

Il piano, con il suo presunto attacco a sorpresa da sferrare prima dell'alba, era destinato a fallire per via degli errori di calcolo relativi al tempo che avrebbero impiegato le truppe dell'Unione a raggiungere il punto di raccolta. Ancora una volta smobilitare gli uomini, per giunta al buio, si dimostrò fin da subito un caos logistico. Nonostante la luna piena che si stava levando era impossibile spostarsi rapidamente nei boschi fitti e lungo le anse a gomito del Bull Run senza l'ausilio delle torce.

Quando finalmente l'avanguardia delle truppe nordiste riuscì a orientarsi, ad attraversare un guado incustodito a Sudley's Spring e a riorganizzare le formazioni presso una ferrovia abbandonata, spostandosi a ovest verso l'obiettivo, il sole era già alto. A quel punto le manovre furono intercettate dai Signal Corps confederati, i quali riferirono ai comandanti, posizionati più a nord, che le forze dell'Unione si stavano avvicinando.

E così quella che avrebbe potuto essere un'azione di accerchiamento rapida e coordinata da parte di 13.000 soldati nordisti si trasformò in un'avanzata audace ma confusa, così lenta che i Confederati riuscirono a smobilitare 2300 uomini dalle loro postazioni sulle anse del fiume più a est per dare manforte. Pur essendo in minoranza numerica, i Confederati si mossero in fretta e con determinazione, cogliendo alla sprovvista l'esercito dell'Unione e ritardandone di fatto la massiccia manovra di accerchiamento.

Gran parte dei soldati dell'indisciplinata compagnia di McEmeel, che avanzava al buio, si era persa nei boschi. Due tenenti e i loro uomini furono sottratti a sua insaputa dalle sue truppe perché il comandante di un battaglione d'artiglieria aveva bisogno di manodopera per smobilitare il cannone da campo, rimasto impantanato fino all'assale. I sergenti di McEmeel riuscirono a riportare in formazione decine di soldati della Dorchester solo ore dopo e attraversarono Sudley's Spring, il punto dove gli era stato ordinato di radunarsi, alle undici del mattino, quattro ore più tardi del previsto. A quel punto la battaglia era già iniziata da un pezzo.

Qualche ora prima, durante l'avanzata dell'Unione da nord, i primi spari dei Confederati, che si erano precipitati avanti e poi nascosti nell'erba alta, avevano colto di sorpresa i soldati del contingente Rhode Island che marciavano nella formazione nordista di testa. Mentre uomini e ragazzi cadevano feriti o morti nella foschia mattutina, alcuni dei giovani in divisa verde erano usciti dai ranghi, ma la maggior parte aveva continuato ad avanzare, incoraggiata dai veterani che comprendevano bene l'importanza di mantenere una linea di fuoco ordinata, disciplinata e compatta.

"Fermi, fermi!" "Fila davanti, a terra!"

Ubbidendo a quell'ordine, l'avanguardia dell'Unione si fermò e si inginocchiò, mentre gli uomini della fila dietro si appoggiavano a loro. A comando, alzarono i fucili.

"Puntate e mirate basso!" urlò il maggiore. "Falciateli alle gambe! Fuoco!"

L'esplosione simultanea di 200 fucili assordò tutti i soldati della fila. Gli spari incrociati oscurarono immediatamente il campo formando una coltre di fumo grigia e nera. L'erba secca prese fuoco in diversi punti. Gli obici da campo, i cannoni Parrot e Napoleon, vennero fatti avanzare su entrambi i fronti e scaricarono grappoli di proietti sulle linee nemiche. Caddero altri uomini. Le brigate nordiste del New Hampshire e di New York furono spostate in prima linea.

Lontano nelle retrovie, McEmeel ascoltava quella pioggia di fuoco, ma l'unico segno visibile della battaglia in corso era il velo di fumo grigio alto nove metri che oscurava il campo. Mentre stava immobile in formazione sotto il sole del mattino, si sentì svenire. Ebbe una fitta allo stomaco e, cercando di non pensare a quello che li aspettava in quella nuvola di fumo a ottocento metri da lì, si dimenticò delle vesciche.

Sebbene numericamente inferiori, le compagnie confederate provenienti da South Carolina, Alabama, Mississippi e Louisiana non cedettero terreno e caricarono più volte le linee nordiste. A quel punto furono fatte avanzare altre truppe dell'Unione. I Confederati si spostarono verso sud, implacabili e lenti, giù per la collina fino alla strada principale, poi su ordine del loro comandante risalirono rapidamente un'altra superando una casa e si fermarono sulla cima in modo da poter vedere la fanteria dell'Unione in avvicinamento.

Dopo le salve d'apertura e durante tutta la battaglia, gli uomini di entrambi i fronti spararono nella nebbia a figure che consideravano nemiche solo perché gli pareva che puntassero le armi grossomodo verso di loro. A peggiorare quel terribile caos si aggiunsero anche l'ampia gamma di colori delle uniformi e la somiglianza tra le varie bandiere scelte da entrambi i fronti per distinguere i rispettivi reggimenti.

A mezzogiorno la sua compagnia, i "Gray Devils" della Dorchester, ricompattata e posizionata in mezzo al reggimento, venne spostata in avanti per partecipare alla prima azione di sfondamento laterale dell'Unione, ma poi fu tenuta nuovamente in stallo in posizione di riserva. Ascoltando il clangore lontano, adesso si sentivano anche le urla di uomini agonizzanti e arrabbiati.

All'insaputa del comando nordista, di prima mattina erano arrivati dalla Shenandoah Valley altri 9000 confederati dell'esercito guidato da Joseph Johnston. Dato che le truppe di Johnston, che si erano fatte le ossa negli scontri minori verificatisi nella North Valley, avevano viaggiato in treno su vagoni scoperti invece di farsi a piedi i quaranta chilometri fino a Manassas, erano riposati e pronti a gettarsi nella mischia. Alla battaglia si aggiunsero anche la cavalleria di J.E.B. Stuart e i cannoni di Thomas Jackson.

Alle quattordici i due reggimenti del Massachusetts, l'Undicesimo volontari e il Quinto dei "Minutemen", ricevettero l'ordine di avanzare per partecipare alla terribile battaglia in corso sulla collina alla loro sinistra, dove si diceva che si fosse scatenata una lotta disperata e sanguinosa, un tira e molla per il possesso di undici cannoni nordisti.

McEmeel, come gran parte degli uomini della sua compagnia, non aveva mai sentito le esplosioni da vicino, il fischio snervante dei proiettili che sfrecciavano sopra la testa, il tonfo sordo e lo schiocco delle palle di piombo che laceravano le carni, le urla di uomini agonizzanti con le ossa spezzate e il ventre squarciato.

Mentre si lanciava in avanti per raggiungere la cima della collina, la compagnia di McEmeel superò i Firemen Zouaves di New York con le loro camicie rosse, nascosti nella gola sulla destra. Le palle di cannone che atterravano duecento metri davanti a loro scuotevano il terreno formando enormi nuvole di polvere e montagne di detriti che ostacolavano l'avanzata. Dopo ogni colpo, ricadevano a terra fluttuando centinaia di pagliuzze di fieno incendiate e fumanti.

"Oh Signore misericordioso!" sentì bofonchiare tra i colpi di tosse a un ragazzo tedesco di nome Ulbrecht, colpito al petto da un proiettile. Mentre la compagnia continuava ad avanzare, il ragazzo cadde e scomparve nell'erba e lui non lo rivide più.

Il capitano Jon Evan McEmeel fu una delle vittime dei primi quindici minuti di battaglia della sua compagnia, non per colpa di un proiettile o di una scheggia, ma perché si storse malamente ginocchio e caviglia inciampando nel corpo di quello che gli parve, ma non ne aveva la certezza, un sudista massacrato.

All'inizio, sentendo un'acuta fitta di dolore al ginocchio che gli arrivava fino all'inguine e al piede, pensò di essere stato colpito da un proiettile, ma non vide sangue. A quel punto, non essendo più in grado di camminare per il dolore, venne aiutato dal giovane soldato a cui prima aveva ordinato di tenergli la spada, che lo sostenne in modo da poter proseguire dietro agli uomini che avanzavano verso la cima. Mentre quelli si gettavano in mezzo al fuoco nemico, Jon cercò di infondere loro coraggio urlando: "Fatevi valere, ragazzi!", ma la sua voce fu soffocata dal rumore assordante dei cannoni. Poi, l'impatto di un'esplosione a meno di cinque metri fece a pezzi due uomini davanti a lui, squarciando il terreno e scagliandolo a terra insieme al suo aiutante. Perse conoscenza per qualche secondo.

Quando fu in grado di ricordare dove si trovava, si tolse la polvere dagli occhi e i ciottoli dal viso. Incollati alla guancia aveva della cartilagine, alcuni frammenti di ossa e due denti che non erano suoi. Si guardò intorno cercando il soldato che l'aveva sorretto: l'esplosione gli aveva strappato via la mascella. Poi ne arrivò un'altra che li coprì di terra, alla quale si mischiò il sangue che sgorgava a fiotti dal ragazzo in fin di vita. Jon si avvicinò, fece per chiamarlo ma poi si ricordò di non avergli mai chiesto il suo nome.

Coperto dal sangue del ragazzo morto e circondato dai cadaveri di altri soldati che erano stati falciati dalle raffiche sapienti e puntuali dei Confederati, osservò le linee nordiste proseguire. Non voleva restare tra i morti e i feriti, perciò si sforzò di alzarsi e fare qualche passo usando il fodero della spada spezzata come bastone.

Fu superato da altre unità in rapida avanzata e riuscì a valutare la propria posizione vedendo i corpi di uomini che conosceva, dopodiché attraversò un fosso e si incamminò su per una collina dai pendii dolci. Non capiva quanto fosse alta perché il fumo gli limitava la visuale a meno di cinquanta metri. Mentre intorno a lui si susseguivano le esplosioni, non sapeva dire se fossero i colpi del nemico che batteva in ritirata in mezzo al fumo o quelli delle batterie nordiste alle sue spalle.

Ormai non sopportava più il dolore alla gamba, perciò dopo altri dieci metri si fermò e si sedette insieme ad altri in un avvallamento poco profondo, sotto ai monconi di un acero dal grande tronco. Erano quasi tutti feriti. Cercò di ascoltare i rumori della battaglia in corso davanti a loro, anche se il fastidioso ronzio acuto che sentiva da quando erano iniziati i primi spari gli ovattava entrambe le orecchie. I rombi delle batterie sembravano vicini gli uni agli altri, ma Jon non riusciva a capire quanto lo fossero realmente.

Dall'avvallamento osservò il progredire della battaglia sulla collina, dove sempre più uomini riuniti sotto la bandiera nordista gli sfilavano accanto diretti, da quanto poteva capire, verso qualche altro altopiano. Le esplosioni, le raffiche di artiglieria leggera e le urla dei feriti intorno a lui proseguirono per altre tre ore, fino al primo pomeriggio. Ogni tanto sentiva in lontananza delle grida di giubilo e sperava che fossero quelle degli uomini che aveva visto avanzare sull'altura.

Poi sentì un suono terrificante che aveva già udito in precedenza ma solo nella sua testa, un verso che poteva essere solamente l'urlo della *banshee* di cui gli aveva parlato una volta suo zio raccontandogli una favola della buonanotte. Quell'orribile spettro verde urlante, che aveva popolato gli incubi notturni di cui spesso aveva sofferto da bambino, era tornata in vita su quella collina. Ma il lamento acuto e furioso che sentiva adesso proveniva da una *banshee* con mille teste, nascosta nel fumo che aveva inghiottito i suoi uomini, e non scemò per quasi quindici minuti: era un grido tremendo che superava il ronzio alle orecchie.

Poi vide i soldati dell'Unione, altri Fire Zouaves, ciascuno con il proprio turbante, e i commilitoni vestiti di grigio dell'11° reggimento sbucare dal fumo, lontano dalla battaglia, e scendere uno dopo l'altro dalla collina. Molti di loro avevano perso i fucili e tutti avevano l'espressione disperata di chi è in preda al panico. Dragoni e cavalli senza cavaliere passarono al galoppo, ripiegando a nord verso il punto da cui erano partiti. Avevano visto la banshee!, pensò. Riuscì in qualche modo ad alzarsi e a seguirli, imitato dagli uomini in grado di camminare e da quelli non ancora morti che si erano nascosti vicino all'acero divelto. Le grida dei ribelli si fecero più forti.

Non ricordava di aver corso, e invece lo aveva fatto: giù per la collina, oltre una casa di pietra distrutta dalle cannonate e poi ancora su per l'altopiano dove si era fatto male alla gamba. Corse finché le urla della *banshee* dietro di lui non svanirono del tutto.

Dopo aver percorso un centinaio di metri risalendo un'altura, vide un carro con tre uomini. Poi si ricordò della gamba sofferente: il dolore ormai gli scendeva fino alla caviglia. Cercò di raggiungere il calesse ma non riuscì a fare neanche un altro passo, perciò si distese a terra.

Il carro si fermò e due uomini gli si avvicinarono correndo.

"Lasci che l'aiutiamo, capitano. È messo piuttosto male."

Lo portarono al barroccio, che era carico di uomini feriti. Jon osservò gli altri passeggeri. C'era un ragazzo con la gamba destra squarciata di netto quasi fino all'inguine, dov'era legato stretto un laccio emostatico. Non sanguinava, ma la pelle che ciondolava ai lati della frattura multipla ed esposta a femore e tibia era di un bluastro quasi nero. Due uomini sistemati in un angolo e privi di sensi sembravano già morti.

Si diressero a est verso una strada principale polverosa e affollata di soldati, cavalli e civili in carrozza che ingombravano quel passaggio stretto cercando di tornare più in fretta possibile verso est, a Centreville, per poi proseguire in direzione di Fairfield. Inebetito dal dolore e dai ripetuti traumi che aveva subito, cercò di decifrare le conversazioni dei soldati che gli sfilavano accanto e di rimanere sveglio.

Quando riconobbe un uomo della sua compagnia, senza dirgli niente di ciò che gli era successo gli chiese informazioni sull'esito della battaglia sull'altopiano. Dal tenente di un'altra compagnia, poi, apprese che tutti gli ufficiali della Dorchester tranne due erano rimasti uccisi durante un attacco alla baionetta sferrato dai ribelli vicino a una casa in cima alla collina. Il tenente disse che a quanto pareva avevano combattuto strenuamente per impadronirsi di alcuni cannoni, ma aveva sentito dire che quasi la metà dei soldati della Dorchester era stati uccisa, ferita o fatta prigioniera.

Da quella e altre conversazioni Jon capì che nessuno sapeva che si era defilato quasi subito dall'attacco. Dato che era completamente coperto di sangue rappreso e non riusciva a camminare, il tenente con il quale parlò diede per scontato che fosse rimasto ferito e si complimentò con lui per il suo coraggio. McEmeel non disse niente, cercando solo di rimanere sveglio e di mettere insieme i particolari dello scontro sulla collina.

Quando arrivò a Washington, trenta ore dopo, venne trasportato con gli altri uomini del carro fino a una chiesetta già piena di soldati che erano stati feriti a Bull Run. Lì, una suora dal volto grigio con un abito altrettanto grigio iniziò a tagliargli l'uniforme. Disse agli altri infermieri dello staff che gli indumenti di McEmeel erano rigidi per via del sangue rappreso e dei frammenti di osso rimasti incastrati. Poi chiamò un medico perché esaminasse il ginocchio e la caviglia tumefatti.

"A quanto pare è una lesione interna, forse una frattura del piatto tibiale" disse il medico, movimentando la parte inferiore della gamba. "Se rimane così, probabilmente non potrà più camminare come prima" aggiunse con grande sgomento di McEmeel.

Per sistemare le cose nella capitale ci volle una settimana intera. Lincoln sostituì McDowell con "Little Mac" McClellan, il cui primo compito fu organizzare un esercito disciplinato dalla massa dei sopravvissuti di Bull Run e prepararsi a una guerra più lunga. Come prima cosa, McClellan ordinò che venissero rimandati a casa tutti i volontari dei 90 giorni, molti dei quali erano stati i primi a fuggire quando, durante la battaglia, il corso degli eventi era precipitato. Il capitano McEmeel fu promosso maggiore, soprattutto grazie alle voci di corridoio e al suo stesso rapporto, in cui riferiva gli eventi avvenuti sulle colline intorno a Manassas il 21 luglio.

Il rapporto, compilato parlando con diversi sopravvissuti della sua compagnia, ometteva parecchi dettagli personali ma era ben congegnato, ben scritto e con dettagli vividi. McEmeel scrisse oltre un centinaio di lettere ai parenti dei soldati, riferendo ciò che era successo ai loro figli, padri e mariti. Aveva una calligrafia ricercata che era degna di essere messa in cornice, secondo quanto gli disse un destinatario in lutto. Essendosi defilato quasi subito dalla battaglia, in ogni lettera inventava dettagli nuovi convincendosi che fosse la cosa giusta da fare, perché in quel modo esaltava il valore del defunto. Se invece il soldato risultava disperso, mentiva dicendo che l'ultima volta che l'aveva visto "era pieno di determinazione".

Emmy riuscì a trovarlo due giorni dopo che si era messo in salvo a Washington, e Kathleen fece incorniciare la sua spada spezzata e la sistemò sulla mensola del caminetto nel salotto della casa di arenaria affittata dal padre. Ogni volta che Jon guardava quel cimelio, il suo disprezzo per gli sciocchi si faceva ancora più profondo.

La mattina di sabato 21 luglio 1861, due settimane dopo Bull Run, mentre era in convalescenza nella casa del suocero in Michigan Street, arrivò un visitatore a bordo di una carrozza con tanto di scorta militare. Fu così che il generale Benjamin Butler, invitato a trovarlo dal membro del Congresso O'Malley, che era stato suo socio nello studio legale di Boston, si presentò a Jon. Nel corso del breve incontro Butler disse che era venuto per porgere i suoi rispetti a McEmeel, ma anche per fargli un'offerta, dal momento che era considerato uno degli eroi della battaglia di Bull Run, la più sanguinosa nella storia degli Stati Uniti.

"Ben Butler è soddisfatto delle cose che ha sentito dire a proposito del vostro valore, ragazzo" disse il generale. "Ho dato disposizioni perché siate trasferito sotto il mio comando. Ho bisogno dei servigi di un uomo del Massachusetts raffinato, istruito e con le credenziali di un eroe." Osservando la gamba ingessata di Jon, il vassoio di medicine e la bottiglietta quasi vuota di laudano accanto alla sedia e avvertendo in lui una certa esitazione, Butler disse sottovoce: "Ci aspetta una lunga battaglia, eh, figliolo?"

◇◇◇◇

Undici mesi dopo, mentre era seduto con la gamba appoggiata sul divano del salotto, McEmeel lesse il biglietto con cui la cognata Emmy gli chiedeva di aiutarla. Cercò di ricordare i dettagli di quel primo incontro con Ben Butler avvenuto un anno prima, pensando a quanto avesse cambiato la sua vita. Gli venne in mente che in quella occasione, guardando fuori dalla finestra dopo che Butler se n'era andato, aveva visto il generale fermarsi con la carrozza lungo la strada per scambiare due parole con Emmy, che stava tornando dopo aver portato i figli dal medico.

Si era chiesto come facesse Butler a conoscere Emmy e che cosa si fossero detti. All'epoca aveva pensato che forse avrebbe dovuto e potuto sfruttare in qualche modo il loro rapporto, e adesso si chiedeva quanto sapesse Emmy delle sue attività, iniziate il giorno in cui era entrato nella cerchia di Butler. Era *palese* che la cognata *sapeva* che lui aveva ricavato un lauto profitto dal contrabbando di beni sotto embargo attraverso le linee del fronte.

Avrebbe dovuto aiutare Emmy, una persona sincera e onesta che rispettava moltissimo? Forse avrebbe potuto presentarla a un paio dei tizi che ingaggiava per svolgere lavoretti per conto dell'organizzazione alla quale apparteneva... Magari a Pen Basetyr o a Henri Lebo, che conoscevano benissimo la penisola della Virginia e avrebbero potuto farle da guida nella ricerca del fidanzato... E quanto ci avrebbe guadagnato facendole quel favore? Ma era poi giusto farsi venire pensieri del genere dato il grande rispetto che nutriva per Emmy?

A rifletterci bene, certo, concederle quel favore gli avrebbe portato dei vantaggi, ma rischiava anche di infossarlo ancora di più nella cerchia privata del generale, che rischiava di diventare, se ne rendeva perfettamente conto, una di quelle paludi senza fondo di cui aveva scritto Dante.

A quel pensiero abbandonò le sue riflessioni, si alzò e saltellò fino alla teca con la spada rotta per osservare il proprio riflesso nello specchio dietro a questa. Era invecchiato. Si tastò gli zigomi e studiò le rughe sul viso e le zampe di gallina intorno agli occhi che un anno prima non c'erano. Si ricordò di quando era più giovane, di quando ancora più o meno credeva nel significato di quella vita concessagli da Dio.

In qualche modo quel pensiero lo costrinse a riflettere per la prima volta in più di quattro anni. Si stava forse rammollendo?

CAPITOLO NOVE

◇◇◇◇

BASETYR E LEBO

Dal 1852 al 1862 – Linea Mason-Dixon

A vevano cominciato a fare affari insieme ben prima
dello scoppio della guerra, ed erano in gamba, quei
due soci improbabili: rispondevano subito a ogni
nuova esigenza si profilasse all'orizzonte e gli permettesse
di intascare considerevoli profitti in contanti o merci ba-
rattate. Per Pen Basetyr il lavoro era iniziato quando aveva
dieci anni, nel 1850, al soldo di gente benintenzionata, soprattutto quaccheri, di passaggio sulle strade che lei stessa
individuava per guidare senza rischi fuori dalla Virginia gli
schiavi in fuga.

Quando capì che grazie a quella sua abilità era
molto ricercata, decise che avrebbe potuto sfruttarla per

guadagnarsi da vivere, e lautamente, perciò iniziò a farsi pagare il servizio. Dieci anni dopo, ai primi del 1862, dopo aver incontrato per caso Henri Lebo, un intraprendente quarantenne abile nel movimentare i beni rubati su per il Mississippi, Pen trovò il modo di aumentare i propri guadagni trafficando merci di provenienza illegale a dorso di mulo. Il "contrabbando", come lo chiamava l'uomo per cui lei e colleghi lavoravano, il generale Benjamin Butler, comprendeva anche gli schiavi. In più di un'occasione quei due improbabili soci avevano raddoppiato l'incasso barando sui loro traffici, anche se Lebo non disse mai a Basetyr che ogni tanto, dopo che lei aveva aiutato gli schiavi a fuggire, lui li aveva riacciuffati per riportarli ai proprietari che li rivolevano indietro perché era roba loro. D'altronde la sua socia aveva stipulato l'accordo per il trasporto con i quaccheri, non con gli schiavi, e probabilmente nessuno sarebbe stato in grado di ricollegarlo all'incarico di "esportazione" affidato a Basetyr.

Poco dopo lo scoppio della guerra, quando l'embargo imposto dall'Unione aveva fatto crescere la domanda, da parte di ciascuno schieramento, delle merci dell'altro, ad esempio cotone grezzo per le fabbriche del nord o chinino per l'esercito ribelle, i due trovarono altri modi e stratagemmi per far passare la merce di contrabbando. Basetyr conosceva alcuni dei percorsi migliori per *uscire* dai territori controllati dai Confederati, mentre Lebo ne conosceva di ottimi per *entrarvi*. Bsaetyr conosceva anche i luoghi più nascosti e le strade non riportate sulle mappe, mentre Lebo e i suoi numerosi collaboratori erano esperti navigatori del Potomac e dei corsi d'acqua meridionali e conoscevano l'ubicazione di campi e scorte d'acqua privi di controlli o sentinelle. Senza contare che sia Basetyr che Lebo amavano trovarsi nel pieno dell'azione.

Nel giro di qualche mese dall'attuazione del "Piano Anaconda" di Winfield Scott, un embargo rigidissimo imposto lungo tutta la costa, il Mississippi e in ogni punto di confine tra le due fazioni nemiche, Basetyr e Lebo diventarono ricchi, almeno secondo gli standard con cui erano cresciuti, anche se nessuno dei due avrebbe mai ammesso di trarne chissà quale vantaggio. Sapevano che la guerra sarebbe durata più di quanto sperava la gente, ma prima o poi sarebbe finita e a quel punto, in un'economia di pace, probabilmente avrebbero dovuto trovare altri modi di guadagnare da quel tipo di affari. Nonostante i proventi che ciascuno dei due riusciva a strappare, continuavano a lavorare in proprio, accantonavano i profitti e mantenevano sempre un controllo ferreo sulle operazioni, a volte partecipando di persona. La fiducia a titolo gratuito non faceva parte del gioco.

Nessuno, tranne alcuni membri ambiziosi della cerchia di Ben Butler che gestivano il contrabbando su entrambi i lati della frontiera, avrebbe potuto scoprire il collegamento tra i due, perché erano sempre stati molto attenti a salvare le apparenze facendo credere di avere obiettivi e tendenze politiche diversi. In certe occasioni, però, in luoghi ben precisi, soprattutto in certe baracche nascoste nelle valli della Virginia, avevano avuto i loro momenti di intimità.

Ciononostante, anche se qualcuno glielo avesse chiesto quando erano mezzi intontiti o sul punto di addormentarsi, quando si tende ad abbassare la guardia, nessuno dei due avrebbe ammesso di provare affetto o addirittura una certa attrazione per l'altro: facevano solo affari insieme e i momenti di intimità non erano che brevi incontri, scambi alla pari che soddisfacevano i bisogni momentanei di due abili soci in affari. In occasione di quegli incontri, ciascuno lasciava all'altro la copia di una lista di merci da fornire e qualche dollaro confederato, anche se entrambi sapevano che prima o poi quella moneta avrebbe perso valore. Ma quello scambio faceva parte del loro giochino segreto.

Era stato Lebo a iniziare.

Per non rimanere indietro, al successivo appuntamento segreto Basetyr aveva risposto allo stesso modo, ma gli aveva lasciato un dollaro in meno.

CAPITOLO DIECI

◇◇◇◇◇

SARAH

16 luglio 1862 – Washington

Sapeva che la madre non avrebbe cambiato idea. Emmy era sempre molto ferma nelle sue decisioni, e stando a quanto ricordava Sarah non le prendeva mai alla leggera. Il che però non le impedì di scuotere la testa arrabbiata e di implorarla quando Jacob scoppiò a piangere sentendole dire che sarebbe stata via per un po'. C'era solo una cosa che detestava più della partenza della mamma: il fatto che a prendersi cura di loro sarebbe stata la zia.

Kathleen non le piaceva, non le andava affatto a genio, e nemmeno lei provava chissà quale affetto per la nipote o Jacob, questo lo sapeva bene. Non era difficile capirlo: bastava notare come le concedesse pochissime occasioni per parlare e tra l'altro stringendo le labbra, e come a volte la guardava male. Per qualche motivo quella donna era arrabbiata con il mondo, aveva concluso Sarah. Perciò se ne rimaneva tranquilla e le stava alla larga.

Stavolta, però, sarebbe dovuta restare a casa, non avrebbe potuto seguire la madre come aveva fatto nel Nordovest Pacifico, Emmy non gliel'avrebbe permesso. E poi doveva prendersi cura del fratellastro di nove anni, Jacob, anche se negli ultimi tempi comunicare con lui era diventato davvero difficile.

Sua madre ci contava.

Per un breve periodo, quando Emmy aveva chiesto a Jojo, il giovane indiano che aveva fatto loro da guida nel Nordovest, di accompagnarli nel viaggio di ritorno a Boston, Jacob si era ripreso e aveva ricominciato a parlare. Si era affezionato molto a Jojo.

Ma dalla vicenda del treno, avvenuta due anni prima a Panama, nessuno aveva più avuto sue notizie. Se era morto, il suo corpo non era stato ritrovato, il che rattristava molto Sarah, non solo perché Jojo li aveva protetti, ma anche perché li faceva ridere. Interpretava il mondo in modo diverso dalla loro madre, era un outsider, guardava le cose con la mente aperta e con una curiosità davvero contagiosa, ricordò Sarah. E poi condivideva sempre con loro le sue dettagliate osservazioni.

Sentiva la sua mancanza e sperava che non fosse morto come tanti altri passeggeri di quel tragico viaggio. Le mancava tanto.

CAPITOLO UNDICI

◇◇◇◇

JOJO

14 luglio 1862

Per convincere il primo ufficiale che anche lui era irlandese, il primo giorno di navigazione al largo di New Orleans Jojo aveva affinato a suon di prove la cadenza imparata ascoltando i portuali di San Francisco parlare in gaelico. E per quasi tutto il giorno il suo trucco funzionò, anche se la carnagione scura e i tratti da indiano della costa del Pacifico gli erano di ostacolo. Fortuna che il primo ufficiale, un gigante cordiale di nome McClinton, emigrato dalla contea di Cork dodici anni prima, amava scherzare.

"Sì, e scommetto che ora mi dirai che sei un *Black Irish*, eh?" disse McClinton, il che mandò in confusione Jojo, che non capiva il riferimento. McClinton non era infastidito dalla sua burla, anzi, gli disse che il suo accento era talmente buono da fargli quasi venire nostalgia di casa. Dopo aver ascoltato i motivi per cui Jojo aveva voluto arruolarsi e averlo visto lavorare con impegno ogni volta che gli veniva affidato un incarico, decise di dargli una mano a fare carriera.

"Con il tempo faremo di te un aiuto nostromo, figliolo. Preparati a imparare tutto quello che serve per governare una nave" disse.

E così ebbe inizio la breve fortuna di Jojo il poliglotta, promosso a compagno di bordo della Marina dell'Unione.

McClinton aveva fatto il timoniere per diversi anni su alcuni tratti del Mississippi, perciò rappresentava una risorsa molto preziosa per la neonata Marina, come d'altronde lo sarebbe stato per i Confederati, che però non erano riusciti a reclutarlo a New Orleans. Quando all'espertissimo primo ufficiale si presentò l'occasione di essere riassegnato al nord su una nuova nave, decise di portarsi dietro Jojo e due marinai altrettanto fidati.

E così i quattro, a bordo di un piccolo piroscafo privo di insegne che batteva bandiera del Kentucky, sfilarono davanti ai cannoni degli avamposti ribelli dislocati lungo le rive del Mississippi e arrivarono a Fort Pillow, che era stato espugnato da poco, e lì furono assegnati alla U.S.S. *Cairo*, una corazzata nuova di zecca di 54 metri e 550 tonnellate.

Fino a quel momento Jojo non aveva compreso fino in fondo il vero significato di quella guerra tra stati, né aveva visto l'impatto devastante che aveva sugli esseri umani il cannone accanto al quale la nave se ne stava ormeggiata di notte. Se avesse saputo che cosa avrebbe visto a causa della sua decisione affrettata di arruolarsi a New Orleans, non avrebbe mai fatto quel giuramento, si disse in seguito.

Jojo conosceva bene i cannoni. Una delle tribù guerriere del Nordovest Pacifico, guidata dal famigerato capo Haida chiamato "Vento Nero", Anah Nawitka, aveva attaccato le tribù confinanti proprio con un cannoncino montato sulla prua della sua lancia. Jojo aveva anche assistito ad alcune esercitazioni di artiglieria delle brigate inglesi che navigavano nelle acque della Nordovest Pacifico.

Ma non aveva mai visto che impatto potesse avere la bordata di una nave né le ferite provocate da mitraglie, schegge di proiettile e frammenti di legno. Prima di partecipare alla battaglia navale di Memphis era completamente ignaro di tutto, e questo lo capì solo qualche tempo dopo. La guerra e i cannoni l'avevano colto del tutto alla sprovvista.

Nei mesi di aprile e maggio il fiume, la gente, le uniformi, l'idea di governare le acque, tutto era stato così stimolante che si era lasciato travolgere. Diversi compagni gli avevano detto che la riassegnazione alla *Cairo*, concessagli per merito, era un grande onore. Dopo due mesi passati nella Marina dell'Unione, però, Jojo si ritrovò a essere così frustrato che iniziò a guardarsi intorno per trovare nuove opportunità, in modo da poter mollare quell'incarico il prima possibile. Non era affatto come se l'era immaginato.

A New Orleans si era arruolato soprattutto per imparare come si faceva ad *andare a vela*, una cosa che aveva sempre desiderato sin da quando era un ragazzino della tribù dei Bella Coola nella zona settentrionale del Nordovest Pacifico governato dagli inglesi. Ma l'unica vela che aveva visto sulla gigantesca corazzata *Cairo*, che navigava lungo il Mississippi per unirsi all'attacco dei nordisti a Memphis, era stata la biancheria dei marinai stesa ad asciugare sugli alberi tozzi. Il vento che gli sguatteri riuscivano a catturare in quel modo non aiutava granché a far avanzare la nave.

Deluso da quello che considerava un arruolamento sbagliato e con possibili esiti disastrosi, se ne stette tranquillo e cercò di rimanere in disparte per tenersi al sicuro e riuscire così a sopravvivere almeno un anno. Sebbene le corazzate dell'Unione controllassero tutti i porti tranne quelli di Memphis e Vicksburg e con la loro imponente presenza scoraggiassero chiunque, a parte i numerosi soldati che sparavano a caso al passaggio di quei giganti, più di un tiratore ribelle appostato lungo la costa riuscì a centrare il bersaglio. Perciò Jojo decise di rimanere sottocoperta, indipendentemente da quanto la nave fosse lontana da riva: meglio arrostire come un maialino lì sotto che perdere un braccio o beccarsi una pallottola nelle budella cercando di stare al fresco, si disse.

Ma quella precauzione non faceva che rattristarlo di più. L'enorme e rovente bestione nero su cui viaggiava prosciugava del tutto sia lui sia gli altri membri della ciurma che avevano deciso di rimanere sottocoperta per i suoi stessi motivi. E lì il calore non mollava mai, nemmeno nei giorni nuvolosi e piovosi, perché le caldaie con cui veniva prodotto il vapore necessario a far avanzare la gigantesca ruota a pale della nave non erano ben coibentate. Nei giorni di sole stava anche peggio: invece di pensare a quanto fosse meraviglioso essere ancora vivo in quelle giornate di terso cielo blu, con il vento nei capelli come quando un tempo guidava la canoa, essere rinchiuso in quel modo lo faceva sentire oppresso.

Là sotto c'era da impazzire per il caldo. Notò che i mozzi avevano imparato a lavare il ponte in fretta e furia per paura che l'acqua evaporasse subito producendo una nuvola di vapore sporco che non eliminava il sudiciume e dava pure l'impressione che non avessero pulito affatto. Jojo si era fatto l'idea che sul secondo ponte ci dovessero essere ben più di trentotto gradi, persino di notte. Poi, nella seconda settimana di viaggio sul fiume, si bruciò la mano sulla lamina di ferro rovente spessa otto centimetri che ricopriva le fiancate della *Cairo*. Si chiese se quella non gli sarebbe valsa come esperienza preparatoria nel caso fosse stato costretto a finire nell'inferno dei bianchi.

Ma subito dopo il trasbordo sulla *Cairo*, l'inferno assunse una forma inaspettata. McClinton, il nuovo primo ufficiale, venne immediatamente accettato dall'equipaggio che aveva ereditato, ma Jojo no. La sua pelle scura attirava gli sguardi. E anche se non sfoggiava tatuaggi, come era invece abitudine degli indiani della costa pacifica, gli zigomi alti e la fronte bombata lo distinguevano dagli altri marinai, tutti europei bianchi.

Nei pochi mesi in cui aveva servito sulla piccola cannoniera a New Orleans prima che gli venisse concesso il privilegio di trasferirsi al nord sotto il comando di McClinton, era sempre riuscito a evitare le critiche ricorrendo all'astuzia. E dato che almeno un quarto dei marinai di quella nave era di origini indiane e molti altri erano neri, i pregiudizi dei marinai bianchi ricadevano su più persone. Sulla *Cairo*, invece, Jojo era l'unico a non avere la pelle bianca su un equipaggio di 250 uomini.

Uno dei marinai gli disse di aver perso diversi parenti durante le incursioni dei Sioux nella zona settentrionale del Missouri e che prima di morire aveva intenzione di pendersi qualche scalpo.

"I selvaggi non ci vanno a genio" gli disse il primo giorno un marinaio basso e asciutto con i denti neri. In seguito, ripensando a ciò che aveva visto fare ai bianchi a Fort Pillow, Jojo avrebbe trovato quel discorso come minimo paradossale.

McClinton cercava di fare del suo meglio, ma non riusciva a proteggerlo. Quando non era nei paraggi pronto a intervenire, i marinai manifestavano senza mezzi termini il proprio risentimento, mentre quando c'era lui lo facevano di nascosto. In due occasioni Jojo si ritrovò le scarpe piene di escrementi.

Ma era abbastanza furbo da capire che non doveva lamentarsi.

Per mantenere la pace e far calare la tensione, Jojo si offrì subito volontario per i compiti meno desiderabili, tra cui occuparsi del carbone delle caldaie, lavare le latrine e manovrare i cannoni come ultimo in grado dei cinque addetti. Imparò a non inspirare dal naso quando puliva i cessi e quando lavorava alle caldaie si metteva praticamente nudo. Sperava che non ci sarebbero state troppe battaglie, in modo da non perdere l'udito per colpa delle cannonate.

Alle quattro del mattino del 6 giugno 1862, quando la *Cairo* raggiunse le navi da assedio dell'Unione ancorate al largo di Memphis, il capitano la fece posizionare in fila con le altre quattro corazzate nordiste davanti a cinque arieti, tutte con la poppa verso la città, prestando così il meno possibile il fianco nel caso la Flotta confederata per la Difesa fluviale avesse sferrato un attacco. Vedendo la situazione, Jojo pensò che almeno sarebbero scampati al tiro dei cecchini e che quindi avrebbe potuto anche evitare di farsi abbrustolire sotto coperta. Quando il capitano, prima della battaglia, lasciò la nave per incontrare il comando della flottiglia, Jojo fu invitato da McClinton a salire sul ponte e poté guardare con il telescopio per qualche minuto.

Vide due mortai collocati sulle lance scagliare in aria proietti da novanta libbre che disegnarono un arco in direzione della città, situata a circa un chilometro e mezzo da lì, poi spostò il binocolo sul panorama di Memphis che si stagliava in lontananza. Era una bella cittadina, situata in alto sopra i promotori che costeggiavano il fiume, e il lucore dell'alba faceva brillare i tetti di rame di molte chiese. Quella che vedeva attraverso la nebbia che velava il fiume era una città pochi istanti prima della distruzione che invece aveva colpito sotto i suoi occhi, grazie alle corazzate e ai mortai dell'Unione, Fort Pillow e le località circostanti. Ma il bombardamento era appena iniziato e tutti i colpi di mortaio sparati fino a quel momento si erano rivelati troppo corti.

Non riusciva neanche a immaginare l'impatto terribile di una tale tempesta di fuoco sugli edifici di legno e mattoni della città e si chiese ancora una volta se non fosse tutta una follia.

Alle cinque e mezza, annunciata da una cannonata dei ribelli a più di un chilometro e mezzo da lì, la battaglia di Memphis ebbe inizio proprio mentre Jojo si preparava al caos imminente insieme agli altri marinai del suo turno. Le campane d'allarme risuonarono lungo tutta la fila di navi dell'Unione, sulla *Cairo* e sulle corazzate vicine Jojo sentì le grida concitate e un rumore di passi che si spostavano a poppa: gli uomini correvano ai loro posti di combattimento.

Lasciò a metà la colazione per precipitarsi sul ponte e, non essendo riuscito a trovare i tappi di cotone che si portava sempre dietro per proteggere l'udito, prese due pezzetti di pane, li masticò e se li infilò nelle orecchie. In attesa che l'addetto caricasse la polvere da sparo nel cannone Parrot da trenta libbre della prua di tribordo, sgomitò con l'altro compagno di ramazza per dare un'occhiata veloce, dalla bocca di fuoco del cannone, alla battaglia che stava imperversando.

Poi il sole nascente illuminò le acque del fiume davanti a Memphis e Jojo riuscì a vedere sette o otto navi ribelli allineate prua contro poppa a circa sette-ottocento metri da lì. Le navi confederate erano enormi, ma le loro fiancate non erano protette da lastre di ferro. *Cotton-clads*, cioè "Corazzate di cotone", le aveva sentite chiamare: dalla linea di galleggiamento ai ponti superiori le fiancate erano infatti coperte da enormi balle di cotone! E su ogni nave Jojo vide solo pochi cannoni.

Una per una, le imbarcazioni confederate iniziarono a sparare contro il fronte nordista. La U.S.S. *Carondelet*, che si spostava lentamente nelle retrovie a sinistra della *Cairo*, rispose al fuoco con il cannone posteriore di tribordo, facendo sussultare Jojo per il boato. Il colpo scosse la *Cairo* e Jojo vide il loro "addetto alle polveri" di dieci anni, che aveva perso l'equilibrio per lo scarto laterale della nave, lasciar cadere la granata che stava trasportando, la quale rotolò sul ponte fino alla fiancata di tribordo.

"Pulite il cannone, marinai" gridò il cannoniere, facendo spostare di lato Jojo e l'altro uomo addetto all'artiglieria per guardare fuori dalla bocca di fuoco. Mentre Jojo puliva la canna, il cannoniere introdusse la miccia nella granata conica di ferro, la sigillò e poi spostò il proietto sul davanti dell'enorme cannone. Quando l'addetto alla polvere da sparo spinse la carica giù per la canna, Jojo e l'altro mozzo sollevarono la granata conica da trenta libbre fino al cannone, poi guardarono il quarto artigliere spingerla dentro. Jojo avrebbe voluto coprirsi le orecchie, preoccupato com'era per quello che sarebbe successo a breve, ma sapeva di non poterlo fare finché l'ordine non fosse stato effettivamente impartito.

"Puntate a quella in mezzo alla fila!" gridò il capo artigliere.

L'artigliere semplice iniziò ad allineare l'arma, ordinando a Jojo e ad altri due marinai di aggiustare leggermente gli orecchioni del cannone. Jojo trovò strano che né l'artigliere né il capo si tappassero le orecchie, probabilmente erano già troppo sordi per badare a quelle cose...

"Così va bene, marinai!" urlò l'artigliere. "Fate un buco in quella maledetta nave."

A quell'ordine, l'addetto alla miccia spinse un bastone appuntito nella valvola di sfiato per forare la sacca della polvere da sparo, poi vi infilò l'innesco attaccato a un cordino.

"Fuoco a volontà!" gridò l'artigliere.

Jojo e gli altri due si allontanarono dal cannone.

L'addetto alla miccia tirò il cordino.

L'esplosione fece rinculare di un metro e venti il Parrot da due tonnellate.

"Ottimo! Corta di cento metri!" urlò il capo artigliere.

La ciurma spinse il cannone in avanti e si mise a caricarlo un'altra volta.

L'artigliere intanto diede un'occhiata in giro. Mentre le nuove cariche e il proietto venivano infilati nella canna, andò al secondo cannone e ordinò all'addetto alla miccia di tirare il cordino attaccato all'innesco.

"Fate saltare in aria quei bastardi!" gridò.

Il secondo cannone di poppa della *Cairo* fece fuoco.

"Corto di cinquanta metri e troppo a destra!" gridò il capo artigliere.

Da una parte e dall'altra Jojo sentiva le navi dell'Unione scaricare i due cannoni di poppa entrando nella mischia.

"Pronti a virare!" gli parve di sentir gridare con voce tonante da McClinton, che stava sul ponte superiore.

Mentre la corazzata virava a sinistra, Jojo guardò fuori dall'oblò di babordo. Uno degli alti fumaioli della nave confederata era spezzato a metà, due imbarcazioni ribelli stavano bruciando e a quanto pareva una si era arenata. Il fronte confederato era spezzato e gli arieti rimasti stavano risalendo il fiume a tutto vapore nel tentativo di avvicinarsi alle navi dell'Unione. Tutte le imbarcazioni su entrambi i fronti stavano sparando, anche se la maggior parte dei colpi della *Cairo* proveniva dai cannoni laterali di babordo. Jojo corse su quel lato per aiutare gli altri a portare le munizioni alle batterie. Sentì un'esplosione alla sua destra e attraverso l'oblò di babordo vide una nave ribelle in fiamme esplodere e poi affondare nel giro di pochi secondi, o almeno così gli parve.

La battaglia durò un'ora. Alle sei e mezza le poche navi ribelli rimaste a galla avevano invertito la rotta e stavano fuggendo, inseguite dalle corazzate dell'Unione.

In seguito Jojo avrebbe saputo che solo una aveva resistito quanto bastava per scappare. Nello scontro erano morti centinaia di marinai confederati, mentre sul fronte nordista solamente un soldato, il colonnello Charles Ellet, comandante degli arieti dell'Unione, era rimasto ferito da un colpo sparatogli al ginocchio da un cecchino.

Memphis capitolò poche ore dopo.

Il giorno seguente e nelle successive tre settimane la routine di Jojo tornò a essere noiosa e spiacevole come prima, con il solito fischio di sveglia alle cinque, la pulizia della nave fino alla colazione delle otto, e poi pittura, pulizie e turni di guardia fino a sera.

Il 21 luglio ricevette una lettera da un certo signor Patrick Dolan, un avvocato di Boston. Nella lettera, spedita solo un mese prima, Dolan spiegava di aver cercato Jojo per quasi due anni su incarico della signora Emmy O'Malley Evers e che in quel momento stava seguendo una pista emersa dopo che l'Unione aveva conquistato New Orleans. Sperava che la lettera lo raggiungesse e che lui fosse l'uomo che stavano cercando. Leggendo quelle parole, Jojo guardò l'indirizzo e si chiese se al mondo ci fosse un altro Na'Pen'tjo.

Rilesse quel breve messaggio più e più volte. Riportava l'indirizzo di Boston dell'avvocato e dava istruzioni su come prelevare denaro dalle banche di New Orleans e Cincinnati per potersi pagare il viaggio di ritorno a Washington, dove Emmy abitava con la sua famiglia. Jojo avrebbe dovuto rispondere via telegrafo appena possibile, poi comunicare a Dolan i dettagli una volta ottenuto il permesso di intraprendere il viaggio a est per riunirsi alla famiglia Evers.

Jojo mostrò la lettera a McClinton, il quale chiese al Dipartimento di Washington di concedere al giovane amico il congedo anticipato dal servizio sulla *Cairo*.

La domanda non venne accolta, così come la richiesta di un congedo prolungato. Jojo avrebbe dovuto cercare di sopravvivere fino alla fine della leva. Sigillò la lettera in una busta gommata e da quel momento se la portò sempre addosso.

Mancavano ancora otto mesi.

CAPITOLO DODICI

◇◇◇◇

LEBO ED EMMY

1837 – New Orleans e fiume Mississippi

Henri Lebo si riteneva un uomo deciso e dalla mente rapida, lo dimostrava agli altri ogni volta che lo riteneva necessario e disprezzava tutti quelli che, in base alle sue ben poco modeste opinioni, non erano altrettanto dotati.

Bisognava però dargli atto che manteneva quasi sempre le promesse. Quando siglava un accordo intendeva onorarlo e faceva sapere a tutti che il suo modo di condurre gli affari era quello. Se pensava che qualcuno stesse alterando i termini dell'accordo che aveva stretto con lui, o peggio, lo stesse infrangendo, Henri lo puniva. Il suo scarno codice

– mantenere le promesse fatte agli altri bianchi – e il suo approccio spietato e vendicativo non appartenevano ai rinnegati e ai trafficanti di New Orleans con cui era cresciuto, né agli altri ladri della sua famiglia: erano il suo segno distintivo.

Lebo aveva capito che questo faceva di lui un caso anomalo nel suo ambiente e ne andava fiero. Era fermamente convinto che il miglior modo per salvare le chiappe fosse far subito conoscere il proprio codice di condotta alle persone con cui aveva a che fare, e poi farlo rispettare a tutti i costi.

Coloro che lo avevano conosciuto nei vari porti fluviali lungo il Mississippi e il Potomac sapevano bene che aveva ucciso parecchi prevaricatori, o *briseurs*, come Henri amava definire le sue vittime. "Un accordo è un accordo" gli avevano sentito dire subito dopo aver eliminato un socio. Preferiva tagliare la gola, perché così quando lo sfortunato moriva non si sentivano rumori né parole inutili.

Eppure, nonostante le brutalità che aveva inflitto agli altri negli anni, non si considerava un violento. Portava semplicemente avanti i propri affari come un onesto commerciante che metteva in pratica le usanze in voga nei *bayou* e nei porti. Era uno che manteneva le promesse, lui. E non solo le manteneva, giurava anche di uccidere chiunque non facesse lo stesso.

Abbandonato dalla madre alla nascita e preso poi sotto la sua ala protettiva dal fratellastro, che tutti chiamavano *Mon oncle*, Henri aveva imparato quanto fosse importante scovare opportunità dappertutto e coglierle ogni volta che si presentavano. Prima ancora di compiere sei anni, uno dei compiti che lo zio gli aveva assegnato era stato andare a chiedere l'elemosina ai moli del porto, dove le navi provenienti da tutto il mondo scaricavano le loro merci. Lì aveva imparato a osservare quali casse e pacchi prelevati dalla stiva delle navi venivano manovrate con cura, che cosa era sorvegliato e cosa invece ignorato. Ascoltava i pettegolezzi dei manovali e dei marinai e poi riferiva tutto quello che aveva scoperto allo zio. In cambio lui gli dava una piccola parte del bottino.

Inoltre percorreva le strade delle paludi con il cugino più grande per portare la refurtiva agli approdi a monte del fiume, e una volta si spinse fino a Baton Rouge, centotrenta chilometri a nord. E quando aveva dieci anni, in un freddo giorno di pioggia, mentre stavano per imbarcarsi per un lungo viaggio in canoa fino a Natchez, ricevette un regalo dallo zio: uno stiletto sottile con una lama robusta di venti centimetri.

Lo zio, Stefanu Lebo, che quando non era impegnato a concludere affari era molto loquace, amava pontificare quasi quanto vantarsi. Per tutto il viaggio raccontò a Henri e a suo cugino le cose che aveva visto nella vita, le tante donne che aveva collezionato negli anni lungo il Mississippi, compresi i dettagli di parecchi incontri amorosi, la sua passione per i trucchetti delle donne Cajun, la differenza che c'era tra i vari tipi di serpenti che si potevano trovare sugli argini dei fiumi e quanto avesse aiutato i "'mericani" nella battaglia di New Orleans del 1814 con cui avevano scacciato gli inglesi per sempre.

Lo zio di Henri diceva di odiare gli inglesi, gli spagnoli e tutti quelli che si ritenevano superiori agli altri. Diceva che la gente di Vicksburg era così: impiccava i giocatori d'azzardo e "copriva di profumo la propria puzza" anche se secondo lui non serviva a granché. Se mai fossero andati in qualche città del nord con tutta la sua *merde prétentieuse*, avrebbero trovato poche donne facili, ma promise che ci avrebbero provato comunque con loro, anche solo per portar via qualcosa da sotto il naso di quegli "stronzi pieni di sé".

Questo discorso lo indusse a fare lunghe divagazioni sulle caratteristiche delle donne e su quanto le amasse a prescindere dal loro aspetto, dall'età e dal colore della pelle, anche se diceva sempre di preferire quelle grasse e con i seni grandi.

"Ogni donna è un mistero e un rompicapo, sapete. I rompicapi si possono risolvere, ma i misteri, ad esempio il motivo per cui questa luna che vediamo stanotte ci faccia ammattire una volta al mese, non si risolvono mai" disse ridendo. "Quando cerchi di capire che cosa rende donna una donna e perché è fatta com'è, ti ritrovi in mano dei pezzetti di corda annodati. E se hai uno spago lungo e lo tiri dalle due estremità è impossibile sciogliere i nodi, giusto?" Riprese a ridere. "Per conto mio, nella vita ho cercato di aggrapparmi a tutte le corde che ho trovato. E sono contento del fatto che, qualche volta, ho avuto la fortuna di poterlo fare, anche se solo per poco."

Lo zio era rimasto a lungo in silenzio, notò Henri, ma poi sospirò. "Dovrai crescere alla svelta, Henri" disse. "Meglio iniziare con una donna paziente" disse ridendo, "per il tuo primo sacrificio sull'altare di Venere. Ci penso io a organizzare la cosa". Il cugino, che aveva qualche anno più di lui, rise alle parole dello zio come se quello fosse un vecchio scherzo già sentito, e Henri capì che probabilmente anche il cugino era stato iniziato in quel modo.

A Bayou Sara, vicino a Fort Adams e pochi chilometri a sud del confine tra la Louisiana e il Mississippi, si fecero trainare per un lungo tratto da un piroscafo diretto a Carondelet. Staccarono poi le loro cinque canoe qualche chilometro a valle di Natchez e si accamparono rifugiandosi in una caletta tranquilla. Mentre erano seduti intorno al fuoco, lo zio raccontò di essere emigrato dalla Corsica nel 1801 insieme a un contingente di futuri coloni che era stato messo in libertà sulla parola dal governatore nominato da Napoleone. Quando erano arrivati in America gli era stata assegnata un po' di terra a monte del fiume, anche se le proprietà migliori e più fertili e i chilometri di sponde con i porti naturali erano controllati ormai da generazioni dagli aristocratici spagnoli e francesi.

"Andate, trovatevi una donna e popolate questo paese di nuovi cittadini, ci hanno detto. Dopodiché ci hanno dato un pezzetto di terra e assicurato protezione dalle tribù." Rise. "Ma non hanno mantenuto la promessa. Poi quel bastardo di Bonaparte ha venduto tutto ai 'mericani', portandoci via la terra da sotto i piedi e da lì in poi è andato tutto a rotoli."

Tirò fuori dalla manica il suo stiletto e lo conficcò nel ceppo che avevano davanti. Dalla disinvoltura con cui maneggiava quell'arma lunga e sottile, Henri capì che lo zio aveva esperienza.

"Questo affarino piccolo e smilzo è il più fedele compagno dei poveracci come me, Henri" disse. "Ai bei tempi questa lama sottile metteva paura ai ricconi, anche se indossavano le loro belle armature. Vedete? Si infila giusta giusta nella visiera dell'elmo e penetra il cuoio e la cotta di maglia che secondo loro doveva proteggerli da gente come noi. E ovviamente funziona ancora meglio se non portano l'armatura." Accorgendosi di aver catturato l'attenzione sia di Henri sia dell'altro nipote, abbassò la voce fino a un sussurro.

"Dovete infilarla qui, ragazzi" continuò, indicando il punto molle sul lato sinistro del collo di Henri, appena sopra alla clavicola. "Basta una spinta veloce e *pum*, giù fino al cuore, è un colpo preciso, non esce nemmeno il sangue." Rise, poi aggiunse: "Gli roteano gli occhi e poi crollano. A quel punto potete andarvene tranquillamente".

Nascosero le altre barche e risalirono il fiume pagaiando fino alla periferia di Natchez e portandosi dietro un campione di ogni merce che avevano trasportato – tre tipi di pistole, un barilotto di quercia di Amontillado, un cofanetto di madreperla contenente del buon aceto italiano, un candelabro di cristallo, un carillon carico, una grande olivina verde levigata, un piccolo rubino e un rotolo di delicato pizzo spagnolo – tutta merce rubata nei porti e nei magazzini di New Orleans.

A Natchez lo zio di Henri sapeva dove trovare dei possibili compratori. Evitava con cura di far vedere tutta la merce a una sola persona, portando agli incontri solamente uno o due oggetti. Henri, che non aveva mai assistito a una contrattazione, osservava attentamente come si comportavano gli interessati e ascoltava il botta e risposta senza perdersi una parola. Conosceva il valore che quei beni rubati avrebbero avuto a New Orleans ed era affascinato dal fatto che ad appena 330 chilometri a nord valessero molto di più. Era convinto di essere in grado di capire se qualcuno tentava di ingannarli.

Quel giorno, quando il cielo cominciò a oscurarsi, suo zio concluse in fretta gli incontri e ripartì in silenzio, manovrando la barchetta per tornare nel *bayou* più a valle, dove avevano nascosto le merci.

Alla fine della seconda giornata, lo zio aveva siglato affari con tre diversi compratori e concordato di condurre gli scambi in luoghi isolati, dal momento che conosceva bene la clientela, o così credeva Henri. I primi due si svolsero proprio come previsto: in base a quanto pattuito, il compratore e un ragazzino dell'età di Henri dovevano arrivare all'incontro in barca. Poi il compratore mostrò loro le monete e mandò il ragazzo a ispezionare la merce, mentre il cugino di Henri verificava i soldi, mordendo le monete d'oro o d'argento per saggiarne la durezza. Quando entrambi annuirono, la transazione si concluse e le parti si separarono con i rispettivi beni.

Per il terzo incontro, previsto per le tre del pomeriggio, ormeggiarono le canoe con l'Amontillado e alcune pistole ai lati del pontile in un punto a valle del fiume, un approdo chiamato Avalange. Un quarto d'ora più tardi, vedendo che i Choctaw con cui si era messo d'accordo non si erano ancora fatti vivi, lo zio Stefanu disse: "Dobbiamo andarcene subito!" Ma appena iniziarono a pagaiare, sbucò una canoa con tre uomini a bordo che avanzava rapida verso di loro.

Lo zio attraccò sulla riva e disse sottovoce, "Scappate, ragazzi!". Henri colse nei suoi occhi rabbia e paura, perciò corse verso il bosco, ma quando si voltò vide che il cugino cercava di rispingere la canoa nella corrente.

"Corri, Henri!" sentì lo zio urlare di nuovo. Poi lo udì maledire gridando: "*Fils de pute! Bâtards!*", sentì tre spari e altre grida.

Rimase nascosto nel bosco ad aspettare, tendendo l'orecchio per sentire se per caso qualcuno dei Choctaw lo stesse seguendo o se lo zio lo chiamasse ancora. Poi, dopo una buona mezz'ora di silenzio, tornò in riva al fiume seguendo un percorso circolare. Le due canoe dello zio non c'erano più.

Lui era steso a faccia in giù nel fiume.

Il cugino era scomparso.

Per due giorni cercò di capire dove lo zio avesse nascosto le altre barche e dove fosse il loro accampamento, ma si rese conto di essersi perso.

Aveva ancora in tasca una delle due monete d'argento dategli dallo zio dopo la prima transazione, perciò riuscì a comprarsi qualcosa da mangiare, ma non gli rimase abbastanza denaro per pagarsi la tratta in barca, quindi si incamminò e si mise a chiedere l'elemosina a valle del fiume. Impiegò dieci giorni per tornare a New Orleans.

Costeggiando il fiume, ripensò a ciò che aveva visto. Suo zio gli aveva sempre raccomandato di fidarsi del proprio istinto e di guardare gli uomini negli occhi durante le trattative.

Diamine, non si era accorto che il Choctaw con cui aveva negoziato non aveva sbattuto le palpebre neanche una volta? Henri l'aveva notato. L'uomo si era seduto, aveva posato entrambe le mani sul tavolo, aveva atteso pazientemente che suo zio aprisse il panno con le pistole e le perle e non aveva allungato la mano finché lui non glielo aveva concesso. Non aveva sollevato questioni. Aveva offerto una somma elevata sia per il lotto di pistole che per le pietre preziose. Non si era agitato, non si era guardato intorno né si era irrigidito e non aveva fatto trasparire alcunché dall'espressione del viso. Non aveva mai cambiato tono di voce.

Ma osservando uomini e donne mentre faceva il mendicante, Henri aveva imparato che le persone facevano trapelare un sacco di informazioni senza neanche accorgersene. Aveva sempre trovato interessante il fatto che il viso di una persona apparisse diverso a seconda dell'occhio che guardavi. Entrambi i lati dicevano qualcosa di lei, ormai lo aveva capito. L'occhio sinistro di un destrorso ti diceva se ascoltava attentamente le tue parole, quello destro se ascoltava solo se stesso. Se quando lo fissavi distoglieva lo sguardo, voleva dire che non credeva alle tue parole o diceva una bugia. Henri era in grado di capire quando qualcuno mentiva e, dopo aver chiesto l'elemosina al porto e per le vie della città per quattro anni, era in grado di prevedere chi gli avrebbe dato qualcosa.

Le persone più facili da convincere erano quelle gentili che lo guardavano davvero, anche solo per un secondo: in qualche momento qualcuno doveva aver detto loro che voltare le spalle ai meno fortunati era peccato. Henri era certo che fossero state le mamme dal cuore tenero convinte dalle parole dei preti, i quali in realtà erano un branco di sciocchi degni del suo disprezzo, perché sempliciotti e creduloni. Dopo qualche anno pensò che sarebbe stato proprio divertente cercare di far cambiare idea a quelli che quasi certamente avrebbero respinto le sue suppliche, perciò nel suo ultimo anno da mendicante al porto e per le strade, dopo aver raggranellato un po' di soldi la mattina, trascorreva il resto della giornata cercando di "convertire" quelli che ce la mettevano tutta per sembrare bruschi.

Diventò molto bravo e per prima cosa li guardava sempre negli occhi.

Ma suo zio non si era accorto di nulla.

Il Choctaw aveva occhi morti.

22-24 luglio 1862

Fiume Potomac e campagna della Virginia orientale

Il cognato l'aveva avvertita che Henri Lebo era affidabile, ma le aveva anche detto che, come tutti quelli che facevano il suo mestiere, era abituato a lavorare per entrambi gli schieramenti, quindi Emmy avrebbe dovuto dargli subito una bella somma in contanti e depositare il resto, con un consistente incentivo, nelle mani di un garante di Baltimora perché Lebo lo riscuotesse una volta assolti gli obblighi nei suoi confronti.

Per pagare quel compenso, oltre mille dollari in oro, Emmy dovette chiedere un prestito a Patrick Dolan, un ex socio del padre. Dolan le disse che un anticipo sul contenuto del pacchetto – un enorme diamante che due anni prima un pazzo assassino di Panama aveva regalato a suo figlio – avrebbe coperto ampiamente le spese da sostenere per quella costosa ricerca. Emmy aveva sempre sperato di non doverlo usare, ma non aveva scelta, e si chiese se quel diamante fosse maledetto.

Nonostante le ripetute suppliche di Emmy, Lebo aveva insistito per posticipare il viaggio di cinque giorni in attesa che McClellan completasse l'evacuazione delle truppe caricandole sui mezzi in partenza dall'imbarco di Harrison Landing, sulla penisola. L'esercito dell'Unione sconfitto

avrebbe ridisceso il fiume James fino a Yorktown e Norfolk, entrambe da poco abbandonate dai ribelli, per poi
dispiegarsi a nord. Lebo disse che anche i ribelli stavano
smobilitando gran parte delle truppe dalla parte orientale
della penisola per tornare verso Richmond.

Aggiunse poi che a quel punto sperava ci fossero in
giro meno Minutemen o soldati dei "Comitati di vigilanza", senz'altro indaffarati a leccarsi le ferite dopo che la
zona era stata devastata dagli scontri di quelle che ormai
tutti chiamavano "Battaglie dei sette giorni".

Seguendo le istruzioni di Lebo, Emmy si portò dietro un bagaglio leggero e si vestì da uomo, con i calzoni,
un cappello floscio e un lungo pastrano. Sarebbe stato un
viaggio rapido ed estenuante, le aveva detto, ma anche il
modo più diretto e sicuro per raggiungere il suo obiettivo,
ossia capire dove si trovasse Brett. Avrebbero fatto poche
brevi soste lungo il tragitto. Stando a Lebo, con cavalli freschi avrebbero potuto percorrere anche trenta chilometri
al giorno, ma per riuscirci avrebbero dovuto concedersi
ben poco riposo.

Dato che lei pagava molto bene, le disse che l'avrebbe accompagnata per tutto il viaggio, conducendola quella
stessa notte a bordo di un piccolo schiff sul Potomac fino a
un approdo a sud di Alexandria, e poi scortandola a cavallo
fino alla cittadina di Fredericksburg, che da quanto le aveva
detto si trovava a metà strada tra Washington e Richmond.
Una volta giunti là, avrebbero incontrato un suo socio che
li avrebbe portati in barca sul fiume Rappahannock. Poi
un altro amico li avrebbe guidati a sudest fino alla penisola e infine a ovest verso le sorgenti del Chickahominy.
Avrebbero dovuto costeggiare le paludi e questo avrebbe

richiesto almeno un giorno in più, ma per tranquillizzarla Lebo le disse che da quelle parti aveva "occhi e orecchie" in grado di raccogliere informazioni su Brett.

"Se riusciamo a spostarci rapidamente, andremo e torneremo in una settimana, se avete fortuna e trovate il vostro uomo" disse Lebo. "Immagino che ci vogliano tre giorni per individuarlo e fare quello che dovete fare. In totale dieci giorni al massimo, se ci muoviamo alla svelta."

Aggiunse poi che un'altra socia, una "partner occasionale" di nome Pen Basetyr, l'avrebbe scortata per tutto il viaggio di ritorno fino a Harper's Ferry ma per una strada diversa. Poi avrebbe dovuto fare il tragitto da Harper's Ferry a Washington da sola, sempre ammesso che riuscisse a farcela *fino a lì*.

Emmy notò che Lebo era un uomo più interessante di quanto avesse pensato. Le ricordava il neoeletto presidente, Abraham Lincoln, che aveva visto solo una volta in occasione del suo insediamento, dai posti riservati alle famiglie dei membri del Congresso davanti al podio, sulla sinistra.

Lebo, come Lincoln, era smilzo e aveva occhi che ne avevano viste tante, anche se non erano profondi come quelli del presidente. Al contrario di quell'uomo dell'Illinois, però, Lebo era agile e si muoveva in fretta. L'aveva squadrata più di una volta, Emmy se n'era accorta, e quando non faceva guizzare gli occhi dappertutto come suo solito tornava a posare lo sguardo su di lei, sempre squadrandola dall'alto in basso. Per qualche motivo, però, quell'esame minuzioso non la infastidiva, perché McEmeel, nel tentativo di fornirle delle garanzie, le aveva detto che Lebo era l'uomo più cauto che avesse mai conosciuto.

Lo osservò caricare alcune casse sulla barca. Aveva modi spicci e precisi. Poteva fidarsi di lui?

Dopo che Lebo l'ebbe aiutata a salire a bordo, si legò sul petto due cinturoni di munizioni equipaggiati con due grosse rivoltelle, poi caricò e si sistemò accanto ai piedi uno schioppo a doppia canna mozza e un fucile Spencer a percussione anulare nuovo di zecca.

"Sapete sparare, signora?" le chiese. Quando lei annuì, le passò un enorme revolver LeMat a sei colpi.

"A un certo punto potrebbe servirvi, se non contro i nordisti, magari contro i ribelli, nel caso non riusciamo a scansarli o a convincerli." Nel pronunciare quelle parole ebbe un fremito.

Vedendo che Emmy esitava, aggiunse: "Avete qualche obiezione?" Lei esitò ancora e Lebo disse: "Sapete bene che ci impiccherebbero, nordisti o ribelli che siano. Stiamo entrando in un territorio che entrambe le parti ritengono di loro proprietà". Allungò il braccio per riprendersi il revolver, ma Emmy tirò indietro il pesante LeMat e lo nascose sotto il pastrano.

Avanzarono rapidi lungo la costa ovest diretti a sud, abbastanza lontani dalla riva del fiume da rimanere fuori dalla portata delle sentinelle, fermandosi un paio di volte e sdraiandosi nella barca ogni volta vedevano i battelli a vapore dell'Unione risalire la corrente in direzione opposta, verso Washington. Era abbastanza buio perché le altre navi non scorgessero la loro piccola imbarcazione, ma ogni volta Lebo le diceva di tenersi pronta allo scontro.

Tre ore dopo essere partiti da Washington approdarono in una piccola insenatura e nascosero le barche tra i cespugli. Lebo si inoltrò nel bosco, lasciando Emmy da sola a riflettere sulla follia di quella missione. Era certa però che i suoi figli fossero al sicuro. Doveva ritrovare Brett, si disse, e per un istante si domandò se avrebbe avuto anche il tempo di scoprire che cosa fosse successo a George Pickett. Si chiese se dovesse cercare di vederlo, ma scacciò quel pensiero: dopotutto avrebbe anche potuto essere morto. Il pensiero che uno dei due fosse ferito o deceduto le fece venire la nausea. Sentì salire il gelo dalle rive del fiume e incrociò le braccia davanti al petto infilando le mani dentro le maniche del lungo pastrano.

Trenta minuti dopo Lebo tornò con due cavalli sellati. Era quasi buio.

"Dobbiamo muoverci" disse. "Bisogna arrivare a Fredericksburg prima dell'alba."

Come unica luce avevano la piccola falce della luna d'agosto, che sbucava e poi scompariva nella bassa coltre di nubi, perciò avanzarono piano per quasi tutto il tragitto, anche quando trovavano radure aperte in mezzo ai boschi. Emmy però si rese subito conto che Lebo conosceva bene quelle zone e che si immetteva sulle strade solo quando i sentieri che stavano seguendo le incrociavano.

Quando si fermarono per riposarsi la prima volta al riparo di un fitto boschetto, Emmy calcolò di aver cavalcato senza sosta per oltre quattro ore. Erano già quasi le tre e mezza. Prese il telescopio annerito di Lebo e scrutò il bosco che avevano davanti in cerca di eventuali movimenti nella penombra del mattino. Dopo un quarto d'ora di osservazione uscirono dal bosco ed sbucarono in un altro campo brullo, e dopo aver cavalcato a spron battuto per un'altra ora si ritrovarono in riva al fiume alla periferia di Fredericksburg. Lebo fermò i cavalli che schiumavano abbondantemente.

"Immagino che questo sia il Rappahannock, giusto?" chiese Emmy sottovoce. Lebo non rispose.

Trascorsi dieci minuti, tirò fuori un sigaro e lo accese. Un minuto dopo un uomo a cavallo che portava con sé altri due animali uscì in silenzio dal boschetto a valle, si fermò e accese un sigaro con un fiammifero. Dopo aver aspettato un altro minuto, Lebo prese le redini di Emmy e cavalcò fino a portarsi sulla riva, di fronte al punto in cui stava l'uomo sull'altra sponda. Poi spronò il cavallo per fargli attraversare il fiume e lo guadarono.

Una volta dall'altra parte, smontarono e rimontarono sui cavalli freschi. L'uomo li accompagnò per qualche chilometro e quando Lebo gli lanciò un borsellino, lui si voltò, tornò verso la boscaglia e scomparve. Il tutto senza che nessuno dicesse una parola.

I raggi giallo-bruni di un'alba nuvolosa illuminarono gradualmente i campi che avevano attraversato lasciandosi alle spalle il Rappahannock. Osservando il terreno calpestato dietro di loro, le coltivazioni devastate e le montagne di rifiuti sparpagliati in ogni direzione, Emmy vide per la prima volta che cosa avesse prodotto l'immenso esercito che si era accampato in quella vasta distesa: anche se qualche giorno prima aveva piovuto a dirotto, i solchi profondi che segnavano strade e campi non erano ancora scomparsi. Avanzando verso sud, Emmy notò che ampie porzioni degli antichi boschi di castagni e querce erano state tagliate di fresco. Vide case con le porte divelte e le finestre in frantumi, contò dozzine di fienili bruciati e si accorse che, da quando avevano aggirato Fredericksburg tre ore prima, nei campi aveva visto pochissime mandrie.

Mezz'ora dopo si fermarono sul crinale di un ripido promontorio sassoso con pochi alberi e in basso videro una lunga valle brulla a parte qualche albero. Non era sempre stato così, pensò Emmy, almeno stando alle descrizioni che Rory Brett le aveva fatto delle vallate e delle colline verdi della sua Virginia.

Lebo smontò da cavallo e la aiutò a fare altrettanto.

Quando tornò dopo aver fatto i suoi bisogni, lei gli chiese: "Signor Lebo, quanto manca al Chickahominy?"

Lui alzò la mano, fece un cenno verso sinistra e, quando lei si voltò, rimase sorpresa nel vedere un ometto robusto e vestito di nero che imbracciava un fucile calibro dieci e si avvicinava in sella a un piccolo Morgan nero. Era sbucato così silenziosamente che Emmy non se n'era nemmeno accorta.

"Signora" disse l'uomo quando li ebbe raggiunti, toccandosi il cappello e facendole un cenno di saluto. "Sono il reverendo Ardy Dabbs. Piacere di conoscervi e di potervi aiutare."

Emmy gli diede la mano. Al contrario di quelle degli altri predicatori che aveva incontrato, era da lavoratore, con la pelle sciupata e le nocche gonfie e rosse come quelle degli agricoltori e dei boscaioli, ma con le unghie pulite.

Dabbs aveva la mascella squadrata e portava un pizzetto grigio, lungo e ispido che gli copriva in parte il collo grassoccio, stretto dai bottoni del colletto. L'espressione dei suoi occhi intensi color nocciola le ricordò le occhiate inquiete che a volte le lanciava il vecchio golden retriever di famiglia quando ancora vivevano nel Nordovest

Pacifico, qualche anno prima. Quel cane si agitava e guaiva ogni volta che voleva sapere cosa fare per ottenere la sua approvazione, lo ricordava bene. Di rado ne combinava una giusta, però: era un pessimo cane da guardia. "Non ha neanche un grammo di istinto canino" aveva detto una volta il suo defunto marito Isaac. I selvaggi Haida avevano ucciso la bestiola durante l'attacco alla loro casa su Whidbey Island.

Emmy si chiese se ci fosse un qualche nesso tra quello che leggeva sul viso del predicatore e la presenza affettuosa ma inutile del vecchio cane di famiglia. Pensò con rimpianto che in quella notte fatale avrebbe dovuto iniziare ad abbaiare molto prima di quanto avesse fatto.

"Reverendo Dabbs, veniamo da lontano..."

"Scusatemi, signora" la interruppe lui. "Henri mi ha messo al corrente delle vostre ricerche... ho chiesto del vostro fidanzato in giro. Mi duole deluderla... ma non posso dire di aver saputo molto, tranne che ci sono stati un bel po' di scontri, a monte del Chickahominy dove si trovava casa sua. Stando a quanto mi dicono, la gente ci metterà un bel po' a riprendersi."

L'espressione triste e grave del predicatore era autentica, concluse Emmy: non stava mentendo. Probabilmente era inquieto e addolorato per molte ragioni, ed era sincero.

Poi l'uomo si toccò il cappello per salutare Lebo e disse: "Henri, non pensavo che l'avresti scortata di persona fin qui, ma sono contento che tu ce l'abbia fatta. Ho sentito che stanno rimettendo in piedi quella maledetta Commissione di vigilanza. Il solito Otis Loller. Immagino che abbiate al massimo uno o due giorni di margine, se volete stare alla larga dalle loro grinfie". Poi si voltò nuovamente verso Emmy e aggiunse: "Henri è sempre molto prudente, di questi tempi è un'ottima cosa".

I tre proseguirono a cavallo verso est, passando fra colline coperte di faggi e pini per potersene restare nascosti, evitando accuratamente tutte le località che avevano più di una o due case.

"Dove avete vissuto finora?" le chiese Dabbs.

Emmy ci pensò su. "Due anni fa sono tornata dal Territorio dell'Oregon a Boston con la mia famiglia" disse. Durante il tragitto gli raccontò quello che aveva dovuto subire nel Nordovest Pacifico: suo marito Isaac era stato ucciso e decapitato dagli indiani e il suo bambino più piccolo era stato rapito e torturato. Gli raccontò ciò che aveva passato lei stessa a Panama, quando il treno sul quale viaggiava con i figli era stato assalito e lei e molti altri passeggeri erano stati presi in ostaggio. Quando gli riferì dei tanti omicidi cui aveva assistito e della sua prigionia nelle grinfie di un famigerato assassino di nome Bocamalo, la voce le si strozzò nuovamente in gola.

Il predicatore le chiese come mai avesse deciso di affrontare quella nuova sfida e lei gli rispose che era stato Brett a salvarla a Panama, che i suoi figli gli si erano subito affezionati, quasi come se il loro papà fosse tornato, e che qualche tempo dopo, a Boston, lui le aveva chiesto di sposarlo.

"Immagino che sia un uomo giovane e idealista, come gran parte di coloro che si fanno la guerra da queste parti" disse Emmy. "Ma non ho mai conosciuto nessuno tanto affettuoso."

Il predicatore, ascoltando in silenzio le sue parole, annuì e la sua espressione divenne ancora più triste. Sospirò.

Proseguirono in silenzio per qualche minuto. "Be', adesso capisco perché state rischiando la pelle" disse alla fine. "La maggior parte delle donne non lo farebbe, immagino, ma capisco perché voi lo facciate."

Emmy si accorse che la stava studiando.

"Con il dovuto rispetto, signora, ho l'impressione che non abbiate ancora deciso se lo amate davvero... ma dovete occuparvi dei vostri figli e... in qualche modo vi sentite in obbligo. E voi siete una donna d'onore, non è vero?" le chiese.

A quel punto Emmy frenò il cavallo mandandolo al passo e rimase un po' indietro, chiedendosi se il predicatore ci avesse visto giusto. Quell'uomo era più intelligente di quanto il suo aspetto da cane bassotto le avesse fatto credere...

Cavalcarono per un'altra mezz'ora senza parlare. Poi fu lui a rivolgersi agli altri. "Henri, signora... se foste disposti ad assecondarmi, credo che potreste essere interessati a vedere una cosa, prima di proseguire, che però richiede una piccola deviazione dal vostro percorso. Ma vi darà un'idea, se così si può dire, del clima che vi aspetta."

Senza attendere che Emmy gli desse il permesso, Lebo annuì e spronò il cavallo dietro a quello del predicatore.

Per una mezz'ora buona saltabeccarono avanti e indietro su per un altro crinale. Dalla cresta, guardando in lontananza verso sudest, videro del fumo che saliva da quello che sembrava un boschetto di alberi adagiato nella valle stretta, nella quale si snodava un grande fiume. Emmy calcolò che quelle nuvole scure dovevano estendersi per almeno ottocento metri. Migliaia di uccelli, soprattutto corvi e merli dalle ali bianche, sciamavano e scendevano in picchiata in quel punto, tuffandosi nel boschetto e mischiandosi al fumo nero e grigio fino a diventare indistinguibili. Emmy si coprì il viso per non sentire l'acre puzza di marcio che arrivava fino a loro. Era un odore putrido, quasi di zolfo.

"L'approdo sul fiume che vedete dietro quegli alberi laggiù è chiamato 'White House Landing'" disse il predicatore spaziando con la mano dall'estremità del boschetto sulla destra fino a un poggio dalla parte opposta. "Qui i nordisti hanno conservato le loro provviste e poi, verso la fine, quando si sono resi conto che sarebbero stati presi a calci in culo, le hanno abbandonate. E laggiù... è dove hanno fatto esplodere le munizioni durante la ritirata" disse, indicando la nuvola di fumo nero e grigio più densa.

"Pensiamo che abbiano razziato i campi e le case qui intorno per circa 260 chilometri quadrati, accrescendo il bottino che si erano portati dietro lungo il Chesapeake e i fiumi James e Pamunkey: il doppio di quello che gli sarebbe bastato per sfamarsi. Con tutto ciò che hanno ammassato avrebbero potuto mandare avanti la baracca per mesi. Poi, hanno abbassato la cresta, dato fuoco a tutto quanto e sparato ai cavalli e ai muli che non erano in grado di portar via. Ormai sono dieci giorni che quell'ammasso di roba sta bruciando, nonostante questa maledetta pioggerellina."

Detto ciò, tornarono indietro per qualche chilometro verso ovest, lontani da quella discarica puzzolente.

"Secondo i nostri calcoli, tra morti e feriti gravi abbiamo dovuto sacrificare circa tredici o quattordicimila dei nostri ragazzi, prima che i nordisti si decidessero a tornarsene a casa e a lasciarci in pace" aggiunse il predicatore mentre proseguivano.

"Dopo la terza battaglia, tanti nordisti hanno iniziato a rimanere indietro e disertare. Si sono messi a vagabondare nella zona a gruppi, come branchi di cani. Ogni volta che trovavano una casa sprangata, la forzavano." Scosse la testa disgustato.

"A Malvern Hill i cadaveri nel campo sono talmente tanti che non si riesce a fare nemmeno un passo senza inciamparci."

Si voltò verso Emmy e la fissò negli occhi. "Perciò, signora... riconosco e rispetto il fatto che abbiate le più sincere intenzioni, ma se fossi in voi mi guarderei bene dal parlare con quell'accento di Boston. La gente da queste parti è inferocita e in questa guerra scatenata dall'aggressione dei nordisti, fin troppi presunti simpatizzanti dell'Unione sono stati impiccati... senza neanche l'ombra di quella clemenza che in genere si accorda persino alle bestie."

Emmy lesse nei suoi occhi un misto di rabbia e dolore.

Dopo quello sfogo, il predicatore non disse molto altro. Emmy si era davvero 'fatta un'idea del clima', come aveva detto lui, e quel clima aleggiava su un territorio che in precedenza doveva essere stato una valle verdeggiante e che adesso era appena stato devastato intenzionalmente.

Si diressero verso sudovest per evitare la prima serie di paludi lungo la riva settentrionale del Chickahominy, che dopo tanti giorni di pioggia stavano straripando. Si fermarono un'ora più tardi.

"Potrei accompagnarvi per qualche altro chilometro nella direzione che vi interessa, ma da queste parti non mi conoscono... e francamente, signora" disse indicando Lebo, "per quanto negli ultimi anni abbia imparato a rispettare il sangue freddo di quest'uomo non mi va di trovarmi nei paraggi quando la gente inizierà a voltarsi al vostro passaggio e a farsi domande su di voi. Temo che questa tempesta sia tutt'altro che finita."

Risalirono il fiume per qualche altro chilometro.

Il piccolo e robusto predicatore si voltò verso Lebo ed Emmy, poi, guardandola con la stessa espressione che lei aveva visto comparire sui volti delle persone in lutto a Washington, disse: "Signora, da quello che mi avete detto avete già sofferto abbastanza. Dato che nel mio gregge c'è ben più di una famiglia che ha perso anche tre figli e il padre in quest'ultimo sanguinoso massacro... e quasi tutte le speranze... la gente prega che il vecchio Jackson riesca a tenere i nordisti lontani dallo Shenandoah quanto basta perché, quando arriverà l'inverno, da queste parti non si debba morire di fame. Be', spero che troviate il vostro uomo e che torniate a casa evitando che a tutta questa sofferenza se ne aggiunga altra. Non si può mai dire: forse anche solo un dolore in più potrebbe spezzare la schiena di questa terra testarda e arrogante".

Poi si rivolse a Lebo: "Stavolta non mi devi pagare, Henri. Vicino al paese dove state andando ci sono cavalli freschi e provviste che vi aspettano. Se vuoi li pagherò io, sono alla chiesa metodista. Ce n'è soltanto una su quella sponda del fiume, vicino a Richmond. Chiedi della signora Celestine Barkus, ma quando la incontri chiamala Celee. Ti auguro il meglio. E la prossima volta, ti prego, portami del chinino".

Lebo guardò il predicatore scomparire nel bosco, poi si rivolse a Emmy. "Da qui in poi staremo tranquilli, signora. Ci aspettano solo colline e boschi. Immagino che ci vorranno circa sei, forse sette ore, dopodiché saremo vicini al posto in cui si trova la casa del vostro amico. Una cavalcata tranquilla. Lungo le strade incroceremo altra gente: lasciate parlare me."

CAPITOLO TREDICI

◇◇◇◇

KATHLEEN

23 luglio 1862 – Washington

S considerata. Il messaggio che aveva ricevuto da Emmy, nel quale la sorella le diceva senza fronzoli che forse sarebbe stata via un po' più di quanto aveva previsto, le diede sui nervi. Una ridicola missione di soccorso, così tipica del modo in cui la sorella prendeva le sue decisioni: correva rischi sulla spinta di un afflato romantico. Aveva sempre notato questa sua tendenza fin da quando erano ragazzine. Era tipico di Emmy decidere di trasferirsi nel Nordovest Pacifico con un avventuriero sbruffone, così com'era tipico accettare impulsivamente la proposta di matrimonio di un altro avventuriero quando avrebbe dovuto essere ancora in lutto per la morte del primo marito. E anche mettersi nei pasticci prima a Vancouver e poi a Panama, e in seguito a quella disavventura trovare un innamorato ingenuo che le aveva chiesto la mano. Ed era ancora più tipico che quella scellerata di sua sorella scomodasse tutte le persone che aveva intorno con l'assurda convinzione di riuscire a oltrepassare il muro che separava le due fazioni in guerra, oltre che di ritrovare il suo uomo e riportarlo a casa.

CAPITOLO QUATTORDICI

∞∞∞

EMMY E LEBO

24-26 luglio 1862 – Campagna della Virginia

Poco dopo la partenza del predicatore si erano fermati nel bosco per un paio d'ore per mangiare e riposarsi, ma poi avevano proseguito, stavolta in direzione ovest, in modo da rispettare la tabella di marcia stabilita da Lebo. L'unico modo per uscirne viva, aveva detto lui, sarebbe stato farsi accompagnare dalla sola guida di cui lui si fidasse davvero, e cioè Pen Basetyr, e Pen non era certo una che rimaneva ad aspettare i ritardatari.

A metà mattina Emmy era già esausta. La zona lombare, i fianchi e il collo le facevano male perché aveva cavalcato su un tratto di terreno sconnesso. Inoltre aveva notato che mentre risalivano la collina verso il crinale Lebo teneva la mano sul fianco, perciò era stata vigile. Si trovavano nei pressi degli affluenti mediani del Chickahominy, le aveva detto lui, pertanto Emmy cercò di rimanere sveglia pensando a Brett, al fatto che si inseriva alla perfezione nelle vicende che aveva vissuto fino a quel momento e che, se fosse sopravvissuto, si sarebbe inserito benissimo in qualunque cosa la Provvidenza avesse avuto in serbo per lei e la sua famiglia.

Ripensò al predicatore, Ardy Dabbs, di cui all'inizio non aveva colto l'acume. Si rese conto che era riuscito a mettere il dito sulla piaga, cioè sui suoi sentimenti contrastanti. Ancora adesso, ormai in pieno viaggio, si chiedeva se avesse fatto bene a separarsi dai suoi figli ed esporsi a tutti quei pericoli, spinta non dal feroce istinto materno che le imponeva di proteggerli, com'era successo quando si era avventurata fino agli accampamenti degli indiani Tsimshian su Vancouver Island, ma dal dovere − e, doveva ammetterlo, anche da quella sorta di obbligo morale che si prova verso chi confessa di amarti.

Quanto, in quella determinazione a sopportare quella prova, era dovuto al bisogno di ottenere la sicurezza che il rapporto con una persona che sulla carta sembrava un buon partito le avrebbe garantito? E quanto alla sua testardaggine? Era un vizio di famiglia? L'avevano sempre lodata per la sua tenacia, ma in quel momento si chiese se quella caratteristica non fosse altro che l'ennesima prova della cocciutaggine degli O'Malley, tipica sia di sua sorella sia di entrambi i suoi figli. Quando finalmente ammise che era proprio così, rimproverò se stessa, anche se, tutto sommato, la testardaggine permetteva di sopravvivere, perché quelli che cedevano troppo presto morivano prima del tempo. "I miti erediteranno la terra." Capì che quella frase poteva essere letta anche in un altro modo e rise tra sé per il cinismo di quella seconda interpretazione.

Quando giunsero in un vasto frutteto in riva a un ruscello, che a detta di Lebo era un ramo secondario del Chickahominy, si fermarono per abbeverare i cavalli. Seduta in sella, Emmy guardò l'enorme distesa di ciliegi e meli appena abbattuti che ricopriva il dolce pendio di una vasta proprietà. Sulla collina sopra di loro vedeva i resti bruciati di quella che un tempo doveva essere stata un'enorme magione. Intorno ai monconi degli alberi e buttati qua e là tra i rami scorse noccioli di ciliegia misti a impronte di zoccoli e orme di piedi. Chiunque avesse mangiato le ciliegie doveva aver abbattuto gli alberi per coglierle. Intere file di susini e peri non erano state nemmeno toccate: i loro frutti non erano ancora maturi. I tronconi dei ciliegi erano massicci e nodosi: probabilmente, pensò, dovevano avere più di cinquant'anni.

Chiese a Lebo notizie del predicatore. "Mi è sembrato sconvolto. Come se si tenesse dentro qualcosa di importante" gli disse.

"Dabbs ha due figli. Uno vive a Fredricksburg e l'altro a Williamsburg. Uno di loro indossa la divisa nordista: ha sposato una mulatta. L'altro indossa quella grigia e azzurrina e ha degli schiavi neri. Probabilmente erano tutti e due da queste parti ad azzuffarsi. L'ultima volta che abbiamo parlato il predicatore ha detto che si aspettava di perderli entrambi prima della fine della guerra."

Emmy pensò alle implicazioni di scelte così diverse. Il padre le aveva confidato che Lincoln subiva pressioni sempre più forti affinché prendesse finalmente la faticosa decisione di abolire le leggi che permettevano di tenere in schiavitù altri esseri umani. Appena una settimana dopo il bombardamento di Fort Sumter, Washington era stata invasa da una marea di rifugiati di colore, giunti fin dal Texas e dalla Louisiana. Emmy aveva cercato di dare una mano offrendosi come volontaria insieme a Sarah presso la parrocchia episcopale frequentata dalla sua famiglia. La situazione penosa di tante persone, molte delle quali debilitate dalle malattie e dalla fame, non faceva che dimostrare quante ne avevano dovute passare. Il deplorevole groviglio politico e legale che aveva permesso il perpetuarsi di una situazione del genere andava risolto.

Si rimproverò di non aver fatto di più, di non aver parlato chiaro, di non essersi scontrata fino in fondo con sua sorella Kathleen e il marito, il quale, nonostante i privilegi accordati a chi stava dalla parte dell'Unione, si abbandonava spesso a commenti disgustosi su quelli che chiamava "quei negri irritanti". Era un pregiudizio diffuso, lo sapeva bene, e veniva espresso sottovoce in modo ipocrita e compiaciuto da certi membri delle cerchie sociali di Boston che però si ritenevano "progressisti". Al ritorno avrebbe affrontato in qualche modo la situazione, concluse.

Lebo si tenne il più possibile lontano dalle strade battute, ma più si avvicinavano a Richmond, più Emmy si rendeva conto che non conosceva quel territorio quanto invece aveva dimostrato di conoscere i posti isolati e le stradine secondarie attraversati all'inizio del viaggio. In varie occasioni furono costretti a tornare indietro perché erano giunti sull'orlo di promontori troppo ripidi per far scendere i cavalli. Alla fine Lebo decise che avrebbero dovuto limitarsi a costeggiare il fiume, anche se in certi casi voleva dire percorrere le strade battute che andavano da nord a sud lungo il Chickahominy. Ogni volta che vedevano qualcuno arrivare a cavallo lungo la strada, si inoltravano nei boschi e lo lasciavano passare. Erano soprattutto cavalleggeri in uniforme.

Due ore dopo essersi lasciati alle spalle il frutteto devastato, sentirono voci di uomini e i rumori di un cantiere. Avanzando nei boschi paralleli alla strada, videro in lontananza un ponte in costruzione sul quale brulicavano uomini a torso nudo, quasi tutti neri, intenti a martellare e a segare. Ai lati si vedevano i resti carbonizzati di grosse travi di legno. Emmy capì che il ponte era stato bruciato durante gli scontri da una delle due fazioni. Era stato riparato quanto bastava perché le carrozze potessero attraversarlo a passo d'uomo e infatti su entrambe le sponde del fiume c'era una lunga fila di veicoli che aspettavano il proprio turno per andare dall'altra parte.

"Dobbiamo spostarci a monte e trovare un guado" disse Lebo, perciò tornarono indietro ancora una volta e risalirono le colline che correvano parallele al fiume, tenendo il più possibile in vista il corso d'acqua e le strade che lo costeggiavano su entrambi i lati.

Forse andremo più piano, ma almeno è più sicuro, pensò Emmy.

Il traffico dei militari confederati sulle strade sotto di loro si intensificò sempre più su entrambe le rive, e i carri avanzavano lenti soprattutto in direzione nord, cioè verso Richmond, le disse Lebo. Non tutti gli uomini a cavallo indossavano l'uniforme, ma quasi tutti avevano fucili e moschetti.

"Ecco il nostro guado" disse Lebo, indicando un folto gruppo di cavalieri in abiti civili dall'altra parte del fiume. "Quello è Otis Loller, lo vedete? Il tipo grasso seduto sul roano scuro. È lo sceriffo della contea di Henrico dove ci troviamo. Non ci siamo molto simpatici."

Loller e i suoi uomini, che si erano fermati per far riposare i cavalli, osservavano due cavalieri in mezzo al fiume che si stavano allontanando. Al secondo volò via il cappello, che fu trascinato dalla corrente.

I due emersero lentamente sull'altra riva spronando i cavalli pe salire sull'argine, poi attraversarono la strada e finirono in uno spiazzo con l'erba bassa. Per un attimo Emmy temette che fossero diretti su per la collina e poi nei boschi, verso il punto in cui si erano nascosti lei e Lebo.

Lebo smontò da cavallo. "Scendete anche voi. Fate piano" disse in un sussurro.

Poi estrasse dalle fondine due delle sue pistole. Emmy posò le mani sul muso dei cavalli e gli accarezzò il collo per farli stare calmi, mentre i cavalieri attraversavano rapidi il bosco meno di settanta metri davanti a loro.

Rimasero in attesa.

Cinque minuti dopo, Emmy sentì un rumore sordo e un grido: dal bosco stava spuntando il cavaliere senza cappello, un ragazzo ancora adolescente con lunghi capelli rossi e ricci che adesso portava un tamburo a tracolla e aveva in mano un altro cappello.

Dietro di lui c'era un secondo cavaliere di qualche anno più grande che sventolava una bandiera lacera. Emmy ne riconobbe i colori: era bianca e blu, era quella del reggimento del Massachusetts.

Il ragazzino dai capelli rossi discese la collina suonando goffamente il tamburo con una bacchetta sola, *ta, ta, ta-pum.*

Tutti e due gridarono a squarciagola per chiamare i loro compagni al di là del fiume, riattraversarono il guado e li raggiunsero, consegnando la bandiera del reggimento a un altro cavaliere. Il ragazzino rosso indossò il cappello che aveva in mano e i sette uomini si allontanarono al trotto, mentre il suono del tamburo sfumava verso nord, nella stessa direzione in cui, stando a Lebo, erano diretti anche loro.

"Andiamo a dare un'occhiata" disse lui rinfoderando le pistole e indicando con il mento il bosco lì davanti. Rimontarono in sella e, restando sempre nascosti, avanzarono nel sottobosco fino a raggiungere il sentiero imboccato dal ragazzo a cavallo, poi riemersero dalla foresta. Lo seguirono fino a una piccola radura.

All'estremità opposta videro una fila di cadaveri gonfi, riversi a faccia in giù nell'erba: erano quelli di dodici soldati dell'Unione con la giubba blu, quasi tutti con le mani legate dietro alla schiena. Avevano divise tutte diverse ed erano scalzi.

"Sbandati" disse Lebo.

Erano stati giustiziati in ginocchio con un colpo alla nuca.

Lebo smontò da cavallo ed esaminò la scena, rivoltando uno per uno i corpi ormai rigidi. Il terzo cadavere aveva il braccio sinistro allungato in fuori. Quando Lebo lo rigirò sulla schiena, nonostante i tratti deformati dal gonfiore Emmy vide che era un ragazzo giovane, probabilmente un adolescente. La mano destra, nascosta sotto il corpo, stringeva ancora una bacchetta uguale a quella che avevano visto usare al ragazzino dai capelli rossi per suonare il tamburo.

Lebo osservò le mostrine dei cadaveri a destra e a sinistra del tamburino. Anche quelli appartenevano a ragazzi giovanissimi.

"Il pifferaio e il tamburino del reggimento" disse a Emmy. "Probabilmente si sono persi. Sono rimasti indietro o magari sono scappati. Appena li hanno ritrovati, i 'cittadini' della Commissione di vigilanza della Virginia li hanno giustiziati."

Emmy aveva già visto scene brutali come quella. Coprendosi il naso e la bocca per non sentire il tanfo sulfureo che aleggiava nel boschetto, pensò a ciò che aveva passato a Panama quando il treno si cui viaggiava insieme alla sua famiglia era stato attaccato dai famigerati rapinatori *darienitas* dell'istmo. Durante e dopo l'assalto, i banditi panamensi avevano ucciso alcuni passeggeri a caso.

Quello che aveva davanti agli occhi in quel momento era uno spettacolo triste, brutale e violento che andava contro ogni principio di equo trattamento dei prigionieri. Molte delle vittime erano ancora adolescenti. Eppure, più ci pensava, più si rendeva conto che la situazione di Panama e quella che stava vivendo adesso erano simili, e che probabilmente erano dovute a un sentimento di rabbia vendicativa non esente da una certa idea di superiorità: i poveri e i derelitti contro i privilegiati, i "difensori" contro gli "invasori".

"Non possiamo attraversare il fiume in questo punto adesso" disse Lebo, osservando con il cannocchiale i campi che si estendevano oltre il guado presso il quale il ragazzino dai capelli rossi si era unito al suo gruppo. Perciò, rimanendo sempre nascosti, proseguirono a nord tra i boschi e poi scesero lungo un pendio, sbucando in una valle dove il fiume si biforcava in direzione sudovest.

Cinque chilometri più avanti il terreno si fece molle come una pappa e, a giudicare dalle mosche e dalle zanzare, era chiaro che le inondazioni dovute alle incessanti piogge estive avevano trasformato la zona in una palude fangosa. Accanto ai resti di strade di tronchi improvvisate sul terreno umido di quella valle ampia si vedevano i monconi appena tagliati di centinaia di alberelli. Attrezzi abbandonati, alcuni dei quali nuovi e mai utilizzati, cassette porta munizioni e carri vuoti e rovesciati, cataste fumanti di cibo bruciato, barili rotti e rifiuti allineati su entrambi i lati della strada si impantanavano nella melma della palude circostante.

Da entrambi i lati il terreno era stato divelto da quello che a prima vista sembrava il passaggio di migliaia di carri, uomini e muli, che andavano tutti nella stessa direzione nella quale procedevano lei e Lebo. Un cannone di ottone Parrot da sedici libbre giaceva riverso di fianco sul carro che lo trasportava, con le ruote spezzate, abbandonato come un giocattolo rotto che non interessava più ai bambini che lo avevano ricevuto in regalo. Videro gente rovistare qua e là tra le montagne di casse e barili in cerca di scarti di cibo. Tre cani, indisturbati dal loro arrivo, si contendevano i resti dei quarti posteriori del mulo che aveva trainato il cannone fin lì. Emmy capì che lo sfortunato animale era stato ucciso da un colpo di arma da fuoco nel fango in cui si dibatteva dopo essere scivolato giù dalla strada di tronchi tirandosi dietro gli altri muli e facendo rovesciare anche il pesante cannone.

Percorrendo i cinque chilometri di quella vallata videro più volte la stessa scena: animali che erano scivolati giù dal camminamento ed erano affogati nella melma. Probabilmente le loro pance gonfie erano già scoppiate e le teste e le schiene si stavano già confondendo con il fango nero che quasi li ricopriva.

"Avevo sentito parlare della fifa che si è preso Little Mac" disse Lebo riferendosi alla vergognosa ritirata di McClellan dalla penisola della Virginia, che era stato applaudito dai giornali di Richmond ma condannato da quelli di Washington, New York, Chicago e Boston.

"Non pensavo che il generale Lee avrebbe permesso ai nordisti di cavarsela tanto facilmente. Ci dev'essere stata una bella battaglia da queste parti, un po' più avanti rispetto a dove ci troviamo adesso" disse Lebo.

Emmy aveva letto i resoconti di quegli scontri sui giornali di Washington e sulle copie clandestine del *Richmond Whig*. In tutto c'erano stati sette o otto combattimenti. Si chiese se stessero attraversando la zona che i giornali avevano battezzato "Palude delle querce bianche" e che sostanzialmente aveva visto l'artiglieria della retroguardia nordista in ritirata battersi con l'ormai celebre "Stonewall" Jackson che Lee aveva spedito a inseguirla.

Dopo aver percorso un altro paio di chilometri a nordovest, si lasciarono alle spalle la palude e si ritrovarono nel luogo in cui era avvenuta la battaglia di cui aveva parlato Lebo: la riconobbero innanzitutto dalle migliaia di uccelli e di mosche che sciamavano sul campo e poi dall'odore. Una mezza dozzina di squadre composte da quattro braccianti neri e sorvegliate da uomini bianchi armati a cavallo si dava da fare lungo circa ottocento metri di quella che, a giudicare dalle tracce ancora visibili di campi un tempo ben curati, doveva essere stata una prospera azienda agricola. In mezzo giacevano i resti carbonizzati di una grande fattoria.

Man mano che si avvicinavano, Emmy e Lebo videro che ogni squadra di neri armeggiava intorno a un carro sul quale erano impilati cadaveri interi e membra staccate. Le carcasse di centinaia di cavalli morti, alcuni radunati in grandi mucchi laddove le povere bestie, legate insieme, erano cadute sotto il fuoco di fila dell'artiglieria, giacevano in posizioni grottesche bizzarre. Il corpo gonfio e puzzolente di uno degli animali era riverso sulla schiena con tutte e quattro le zampe che puntavano dritte verso il cielo. Le squadre al lavoro stavano accatastando la legna e accendendo falò intorno alle carcasse. L'odore di quelle cremazioni era sulfureo e dolciastro.

Emmy si coprì nuovamente il viso respirando il più possibile dalla bocca e cercò di allontanarsi dalle carcasse per evitare gli sciami di mosche e di pulci che le ricoprivano.

Lebo si avvicinò a uno dei sorveglianti, parlò con lui per qualche minuto e poi tornò da Emmy.

"Quel tizio dice che siamo alla 'Fattoria Frayser'. La scorsa settimana i nordisti hanno fatto transitare da qui migliaia di carri di provviste, dice che ne ha contati più di quattromila, e che se la sono data a gambe passando da dove siamo passati anche noi, da quella palude. Dice che Longstreet ha cercato di fermarli proprio lì, prima che riuscissero a portare la carovana di cibarie fino alle barche che li aspettavano sul James. Ma non li hanno presi perché alcuni schiavi gli hanno indicato le vie più veloci per svignarsela. Però c'è stato un gran brutto scontro, ha detto."

Si avvicinarono alla fattoria distrutta cavalcando sul terreno divelto e superarono gruppi di persone intente a rovistare in mezzo ai resti di una battaglia avvenuta quasi dieci giorni prima. Impilavano gli oggetti abbandonati su barrocci, carriole e dentro le sacche.

Emmy notò che parevano non far caso alle mosche.

Lebo aggiunse: "Quel tizio ha detto che i nordisti hanno abbandonato circa duemila dei loro feriti alla stazione di Savage. Li hanno lasciati lì come niente. Che bastardi". Sputò per terra. "Non si abbandonano i feriti in quel modo."

Proseguirono verso nord per poco più di sei chilometri, poi si ritrovarono in quelle che secondo Lebo erano le anse paludose del basso Chickahominy. Tutte le fattorie e i paesi che incontrarono lungo la strada erano stati devastati dalle manovre dei due grandi eserciti nemici, i quali avevano rivoltato la terra che entrambi reclamavano per sé.

Venti minuti dopo arrivarono alla chiesa metodista dove, stando al reverendo Dabbs, un suo contatto avrebbe fornito loro cavalli freschi e un rifugio per qualche ora.

Lebo raggiunse la casetta che si trovava sul retro della chiesa e bussò alla porta. Seguendo le istruzioni di Dabbs, disse alla persona venuta ad aprire, un bambino dal viso sporco che secondo Emmy doveva avere più o meno la stessa età di Jacob, otto o nove anni, che stava cercando la signora Celestine "Celee" Barcus.

Il bambino richiuse la porta, lasciando Lebo nel portico. Aspettarono in silenzio per cinque minuti, poi Lebo tornò al cavallo, rimontò e, proprio mentre stava per sfoderare il fucile, da dietro la casetta spuntò un uomo senza denti e con la barbetta ispida, scalzo e con addosso solamente dei mutandoni grigi sudici. Emmy calcolò che doveva avere l'età di suo padre al momento della morte, anche se quell'uomo era molto più agile. Imbracciava un fucile a doppia canna che puntò prima su Lebo, poi su Emmy e poi ancora su Lebo.

"Cosa volete?" chiese.

"Un buon reverendo che abbiamo incontrato vicino al Rappahannock ci ha detto che qui avremmo potuto trovare un aiuto per il nostro viaggio" disse Lebo. "Stiamo cercando la signora Barcus, Celee Barcus. È qui?"

Lebo spostò leggermente il cavallo in modo da mettersi davanti a quello di Emmy, proteggendola almeno in parte dal fucile puntato dell'uomo.

"Non vogliamo farvi del male, e comunque staremmo molto meglio se voi, signore, metteste giù quel fucile" disse. Il vecchio li fissò per quello che a Emmy parve un minuto eterno, poi abbassò l'arma e fece cenno di seguirlo.

"Non è più qui" disse tornando sul retro della chiesa, accanto alla casa.

Imbracciando il fucile, Lebo scese da cavallo e aiutò Emmy a fare altrettanto, poi portò le bestie dietro alla chiesa. Alle spalle dell'edificio fatiscente c'era un granaio minuscolo e semidistrutto, invisibile dalla strada, al quale mancavano una porta e parte del tetto.

L'uomo entrò nel granaio.

Lo seguirono, ma Lebo allungò il braccio per tenere Emmy dietro di sé e rimase a distanza, in modo da evitare il più possibile essere feriti da un'eventuale fucilata dell'uomo.

Nella semioscurità il vecchio si voltò e disse semplicemente: "Mi dispiace, ma non posso aiutarvi".

Lebo parve sorpreso e si arrabbiò. "Signore, vi chiedo scusa, ma abbiamo già pagato per l'aiuto che dovreste darci."

"È vero, avete pagato" disse l'uomo. "La signora Barcus ha comprato i cavalli e le cibarie e li teneva pronti per voi. Ma ieri sono venuti lo sceriffo e quelli della Commissione di vigilanza e si sono portati via tutto. Anche i due cavalli. 'Ridistribuzione', hanno detto. Ci hanno lasciato di che vivere forse per una settimana."

"E dov'è la signora Barcus?" chiese nuovamente Lebo. Emmy notò che lanciava occhiate all'ingresso laterale della casa. Capì che cosa stava guardando: il ragazzino che scappava imboccando il viottolo per arrivare alla strada. Lebo sollevò il fucile e lo puntò alla testa dell'uomo. "Devo chiedervelo meno gentilmente?" Il vecchio, sorpreso dalla sua rapidità, lasciò cadere l'arma a terra.

"Hanno preso anche lei" disse. "L'hanno portata su a Richmond, forse, sempre ammesso che non l'abbiano già impiccata. Vi prego... io ero solo un suo sottoposto. Insieme a mio figlio."

Lebo passò il fucile a Emmy. "Tenete d'occhio questo vecchio, d'accordo?"

Poi montò a cavallo, partì al galoppo nel viottolo e tornò pochi minuti dopo tenendo il bambino per la cintura dei calzoni.

Sentendolo avvicinare, Emmy si voltò, e quando il vecchio capì di avere un'occasione si chinò e allungò la mano per riprendere il fucile da terra.

Lebo fece impennare e girare il cavallo, lasciò cadere il ragazzino e sparò all'uomo in pieno petto mentre lui era ancora intento ad armeggiare con il cane dell'arma.

Il fucile del vecchio deflagrò, ma l'impatto del proiettile di Lebo scaraventò l'uomo all'indietro facendolo atterrare su un mucchio di paglia e letame.

Emmy, colpita da alcuni pallettoni alla gamba destra, ebbe un sussulto. Poi si chinò per vedere se poteva assistere il moribondo, che teneva ancora stretto il fucile.

Gli tolse dalle mani l'arma, che aveva il cane ancora alzato.

"Mi dispiace" gli disse.

"Che il diavolo vi porti, bastardi!" borbottò l'uomo sputando grumi di sangue rosso brillante. Poi fece due respiri e morì.

Mentre si toglieva il sangue del morto dalle mani, Emmy sentì delle fitte di dolore alla gamba.

"Vecchio pazzo" disse Lebo, che la fulminò con lo sguardo mentre scendeva da cavallo tenendo il fucile puntato alla testa del ragazzo. Emmy si rese conto che non avrebbe dovuto distrarsi.

Il ragazzino guardò il cadavere del vecchio, sputò e poi si allontanò strascicando i piedi, senza mostrare la minima emozione.

Lebo gli spinse la canna del fucile contro la spalla per costringerlo a sedersi.

"Legatelo" disse a Emmy, poi si diresse verso l'ingresso posteriore della casa e lo aprì a calci, con le pistole spianate. Tornò pochi minuti dopo da quello sul davanti, rinfoderando le pistole e portando per mano una bimba mulatta dagli occhi a mandorla che secondo Emmy doveva avere tre o quattro anni meno del ragazzino, cioè quattro o cinque anni.

"Guardate un po' cos'ho trovato" disse affidando la bambina a Emmy. "Allora... adesso vediamo di fare quattro chiacchiere con calma, eh?" disse sedendosi accanto al ragazzino. "Senza fare altre stupidaggini o rischiare che quelli della Commissione di vigilanza ci interrompano all'improvviso, va bene?"

Il bambino, cogliendo al volo l'invito, iniziò a parlare in fretta e in tono monocorde.

Guardando il vecchio, disse: "Quello là si chiamava Bob Kitely. È venuto a lavorare per la signora Barcus e suo marito, il predicatore, come hanno fatto anche mia mamma e la mamma della bambina. Adesso sono tutti morti. Di tifo, hanno detto. La signora Barcus ha cercato di tirare avanti dopo la morte del marito, circa sei mesi fa. Ha ingaggiato Kitely come tuttofare prima che iniziassero i combattimenti. Lui mi ha mandato a chiamare lo sceriffo e gli ha detto che la signora faceva contrabbando".

Il ragazzino guardò Emmy, rosso in viso. "Campava così, credo."

Poi continuò: "Lo sceriffo si è messo con quelli della Vigilanza che sorvegliano questa zona e danno la caccia ai simpatizzanti nordisti. Hanno impiccato un po' di gente, anche un sacco di neri, lungo tutta questa strada e anche più avanti".

Proseguì il racconto, parlando sempre più in fretta e senza quasi riprendere fiato, gli occhi fissi a terra. "Non avevo mai visto tanti soldati, di entrambe le parti. Ho parlato con gente dell'Alabama, di Macon e della Florida. Poi, qualche giorno dopo, sono persino riuscito a parlare con i nordisti, con le giubbe blu del Maine e di Chicago e di Pittsburgh e di un posto chiamato 'Minnysoda'. Erano soprattutto svedesi e irlandesi, mi hanno detto" raccontò il bambino.

Poi riferì che nei quindici giorni precedenti erano passate migliaia di soldati, compresa la cavalleria e l'artiglieria. Aveva visto le giubbe blu marciare verso nord e poi battere in ritirata a sud dieci giorni dopo. Il fuoco dei cannoni era proseguito senza sosta per diversi giorni. La chiesa dov'erano loro era stata usata dall'Unione come quartier generale, poi per breve tempo dai ribelli come ospedale, dopo la battaglia della Stazione di Savage, il principale svincolo ferroviario lungo la strada.

"Non vi conviene entrarci adesso" disse indicando la cappella. "Non è igienico. E non è neanche più consacrata, mi sa."

Dopo qualche minuto, sebbene Lebo le avesse raccomandato di lasciar parlare lui, sentendo che il bambino continuava a raccontare dello scontro a fuoco, Emmy non riuscì più a trattenersi.

"Figliolo, sai o hai per caso sentito parlare di un dottore di nome 'Brett'? A nord sul fiume?" disse. Il ragazzino annuì e piegò la testa di lato.

"Sì."

Emmy trattenne il respiro e aspettò che continuasse.

"Non siete lontani da casa sua, sono più o meno cinque chilometri. Se mi lasciate andare... slegatemi, vi posso portare là" disse. Poi, guardando nuovamente il cadavere di Kitely, aggiunse: "Quello lì non era mio padre. Mi picchiava sempre, e picchiava anche la bambina".

"Sì, me l'ero immaginato" disse Lebo. "Vi ha fatto anche qualcos'altro, il vecchio bastardo?"

Quando Emmy vide che il ragazzino esitava e abbassava lo sguardo, che aveva graffi e lividi sulla pelle e che sia lui che la bambina erano sporchi, e notò che lui pareva vergognarsi e lei avere un'espressione assente, disse: "Che disgraziato!"

La bocca di Lebo disegnò una smorfia. "Sì, avevo pensato che fosse il tipo. Immagino che sia stato lui a consegnare la signora Barcus. E ti ha detto di fare la stessa cosa con noi, giusto?" chiese, grattandosi il mento.

Il bambino annuì di nuovo.

Poi sentirono il nitrito di un cavallo provenire dalla casa e, guardando fuori dal granaio videro un *quarter* grigio con le zampe posteriori nere legato a un palo.

Alla sella del cavallo era legato un tamburo.

Un minuto dopo comparve anche l'adolescente dai capelli rossi che avevano visto qualche ora prima. Montò a cavallo e si allontanò lentamente, voltandosi qualche volta a guardare l'edificio.

"Be', sarà meglio che ci rimettiamo in marcia anche noi, adesso" disse Lebo a Emmy. "Credo che Otis tornerà da queste parti molto presto."

Detto questo, trascinò il cadavere del vecchio nel gabinetto sul retro, chiuse la porta e fece per rimontare a cavallo.

Emmy guardò i due bambini e disse: "Non possiamo lasciarli qui!"

Lebo fece una smorfia, sputò e si mise a riflettere sulla situazione. Poi smontò e slegò il ragazzino.

"Immagino che abbiate ragione" disse. "Il ragazzino gli direbbe dove siamo diretti."

Andò sul retro del granaio e tornò con una giumenta vecchia e dalla schiena infossata.

"E abbandonarli qui non sarebbe giusto, no?" aggiunse imbronciato mentre sellava la cavalla. Poi sollevò il ragazzino e la bambina posandoli sulla schiena di quella bestia stanca. Guardò la piccola, seduta davanti, scrollò la testa, si voltò e tornò in casa, e quando uscì teneva in mano una bambola di stracci. La porse alla bimba, che subito la strinse a sé.

"E adesso vediamo di trovare il suo uomo, così finiamo il lavoro e ce ne andiamo da qui prima che quei bastardi ci mettano le mani addosso."

Emmy strinse lo straccale, si mise dritta sulla sua giumenta schiumante e fece un respiro profondo. Guardando Lebo davanti a lei seguito da quei poveri bambini che facevano pena a vedersi, sentì il cuore pulsarle fin nel collo. Allungò una mano e si tastò le ferite causate dallo sparo che le aveva trapassato lo stivale colpendola alla gamba. Probabilmente non erano profonde, perché sentiva i pallini sottopelle. Li avrebbe estratti più tardi.

Al diavolo il tetano.

CAPITOLO QUINDICI

◇◇◇◇

KATHLEEN E PENROSE

26-29 luglio 1862 – Washington e White Plains (New York)

Erano cinque giorni che Kathleen non riceveva notizie di Emmy e da quello che aveva saputo parlando con uno dei contatti del marito, pareva che in Virginia, dov'era diretta sua sorella, stesse per scatenarsi un'altra offensiva.

Quando Jacob aveva dato fuoco alla biblioteca della casa di arenaria, la puzza di fumo che le aveva impregnato i vestiti era bastata a convincerla di dover partire prima del previsto. McEmeel era già stato richiamato a New Orleans da due settimane, perciò non le rimaneva che fare affidamento sul proprio giudizio.

Quando le aveva annunciato che sarebbero partiti per New York prima del ritorno della loro madre perché aveva intenzione di portare Jacob da un naturopata di Manhattan specializzato in malattie mentali e disturbi psicologici, la nipote Sarah, quella ragazzina maleducata, altezzosa e precoce, l'aveva coperta di improperi, ma Kathleen si era limitata a rispondere che ormai aveva deciso.

Inviò un telegramma per prenotare la visita, poi ne spedì un secondo a Escoffier. Se tutto fosse andato per il verso giusto, avrebbe finalmente ricevuto il parere di un esperto sulle terapie più indicate per il nipote e trascorso uno splendido fine settimana come ospite speciale nella tenuta di Escoffier, per poi rientrare a Washington con largo anticipo rispetto alla sorella. Forse avrebbe addirittura trovato una cura per il bambino!

Il viaggio in treno fino a New York via Baltimora e poi Filadelfia durò un po' più del previsto perché il giorno prima "Stonewall" Jackson, Jubal Early o qualcun altro di quei temibili ribelli aveva assaltato uno dei treni e bruciato alcuni ponti. Non capiva come mai entrambi i nipoti, benché comodamente seduti su un mezzo di trasporto così moderno, sembrassero tanto agitati. Non vedevano che quei vagoni ferroviari erano ben più meravigliosi dei calessini tirati dai cavalli? O dei rischi che si correvano a solcare l'Atlantico su un guscio di noce – cosa che lei aveva sperimentato personalmente – o a viaggiare a piedi come erano costretti a fare i poveri?

L'esperienza che avevano fatto sul treno a Panama due anni prima era stata un caso unico. E comunque in quel periodo i treni venivano scortati per tutto il tragitto dai soldati in divisa blu, perciò Kathleen si sentiva protetta.

I bambini erano viziati, punto e basta, ecco com'era. Quando si fermarono a Filadelfia per scendere dalla linea B&O e salire su quella comunemente chiamata "Pensy", che li avrebbe portati dritti a New York, Jacob cercò di scappare. Ma il mostriciattolo tanto amato dalla sua sorellina non andò lontano: lei lo ritrovò quasi subito, perciò il viaggio non ne risultò turbato più di tanto.

Arrivando alla stazione scoprì con gioia che Escoffier la stava aspettando. Le prese dolcemente il braccio e, di fronte ai bambini, le baciò la mano, la strinse forte e poi le sussurrò qualcosa in francese. Lei non parlava una parola di quella lingua languida, ma il tono di lui la commosse e le provocò una vampata in tutto il corpo. Cercò di memorizzare la frase che le aveva appena sussurrato all'orecchio, così da poter avere qualcosa che l'aiutasse a sopportare i giorni che aveva davanti.

Roland Escoffier, viceambasciatore di Francia negli Stati Uniti, aveva un certo stile, pensò. Aveva cambiato idea su di lui in quell'ultimo anno, da quando erano andati con le sue amiche sul luogo della prima sconfitta di Manassas. Adesso sembrava persino più alto ed elegante.

Si chiese come fosse la valle della Loira dov'era nato. Che sapore aveva un tartufo? Era vero che i francesi ingrassavano le oche per gonfiare loro il fegato e preparare il *foie gras*, come le aveva detto lui? E questo *foie gras* era per caso simile al fegato a dadini di cui era sempre andata pazza a Boston? Avrebbe forse dovuto comprare un abito nuovo e delle scarpe, in vista di quell'imminente flirt in campagna? Escoffier sarebbe stato un gentiluomo, nell'intimità? E lei, sarebbe riuscita a essere diplomatica in occasione di quell'incontro segreto, anche se sentiva sempre il bisogno di essere diretta ed esplicita in tutto? Lui le avrebbe forse insegnato qualcosa che ancora non sapeva?

Ripensò per un attimo a come, nel rapporto ormai freddo tra lei e McEmeel la routine avesse avuto la meglio e si chiese se sarebbe mai tornata da lui, una volta che si fosse congedato. Si chiese anche se i demoni che lo tormentavano gli avrebbero permesso di ridiventare l'uomo di prima, assennato e tollerabile. Odiava i danni che quella stupida guerra aveva inflitto ai loro progetti di vita, ma si chiedeva se alla fine facesse qualche differenza: forse il loro matrimonio era condannato fin dal principio, spinto più volte sull'orlo del baratro dalle interferenze dei suoi genitori, animati da buone intenzioni ma ben poco realistici.

Si chiese se il fatto di avere Escoffier come amante avrebbe salvato il suo matrimonio, se sarebbe riuscita a conquistare il francese per poi manovrarlo a suo piacimento come aveva fatto l'anno precedente durante la scampagnata a Bull Run.

Il mattino dopo si svegliò presto, si vestì e fece colazione. Ricordava che ai bambini piaceva il cibo semplice, perciò ordinò per loro dei nuovi cereali chiamati Granula, che in quell'albergo venivano offerti con il latte freddo, in alternativa alla brioche e alle uova con bacon che aveva chiesto per sé. La Granula costava cara, perciò impose ai bambini di finire quella che avevano nel piatto, anche se lei non se la sentiva di assaggiarla per scoprire se era davvero così ripugnante e insapore come ripeteva Sarah.

Un'ora dopo era già partita insieme ai bambini per la campagna di Westchester, dove in teoria sarebbero andati ad ammirare gli splendidi giardini di cui i newyorchesi si vantavano tanto, ma in pratica si sarebbero diretti al nosocomio del celebre dottor Hastings Penrose, che le era stato consigliato sia da Escoffier, sia da un'amica di Washington.

Il consulto con Penrose sarebbe costato caro, ma il francese le aveva garantito che l'istituto diretto da quel medico aveva la fama di effettuare esami molto approfonditi e di fornire anche una comoda sistemazione per le famiglie, con tanto di governante coscienziosa, il che le avrebbe permesso di lasciare Sarah alle sue cure mentre Jacob veniva sottoposto alle visite. Secondo Kathleen era importante evitare di interferire con il consulto, cosa che invece avrebbe sicuramente fatto sua sorella se si fosse trovata nella stessa situazione, in modo che il dottor Penrose potesse concentrarsi completamente sul bambino.

Si sarebbe però accertata che lo staff comprendesse bene quanto fosse grave la sua malattia.

L'insegna di bronzo "The Westchester Institute" davanti al cancello del nosocomio non permise a Sarah, che in genere era sveglia e, per quanto aveva potuto capire Kathleen stando con lei, quasi sempre sospettosa su tutto, di capire dove li stesse portando la zia.

L'ampio viale di ghiaia costeggiato da cespugli potati secondo i dettami dell'*ars topiaria* che conduceva all'enorme parco dell'istituto passava accanto a giardini fioriti curatissimi e a tranquilli laghetti e terminava davanti a una grande villa in stile Tudor, alta e priva di balconi, ai cui lati sorgevano diversi edifici a due piani dalla facciata anonima ma gradevole. C'erano alcuni giardinieri impegnati a rasare i bordi dei prati e altre persone con l'uniforme bianca, che secondo Kathleen erano infermiere, le quali camminavano a braccetto con gente vestita in modo elegante, in gran parte donne. Su uno dei vialetti lastricati, gli assistenti spingevano i pazienti seduti su aggeggi moderni – sedie a rotelle di bambù intrecciato dallo schienale alto – su e giù per l'ampio viale bordato di sassi che costeggiava uno dei laghetti più grandi. Kathleen vide una donna che veniva spinta su una sedia a rotelle simile a quella che suo padre aveva comprato per sua madre un anno prima che morisse. Sembravano tutti impegnati in occupazioni piacevoli e rilassanti. Notò che Jacob si limitava a fissare dritto davanti a sé, mostrando ben poco interesse per quel posto bellissimo.

Quando la loro carrozza si fermò nel cortile, vide sui gradini di marmo della villa diversi membri dello staff in attesa. Un uomo basso con il viso rugoso e un lungo naso adunco si presentò semplicemente come "il signor Tinder", assistente personale del dottor Penrose. Tinder aiutò Kathleen a scendere dalla carrozza e la accompagnò da una signora dal volto rubizzo, vestita in modo semplice, che le presentò come "la governante Theodora Plum". Jacob rimase in carrozza, sempre con lo sguardo fisso davanti a sé, girandosi i pollici e sussurrando qualcosa. Tinder lo osservò a lungo, sorrise comprensivo a Kathleen e quando finalmente i bambini scesero accompagnò tutti alla villa. La governante Plum, che teneva la testa alta e rigida, fissava Sarah e ogni tanto lanciava occhiate di sbieco a Tinder come se attendesse istruzioni.

Lui e la Plum fecero fare ai tre un rapido giro della struttura, iniziando dall'atrio con i soffitti altissimi che sfoggiava cinque ordini di corridoi dalle volte ad arco, ciascuno con pavimenti di legno lucidato a specchio.

"Subito a sinistra" disse Tinder, "si trova il corridoio che porta agli uffici amministrativi, dove incontrerete il nostro personale e il dottor Penrose. Di fronte abbiamo quello che conduce a una delle palestre e al centro termale, e poi alle salette per gli ospiti. Da quella porta" aggiunse con malcelato orgoglio, "si entra nelle zone di cura e trattamento, che sono molto all'avanguardia. Alla nostra destra ci sono due corridoi che portano alle stanze degli ospiti".

Tinder mostrò a Kathleen e ai bambini una delle stanze, un cubicolo molto pulito e semplice con un letto singolo, una scrivania, un armadio senza specchio e una sedia a dondolo. Sulla parete di fronte al letto era appeso un quadretto che raffigurava un giardino con fiori rosa e azzurri. La stanza aveva anche una finestrina affacciata sul parco. Poi Tinder si rivolse a Kathleen e le disse che il dottor Penrose li stava aspettando.

"Adesso andiamo a trovare una persona" disse lei a Jacob, "una persona importante che voglio farti conoscere".

Poi disse alla nipote: "Sarah, credo che la signora Plum voglia mostrarti la struttura. Ci fermeremo qui per qualche giorno".

Dopodiché, Kathleen e Jacob seguirono Tinder, e la governante Plum disse a Sarah di seguirla per andare a vedere le altre stanze degli ospiti. Mentre si allontanavano verso il corridoio degli uffici, Kathleen notò che Jacob si era voltato per dire sottovoce alla sorella "Questo posto non mi piace".

Il dottor H. Hastings Penrose, originario della Pennsylvania, era un erborista e naturopata che, secondo Escoffier, aveva completato la sua formazione studiando le teorie tedesche e inglesi sul trattamento dei disturbi mentali. Dopo aver praticato con successo l'attività di naturopata a Filadelfia, aveva inaugurato e diretto per dieci anni un piccolo ricovero per malati di mente nella ricca periferia nord della città.

Poi, nel 1850, si era trasferito a New York per occupare la posizione, a quanto si diceva estremamente redditizia, di direttore del nuovo *Westchester Institute and Asylum for the Disturbed and Insane*.

"L'Albergo", come lo chiamavano gli abitanti della zona, veniva pubblicizzato come "un rifugio tranquillo per le persone colpite da disturbi mentali" e si distingueva dagli altri ospedali psichiatrici perché offriva ai degenti un piacevole ambiente agreste e trattamenti termali, bagni di fango e sorgenti sulfuree. Grazie all'influenza di Penrose, l'istituto disponeva delle ultima novità in fatto di medicinali, rimedi naturali, elettromagnetismo, enteroclismi e lassativi, che il medico abbinava a terapie tradizionali della cosiddetta "medicina eroica" praticate da tempo, come purghe, salassi, sistemi di centrifuga e cicli di semiannegamento che erano stati propugnati con passione da guaritori di Filadelfia del calibro del celebre Benjamin Rush.

Ogni volta che poteva, Penrose teneva conferenze rivolte al grande pubblico e ai colleghi illustrando le varie cause della pazzia e i trattamenti adatti a curarla. Sebbene all'interno della comunità medica e infermieristica fossero ancora in corso dibattiti sull'efficacia di molte delle cure allora praticate, alcune delle quali erano state applicate dai guaritori fin da quando Ippocrate gliele aveva insegnate, Penrose era dell'idea che non si dovesse trascurare niente che potesse costituire una cura per il paziente e di conseguenza un sollievo per le famiglie che si facevano carico dell'assistenza al malato.

Perciò, anche se non era d'accordo con la teoria di Benjamin Rush secondo la quale la pazzia era il risultato di un malfunzionamento della circolazione sanguigna nel cervello, per certi casi di follia incurabile si serviva spesso della "sedia centrifuga" del collega. Era d'accordo invece con il pensiero medico tedesco che collocava la pazzia nella mente e giurava di avere ideato una cura definitiva che prevedeva l'imposizione della disciplina e un massiccio contenimento fisico.

A ogni presentazione pubblica, e soprattutto a quelle rivolte a platee di potenziali investitori del Winchester Institute, si vantava dell'alta percentuale di guarigioni che il suo nosocomio aveva ottenuto da quando ne aveva assunto la direzione. Per ribadire il concetto aveva fatto pubblicare sulle ultime pagine di due quotidiani molto diffusi, il *New York World* e il *Washington Daily National Intelligencer*, le testimonianze di alcuni pazienti soddisfatti e delle loro famiglie.

I colleghi, ammiratori e detrattori insieme, parlavano spesso delle sue grandi doti di persuasione, e molti gli invidiavano la ricchezza che aveva accumulato nei trentaquattro anni di pratica medica e psichiatrica sia in Pennsylvania che a New York.

Solo in un caso la notizia delle tante accuse lanciate a Penrose avevano raggiunto il grande pubblico: si trattava del ricovero forzato di una donna nel nosocomio di Filadelfia da lui costruito, e il medico era stato accusato di aver accettato un "onorario" dal marito di lei in cambio di una diagnosi di "isteria" e "pazzia conclamata". Gli anziani genitori della donna avevano intentato causa per farla dimettere dall'ospedale e dopo qualche anno di battaglie nelle aule di tribunale, la situazione si era risolta da sola perché la donna si era impiccata mentre era affidata alla custodia di un tutore temporaneo nominato dal tribunale. Penrose aveva liquidato come "assurde fesserie" le accuse che varie fonti avevano lanciato contro il suo istituto, cioè di aver pagato sottobanco una somma imprecisata ai genitori della donna per chiudere la questione.

Nel 1856, meno di sei anni dopo la nomina di Penrose a medico direttore del Westchester, il consiglio direttivo dell'istituto apprese che le condizioni finanziarie del nosocomio erano assai floride e per il prossimo futuro molto redditizie. I debiti invece erano trascurabili, e grazie alle notevoli abilità di Penrose come venditore di fumo le sovvenzioni al Westchester iniziarono ad aumentare rapidamente.

Di conseguenza il consiglio direttivo diede via libera all'ambizioso piano del medico che prevedeva di abbellire la struttura, espandere il parco acquistando le proprietà adiacenti e pubblicizzare in lungo e in largo i servizi nelle cittadine più ricche di tutto il litorale atlantico. Tali servizi comprendevano il trattamento di bambini mentalmente disturbati, adolescenti ribelli e pazienti devastati dall'abuso di alcol e medicinali a base di oppiacei. Il Westchester venne ulteriormente ampliato per accogliere ospiti lungodegenti e residenti. In gran parte si trattava di donne, molte delle quali venivano internate con la forza da mariti desiderosi di sbarazzarsi di loro.

Pur essendo d'accordo con l'ipotesi di Benjamin Rush che la pelle scura dei neri fosse una malattia curabile, "causata dalle condizioni atmosferiche del paese d'origine", Penrose condivideva l'idea che la "pigrizia dei negri" fosse un tratto ereditario tanto spiacevole quanto incurabile. Il *Westchester* curava solo pazienti bianchi e nella proprietà i neri non erano ammessi, né come impiegati né come degenti.

Anche se accoglieva le famiglie in un'anticamera piena di diplomi e certificati di merito, e visitava i degenti nelle loro camere o nelle strutture di cura, la prima volta Penrose incontrava sempre i pazienti da solo, nel suo studio privato. Lì, senza distrazioni, osservava attentamente come reagivano nel vedere l'arredamento sontuoso della stanza e i tanti oggetti curiosi che aveva disposto sulla scrivania e sulle mensole: dietro al suo tavolo aveva fatto appendere un enorme specchio deformante e aveva ricoperto un'intera parete con una serie di maschere di varia provenienza, tra cui un Arlecchino della Commedia dell'Arte, alcuni animali di legno scolpito della Nuova Zelanda e delle tribù indiane del Nordovest Pacifico, una maschera vudù di Haiti e un acchiappaspiriti di paglia e chiodi del Congo belga. Accanto alla poltrona bassa sulla quale faceva accomodare i pazienti aveva poi collocato un grande mappamondo con una cartina multicolore che non c'entrava niente con il mondo conosciuto.

In un angolo, dietro l'imponente sedia dallo schienale alto sulla quale si accomodava lui, c'era una credenza su cui aveva disposto uno scheletro umano, seduto a gambe incrociate e atteggiato a una smorfia, che indossava stivali da equitazione e un cappello di piume. Una volta si era vantato con un estimatore che quella stanza priva di fine-stre e piena di ammennicoli era appositamente pensata per scatenare le psicosi dei pazienti – "una rapida incursione nel loro disturbo grazie alla quale riesco a capire quale sia l'intervento migliore". Il primo colloquio, che fosse con un adulto o un bambino, iniziava sempre allo stesso modo, con un'identica lista di domande, e il medico annotava in silenzio le risposte su un grande registro rosso ricoperto di pelle di struzzo.

Dopo aver salutato Kathleen, che se ne stava andando perché aveva un impegno nei pressi di Lyndenhurst, Penrose portò Jacob Evers nel suo studio. Disse al bambino di sedersi nella poltrona bassa, si mise in piedi accanto alla scrivania e lo osservò per oltre un minuto senza parlare. Poi aprì il registro rosso.

"Vediamo... ti chiami Jacob. Dimmi un po', chi è Jacob e che cosa fa?" chiese.

Jacob non rispose. Penrose attese per un altro minu-to buono, poi ripeté la domanda: "Allora, ragazzino, chi è Jacob e che cosa fa?"

Ma Jacob fissava la parete con le maschere senza bat-tere ciglio.

Penrose lo osservava, aspettava e osservava. Avvicinò uno sgabello al bambino, si sedette, si chinò in avanti e lo fissò negli occhi.

"Chi è Jacob?"

Mise la mano destra sul ginocchio di lui, lo strinse e poi iniziò a salire lentamente verso la coscia.

"Tua madre e tua zia ti hanno lasciato qui. Lo sapevi? Che cosa ne pensi?"

Jacob distolse lentamente lo sguardo dalle maschere alla parete e guardò Penrose dritto negli occhi.

"Cosa ne pensi, eh, ragazzino?" gli chiese nuovamente il medico, stringendo la coscia di Jacob un po' più in alto.

Il personale che era nel corridoio irruppe nella stanza meno di trenta secondi dopo l'inizio delle urla. Penrose era in piedi in un angolo e si teneva l'indice maciullato e sanguinante avvolto in un fazzoletto.

"Fate uscire questo piccolo bastardo!" ordinò sottovoce.

Jacob continuò a gridare per altre due ore. Poi, imprigionato nella gabbia di costrizione, urlò per tutta la notte.

CAPITOLO SEDICI

<><><><>

JACOB

29 luglio 1862 – White Plains (New York)

Non fatemi questo! Non fatemi questo!" gridava Jacob.

Lo avevano rinchiuso in una specie di marchingegno, una gabbia o trappola piatta come quelle che usava il padre per catturare i procioni. Con i polsi e le gambe legati stretti, una cinghia d'acciaio che gli stringeva il petto, Jacob cercava di muovere i fianchi e inarcare la schiena, ma la gabbia non si spostava di un millimetro.

"Basta, basta, basta! Voi non capite! Lasciatemi andare, lasciatemi andare!"

Sentì dei mormorii provenire dal corridoio, poi si aprì la porta. Erano il signor Tinder e la governante Plum. Sembravano arrabbiati e avevano il viso arrossato.

"Stai zitto, mostriciattolo!" disse Tinder dando un pugno sulla gabbia di contenimento. "Hai combinato un disastro."

"Fatemi uscire di qui! Voi non capite!"

"Capiamo benissimo, razza di moccioso! Per colpa tua il dottor Penrose dovrà farsi amputare il dito! Ah, ma tua zia pagherà, per questo, sai!"

Tinder si voltò e uscì tutto impettito. La governante Plum fissò Jacob per qualche istante, poi si voltò e se ne andò anche lei senza dire una parola, chiudendosi la porta alle spalle. Nella stanza buia c'era un solo raggio di luce pomeridiana che entrava dalla finestrella di fronte alla gabbia.

"Voi non capite, non capite!" Jacob si mise a singhiozzare senza più freni.

"Vi prego, vi scongiuro!" Continuò a piangere a lungo. Stordito dal dolore per il sopruso subito, cercava di mettere insieme quello che era appena successo, ma l'ingiustizia dell'intera questione – sua zia che lo lasciava lì con quell'uomo, il medico che lo toccava in quel modo, sua madre e Sarah che lo avevano abbandonato – lo faceva singhiozzare senza tregua.

Quando finalmente, dopo quello che gli era sembrato un tempo infinito, riuscì a smettere di piangere, cercò di divincolarsi dalle cinghie ma non ci riuscì. Gli bruciavano gli occhi, aveva la camicia intrisa di sudore e si era fatto la pipì addosso. Inspirò a fondo e, sentendosi sfinito, chiuse le palpebre. Il bruciore agli occhi diminuì un po'e lui si addormentò quasi subito.

Si svegliò sentendo un movimento alla sua sinistra. Veniva dall'interno della stanza? Non riusciva a capirlo.

"C'è qualcuno?" chiese titubante.

Silenzio.

C'era forse qualche altra creatura in quella stanza con lui? Magari un animale?

Oppure il diavolo?

Il cuore ricominciò a martellargli in petto. Il diavolo! Cercò di scacciare quel pensiero, sua madre e la ministra gli avevano detto che non esistevano diavoli, ma solo esseri umani malvagi.

Rimase in ascolto per sentire se c'erano altri movimenti, ansimando.

Niente.

Richiuse gli occhi.

Con il tramonto la stanza diventò completamente buia, ma i suoi occhi si erano ormai abituati all'oscurità e, voltandosi a sinistra, Jacob riuscì a vedere con la coda dell'occhio una lama di luce sotto la porta che dava sul corridoio.

Si sforzò di capire se lì fuori si sentissero rumori.

"Ehi, mi sentite? C'è qualcuno?"

Silenzio. Si rese conto che era tutto fiato sprecato.

Si voltò verso destra e cercò di guardare in alto, dove ricordava di aver visto la finestrella, ma non vide che buio.

Allora si girò nuovamente a sinistra e si accorse che la luce sotto la porta era sparita.

L'aveva solo immaginata?

Adesso la stanza era immersa nell'oscurità.

Ascoltò il proprio respiro.

Fuori dalla stanza c'era qualcosa?

O forse era lì con lui?

Gli tornarono in mente i diavoli.

Ripensò a tre anni prima, quando era un bambino di cinque anni e suo padre Isaac lo aveva portato in una nuova chiesa vicino ad Anacortes per la messa della domenica. Quel giorno la comunità aveva invitato un predicatore battista itinerante perché guidasse la funzione davanti a quella piccola congregazione e Jacob si ricordò di aver sentito lì per la prima volta il racconto biblico in cui Dio scagliava il suo angelo preferito, Lucifero, in fondo a un posto chiamato inferno, dove non c'era luce.

Oscurità.

Come in quella stanza, pensò.

Il predicatore aveva parlato del fuoco dell'inferno che produceva un calore insopportabile, peggiore di quello del sole. Era un calore buio, aveva detto. Senza luce.

"Il diavolo rimase laggiù: odiava Dio perché non era potente come lui e cercava di attirare a sé tutti coloro che non erano stati battezzati o erano morti commettendo cattive azioni o covavano rancore o depredavano e uccidevano gli altri o erano invidiosi oppure peccavano senza chiedere perdono a Gesù" aveva gridato il predicatore alla gente riunita in chiesa. Jacob ricordò che ascoltando il sermone aveva sentito i brividi corrergli su e giù per la schiena.

Ripensando a quell'episodio cercò di richiamare alla mente tutte le cose che facevano finire la gente all'inferno, ma non ci riuscì. Quel posto, l'inferno, era pieno di persone dannate a causa delle loro azioni e di bestie e serpenti simili a quelli che aveva visto a Panama. E di assassini, come quelli che l'avevano rapito da casa sua, come quello che aveva ucciso suo padre e ne aveva scuoiato la testa per indossarne la pelle e che l'aveva picchiato quando i Northerners lo tenevano legato nella loro capanna.

Si chiese che cosa avessero fatto lui e suo padre per meritarsi di soffrire in quel modo.

Cercò di non pensarci, ma ricordò che il diavolo era rosso e nero. Aveva la pelle nera, non come la gente di colore, ma di un nero opaco e carico simile a quello di un pezzo di carbone, e occhi rossi come quando il carbone prende fuoco. Il predicatore lo aveva descritto bene: la sua pelle scura era ricoperta di squame che ricordavano quelle di un serpente e se guardavi il diavolo quando era di spalle assomigliava a un rettile perché aveva una grossa coda che sbatteva a destra e a sinistra, ma si capiva che non era un serpente perché aveva gambe lunghe con gli zoccoli fessi come quelli delle capre. Ed era bene che il diavolo non ti guardasse negli occhi, perché appena li posava su di te non la smetteva di tentarti finché non ti costringeva a seguirlo all'inferno insieme alle altre bestie e agli altri esseri umani, gli uomini cattivi che gli stavano intorno. Alle loro anime, in realtà, perché i loro corpi erano già marciti.

Quella notte, dopo aver ascoltato il predicatore, Jacob aveva avuto il suo primo incubo. Non aveva chiamato nessuno perché si era svegliato subito e aveva visto Sarah che dormiva accanto a lui, perciò si era reso conto di aver sognato. Aveva chiesto a suo padre di parlargli del diavolo, ma lui gli aveva risposto che stando alla sua esperienza il diavolo assomigliava a un essere umano più di quanto avesse detto il predicatore, e che i demoni erano dappertutto.

"Il diavolo entra ed esce da un mucchio di persone" aveva detto.

Quando Jacob aveva chiesto a Sarah che cosa ne pensasse, lei si era limitata a scrollare la testa.

"La mamma ha detto che il diavolo è tutta un'invenzione per costringere la gente ad andare in chiesa" gli aveva detto ridendo. "A quanto pare quel predicatore ve le ha cantate e ti ha convinto, eh?"

Ma dov'era Sarah adesso? E se si fosse sbagliata?

Se il diavolo fosse stato in quella stanza con lui, in agguato?

CAPITOLO DICIASSETTE

◇◇◇◇

EMMY E LEBO

27-28 luglio 1862 – Campagna della Virginia

A meno di un chilometro dalla chiesa metodista la cavalla che trasportava i due bambini si bloccò. Chinò la testa fin quasi a toccare terra e rimase immobile, tremante e ansimante.

Emmy osservò quella creatura esausta, e lo sforzo della povera bestia era amplificato dal rumore che proveniva dalla sua casa toracica consunta ed emaciata. Sapeva che sarebbe stato inutile spronarla: ormai non ce la faceva più.

Smontò, prese la bambina e la sistemò sul proprio cavallo. Lebo fece lo stesso con il bambino, poi tolse i finimenti all'animale moribondo. Voltandosi a guardare la strada un attimo dopo, Emmy vide che la cavalla non si era mossa dal bordo della strada dove l'avevano lasciata.

Poco più avanti, sulla destra, scorsero i cadaveri di cinque impiccati, quattro uomini e una donna. Uno dei corpi aveva appeso al collo un cartello che diceva: "Collaborazionisti". Coprendo gli occhi alla bambina, Emmy chiese al ragazzino se la morta fosse Celee Barcus e lui annuì.

Come promesso, il bambino li portò alle rovine della casa di Brett, che si trovava pochi chilometri a nord della chiesa. Emmy la riconobbe subito dalle immagini che Brett le aveva mostrato quando le aveva chiesto la mano a Boston. Alla trave del tetto era appesa una bandiera gialla che sbatteva fiacca nel vento debole, segno che la casa era stata adibita a ospedale. A una prima occhiata l'edificio a due piani, dotato di un colonnato uguale a quello delle altre magioni della zona ma costruito in solidi mattoni anziché in legno, pareva intatto.

Man mano che si avvicinavano alla casa deserta, però, fu chiaro che l'assalto dei nordisti di dieci giorni prima aveva provocato danni enormi. La bandiera gialla era trafitta da fori grigi di proiettile, i mattoni sul lato sud erano crivellati da cima a fondo dai colpi di granata. Alle finestre pendeva ciò che restava delle tende e i vetri erano rotti, con le schegge ancora appese ai telai. Tutte le porte rimaste erano aperte e scardinate. Il portico e le colonne, riarsi da un incendio che per qualche motivo non aveva devastato completamente la struttura né consumato il resto della casa, erano coperti di detriti.

Quando arrivarono sul retro trovarono dei tavoli insanguinati, rovesciati e sforacchiati dai proiettili, disposti davanti a un fienile semidistrutto. Ovunque, centinaia di merli e corvi che beccavano tra i rifiuti e nei campi bruciati alle spalle dell'edificio. Accanto alle carcasse ormai ceree e puzzolenti di quelli che un tempo erano due maiali c'era una montagna di scarpe spaiate.

"I ribelli non avrebbero certo mandato in malora le bestie. Devono essere stati quei maledetti nordisti arrivati dopo" disse Lebo.

Dentro alla casa distrutta la puzza quasi li soffocò, tanto che per proseguire dovettero coprirsi il viso e respirare con la bocca. Sul pavimento del salotto e della cucina c'era uno strato appiccicoso e rivoltante di sangue raggrumato. Lo zoccolo di legno e la carta da parati erano spruzzati di sangue e in ogni angolo si vedevano detriti fulligginosi. Il soffitto, cosparso di strisciate di sangue arterioso fuoriuscito durante le operazioni chirurgiche eseguite nella stanza, era affossato al centro. Una metà del soffitto della sala da pranzo era coperta da un largo alone, il cui centro color ruggine era circondato da una macchia rosa pallido: probabilmente il sangue era sgocciolato dal piano superiore. Le balaustre della scala che portava di sopra erano state divelte e la camera da letto padronale, così come le altre, era colma di lettighe vuote, mucchi di stracci insanguinati, bende e brandelli di uniforme.

Emmy cercò un segno qualunque per capire che fine avesse fatto Brett. Su ogni parete, nella parte bassa, vide delle note scritte a matita e qualcuna persino con il sangue. Erano più che altro nomi e date. Una diceva: "Sergente Ralph Wayne Thomas, spirato lentamente per un colpo d'arma da fuoco allo stomaco, 19 luglio 1862".

Nella luce sempre più flebile, Emmy non trovò niente che potesse darle indizi su Brett.

Lebo, che intanto era uscito per nascondere i cavalli, tornò proprio mentre lei finiva di ispezionare le scritte alle pareti del primo piano.

"Dovete vedere una cosa" le disse.

La accompagnò a una fossa lunga e stretta dietro al fienile. Dentro, parzialmente ricoperti di terra, giacevano decine di morti, tutti soldati confederati. Pur sentendosi ancora una volta sopraffatta dall'odore, Emmy si impose di scendere nel canale, scacciando ratti e uccelli mentre passava accanto a ciascun cadavere. Con l'aiuto di Lebo, li ripulì e li guardò uno per uno, osservando da vicino quei volti gonfi e giallognoli.

Fortunatamente nella fossa comune il cadavere di Brett non c'era.

Allontanandosi da lì, Emmy non riuscì più a trattenere la pena e si mise a piangere. Aveva nutrito la vaga speranza che Brett fosse guarito e tornato nella casa che, come le aveva promesso, un giorno li avrebbe accolti entrambi insieme ai loro figli, ma la carneficina di cui era stata testimone in quel luogo e a ogni tappa del viaggio le faceva perdere poco per volta la speranza di trovarlo. D'altro canto, però, vedere che i morti nella fossa erano tutti ribelli confermò l'ipotesi di Lebo che gli ultimi occupanti della tenuta fossero stati i soldati dell'Unione, i quali avevano attraversato in fretta quella zona portandosi dietro i loro morti.

Nei campi intorno non vide altri luoghi di sepoltura. I Confederati che, a quanto le avevano detto, avevano chiesto a Brett il permesso di occupare casa sua per impiantarvi un ospedale avevano rispettato i suoi desideri. Lei sapeva che Brett era affezionato a quella casa e non avrebbe certo voluto che i campi intorno venissero profanati.

"Devo andare a Richmond" disse di punto in bianco a Lebo. "So che non erano questi i patti, ma se lui è sopravvissuto è probabile che sia finito in uno degli ospedali cittadini."

Lebo non nascose il fastidio. "Con tutto il rispetto, signora, non siete pronta ad andare a Richmond, non siete vestita nel modo giusto, non conoscete nessuno e probabilmente vi farete arrestare."

Sospirò, la squadrò da capo a piedi e poi sputò per terra.

"Al diavolo" disse tra i denti.

Non aveva scelta. Emmy era una donna determinata.

Il sole pomeridiano accarezzava la linea degli alberi a ovest e Lebo decise che la cosa migliore da fare era inoltrarsi nei boschi e cercare un riparo per la sera. Prima dell'alba si sarebbero diretti a ovest fino a Richmond, restando il più possibile lontani dalla strada principale. Non accesero fuochi.

Emmy chiese al bambino come si chiamava.

"Jedadiah" disse.

"E tu?" chiese alla bambina. Lei non rispose, aprì la bocca come per parlare, ma guardò Emmy con un'espressione angosciata.

"È muta" disse il ragazzino. "E anche sorda. Credo che sua madre la chiamasse Claris o Clarissa".

"Come siete finiti con quel vecchio?" chiese Lebo. Il bambino si limitò a scrollare le spalle e si voltò dall'altra parte.

Emmy trovò un ruscelletto e si lavò, sollevata che quel mese non le fossero ancora venute le mestruazioni. Portò al ruscello anche la bambina e le fece il bagno, usando alcuni degli stracci puliti destinati al ciclo. Poi le pettinò i capelli arruffati e si ricordò di quando i suoi figli avevano l'età della piccola, non tanto tempo prima.

Fu sorpresa che la bambina si lasciasse fare il bagno così docilmente, e man mano che lo sporco veniva via notò che aveva parecchi lividi su braccia, schiena e gambe. Si chiese che aspetto avessero i suoi genitori: forse un uomo bianco con gli occhi azzurri e una schiava nera, oppure un uomo di colore e una donna bianca dagli occhi blu? In quali circostanze erano stati insieme? Era stato amore o uno stupro?

Dal modo in cui la piccola si comportava, osservando attentamente Emmy, seguendola passo dopo passo, a volte anticipando le sue mosse per poi aiutarla alla sua maniera, capì che era intelligente e che comprendeva quasi tutto quello che lei cercava di comunicarle.

Provò a grattar via lo sporco dal suo vestitino, poi lo appese ad asciugare al sole del tardo pomeriggio.

Il bambino, invece, non si fece lavare il viso e le mani e rimase in silenzio per il resto del pomeriggio, appoggiato contro un albero a scorticare un bastoncino servendosi di un altro legnetto.

Cenarono con della carne di maiale salata e un po' di gallette, poi rimasero tutti e quattro al buio in silenzio, in attesa che calasse il manto protettivo della notte. Emmy avvolse i bambini nella sua coperta e si sdraiò accanto a loro. Non faceva freddo. Era sfinita e si addormentò subito, ma ebbe un sonno agitato e quando si svegliò si accorse che la bambina si era raggomitolata contro il suo seno.

In quel dormiveglia ripensò alla sua situazione, a come avrebbe potuto scovare informazioni su Brett, e si chiese che cosa avrebbe dovuto fare con i bimbi una volta arrivati a Richmond. Pensò a Jacob paragonandolo a Jedadiah e si interrogò sulla sorte della bambina dagli occhi grandi che dormiva tra le sue braccia.

Che cosa sarebbe stato di lei?

Chi l'avrebbe presa con sé, adesso che il mondo era stato rovesciato e distrutto?

Faceva ancora buio, ma Lebo la scosse per svegliarla.

"Dobbiamo muoverci" le disse sottovoce. "A breve avremo visite."

Mentre Emmy si stropicciava gli occhi cercando di ridestarsi quanto bastava per capire a cosa si riferisse, vide che Lebo aveva già sellato entrambi i cavalli e si stava allacciando tutte e due i cinturoni con le pistole.

"Il piccolo bastardo è scappato. L'avevo sottovalutato, accidenti" disse.

Andò fino al limitare degli alberi che si affacciavano sulla strada sotto di loro. Quando tornò, prese la bambina e la mise in sella alla giumenta di Emmy.

"Credo che arriveranno da dove siamo venuti noi." Puntando a sinistra, aggiunse: "Andremo di là, verso Richmond. Dovremmo arrivare più o meno per le nove".

Man mano che i suoi occhi si abituavano al buio, Emmy vide che Lebo aveva un'espressione seria, arrabbiata e determinata.

Meno di cinque minuti dopo la partenza, mentre avanzavano nel bosco mantenendosi paralleli alla strada,

sentirono provenire in lontananza da est i tonfi degli zoccoli di parecchi cavalli e riuscirono a scorgere la debole
luce di alcune torce che avanzavano sulla strada dirette
verso di loro.

"Troppo tardi! Raggiungete quella strada e procedete
in direzione opposta rispetto al sole!" disse Lebo a Emmy
estraendo lo Spencer dal fodero.

"Cercate una casa dipinta di giallo nella zona est, in una
via che si chiama 'Cary', non lontano dalle grandi ferriere
sul fiume. Si chiama Tredegar. Chiedete dov'è il Noah's
Ark e una volta là domandate di Miss Janie Jones. Dite che
vi mando io" aggiunse con una risatina. "Lei conosce anche
Pen Basetyr... vi potrà aiutare a trovare il vostro uomo, ammesso che sia in uno degli ospedali cittadini... o in una
prigione."

"E se la vostra amica non c'è?" chiese Emmy.

"Se Janie non ci fosse, allora cercate la casa di Josie De-
Meritt, accanto all'ospedale di Chimborazo. Anche lei mi
conosce. Meglio che vi togliate quelle braghe e vi vestiate
per bene, se andate là" disse Lebo abbozzando un sorriso.

Quando vide che Emmy esitava, intuendo che era preoccupata per lui scrollò la testa: "Non vedo l'ora di riscuo-
tere la ricompensa che mi aspetta a Baltimora, e se uno di
noi due muore non posso farlo. Dite alla vecchia Janie che
mi manca un sacco. E se ne avete l'occasione, dite pure la
stessa cosa anche a Josie".

Si fermò e si voltò verso di lei.

"Datemi quel LeMat."

Emmy gli porse il pesante revolver che si era portata dietro.

"Prendete questa." Le diede una piccola Derringer a due canne.

"Da quanto abbiamo visto, se questi bastardi vi prendono...", indicò la tempia di Clarissa, "spareranno un colpo alla piccola e un altro a voi, nello stesso punto."

Detto questo, si inoltrò nei boschi. Emmy spronò il cavallo verso la strada cercando di non fare rumore.

Meno di un minuto dopo, sentì un colpo di fucile. Poi un altro.

Udì uomini che gridavano lungo la strada, il nitrito dei cavalli e poi ancora altri spari.

Piantò i talloni nel fianco della giumenta e mentre si dirigeva verso ovest, dal bosco in cui aveva lasciato Lebo, insieme al rumore intermittente degli spari, sentì giungere anche un battito ritmato: *ra-ta-ta*. Era il tamburo del ragazzino dai capelli rossi.

CAPITOLO DICIOTTO

<><><>

SARAH

29 luglio 1862 – White Plains, New York

Mentre la governante Plum le faceva fare il giro mostrandole le diverse dotazioni di quell''hotel del riposo', espressione con cui la donna definiva l'istituto, Sarah ebbe modo di studiarla. La Plum aveva circa cinquantacinque anni, zoppicava leggermente e portava i capelli biondo-grigi raccolti in una treccia strettissima che si avvolgeva in una crocchia. Sarah si chiese se il rossore acceso del volto fosse dovuto all'esposizione al sole, allo sfregamento con la pietra pomice o all'abitudine di bere whisky. La donna non sembrava molto contenta, questo era chiaro, e Sarah ebbe quasi l'impressione che avesse tutta la rabbia imprigionata nella schiena rigida.

Quando il giro della struttura fu terminato, la signora Plum mostrò a Sarah la stanza dove avrebbe alloggiato e spiegò che, pur essendo sobrie, le camere avevano il vantaggio di essere private.

"Mia zia e Jacob alloggeranno nelle stanze accanto?" chiese Sarah saggiando la durezza del materasso.

La Plum attese che si sedesse sul letto, poi tornò subito alla porta.

"Vostra zia mi ha detto di riferirvi che starà via per qualche giorno, ma ci sono molte attività con cui potrete tenervi occupata." Chiudendosi la porta alle spalle mentre usciva, aggiunse: "Più tardi vi verrà servita la cena in camera, signorina". Sarah notò che, nel dirlo, la governante aveva abbozzato uno strano sorriso compiaciuto.

Dal momento che la donna si era congedata in modo repentino e inatteso, Sarah rimase senza parole. Poi andò alla porta e cercò di aprire il chiavistello.

Ma la porta non si apriva.

"Scusate, signora Plum? La porta è chiusa a chiave!" Cercò poi di scuoterla, spingendo e tirando il chiavistello, che però non si mosse.

Perché? Come aveva potuto, sua zia, fare una cosa del genere... abbandonare lei e Jacob così?

E perché l'avevano chiusa a chiave nella sua stanza?

Poi pensò al fratello. Dov'era, e che cosa gli stavano facendo?

Picchiò sulla porta, ma non rispose nessuno.

Allora picchiò più forte: *bam, bam, bam!*

Niente.

"Jacob?" chiamò a gran voce.

Bam, bam, bam, bam!

Ancora niente.

La finestrina accanto al letto – fatta apposta, lo capì subito, perché gli "ospiti" non potessero scappare – si apriva solo di pochi centimetri e aveva un telaio talmente piccolo e stretto che, anche se gli avesse tirato contro una sedia rompendo il vetro, non sarebbe riuscita a farci passare nemmeno una gamba. La finestra più grande non si poteva aprire ed era posta così in alto che Sarah non riusciva ad arrivarci, e per di più il piccolo scrittoio e il letto erano inchiodati al pavimento.

Ma che cosa aveva in mente zia Kathleen?

Sarah impiegò quasi tutto il giorno a cercare di fuggire da quella stanza, mentre il "buon dottor Penrose", come lo aveva chiamato sua zia qualche ora prima, "curava" suo fratello.

Non era certa di riuscire a scappare finché, nel pomeriggio, non parlò con la donna che sussurrava.

Era molto più anziana di sua madre, o almeno così pensava Sarah, anche se all'inizio non aveva potuto vederla perciò non poteva esserne certa.

Qualche ora dopo che la signora Plum l'aveva chiusa dentro, Sarah sentì bussare alla porta – colpetti leggeri che quasi non udì perché stava piangendo. Deboli, ma comunque colpetti.

Toc toc toc.

"Sì?"

"Stai bene, tesoro?"

All'inizio Sarah pensò che a parlarle fosse il fantasma di sua nonna Abby. Stesso tono di voce dolce, ma sussurrato.

Era affezionata a nonna Abby, anche se non aveva passato molto tempo con lei prima della sua morte, avvenuta poco dopo che si erano trasferiti a Boston. C'era qualcosa nel modo in cui Abby parlava, un che di tenero in tutti i suoi gesti, che aveva fatto capire a Sarah, fin dal primo momento in cui l'aveva vista, che con lei sarebbe stata al sicuro e protetta, anche se in maniera diversa da come si sentiva con sua madre Emmy, che si prendeva cura di lei con i suoi modi inflessibili e spicci.

Ma poi nonna Abby era morta e lei non era riuscita a godersela davvero, come invece aveva fatto con l'affettuoso nonno Kern.

E adesso era morto anche lui.

Toc toc toc.

"Chi è?"

"C'è una via di uscita, piccola. Vieni alla finestra."

Sarah andò alla finestrella della camera e la aprì, poi sentì aprirsi e richiudersi la porta della stanza accanto, e poi ancora aprirsi la finestra della stanza a sinistra, adiacente alla sua.

"Ci sei?"

"Sì, ci sono" disse Sarah. "Voi chi siete?"

Ci fu un lungo silenzio.

"Non me lo ricordo più" rispose la donna. "Sono qui dentro da così tanto tempo..." Altro lungo silenzio. "Non importa. Ma tu sei troppo giovane: perché ti trovi qui?"

Sarah le spiegò di avere accompagnato suo fratello, che secondo la zia era "disturbato", e che poi la zia li aveva semplicemente... abbandonati! Non aveva idea di quello che poteva essere successo a Jacob, disse.

"Quasi sicuramente lo *trattengono* da qualche parte" disse la donna sottolineando quella parola. "È così che comincia sempre."

Sarah le chiese che cosa volesse dire. La donna le raccontò del dottor Penrose e di come lui e alcuni membri del suo staff – a prescindere da ciò che si raccontava – trattavano veramente i pazienti. Le descrisse il modo in cui lei e altre donne erano state internate... e le disse che lei era stata abbandonata dalla famiglia e dal marito più di otto anni prima.

"L'altro giorno non riuscivo più a ricordare come si chiamasse mio marito" le disse la donna. "Ci ho provato, ma non ci sono riuscita."

A Sarah parve di sentire un lieve cambiamento nel suo tono di voce, che dallo stupore era passato alla rassegnazione.

"Ho smesso di odiarlo tanto tempo fa. Ma ormai non riesco più a ricordare il suo nome" disse. "Il personale e il dottor Penrose hanno detto a tutti che il fatto che dimenticassi le cose era una conseguenza del mio grave disturbo. La cosa strana è che il nome di Penrose non lo dimentico mai." Sarah credette di cogliere nel tono della donna una punta di amarezza.

Mentre la ascoltava, si chiese se anche lei avrebbe subito quello stesso destino: abbandonata e sola. Aveva promesso a Jacob che si sarebbe presa cura di lui e si domandò preoccupata se anche lui avrebbe fatto quella fine: lo stava deludendo.

La donna continuò a parlare, raccontandole di quando era piccola, figlia unica, e di come, dopo essersi presa cura del padre per anni, era stata invitata ad andare a New York da Savannah per sposare un uomo più giovane portandosi dietro una dote considerevole: d'altronde dopo la morte del padre non era rimasto più nessuno che stesse "dalla sua parte". Disse di aver vissuto un lungo periodo di "lutto", così lo aveva chiamato, perché il marito aveva semplicemente perso interesse nei suoi confronti e poi, a quanto pareva, il mondo le era scivolato via dalle dita.

Poi, un giorno, era stata portata lì... per un periodo di riposo, le avevano detto, e quel periodo era durato tantissimo e non era neanche più di riposo. Non lo era da anni e le cose non cambiavano nonostante lei piangesse continuamente sulle proprie disgrazie. Aveva fatto delle passeggiate in giardino con un uomo di nome Jonathan e, dopo che lui se n'era andato, con un altro di nome Thomas, poi con Robert, che le ricordava un po' il marito – forse, disse, perché nemmeno lui le prestava molta attenzione.

"Ormai sono senza speranza" aggiunse.

Detto questo, smise di parlare e chiuse la finestra per un attimo, poi la riaprì.

Il modo più semplice di uscire dalla stanza, disse, era infilare un pezzettino di carta nella placca del catenaccio per bloccarlo, così lo si poteva chiudere solo in parte. Funzionava sempre, perché gli addetti che servivano la cena erano distratti, aggiunse. Lei aveva imparato quel trucco qualche anno prima e aveva trovato il modo di uscire dal dormitorio e andare a passeggio in giardino di sera, con il buio, mettendo a volte dei pezzetti di nastro sugli alberi così da potersi ricordare quelle scappatelle segrete ogni volta che la portavano fuori, il mercoledì e il sabato. In un'occasione era persino andata alla stazione dei treni alle due del mattino, ma era chiusa e lei non aveva soldi per comprare il biglietto, e anche se li avesse avuti non avrebbe saputo dove andare. Non ricordava più neanche il proprio nome. Le sembrava di chiamarsi 'Mary', ma non ne era certa.

"Penrose è un mostro" disse. "Usa alcuni... marchingegni."

Rimase in silenzio per un attimo.

Parlava ancora più piano adesso, con una voce più fioca e rabbiosa allo stesso tempo. "Ha persino annegato dei pazienti." Detto questo, richiuse la finestrella.

Sarah tornò a sedersi sul letto e rimase in attesa, ma la donna non si rifece viva.

Cosa ne doveva dedurre? Per quale motivo la zia li aveva abbandonati? Perché, perché? Non si rendeva conto di quello che aveva passato Jacob?

E quando sarebbe tornata, poi? Lo avrebbe mai fatto? Cosa diavolo era quel posto?

Sua madre sarebbe venuta a saperlo?

E stava bene?

Che cosa spingeva la gente a dare carta bianca a uno come Penrose che, stando a quanto diceva la donna, era un mostro? Forse le persone avevano paura di lui così come temevano Anah, il capo indiano o *tyee* del Territorio dell'Oregon...

Magari davano credito a Penrose perché a prima vista sembrava molto intelligente, oppure perché aveva ottime credenziali, come le aveva detto la zia.

O forse Penrose era un "seduttore", un personaggio "carismatico", come aveva affermato sua madre a proposito di Rafael Bocamalo, l'uomo che aveva ucciso tante persone durante l'assalto al loro treno, a Panama?

Insomma, perché il dottor Penrose riusciva a cavarsela così? Chi avrebbe potuto fermare uno come lui? Non era forse responsabilità degli adulti?

Decise che ciò che le aveva raccontato la donna a lei e Jacob non sarebbe successo, avrebbe trovato il modo di uscire, di raggiungere in qualche modo la stazione ferroviaria. Nella scarpa aveva una moneta d'argento, perciò avrebbe potuto comprare i biglietti e magari ritrovare Jonny e Falco, i figli di Scarpello, l'uomo che li aveva salvati durante la rapina al treno a Panama. Vivevano da qualche parte a New York, no? Com'è che si chiamava quel posto?

Nel cassetto della scrivania trovò un foglio di carta e ne ripiegò un pezzetto per bloccare la serratura al momento opportuno. Mary aveva detto di aspettare il buio per fuggire, quattro ore dopo la mezzanotte, quando non ci sarebbero stati pericoli ad andarsene in giro per i corridoi perché non c'erano addetti nei paraggi. Una pendola avrebbe battuto le ore.

Quattro colpi.

Si chiese se avrebbe mai visto di persona la donna dalla voce gentile come quella di sua nonna.

CAPITOLO DICIANNOVE

◇◇◇◇

EMMY

29 luglio 1862 - Richmond, Virginia

Quando si levò il sole Emmy si rese conto di essere tornata su quella che doveva essere la strada principale, che dal territorio dei Chickahominy portava a ovest verso Richmond. In entrambe le direzioni c'era un traffico intenso di militari e civili, con carri pieni di soldati feriti che probabilmente provenivano dai sette campi di battaglia della Campagna peninsulare, pensò. Fu fermata quattro volte da sentinelle sfinite, e ogni volta riuscì a passare raccontando al giovane che la fermava la verità pura e semplice.

"Sto andando a Richmond per vedere se riesco a trovare il mio fidanzato" diceva. Un soldato, vedendola così giovane e con al seguito una bambina che si affacciava tra le pieghe del suo pastrano, non fece altre domande e si limitò a scuotere la testa facendole cenno di proseguire.

Era stata fortunata, si disse, perché sia Lebo che Dabbs avevano previsto che sarebbe stata questione di giorni prima che Jeff Davis rendesse ancora più severa la legge marziale in vigore in città. A parte un salvacondotto probabilmente falso che Lebo le aveva dato, con la firma di un membro del Congresso del Maryland che a suo dire era un sostenitore dei Confederati, non aveva documenti ufficiali né carte firmate dal capo della polizia militare.

Arrivando a Richmond, rimase sorpresa da quanto somigliasse a Washington. Come la sua controparte dell'Unione, la capitale dei Confederati straripava di soldati, operai e vagabondi, bianchi e neri. I carri bloccavano le strade, c'erano cavalli legati a ogni angolo e per le vie principali costruite per un numero di abitanti infinitamente più piccolo era tutto un viavai di imbonitori, prostitute e venditori. Emmy passò accanto a saloon e ospedali, prigioni e cimiteri improvvisati negli appezzamenti di terra liberi. Alcuni schiavi spingevano carri colmi dei beni dei loro padroni, che erano stati cacciati. In molte strade si muovevano lenti i cortei funebri e le campane delle chiese suonavano a intermittenza. In diversi punti della Main Street e della Cary, lunghe file di civili scarmigliati aspettavano di ricevere pane e zuppa, mentre i feriti ricoperti di bende trascorrevano la convalescenza in parchi e cortili. Dalle finestre sbarrate di un edificio basso e largo, prigionieri in divisa blu gesticolavano rivolti a lei e ad altri passanti.

Risalendo la collina fino alla chiesa episcopale di St. John fu contenta di sfuggire per un po' al miasma mefitico dei cadaveri che appestava gran parte della città.

Prima di arrivare alla chiesa in cui, come aveva ragione di credere, avrebbe forse trovato aiuto per la sua ricerca, ripeté mentalmente il discorso che avrebbe usato per convincere il reverendo a darle una mano.

Quando si presentò al rettorato, però, ricevette una risposta distaccata e brusca.

"Signora, avete un accento nordista, siete vestita come una vagabonda e la vostra richiesta è impossibile da soddisfare" disse il reverendo in tono severo. Poi lanciò un'occhiata alla piccola mulatta, fece una smorfia e tornò a guardare Emmy.

"Non possiamo aiutarvi. E vergognatevi." Detto questo, le chiuse la porta in faccia.

Dopo l'arrogante ramanzina del reverendo, pur essendo riluttante a seguire il consiglio di Lebo risalì in sella e scese lungo la collina, dirigendosi nella zona che, come aveva sentito dire, si chiamava "Jackson Ward". Si chiedeva che cosa avrebbe trovato una volta raggiunti i luoghi che Lebo le aveva detto di cercare, quasi sicuramente "case di piacere", dato il modo in cui si era messo a ridere prima di puntare verso i boschi per coprire la fuga di lei.

E se avesse ricevuto un rifiuto anche lì? Era in disordine, questo doveva ammetterlo, e date le condizioni in cui si trovava come avrebbe potuto fare domande su Brett negli ospedali della zona? Quando aveva fatto l'infermiera volontaria in quelli di Washington le avevano detto di vestirsi, e di vestire Sarah, con gli abiti della domenica, semplici ma dignitosi, in modo da non essere scambiate per le ladre e prostitute che esercitavano il mestiere in alcuni dei più miseri istituti di cura per uomini feriti e indigenti. Dopo quel viaggio era ormai sporchissima e, sebbene anche i passanti che incrociava nelle strade affollate fossero malmessi quanto lei, spesso voltavano la testa vedendola passare a cavallo con la bambina in grembo.

Come l'avrebbero accolta negli ospedali?

Non le fu difficile trovare il Noah's Ark. Quando si avvicinò all'edificio giallo a due piani sulla Cary, nel Jackson Ward, trovò la risposta. Sulle scale d'ingresso c'era una donna dall'aria sfatta che fumava un grosso sigaro nero. Squadrò Emmy e, facendo entrare un giovane ufficiale Confederato che le era passato avanti con uno spintone, si voltò verso di lei e le disse: "Tesoro, i letti sono tutti occupati".

"Sto cercando Miss Jane Jones" cercò di spiegare Emmy mentre l'altra richiudeva la porta.

La donna, una brunetta snella dal viso schiacciato con la postura rigida di una maestra elementare, scoppiò a ridere. "Janie Jones sono io e sto per fare tardi." Sghignazzò, poi sputò senza togliersi il sigaro di bocca.

"Mi manda Henri Lebo" disse Emmy. A quel punto la donna esitò, tirò su con il naso, poi posò il sigaro sul bancone. Squadrò ancora una volta Emmy con aria interrogativa. "Sei troppo magra per farmi guadagnare qualcosa, cara... anche se ti piace vestirti da uomo. Henri dovrebbe saperlo bene."

"Per favore... non è come sembra... ho solo bisogno di fare un bagno e comprarmi dei vestiti di ricambio prima di andare per ospedali a cercare una persona... e di un posto per questa piccolina" disse Emmy indicando Clarissa.

Togliendosi il sigaro nero di bocca, la donna si morse un labbro, abbassò gli occhi sulla bimba e poi li riportò su Emmy.

Dopodiché, con un tono completamente diverso, civettuolo e allegro, chiamò voltandosi appena il soldato che si trovava nel salottino: "Accomodatevi pure, caro tenente. Una delle ragazze sarà subito da voi". Poi si girò verso Emmy, che era ancora ferma sotto il portico. "Per la bimba non posso fare nulla" disse accennando a Clarissa. Detto questo, aprì la porta, sputò nel portico, spense il sigaro e le lasciò entrare.

CAPITOLO VENTI

◇◇◇◇

KATHLEEN

1° agosto 1862 - New York

Quando Kathleen tornò al Westchester Institute dopo la soirée di Roland Escoffier nella sua tenuta vicino a Lyndenhurst, dove si era trattenuta una notte in più su invito di lui, si aspettava di trovare Sarah un po' agitata, ma comunque gestibile.

A ogni modo Kathleen non se ne preoccupava. Dopotutto i miglioramenti promessi dal dottor Penrose nel trattamento del povero Jacob valevano il fastidio di dover affrontare le rimostranze dell'insolente nipotina.

Senza contare che Kathleen si aspettava che alla fine — se non subito, almeno in seguito — tutti l'avrebbero ringraziata e si sarebbero complimentati per il suo intervento intelligente e azzeccato in favore del nipote.

Invece di trovare ad aspettarla una nipote agitata e viziata, però, trovò il caos: stando a Tinder e alla signora Plum i bambini erano riusciti a scappare.

Quando scoprì che la polizia locale non si mostrava affatto disposta a venirle in aiuto, rimase di sasso, e impiegò quasi due giorni a capire dove fossero finiti Sarah e Jacob.

"Scomparsi? Che vuol dire scomparsi?" gridò a Tinder non appena ricevette la notizia.

"E dov'è il dottor Penrose?" strillò.

"Al momento non è disponibile" le rispose Tinder. "Si sente poco bene. E sinceramente non credo che parlerebbe con lei, signora McEmeel."

Poi Tinder le spiegò a denti stretti che durante il colloquio di ammissione Jacob era diventato violento e aveva staccato con un morso il mignolo di Penrose, e che il risarcimento per le cure mediche e lo stress emotivo subito dal direttore erano ancora in fase di valutazione. Tinder le fece capire che quelle spese sarebbero state addebitate a lei e che sarebbero andate a sommarsi a quelle che aveva già sostenuto per il ricovero del nipote e la sistemazione di Sarah.

A quel punto Kathleen si mise a urlare, imprecando e schiaffeggiando Tinder senza ritegno, tanto che Escoffier dovette separarli, e Tinder ne approfittò per ritirarsi di corsa nel suo ufficio, tirando il chiavistello e rifiutandosi di uscire.

Quando alla fine la donna si calmò, Escoffier la convinse a ingaggiare un investigatore privato. Trovarono un uomo di Westchester dall'aria affidabile di nome Doyle "Church" Grimes e lo incaricarono di cercare i bambini.

Doyle Grimes era un detective molto noto che aveva avviato un'agenzia di investigazioni private nella contea di Westchester dopo aver trascorso diversi anni nella polizia militare della Virginia e in quella municipale di Manhattan. Quando era nell'esercito aveva dato la caccia ai disertori, a New York, invece, agli assassini e si era poi fatto un nome tra le famiglie benestanti di Westchester nel campo delle ricerche di bambini scappati di casa e vittime di rapimenti. La *Police Gazette* lo aveva citato in numerose occasioni e aveva addirittura pubblicato un suo bel ritratto in prima pagina insieme a un articolo scandalistico sulla recente ondata di rapimenti di bambini, raccontando dei successi di Grimes nel ritrovamento delle vittime: in oltre la metà dei casi le aveva restituite vive ai genitori e si era di conseguenza guadagnato la fama di essere un professionista costoso ma competente e affidabile.

Due giorni più tardi, dopo aver interrogato sia Tinder che la governante Plum e poi indagato presso le stazioni più note, riferì a Kathleen ed Escoffier che i bambini erano andati a quella di White Plains e da lì erano saliti su un treno per Harlem.

Il biglettaio, riferì Grimes, se li ricordava perché a suo dire era strano che dei minori non accompagnati comprassero titoli di viaggio. La ragazzina, che corrispondeva alla descrizione di Sarah, gli era sembrata ansiosa ma molto determinata e il bambino di otto o nove anni che la accompagnava sembrava teso e le stava appiccicato. Il biglettaio si ricordava di aver venduto alla ragazzina due biglietti di sola andata che avrebbero permesso loro di raggiungere il capolinea di Boone Street, a Manhattan, ma aggiunse che ovviamente sarebbero anche potuti scendere in una delle numerose stazioni intermedie della tratta.

"Non avevano abbastanza soldi per andare più lontano di così, però" commentò il bigliettaio. "Di sicuro non gli sarebbero bastati per prendere un altro treno."

Quindi, dedusse Grimes, i due erano da qualche parte fra White Plains e Lower Manhattan. A meno che Kathleen non conoscesse una loro possibile destinazione prima del capolinea, suggeriva di iniziare le ricerche da Boone Street.

Anche se due giorni prima, dopo il fine settimana insieme, Kathleen ed Escoffier si erano lasciati male so-prattutto perché lui le aveva rinfacciato di essere "troppo inibita per via dell'indottrinamento cattolico" – dopotutto c'erano cose che non *voleva* proprio fare – il francese ac-consentì ad accompagnarla con Grimes a Manhattan per aiutarla a ritrovare i bambini.

Kathleen scoprì che la New York and Harlem Railway, che era stata acquistata e riammodernata da Cornelius Vanderbilt diversi anni prima, consentiva viaggi molto più comodi rispetto a quello che aveva fatto da Washington verso nord passando per la lercia stazione di Baltimora, città che adesso era in mano all'Unione.

Il viaggio fino a Manhattan richiese quasi tre ore e Kathleen ne approfittò per pensare a ciò che avrebbe detto alla sorella Emmy al suo ritorno, sempre che non si facesse uccidere mentre girovagava per il territorio in mano ai ri-belli nella sua assurda "missione di soccorso".

"Pensavo che Jacob stesse peggiorando e non sapevo più che cosa fare" disse a Escoffier ripassando ciò che avrebbe detto a Emmy. "Ero convinta che al poverino avrebbe fatto un gran bene un po' di riposo in quella clinica di lusso."

Escoffier annuì.

"Ha un'ottima reputazione, sapete" disse poi a Grimes, seduto dall'altra parte del corridoio, che sembrava intento a osservare con noncuranza gli altri passeggeri.

Grimes le sorrise educatamente.

"Speriamo di poter localizzare in fretta i bambini" disse, e Kathleen pensò che li avrebbero trovati eccome, ma non disse niente.

Da come lo guardò, Grimes ritenne comunque di dover ampliare il discorso.

"Voglio dire, signora... che, be', se sono arrivati fino al capolinea, quella zona è piuttosto pericolosa: è il territorio di Five Points. Lì i bambini spariscono per sempre."

"Di sicuro la polizia metropolitana e le autorità ci aiuteranno" disse Kathleen.

Grimes abbozzò un sorriso sarcastico e lanciò un'occhiata a Escoffier per capire se anche lui aveva colto l'ingenuità di quell'affermazione. Kathleen se ne accorse.

"Vi raddoppierò il compenso se ci aiutate a ritrovarli entro domani" disse. Grimes annuì e lanciò un altro sguardo a Escoffier, che però si limitò ad annuire.

Nessuno di quei due capiva la situazione.

CAPITOLO VENTUNO

⬦⬦⬦⬦⬦

SARAH

29-31 luglio 1862 - Westchester e New York

In tarda serata o alle prime ore del mattino di quel giorno, non sapeva di preciso quando perché non aveva l'orologio, aveva trovato Jacob chiuso dentro a un marchingegno di ferro e vimini. In seguito era venuta a sapere che quell'attrezzo si chiamava "gabbia costrittiva" e che veniva usato di notte nei manicomi per tenere immobili i pazienti violenti o poco collaborativi. Sembrava più che altro una bara piatta e fatta di stecche, pensò Sarah.

Non era stato tanto difficile scovare Jacob la notte in cui erano fuggiti, ricordò. Dopo aver provato e riprovato a uscire dalla stanza chiusa a chiave si era limitata ad ascoltare e poi a seguire il pianto del fratello nel secondo dei due corridoi non sorvegliati che il signor Tinder aveva detto essere dedicati ai "lungodegenti".

Jacob era stato lasciato da solo, bloccato in un lettino in una stanza buia come la pece! Quando lo trovò, poverino, con la faccina arrossata e sudato fradicio, aveva la voce roca da quanto aveva urlato. Sarah fece leva sulla serratura del lettino e la aprì, lo tirò fuori e lo strinse fra le braccia finché non si calmò. Poi riempì una bacinella di acqua e lo lavò delicatamente con una spugnetta. Le abrasioni ai polsi e alle caviglie dovute ai lacci di pelle e quelle su braccia e gambe nei punti in cui aveva sfregato contro le stecche di legno del lettino non erano profonde, ma nel rivestirlo fece molta attenzione. Jacob non aveva più un briciolo di energia.

"Forza, tesoro, ci sono qui io. Sono qui" gli disse piano. Lo cullò un po', ma poi le parve di sentire un rumore e riprese subito a vestirlo.

Scoprì con sollievo che nel corridoio fuori dalla camera in realtà non c'era nessuno, ma quando entrarono nell'atrio trovarono ad aspettarli una donna. All'inizio Sarah si spaventò pensando che li avessero scoperti, ma quando sentì la sua voce capì subito che era quella della degente nella stanza accanto alla sua, quella che le aveva suggerito come fuggire. Aveva ciuffetti di capelli sottili ed era quasi calva sul lato sinistro, ma dal viso non sembrava molto più vecchia di Emmy.

E comunque non era affatto come Sarah se l'era immaginata: aveva un'espressione triste e assente, anche se poi quando la guardò negli occhi parve riprendersi.

"Venite, piccolini" sussurrò. "Seguitemi."

Una volta fuori Sarah si sentì gelare per il freddo, ma la signora aveva portato una coperta apposta per loro e gliela mise addosso. Disse che li avrebbe aiutati ad arrivare alla stazione.

Camminarono per alcune ore e durante il tragitto nessuno dei tre parlò. La donna marciava diversi passi avanti a loro, con un'andatura rapida e decisa. Poi, alle prime luci del mattino, Sarah vide un cartello sulla strada sterrata. Stavano entrando nella cittadina di White Plains, 321 abitanti.

Un chilometro e mezzo più avanti raggiunsero un piccolo borgo. Un uomo che camminava dietro a un carro carico di bauli e valigie trainato da un cavallo attraversò la strada davanti a loro per immettersi su un sentiero coperto di ghiaino. Lo seguirono per un po' lungo il vicolo costeggiato dagli alberi, fino a una casetta accanto alla quale si trovava una grossa locomotiva che se ne stava imbronciata sui binari prima della corsa mattutina. Ad aspettare l'apertura del cancello che portava ai vagoni passeggeri al traino della grossa macchina c'erano nove o dieci persone in fila.

La donna si fermò e indicò la biglietteria, poi parlò per la seconda volta da quando erano usciti dal manicomio.

"Avete dei soldi?" chiese.

Sarah annuì e si tolse una scarpa per mostrarle la moneta d'argento che vi aveva nascosto.

"Bene" disse la donna. "Io non ne ho." Poi riprese la coperta e indicò nuovamente la biglietteria e l'uomo dietro il banco che li guardava con la testa inclinata e l'aria interrogativa.

"Prendete questo" disse e diede a Sarah un sacchettino.

Quando la ragazzina ebbe comprato i biglietti per sé e Jacob, la donna se n'era già andata. Aprì il sacchettino che le aveva dato: c'erano diversi pezzetti di pane secco e raffermo.

Arrivarono a Manhattan alle otto in punto e Jacob dormiva ancora rannicchiato contro di lei. Il viaggio era durato poche ore e lei non aveva avuto la forza di osservare la gente come le piaceva fare di solito, anche se aveva trovato alquanto interessante una donna seduta dall'altra parte del corridoio. Vestita di rosa da capo a piedi, tutta sudata, si era chiusa la camicetta fin sotto il mento senza riuscire a nascondere una grossa massa rigonfia sul collo, che tendeva i bottoni. Aveva gli occhi sporgenti e le sembrava una grossa ostrica malata che cercasse di sfuggire alla prigionia del proprio guscio. Per la prima volta in vita sua, Sarah si ritrovò a distogliere lo sguardo ogni volta che la donna le restituiva l'occhiata. Il controllore, un uomo arcigno dal viso asimmetrico, non ricambiò il saluto di Sarah quando le prese i biglietti.

Fuori, il paesaggio cambiò in fretta passando dai pascoli ai paesini e infine a una grande città tentacolare che si estendeva a perdita d'occhio. C'erano così tanti edifici! Ne vide di altissimi, alcuni almeno di cinque piani, e cercò di svegliare Jacob per mostrarglieli, ma il fratello dormiva profondamente. "Povero piccolo" pensò. Iniziò a cadere una pioggerellina leggera, che rigò i finestrini confondendo le immagini.

Entrando in città Sarah ripassò il piano che aveva ideato per trovare la casa di Jonny e Falco Scarpello a Manhattan, i fratelli con cui aveva vissuto un'avventura nell'istmo di Panama due anni prima, quando erano fuggiti e si erano nascosti nella giungla dopo che il treno su cui viaggiavano era stato rapinato. Erano stati catturati da indigeni Embera e tenuti prigionieri nel loro villaggio finché, senza un motivo apparente, erano stati nuovamente scortati nella "civiltà". L'anno seguente la mamma aveva ricevuto alcune lettere dal padre di Jonny e Falco, Ari, che era tornato a Panama in cerca della moglie, rapita durante l'assalto al treno. E adesso gli Scarpello avrebbero potuto aiutare Sarah e Jacob a tornare a Washington, almeno così pensava la ragazzina, o magari a contattare la mamma, che aveva promesso di tornare proprio in quei giorni.

Non aveva certo intenzione di rivolgersi alla zia Kathleen.

Quando il terno si fermò dovette seguire il controllore lungo il corridoio e porgli più volte la stessa domanda, prima che questi si decidesse a fermarsi e a fornirle con riluttanza qualche informazione. Disse che se si fossero diretti a ovest, in direzione del fiume Hudson, sarebbero arrivati all'incrocio fra "Broadway" e "Moore", nel quartiere dove, come aveva detto una volta la mamma, Ari Scarpello aveva affidato i due figli alle cure di un parente che si chiamava Carlucci.

Accompagnata da Jacob, Sarah imboccò la prima uscita della stazione e subito notò che le strade coperte di fango avevano un forte odore di spazzatura ed escrementi di animali. Rimase lì, indecisa sul da farsi. Non sapeva da che parte si trovasse l'ovest e dal momento che il cielo era nuvoloso non era in grado di dire in quale direzione stesse andando il sole.

A due vie di distanza dalla stazione vide una donna che sembrava ubriaca e che, alzatasi la gonna, defecava per strada accanto a un uomo che se ne stava malfermo in piedi a osservarla, tenendo un braccio appoggiato a un edificio di mattoni e urinandovi contro. Uomini e donne, senza dar segno di accorgersi di loro, gli passavano accanto.

Dopo aver percorso poche decine di metri, Sarah concluse che per trovare gli Scarpello avrebbero dovuto chiedere aiuto, perciò si avvicinò a un uomo dal viso segnato e la pancia enorme che indossava un cappello a cilindro e un'uniforme blu da poliziotto e imprecava sottovoce contro un venditore ambulante dalla carnagione scura. Notò che al poliziotto mancava il pollice sinistro. Il venditore, il cui carretto pieno di rottami di metallo pendeva pericolosamente in avanti, protestava agitato in una lingua che Sarah non capiva. Rimase qualche minuto ad aspettare, ascoltando la loro discussione, poi li interruppe e cercò di chiedere informazioni al poliziotto.

"Sparisci, pidocchio" disse lui proseguendo l'animato dialogo con il venditore.

Senza perdersi d'animo di fronte alla sua maleducazione, Sarah gli rivolse nuovamente la parola: "Signore, abbiamo veramente bisogno del suo aiuto". L'uomo le lanciò un'occhiataccia, sogghignò e poi le diede le spalle, riprendendo a litigare con il tizio. Sarah, tirandosi dietro Jacob, fece il giro in modo da ritrovarsi nuovamente faccia a faccia con il poliziotto, ma lui la colpì allo stinco della gamba destra con il lungo bastone nero che aveva con sé. Quando lo vide il venditore scosse la testa, infilò una mano nella giacca ed estrasse alcune monete che consegnò all'altro. A quel punto il poliziotto sorrise, intascò i soldi e se ne andò. Sarah, con gli occhi pieni di lacrime, si strofinò lo stinco indolenzito, guardò il poliziotto che si allontanava fischiettando e roteando il bastone e strinse a sé Jacob.

"Mi scusi, da che parte è il fiume Hudson?" chiese al venditore che stava per andarsene. Ignorandola, l'uomo alzò un braccio e si avviò con il calesse.

"Signore, da che parte è il fiume?" chiese allora a un ometto con il cappotto di tweed che si affrettava verso la stazione. Lui cacciò fuori il pollice indicando a destra. Sarah lo ringraziò e attraversò la strada insieme a Jacob per andare verso il quartiere in cui sperava di trovare Jonny e Falco Scarpello.

Ma non c'erano cartelli a indicare i nomi delle strade, e dopo pochi isolati Sarah capì che si erano persi. Superarono case ed edifici diroccati di due o tre piani e appezzamenti vuoti ricoperti di immondizia. Iniziò a piovere forte e nel giro di pochi minuti la strada si inondò e il terreno sporco si trasformò in una fanghiglia puzzolente: non c'era nemmeno un anfratto per ripararsi da quell'acquazzone. Ratti enormi zampettavano nelle tane al di sopra del livello dell'acqua. Poi, così com'era cominciato, smise a piovere di colpo. Sarah sentì delle grida in molte case lì intorno e poco lontano udì un colpo di pistola, poi un altro, rumori ovattati nell'aria spessa. C'era gente che si sfidava persino nel caldo umido dell'estate.

Camminarono ancora un po', poi Sarah si accorse che qualcuno li teneva d'occhio. Diversi ragazzini e qualche bambino, tutti sudici, si riversarono in strada dai loro nascondigli e iniziarono a seguirli. Lei accelerò il passo e insieme a Jacob superò un uomo e una donna che litigavano sui gradini d'ingresso di una casa. La donna piangeva e colpiva l'uomo al petto con pugni e spintoni.

"Figlio di puttana. Figlio di puttana, bastardo" gli gridava. Lui la teneva lontana con il braccio, rideva e la prendeva a schiaffi. Anche i delinquentelli che seguivano Sarah e Jacob accelerarono. Ancora qualche passo e una delle bambine più piccole si staccò dal gruppo e corse davanti a Sarah, afferrandole e tirandole il soprabito. Sarah si girò di scatto e le gridò: "Stai indietro!", al che la bimba le afferrò i capelli e le fece perdere l'equilibrio. Altri due ragazzini la raggiunsero e cominciarono a schiaffeggiarla e a picchiarla. A quel punto Jacob, che era rimasto attaccato alla sorella, sferrò un calcio in una coscia alla prima bimba e poi affrontò uno dei ragazzini che si erano buttati nella mischia in mezzo al fango.

Sarah sentì un fischio acutissimo e poi una voce gridare con una tale autorità che lei, Jacob e i quattro bambini che li avevano assaliti si fermarono all'istante.

"Ehi! Avete sentito la ragazzina. State indietro!" disse la voce.

I monelli indietreggiarono. Non era la voce di un adulto, ma quella tenorile di un ragazzino che parlava con una sicurezza e un'autorevolezza davvero insolite.

Non era più grosso degli altri, avrebbe concluso Sarah in seguito, anzi: era quasi un bel ragazzo, si sarebbe detta ripensando a quando Robby era accorso al suo fianco per difenderli da quei teppistelli, un ragazzo carino dalle spalle larghe che indossava abiti sporchi e rattoppati, ma con un viso dalle guance rosse pulito e luminoso sotto il vecchio chepì malconcio, che portava sulle ventitré sopra una massa di capelli neri come il carbone. Sembrava della sua stessa età ed era poco più alto di lei.

Gli inseguitori ricominciarono a stringersi intorno a loro. Lui si voltò e li fissò e Sarah ripensò poi a quanto fosse sembrato feroce in quella occasione.

Riprese a parlare senza alzare la voce: "Ho detto 'filate', ragazzi. Faccio sul serio".

Gonfiando il petto mentre parlava, si aprì il soprabito con la sinistra e mostrò la mano destra posata sul calcio di una grossa pistola dall'aria pericolosa riposta nella fondina, la cui lunga canna sporgeva da sotto la cintura.

Vedendo l'arma i delinquentelli indietreggiarono e poi si dispersero.

"Voi due mocciosi fareste meglio a seguirmi" disse a lei e Jacob, poi si voltò e attraversò la strada.

Sarah avrebbe poi ricordato di essersi sentita subito più calma.

"Mi chiamo Robby, Robby Hoyt. E voi?"

"Jacob!" disse subito suo fratello.

Incredibile, ricordò di aver pensato Sarah, perché quelle erano le prime parole che Jacob pronunciava da quando lo aveva aiutato a fuggire dal manicomio di Westchester. Era così incredula che quasi si dimenticò di rispondere alla domanda di Robby.

"Sarah, Sarah Evers. Lui è mio fratello" disse poi.

Percorsero un isolato, attraversando un'altra strada affollata, poi svoltarono in un vicolo deserto. Guardandosi più volte alle spalle mentre camminava, il ragazzo si diresse verso un'anonima porta di legno massiccio che si trovava a pochi metri dall'ingresso del vicolo. Estrasse una chiave dalla tasca e la aprì: una scala non illuminata scendeva verso il buio.

Vedendo Sarah e Jacob esitare, il ragazzino disse: "Torneranno, credetemi".

Al che lo seguirono dentro. Prima di farlo, guardando la strada Sarah notò che aveva ricominciato a piovere. Non vide arrivare nessuno, né da una parte né dall'altra, ma decise di entrare comunque.

Come avrebbe scoperto in seguito, quella decisione le aveva cambiato la vita.

CAPITOLO VENTIDUE

◇◇◇◇

JACOB

29-31 luglio 1862 - Westchester e New York

Quando Sarah lo trovò in quella stanza, era di nuovo sveglio e piangeva. Legato com'era, pensava di essere tornato nella capanna in cui lo avevano tenuto prigioniero quasi quattro anni prima, a parte il fatto che faceva caldo, non pioveva, e i rapitori non cantavano. Né gli pareva di essere sedato come quella volta: stavolta era stato legato da bianchi come lui.

Sentì il chiavistello e poi la porta aprirsi lentamente, rimase a bocca aperta e trattenne il fiato: chi sarebbe venuto a fargli del male?

Poi sentì la sua voce.

"Jacob?"

Era Sarah! Sospirò e riprese a piangere sommessamente.

Lei aprì la gabbia costrittiva, sciolse i lacci di cuoio e lo tirò fuori, poi gli tolse la maglietta e le mutande fradice e gli fece delle spugnature con acqua fresca, una sensazione bellissima.

Nel corridoio li aspettava una signora. La seguirono fuori, poi camminarono a lungo e lui si sentiva stanchissimo, ma Sarah continuava a incoraggiarlo: "Ce ne andiamo il più lontano possibile da qui, Jacob".

Poi salirono si un treno e lui si addormentò.

Non ricordava niente del viaggio nella grande città, New York, ma era più gigante e sporca di Washington, se ne accorse non appena uscirono dalla stazione: c'era più gente e tanti ragazzini, nessuno dei quali vestito come lui e Sarah. Cercarono di chiedere informazioni a un poliziotto, ma lui colpì Sarah e tentò di picchiare anche lui.

"La polizia non ci aiuterà" disse sua sorella. "Dobbiamo scoprire dove abitano Jonny e Falco Scarpello."

Perciò si rimisero in cammino, ma a quel punto alcuni ragazzini li inseguirono, lo bloccarono e buttarono a terra Sarah.

Era stato allora che avevano incontrato Robby Hoyt. Lui aveva cacciato i bambini mettendogli paura e aveva portato loro due a casa sua, sottoterra.

"Vieni, moccioso, non è mica l'inferno" gli aveva detto Robby proprio quando gli era venuto il dubbio che fosse il diavolo che cercava di ingannarli. "E io non sono il diavolo" aveva aggiunto, come se gli leggesse nel pensiero. "Almeno, non per certa gente."

CAPITOLO VENTITRÉ

◇◇◇◇

ROBBY

31 luglio 1862 – New York

D opo aver percorso il primo tratto della lunga scalinata Robby si fermò, accese una lanterna e accompagnò Sarah e Jacob fino a una piccola anticamera. A pochi passi dalla rampa di scale c'erano tre porte di metallo, due sulla destra e una sulla sinistra, tutte chiuse con il lucchetto. Estrasse un portachiavi dalla giacca e aprì quella di sinistra.

"Vi abituerete all'odore" disse vedendo che Sarah e Jacob si coprivano il naso e la bocca seguendolo nell'enorme scantinato di una conceria abbandonata. "L'anno scorso, quando questo posto funzionava ancora, era molto peggio."

"Riconosco questa puzza!" disse Sarah. "È quella che si sentiva nel fienile quando il mio patrigno scioglieva il lardo e tingeva le pelli!"

Jacob annuì, poi scosse la testa disgustato e Robby se ne accorse.

"Usava l'acido solforico, come facevano qui?" chiese a quel punto indicando le enormi tinozze al centro della stanza, accanto a un mucchio di tenditoi.

"Usava cervella di bue per ammorbidire le pelli" disse Sarah. "Era il sistema tradizionale, quello degli indiani."

"Adesso possiamo andarcene?" chiese Jacob, fissando la porta dalla quale erano entrati.

Robby scoppiò a ridere, prese una seconda chiave e poi li accompagnò fino a un'altra porta all'altro capo di quella fabbrica dai soffitti bassi.

◇◇◇◇◇

Robby Allen Hoyt conosceva le strade sotterranee di New York meglio di quanto la maggior parte della gente conoscesse quelle che si snodavano al di sopra di quel vasto labirinto di cunicoli bui.

Aveva imparato a muoversi sottoterra dal padre, Adam "Stecchino" Hoyt, un uomo alto e allampanato che lavorava per il municipio di New York ed era volontario nei pompieri. Dopo il disastroso incendio del 1835 a Lower Manhattan, che aveva distrutto 700 case in un'area di diciassette isolati, aveva ufficialmente assunto il compito di localizzare e mappare le numerose falde acquifere dell'isola per poi pianificare le modalità di accesso.

Per undici anni Adam Stecchino aveva esplorato canali e gallerie del gas e contribuito a progettare il celebre acquedotto Croton che forniva acqua fresca alla città. Grazie alla sua esperienza nel 1845, allo scoppio di un altro grosso incendio, venne chiamato a far parte di un'unità scelta, la Exempt Fireman's Company, costituita da pompieri che in cambio del loro servizio non solo venivano pagati ma anche esentati dal servizio militare e dall'incarico di giurati. Nel suo lavoro per conto del municipio a metà del secolo aveva ormai siglato per approvazione tutti i piani di rifornimento idrico della città. Uno dei suoi colleghi, sottolineando l'orgoglio con cui Adam Stecchino affrontava il proprio lavoro, affermava scherzando che probabilmente aveva messo la firma su tutti gli idranti da Midtown a Battery.

Nel 1854, dopo la morte della moglie in una terribile epidemia di colera che aveva colpito la zona di Five Points, il vecchio Hoyt iniziò a portarsi dietro il figlio ogni volta che faceva le sue incursioni nei numerosi acquedotti, tunnel abbandonati e caverne sotterranee di New York, che erano stati quasi completamente dimenticati negli anni via via che la città del XVII secolo si era allargata e da paesino dominato dagli olandesi era diventata la metropoli del XIX secolo.

Quando Adam Stecchino morì di febbre gialla nel 1858, sua sorella prese con sé il nipote di dieci anni, ma nel giro di pochi mesi morì anche lei della stessa malattia che aveva stroncato il fratello.

Robby, trasferito in un orfanotrofio cattolico, scappò pochi giorni dopo che ce lo avevano portato. Deciso a farcela da solo a un'età in cui tanti bambini, se privati di un tetto, sarebbero morti, riuscì a sopravvivere perché sapeva dove trovare rifugio, cibo, acqua pulita e protezione: aveva memorizzato non solo le mappe che suo padre aveva disegnato per il municipio, ma anche i tanti luoghi e percorsi che Adam conosceva ma che non aveva mai messo nero su bianco.

Come suo padre, detestava i politici e i poliziotti corrotti che lavoravano per loro. "Delinquenti in uniforme blu" diceva spesso Adam parlando della polizia municipale che pattugliava le strade della città. "Quei bastardi ingrassano a forza di mazzette e picchiano i tipi onesti. Stai alla larga da loro, figliolo."

E Robby lo faceva e si serviva delle proprie conoscenze sul mondo sotterraneo per evitare sia loro sia gli abitanti delle topaie scavate nel sottosuolo di tutte le case di Lower Manhattan.

Rimase un solitario, limitandosi ad avere a che fare di tanto in tanto con i colleghi del padre e lavorando saltuariamente come strillone per guadagnare qualche spicciolo. L'aiuto degli adulti non gli serviva, si ripeteva sempre, e seguiva una routine ferrea per evitare di avvertire eventuali necessità che lo avrebbero reso dipendente dagli altri.

Il 31 luglio Robby Hoyt si era avventurato fuori dal suo covo vicino a Mulberry per perlustrare le bancarelle del mercato di Bloom Street alla ricerca di agrumi, unica concessione che faceva a se stesso. Dal momento che il mercato era vicino al capolinea della ferrovia, i commercianti erano i primi a ricevere i prodotti della campagna, senza contare che le merci che giungevano al porto di New York venivano inviate alle diramazioni ferroviarie di Bloom Street per poi essere distribuite a nord, nel resto della città, quindi i commercianti della zona erano anche i primi a poter scegliere i prodotti delle spedizioni arrivate dai climi più caldi, che quando raggiungevano i venditori ambulanti e i negozi erano andati quasi a male.

Robby aveva già intascato una grossa arancia quando vide Sarah e Jacob che si aggiravano per la strada vicino al mercato. Dal modo in cui erano vestiti – lei con un bell'abitino azzurro con le balze, lui con un farsetto cucito su misura e i pantaloni lunghi – capì che si erano persi e che si stavano dirigendo in una zona, quella di Five Points con le sue numerose bande, nella quale si sarebbero messi in grave pericolo.

Era incuriosito dai possibili sviluppi e trovava la ragazzina stranamente attraente, perciò decise di seguirli. La sua intuizione era giusta: si erano persi.

Osservò la ragazza, che sembrava sua coetanea, chiedere aiuto a un poliziotto di nome Mulally, uno dei peggiori del corrotto corpo di polizia municipale. Quando la ragazzina con il vestito azzurro si era avvicinata, Mulally stava estorcendo denaro a un venditore di frutta siciliano. Robby conosceva quel bastardo di poliziotto e negli ultimi tre anni lo aveva visto usare le sue ronde per riempirsi le tasche di spiccioli.

Quando Mulally colpì la ragazza con il manganello, non ne fu sorpreso. La cosa non gli piacque, ma rimase a osservare la sua reazione.

Lei non si mise a piangere, ma si strofinò il punto dolente e disse al poliziotto: "Signore, lei disonora la sua uniforme". Poi si allontanò e ripeté la domanda a numerosi passanti. Dopodiché, insieme al bambino, si diresse a ovest, verso l'Hudson.

Quando Robby li vide vagare nel territorio dei Pug-Uglies, una feroce banda di assassini, capì che nel giro di poco sarebbero stati aggrediti.

Successe meno di cinque minuti dopo.

Lui intervenne in fretta, prima che qualche altro delinquente della zona decidesse di dare manforte ai bambini di strada che stavano cercando di derubarli. Pensava di scortarli in una zona diversa, più sicura, dopodiché li avrebbe abbandonati al loro destino.

E invece, per motivi che non riusciva a capire, decise di fare una cosa mai fatta prima. Fece entrare quei due sventurati che non conosceva nel suo mondo sicuro e segreto.

Un quarto d'ora dopo, nel sottosuolo abbandonato della conceria, parecchi metri sotto i vicoli dai quali erano fuggiti, lì osservò con più calma. Erano disorientati.

"Statemi vicini" li rassicurò sottovoce.

Poi, vedendo l'effetto che aveva prodotto su di loro, si spinse oltre.

"Voglio mostrare a voi mocciosi cose che secondo me non avete mai visto" disse vantandosi, notando l'incertezza che trapelava sui loro volti. "Sempre che non abbiate un altro posto dove andare e non vogliate tornare fuori dalla banda che vi stava seguendo." Sfiorò l'orlo del vestito strappato di Sarah, che i monelli avevano afferrato.

Poi li vide girarsi a guardare da dove erano venuti e voltarsi l'una verso l'altro.

Dopodiché, senza dire una parola, i due lo seguirono nel suo regno, oltre quella porta.

CAPITOLO VENTIQUATTRO

◇◇◇◇

EMMY

30 luglio-4 agosto 1862 – Richmond, Virginia

S apeva che Janie Jones non aveva gonfiato il prezzo più di tanto. Emmy pagò venticinque dollari in oro per dei vestiti puliti, cioè cinque volte quello che avrebbe speso per comprarli a Washington.

Aveva capito in fretta che, siccome l'Unione aveva posto l'embargo e in Virginia il mercato interno non funzionava più, a Richmond tutto era diventato costoso. La gente si accontentava di ciò che trovava, facendo i bottoni con i semi di melograno, tessendo cappelli con bucce di mais, realizzando scarpe con suole di legno e tomaie confezionate sfruttando il poco cuoio che si riusciva a trovare. Il caffè e il tè erano introvabili se non a prezzi esorbitanti.

Emmy non ebbe altra scelta che pagare quanto richiesto da Janie, non poteva certo presentarsi negli ospedali del posto vestita da uomo.

Dopo essersi lavata con una spugna e riposata per un'ora in una delle camere al piano di sopra che veniva usata saltuariamente, acquistò del cibo per sé e Clarissa e parlò con alcune donne che avevano abbandonato alla spicciolata le camere in cui avevano gli appuntamenti per passare dal cucinotto dell'Ark e uscire nel portico sul retro a fumare, trascorrendo così quella calda giornata di agosto finché il cliente successivo non chiedeva di vederle.

Emmy evitò di giudicare, come aveva sempre fatto. Anche se al piano di sopra le pareti erano sottili e lasciavano filtrare ogni grugnito, gemito e scricchiolio di letti da entrambe le stanze confinanti, non aveva sentito niente di nuovo: i rumori degli accoppiamenti sfrenati che aveva udito nelle stanzette in cui aveva alloggiato nella British Columbia e nell'albergo di Panama erano stati altrettanto forti, se non di più. E in quelle occasioni aveva dovuto insistere perché i suoi figli si tappassero le orecchie per tutta la notte. Con Clarissa almeno non era necessario perché era sorda, perciò la bimba dormì tranquilla fra le sue braccia.

In cucina rimase ad ascoltare con attenzione, sperando di scoprire il più possibile sull'ubicazione dei tanti ospedali cittadini e delle prigioni in modo da poter stabilire dove trovare Brett, ammesso che lo avessero portato lì.

Per quanto fosse sfinita, notò che tutte le donne, dalle adolescenti alle trentenni, in confronto lei apparivano smunte. Ognuna aveva una storia non molto diversa da quella che fino ad allora le sembrava di essere stata l'unica a vivere: almeno tre di loro erano vedove che mantenevano i figli ancora piccoli e tutte avevano vissuto tragedie che le avevano costrette a vendere il proprio corpo. Due, una nera e l'altra bianca, le dissero che non avevano altra scelta che lavorare per Janie perché avevano bisogno di soldi per una medicina di cui non potevano fare a meno. Emmy sapeva di cosa si trattasse. Sospettava che anche suo cognato, Jon McEmeel, fosse dipendente dal laudano. Lui però aveva i mezzi per rifornirsi regolarmente, mentre quelle donne erano intrappolate nelle loro stesse giustificazioni.

Venne a sapere che due delle più mature, che avevano circa la sua stessa età e sostenevano di essere diverse da quelle che erano costrette a "battere per le strade", lavoravano in un bordello da più di quattro anni.

"Siamo puttane costose!" disse ridendo la più grassa. "Siamo pulite, sapete, e non siamo costrette ad alzarci la gonna per una presa di tabacco."

Le raccontò che si erano trasferite insieme da Alexandria quando l'Unione aveva occupato la città e disperso i loro clienti. Come centinaia di altre prostitute erano andate a Richmond dopo che i Confederati i avevano trasferito la capitale da Mobile, insieme al quartier generale dell'esercito. Gli abitanti di Richmond, come quelli di Washington, erano quadruplicati nel giro di pochi mesi ed erano arrivati migliaia di potenziali clienti, tra cui soldati e commercianti che si servivano delle sue linee ferroviarie e navigavano sui suoi fiumi.

Il mercato del piacere era cresciuto in proporzione e nel giro di un mese i due giornali più influenti della città, lo *Whig* e l'*Examiner*, avevano iniziato a scrivere un editoriale dietro l'altro lamentandosi del fallimento delle leggi cristiane e dello Stato.

Un altro giornale, il *Richmond Enquirer*, stimava che oltre 1500 donne, non pochi uomini e qualche uomo che si travestiva da donna praticavano le loro arti in più di cinquanta case e saloon "mal governati". A Jackson Ward, dalla Seconda strada giù fino a Cary Avenue, c'erano più di venti bordelli le cui donne in abiti succinti invitavano sfacciatamente a entrare i potenziali clienti che passavano da lì. Sei di questi sorgevano a tre isolati dal Campidoglio e due si trovavano a un solo isolato dal palazzo di tre piani che il governo aveva affittato per alloggiarvi Jefferson Davies e la sua famiglia.

Quell'atmosfera diffusa di decadenza, unita al fetore di putrefazione che proveniva dai numerosi ospedali e dai locali per l'imbalsamazione che si trovavano in ogni via, spinse Emmy a chiedersi quanto sarebbe potuta sopravvivere Richmond. Washington invece era messa un po' meglio, rifletté. Era probabile che dopo la guerra le pompe funebri non sarebbero più state il settore economico principale in nessuna delle due città, ma sarebbero comunque rimaste nel tessuto cittadino.

Alle dieci in punto una donnina minuta poco più giovane di lei entrò in cucina dal portico, tirò fuori un mazzo di carte da gioco e cominciò un solitario. Disse di chiamarsi Alice e di essersi trasferita da Mobile con le truppe di volontari che si erano costituite dopo la grandiosa vittoria di Manassas.

Alice indossava una camicia trasparente ed Emmy vide che era coperta da un arabesco di tatuaggi blu, dalle spalle fino ai reni. Come rivolgendosi alle carte, Alice disse di essersi fatta quei disegni nell'arco di quattro anni: era il suo modo di commemorare le sofferenze subite per la perdita dei vari amanti che erano partiti per la guerra.

"Me li ha fatti uno dei più grandi artisti della zona" disse Alice orgogliosa. "Ha fatto delle mostre nelle gallerie di Charleston, dice che per lui sono come una tela vivente."

A quel punto un'altra ragazza, a cui Emmy non dava più di quindici o sedici anni, si voltò e mostrò pudicamente il suo, una piccola rosa rossa con motivi vegetali a goccia colorati di blu sulla natica destra.

"Questo glielo faccio vedere per ultimo" disse la ragazza ridendo, "in modo che si ricordino di me."

Sentendo le donne mettere in piazza le loro storie, Janie Jones raccontò a Emmy che prima di scoprire quel mestiere tanto redditizio aveva fatto l'insegnante.

"Ero brava, ma negli ultimi tempi questo lavoro è diventato più sicuro dell'insegnamento" disse accendendosi un altro sigaro e poi uscendo a sputare nel portico attraverso il buco che aveva tra i denti davanti, dove le mancava un incisivo.

Dopodiché rientrò, si versò da bere da una fiaschetta e si sedette accanto a Emmy. Dopo averla sentita raccontare la propria storia e poi quella di Brett, buttò giù un bicchiere di whisky, le mise un braccio intorno alla spalla e le disse: "Dimentica quell'uomo, tesoro. Non è qui. Probabilmente è corso a farsi uccidere come tutti gli altri".

Cacciò fuori la lingua e la mosse avanti e indietro attraverso il buco fra i denti. "Sapete, avreste proprio bisogno della compagnia di una brava donna che sappia prendersi cura di voi." Le ragazze intorno al tavolo scoppiarono a ridere, concordi.

Ignorando la proposta della tenutaria, Emmy insistette per avere un consiglio sui posti in cui cercare Brett.

"A Chimborazo" disse la tatuata, "sulla collina. Però mi hanno detto che se non hai una lettera o qualcosa del genere non ti fanno neanche entrare. Se volete provarci è meglio che prima andiate da Josie DeMeritt."

"Il *Dispatch* e l'*Herald* pubblicano i nomi" disse Janie. "È lì che dovete cercare, se lui è in ospedale... o se il suo corpo è stato identificato."

Se l'attività di Janie Jones a Jackson Ward era di livello più volgare, con donne talvolta ubriache, quella di Josie DeMe-ritt, più raffinata, si contraddistingueva per il quartiere in cui si trovava e per la tipologia di donne che offriva. A differenza della Jones, però, in quanto proprietaria della casa di piacere più lussuosa di Richmond la DeMeritt non era mai stata accusata di crimini legati alla prostituzione. Con i suoi capelli color miele, l'aria modesta e gli occhi azzurri Josie era così ben inserita nell'ambiente dei suoi clienti che non aveva mai pagato una sanzione né passato un giorno in tribunale.

Per prudenza teneva ben nascosti i registri in cui anno-tava fatti e nomi, e anche se non lo avrebbe mai ammesso era chiaro che lo facesse perché con la sua voce setosa face-va capire a ufficiali, medici e politici che frequentavano la sua casa di donne bellissime di conoscere molti particolari sulla loro vita. Si rivolgeva a ciascun cliente chiamando-lo per nome e insisteva che si presentassero indossando abiti eleganti. La sua casa di tre piani e il mobilio son-tuoso erano di una pulizia assoluta, gli ingressi e le uscite perfettamente nascosti e le donne abbigliate con lingerie di seta bianca sotto abiti eleganti ornati da grandi fiocchi colorati e fini merletti. Le stoffe costose indossate dalle sue ragazze erano giunte dall'Inghilterra e dalla Francia grazie a contrabbandieri e trafficanti come Henri Lebo. Josie inoltre faceva visitare le donne ogni settimana da medici suoi clienti che pagava profumatamente, e le cacciava al primo segno di malattia o gravidanza. E così i frequentatori continuavano a tornare nella sua casa segreta.

Di norma Emmy, visti gli abiti semplici che si ritrovava, sarebbe stata mandata via senza appello dalla DeMeritt, alla quale una volta una donna vestita in modo simile aveva sparato perché giustamente convinta che suo marito si trovasse nel bordello. Nonostante il rifiuto iniziale, però, Emmy rimase imperturbabile.

Come aveva fatto con Jane Jones, dicendo che l'aveva mandata Henri Lebo riuscì a convincere la tenutaria a parlare con lei, anche se non le fu concesso di varcare la soglia finché non disse alla DeMeritt: "Posso pagarvi per l'informazione".

Il mobilio di quella casa rivaleggiava con gli arredi costosi delle ville dei ricchi di Boston e Washington, a parte le statue di marmo e di alabastro e i quadri enormi che raffiguravano donne nude intente a compiere una serie di atti osceni sia con uomini che con animali.

"Per nulla discreto" disse Emmy tra sé guardando una raffigurazione di Leda in estasi a gambe larghe sotto un cigno gigante dalle ali spiegate.

"Credo che dovrò andare a Chimborazo e negli altri ospedali dove possono aver portato chi ha la malaria."

"Mia cara" disse la DeMeritt, "sapete che ci sono più di cinquanta ospedali nella sola Richmond? Il vostro ragazzo è un soldato? Questo restringerebbe il campo, ma si limiterebbe a dimezzarlo."

Emmy le spiegò che Brett non era nell'esercito, ma credeva che si fosse preso cura dei soldati feriti dopo la battaglia di Gaines Mill. La DeMeritt le disse che nell'enorme ospedale di Chimborazo venivano curati solo i militari, ma che forse Brett poteva trovarsi lì. Emmy aggiunse che aveva rassegnato le dimissioni dall'esercito dell'Unione ma che, stando a quanto aveva appreso dalle sue lettere, aveva anche rifiutato di unirsi a quello dei Confederati.

"Be', questo farebbe di lui un traditore agli occhi di entrambi gli schieramenti" disse la DeMeritt. "Non vi pare, mia cara?"

Emmy comprese la logica di quel ragionamento e inspirò profondamente, annuendo.

"Potreste anche fare un salto nel posto dove tengono le canaglie che fanno la spia per i nordisti. È in Broad Street, di fronte alla prigione Libby in cui rinchiudono gli ufficiali dell'Unione. Qui a Richmond lo chiamiamo 'Castel Tuono'".

Benché Emmy ebbe l'impressione che la donna non provasse nemmeno un briciolo di solidarietà, la DeMeritt annotò il nome di due medici, una lista dei ventiquattro ospedali privati della città e il nome del comandante di Castel Tuono. "È anche lui un mio cliente" precisò.

"Dite loro che insisto perché vi diano l'aiuto che solo loro possono offrire. E per favore fategli sapere che spero che le loro adorabili mogli stiano bene, con questo caldo così umido. Dite così, proprio come ho detto io."

◇◇◇◇◇

Il primo medico della lista, il chirurgo Stephan Holtz, da poco nominato assistente aggiunto dei venticinque ospedali militari posti entro in confini della città, aveva il grado di maggiore. La accompagnò prima a Chimborazo, la gigantesca struttura con settantacinque corsie sorta sulla seconda collina di Richmond, e le spiegò che ogni corsia ospitava quaranta uomini in via di guarigione da ferite e malattie.

"Se il vostro uomo ha la malaria ma non è morto" disse, "sarà in una delle corsie che teniamo isolate dalle altre."

Holtz aggiunse che si aspettava molti nuovi arrivi, soprattutto compagnie di soldati provenienti dalle zone rurali che non erano mai stati esposti a malattie simili. Circa un quarto dei reggimenti dell'Alabama aveva preso il morbillo, le disse.

"Troverete casi incurabili di dissenteria nelle corsie dalla 16 alla 26, amputazioni e mutilati nelle unità di chirurgia dalla 55 alla 75, che sorgono vicino all'inceneritore, così non dobbiamo seppellire le parti" disse con una punta di orgoglio. "Le stanze riservate ai morti sono vicine alla strada, in modo da poterli inviare rapidamente a Oakwood e Hollywood."

Poi cambiò tono, facendosi più cupo.

"Ci sono stati troppi casi contagiosi dopo la battaglia di Malvern Hill. Avrebbero portato malattie, perciò non abbiamo potuto portarli qui a morire, ma abbiamo dovuto lasciarli lì a decomporsi, poi li abbiamo seppelliti nel campo di battaglia" disse. "Me ne rammarico. Meritavano

di essere identificati e sepolti come si deve" disse, scuotendo la testa indignato.

Emmy venne a sapere che, anche se tutti gli ospedali
cittadini avevano un sistema di registrazione, solo pochi
seguivano quello applicato a Chimborazo.

"È contro il regolamento che voi entriate nelle corsie se
prima non trovate il suo nome" disse il medico, "ma potete
esaminare liberamente i registri, signora."

Emmy trascorse quattro ore a vagliarli: data di ammissione, nome, diagnosi (una semplice suddivisione tra "ferita" e "malattia"), numero della corsia di collocazione ed
esito ("dimesso" oppure "defunto"). Se nella colonna dell'e-
sito non era scritto niente significava che il paziente era
ancora ricoverato.

Tra le migliaia di dati registrati nelle poche settimane
trascorse dalle battaglie della Campagna peninsulare, non
trovò pazienti con il cognome Brett. Gli uomini arrivavano
e se ne andavano, in un modo o nell'altro.

Dopo essere stata a Chimborazo, nei due giorni successivi Emmy visitò gli altri quindici ospedali militari ai
quali venivano inviati i casi di malaria e infezione. In uno,
il General Hospital n. 4, si emozionò leggendo "P. Brett"
sul registro, ma quando trovò il letto si vide davanti un ragazzo giovanissimo e smunto in preda al delirio che stava
morendo di dissenteria. Non era in grado di parlare, quindi
Emmy non poté stabilire se fosse parente di Rory.

In quella serata afosa, dato che tutti gli alberghi erano
pieni, fu costretta ad affittare ancora una volta una stanza
nel bordello di Janie Jones, pagando a lei e a una delle ragazze la tariffa intera corrispondente a sedici "sedute".

Strano nome, Noah's Ark, pensò divertita. Data la brevità degli amplessi, forse i clienti non apprezzavano i segni dell'imminente diluvio, pensò, o forse sì, ma non avevano ancora trovato la compagna giusta per un viaggio così lungo. Questo la fece sorridere.

Tappandosi le orecchie con batuffoli di cotone per isolarsi dai rumori provenienti dalla porta accanto, rimase sveglia a leggere una copia del *Richmond Enquirer*. In prima pagina trovò un resoconto delle vicende dell'ex socio di suo padre, il senatore Benjamin Butler, intitolato "Il generale Butler insulta ancora le donne di New Orleans". L'articolo, accompagnato da una serie di lettere e da un editoriale di denuncia, illustrava il suo "Ordine numero 28", il quale prevedeva che qualunque donna scoperta a "insultare" i soldati dell'Unione, sia con le proprie azioni che con l'atteggiamento, venisse arrestata e trattata come "una del mestiere".

A New Orleans Butler aveva fatto imprigionare alcune donne e impiccare un cittadino illustre per aver ammainato la bandiera dell'Unione.

Le tornò in mente la controversia nata alla fine di maggio, quando sui giornali di Washington era uscita la notizia di quell'ordine, e gli appelli di varie fazioni a Lincoln perché mandasse in congedo Butler. L'articolo dell'*Enquirer* riportava inoltre alcuni estratti di un discorso tenuto alla Camera dei comuni da un politico britannico che condannava la posizione di Butler nei confronti delle donne.

Emmy ripensò agli scambi che aveva avuto con lui a Boston quando aveva sedici anni e Butler aveva cercato di palparla, e poi alle sue avances l'anno prima a Washington.

Capiva bene perché le donne di New Orleans lo chiamassero "La Bestia", ma le sue ragioni erano diverse.

Sull'*Enquirer* non trovò notizia di ulteriori azioni militari sul Chickahominy, ma lesse diversi articoli nei quali si diceva che l'esercito dell'Unione si sarebbe presto rimesso in marcia verso lo snodo ferroviario di Manassas, stavolta al comando del generale John Pope, presumibilmente per contrastare lo spostamento a nord delle truppe del generale "Stonewall" Jackson.

Non ne avevano avuto abbastanza di Manassas e di Bull Run Creek?, si chiese.

Comunque il nome di Rory Brett non compariva in alcuna lista dei caduti e non c'erano notizie nemmeno di George Pickett.

Emmy cadde in un sonno profondo, dal quale si svegliò più volte sentendo uomini e donne ridere forte, battere contro le pareti, camminare a passo pesante nel corridoio. Clarissa si girò, sul punto di svegliarsi. Emmy osservò i riccioli morbidi della bambina e il suo viso dolce che, a differenza delle braccia e delle gambe, era privo di cicatrici. "Dormi, piccolina" le disse piano.

Il giorno seguente, di prima mattina, accompagnò un altro medico legato a Josie DeMeritt, il dottor Joseph Gruber, negli ospedali privati nei quali era più probabile fossero stati portati i malati dopo le battaglie della Campagna peninsulare. Ne visitò quattro insieme a Gruber e gli altri da sola.

Alla decima visita, al General Baptist Hospital, venne a sapere che un paziente di nome Brett era morto due giorni prima. Il medico curante le disse che se il corpo fosse stato ancora lì avrebbe potuto vederlo. Quando Emmy si riprese dallo strazio che l'aveva colta nel sentire quella notizia, strinse i denti e seguì il medico nella camera mortuaria.

Il cadavere era lì, ma non era di Rory.

Mentre andava a visitare altri ospedali privati incontrò il comandante del famigerato Castel Tuono, il capitano George Alexander. Castel Tuono, una serie di tre magazzini che erano stati trasformati in fretta e furia in prigioni per civili e disertori, ospitava oltre mille galeotti tra uomini e donne. Josie DeMeritt le aveva detto che Alexander, fuggito l'anno prima da una prigione dell'Unione, era stato accusato di crimini terribili nei confronti dei prigionieri politici detenuti in quell'edificio a tre piani, ma che fino a quel momento non aveva ricevuto nemmeno un richiamo dal comando Confederato.

Si diceva che le punizioni e le privazioni imposte da Alexander fossero così dure che parecchi prigionieri "avviliti" si erano impiccati. Josie le aveva suggerito di essere sincera con lui riguardo alla propria ricerca, di fargli una visita breve e poche domande perché il suo accento bostoniano lo avrebbe infastidito, senza contare che era già irascibile di suo. Josie le aveva detto che una volta aveva sfogato la rabbia sulle sue ragazze: non era entrata nei dettagli, si era limitata a dire che da allora il capitano le doveva favori a vita.

Alexander, un uomo basso dal colorito scuro e il contegno cupo, non l'accompagnò nel suo giro, ma aspettò in ufficio che completasse l'ispezione dei tre edifici e delle "stanzine" di isolamento ubicate nei sotterranei di uno dei magazzini. Emmy ebbe conati di bile ogni volta che entrò in uno di quegli edifici e il fetore, più tremendo di ogni altro che avesse mai sentito in un ospedale, a nord o a sud, le si attaccava ai vestiti. Alle pareti delle celle brulicanti di insetti e altri animali infestanti erano incatenati uomini e donne, in spazi angusti che avrebbero dovuto ospitarne la metà. Nell'angolo di ogni stanzina c'erano grossi secchi traboccanti di feci. Mentre andava dall'una all'altra le passavano sui piedi ratti enormi, uno dei quali grande quanto un gatto. In ciascuna delle cosiddette "celle di isolamento" invece c'erano solo due uomini.

La sua visita fu breve ma sufficiente: Brett non c'era. Quando partì per la destinazione successiva l'aria aperta le sembrò quasi fresca.

Alla tredicesima visita in ospedale, al Chisolm Memorial, vide George Pickett.

L'aveva conosciuto quando viveva nel Nordovest Pacifico, e proprio mentre svoltava l'angolo di Broad Street lo vide uscire dal nosocomio. Aveva il braccio sinistro al collo, ma camminava dritto e sembrava in salute. Le parve più alto, con il viso luminoso, ma molto invecchiato e poi aveva messo su qualche chilo. Indossava l'uniforme da generale di brigata dei Confederati, che aveva abbellito con un mantello rosso lungo dal taglio elegante, stivali da cavallerizzo alti e ben lucidati, e uno spadino. Portava i capelli un po' più lunghi e i riccioli lucenti gli sfioravano le spalle. Anche la sua andatura era diversa da quella di tre anni prima: audace e orgogliosa come un tempo, ma con fianchi e spalle protesi in avanti.

Emmy, colpita dalla trasformazione di quell'uomo un tempo riservato e timido, si fermò e rimase a osservarlo: non era il suo George Pickett.

Lo confrontò con l'impressione che le aveva fatto le volte precedenti, nei lunghi momenti passati insieme e nella memorabile notte insonne trascorsa parlando e passeggiando con lui sulla spiaggia di San Juan Island.

Poco dopo una giovane donna uscì dalla stessa porta, raggiunse Pickett e lo prese a braccetto, guardandolo con aria adorante. Doveva avere diciassette o al massimo diciott'anni, concluse Emmy, cioè era più giovane di lui di almeno venticinque anni, poco più grande di quanto lo era stata lei quando si era sposata con il primo marito, quattordici anni prima.

Pickett si voltò verso la ragazza e la baciò teneramente sulla fronte. Emmy ebbe l'impressione che fosse felice, ma in qualche modo titubante.

Poi vide una carrozza scortata da quattro dragoni fermarsi accanto a loro; dopo che la coppia si fu accomodata, ripartì passando proprio davanti a Emmy. Lei trattenne il fiato, indecisa, chiedendosi se fosse il caso di chiedergli aiuto. Si domandava se fosse questo che voleva da lui. Pickett si voltò per un attimo e la guardò, ma Emmy non riuscì a capire se l'avesse riconosciuta o meno. In ogni caso non lo diede a vedere in alcun modo.

Sentiva il cuore battere forte, ma soffocò quella sensazione cercando di non soffermarvisi, poi proseguì in direzione opposta per far visita a un altro ospedale prima di tornare al Noah's Ark.

Le suore francescane che gestivano la struttura le permisero di entrare in una corsia affollata, perché lì gran parte dei ricoverati era priva di documenti, delirante o moribonda. Vide uomini ciechi e altri che piangevano, persone bendate e altre sconvolte. Alcuni, vedendola passare, si rivolgevano a lei. Quando si fermò davanti a uno di loro, questi le toccò la mano e la guardò, e lei si accorse che il suo sguardo non era più implorante, ma rassegnato.

"Mi dispiace" fu l'unica cosa che riuscì a dire, sapendo che non aveva modo di aiutarlo.

Visitò settanta letti, poi fu portata nella camera mortuaria. Trattenne ancora una volta il fiato, pensando che questo l'avrebbe protetta sia dalla puzza che dal dolore, ma Brett non era neanche lì.

Espirò a fondo solo quando fu nuovamente fuori.

Per raggiungere l'Ark le ci vollero quaranta minuti a piedi, per fortuna quasi tutti in discesa, perché non aveva più energia e si sentiva completamente svuotata.

Cercò di mettere in fila gli eventi del giorno, i moribondi e i feriti che aveva visto, il fatto di non essere riuscita a trovare indicazioni che potessero aiutarla a individuare Brett e l'incontro fortuito con Pickett.

Mentre camminava si concesse di pensare ancora una volta a lui, a come era cambiato e a ciò che questo significava per lei. Pareva che quella guerra lo avesse rinvigorito, come se fosse la sua più grande avventura. Pochi anni prima era un capitano dell'Unione relegato a Bellingham, nel Territorio di Washington, forse il più remoto avamposto del nuovo paese, e all'epoca gli era sembrato un uomo depresso, misurato e stoico.

A Whidbey Island gli aveva confidato i suoi pensieri più intimi, e quando lui aveva ricambiato Emmy aveva capito quanto si sentisse solo. Poche settimane dopo, appena rimasta vedova dopo il massacro avvenuto a casa sua, era andata da lui a Port Townsend in cerca di aiuto per ritrovare il figlio rapito e Pickett era stato galante e gentile ma

non aveva potuto aiutarla nonostante lei ne avesse un bisogno disperato.

Ma ormai lo aveva perdonato: dopotutto a quell'epoca
aveva degli obblighi, e lei lo capiva.

Perciò aveva corso il rischio di viaggiare in un territorio ostile, abitato dagli indiani, ed era riuscita a salvare suo
figlio da sola, senza l'aiuto del governo o di uomini potenti.

Poi, dopo tutti quei traumi, pochi mesi dopo era andata nuovamente da Pickett a San Juan, non in cerca di
aiuto ma perché sentiva che tra loro c'era stata un'attrazione reciproca, qualcosa di incompiuto. Lo aveva cercato per capire se fosse rimasta una scintilla che potesse far
sperare nella nascita di qualcosa, che potesse accendere un
fuoco in grado di superare le loro dolorose inibizioni, che
li aiutasse a vincere quel senso del decoro e del dovere che
schiacciava entrambi, in modo da sfiorarsi l'anima in una
relazione più stretta, magari anche intima.

Le era sembrato ironico che da giovani tutti e due
avessero affrontato pericoli e perdite terribili: erano stati
sposati due volte e avevano perso i loro compagni all'inizio
del matrimonio, avevano ucciso, anche se lei in questo era
una dilettante, e dopo quelle esperienze erano diventati
degli adulti navigati in un batter d'occhio; e avevano desideri profondi.

Eppure quel giorno nessuno dei due era riuscito a infrangere il muro del decoro. Nonostante avessero parlato
per ore, il mantello di lui posato sulle spalle di entrambi,
osservando la marea andare e venire, la loro relazione era
rimasta platonica. Lei e Pickett si erano salutati con grande rispetto reciproco, certo, ma di nuovo soli.

Adesso, dopo averlo rivisto, era contenta per lui, si disse, e riflettendo su questo dovette lottare contro una forte nausea di cui non comprendeva l'origine.

Stando a quanto aveva letto, George Pickett era un eroe decorato, aveva ricevuto una promozione e comandava uomini impegnati in una lotta da guerrieri, sostenuto ma senz'altro gravato dall'adulazione che nasce in circostanze simili. Perciò, sentendosi esaltato ma spesso anche schiacciato dal peso di quella grande responsabilità, che lo faceva costantemente essere sotto gli occhi di tutti, secondo Emmy adesso Pickett, nonostante l'audacia innata, sarebbe stato più prudente perché aveva ancora più obblighi morali di prima.

E chi era quella ragazza?, si chiese Emmy.

Forse anche lei aveva quell'aspetto, quando l'aveva conosciuto qualche anno prima. Comunque fosse era contenta per lui, si ripeté, anche se, ricordando la passeggiata notturna sulla spiaggia, intuì che per qualche ragione Pickett si sentiva di nuovo solo.

O forse sono io a sperarlo?, si chiese.

Quella ragazza stava forse aprendosi un varco nel muro del decoro, tagliando il nodo gordiano imposto dalle norme sociali come lei non aveva saputo fare?

E che ne era stato di Brett?, si chiese cercando di non pensare a Pickett. Correndo rischi enormi, Rory aveva rinunciato allo sfarzo e alle spaccconate della vita militare per dedicarsi alla dignitosa e impegnativa routine del medico di campagna. E come tutti coloro che non parteggiavano per nessuno, era privo di protezione. Brett, a differenza di George Pickett, era perso in quella palude, e quel fatto le parve strano e paradossale: sia Brett che Pickett erano stati militari ed entrambi svolgevano professioni difficili, con anni di addestramento che avrebbero reso coriaceo chiunque. Eppure Rory era rimasto ingenuo, molto più tenero e vulnerabile di quanto Pickett si concedesse di essere.

Ma perché? Dipendeva forse dalle loro "specializzazioni" in seno alla vita militare – Pickett il guerriero che feriva gli altri, Brett il guaritore che un tempo curava quelle ferite? O dalla differenza che coglieva tra i due, legata a qualcosa di più profondo – forse alla volontà?, si chiese – e cioè al fatto di rimanere o meno aperti di fronte al dolore degli altri, di provare empatia oppure di chiudersi per proteggere innanzitutto se stessi, prima di proteggere gli altri com'era loro dovere?

Una volta Rory le aveva parlato di quel dilemma. In quanto medico, era lacerato tra il desiderio di essere compassionevole e di diventare al tempo stesso pragmatico ed efficiente, capace di occuparsi di malattie e morti orribili. Temeva di non riuscire a trovare un equilibrio fra le due cose, di non sapere mettere in quella professione la testa *e* il cuore. Sensibile com'era, come avrebbe fatto Rory Brett, il giovane Rory, Rory il poeta, a sopravvivere in circostanze simili?

Pickett il guerriero poteva cavarsela benissimo da solo, Emmy ne era certa, ma Rory Brett sarebbe riuscito a sopravvivere senza di lei?

Non appena si rese conto di ciò che stava pensando, si fermò: quanta arroganza! Eppure aveva la sensazione di essere la sola a poterlo salvare in quel momento. Era forse per questo che aveva intrapreso quella ricerca, perché era suo dovere? O il motivo vero era un qualcosa di molto più importante e sconfinato, ad esempio l'amore?

L'amore, inteso come l'essenza del legame fra due persone, era sempre stato un qualcosa di molto ambiguo, Emmy lo sapeva, una cosa tanto grande da comprendere tutte le virtù per le quali secondo lei si doveva vivere: senso di responsabilità, carità, correttezza. Tutto questo nasceva, quantomeno in lei, da un impulso potente che ancora non comprendeva.

Eppure, mentre si sforzava di capire, liberare, incanalare quell'*amore*... ogni volta che lo provava le sue reazioni erano diverse e imprevedibili. L'amore era volubile. A volte Emmy teneva a freno le proprie passioni lasciandosi guidare dalla morale, come se le sue esigenze fossero un animale che doveva tenere incatenato dentro di sé e che anche se si affacciava da tutto il suo essere per guardare fuori doveva essere ricondotto nel recinto delle aspettative sociali.

Altre volte, invece, si rendeva conto di agire come se avesse avuto il permesso di flirtare con una libertà che le dava un piacere folle. Ma quel comportamento la spaventava anche, perché temeva di diventare schiava del piacere che le dava.

In entrambi i casi, che accettasse o meno i limiti che imponeva a se stessa, sapeva che le sue azioni, soprattutto quando avevano a che fare con l'"amore", alla fine avrebbero definito chi era: nell'amore era una ragazza o una donna?, si chiese.

Si fermò per un attimo all'angolo tra la Broad e la Cary e osservò il James River. Pensando a Pickett, a Brett e al defunto marito Isaac capì di non essersi mai davvero abbandonata all'amore e alla gioia immensa e spaventosa che lo accompagnava, e se ne pentiva: perché tanta indecisione?

Che cosa aveva cercato di proteggere? Poi, ignorando le vesciche ai piedi, riprese a camminare.

Com'era sua abitudine in momenti del genere, ribadì la propria determinazione ad accogliere le esperienze che le sarebbero capitate. "Accogli tutto, sistemerai le cose in seguito" si disse a voce alta. Che si trattasse di gioie o dolori, avrebbe vissuto ciò che le capitava, esaminato l'esperienza e poi aggiunto ciò che imparava al suo bagaglio di conoscenza di sé. Questo sì che le avrebbe permesso di capire davvero la parola "amore" e il fatto che avrebbe dovuto accoglierlo una volta per tutte. E nel frattempo, concluse, in tutto ciò che avrebbe vissuto sarebbe stata attenta a cogliere i segni della gioia. "Non reprimere né la gioia né il dolore" si trovò a dire, ripetendo le parole di un vecchio adagio di cui non ricordava più l'origine.

Improvvisamente sentì aprirsi la vescica sul piede destro.

Il sole estivo l'aveva cotta a puntino e ormai il sudore le aveva inumidito la camicetta, mentre alcune ciocche di capelli sfuggivano dall'acconciatura. A ogni passo provava un fastidio accentuato dalla discesa e lo sfregamento della carne viva le ricordò che prima di potersi riposarsi avrebbe dovuto aspettare ancora mezz'ora.

Via via che si avvicinava al Noah's Ark il quartiere divenne più disagiato e le strade si popolarono di criminali e prostitute. Il caldo pomeridiano di Richmond, umido e soffocante, sembrava aumentare, per niente rinfrescato dalla lieve brezza che veniva dal fiume portando con sé l'odore delle ferriere Tredegar Steel Works e della ferrovia fino a Cary Avenue, dove si mescolava alla puzza della città.

Fece i conti: nei tre giorni passati lì aveva visitato ventinove ospedali e una prigione, tutti situati in un raggio di quattordici chilometri. Anche se le sue visite erano state brevi e per lo più trascorse leggendo lunghi elenchi di pazienti, le poche volte in cui le era stato permesso di entrare nelle corsie a cercare Brett e le cinque visite alle camere mortuarie degli ospedali si erano rivelate estenuanti. Gambe e piedi le facevano male e l'intorpidimento al braccio destro, che riaffiorava di tanto in tanto da quando era stata ferita due anni prima a Panama, era tornato e non passava. Emmy non mangiava dalla sera prima e aveva quasi finito le monete d'oro che si era infilata nella cintura quando aveva iniziato le ricerche. Ma a Richmond c'erano almeno altri quindici ospedali in cui non era andata e ancora non aveva scandagliato i cimiteri. Li avrebbe lasciati per ultimi.

Con quel pensiero in mente si fermò un attimo, si sedette su uno spiazzo d'erba gialla, fece un respiro profondo e poi scoppiò a piangere, ma solo per pochi istanti. Com'era sua abitudine soffocò il dolore, si alzò, si asciugò le lacrime, raggiunse il portico dell'Ark ed entrò.

Janie Jones l'aspettava tenendo per mano Clarissa.

"Sarà bene che tu dia un'occhiata a questo, tesoro" le disse mostrandole l'edizione serale del *Richmond Dispatch*. In seconda pagina, nella colonna di sinistra, prima degli annunci sull'efficacia del mesmerismo e sui procedimenti giudiziari della contea c'era un articolo intitolato: "Imboscata di una banda in Macon Road".

Il sottotitolo diceva: "Uccisi i due figli dello sceriffo Otis Loller. Offerta generosa ricompensa". Continuando a leggere, Emmy trovò una descrizione accurata di Lebo,

Clarissa e lei, probabilmente fornita dal ragazzino, Jedadiah. Lei veniva descritta come spia nordista e rapitrice, di Lebo si erano perse le tracce e si ipotizzava che lei e Clarissa si nascondessero a Richmond.

"Un paio di ragazze l'hanno già visto" disse Janie. "Se sanno leggere faranno subito due più due. E io non voglio farmi vedere con te, tesoro."

Emmy lo capiva, quindi non aveva scelta: le ricerche di Brett erano finite.

"E non ho intenzione di tenere la bambina con me" aggiunse, affidando Clarissa a Emmy.

Lei annuì.

"Pen Basetyr sta venendo qui. Appena arriva te ne devi andare."

CAPITOLO VENTICINQUE

◇◇◇◇

CROSS

14-28 luglio 1862 - Virginia

Dopo aver fatto il suo dovere consegnando il disertore Rory Brett alle autorità, il maggiore Jonah
Cross trovò nuovi ordini che lo attendevano al
quartier generale della sua brigata, a Williamsburg. Doveva raggiungere immediatamente il suo reggimento, assegnato al Quinto reparto del generale Fitz-John Porter, che
si stava radunando a Washington.

Due giorni dopo, però, quando raggiunse la capitale, il
reggimento era già partito e aveva attraversato il Potomac
diretto a Manassas per contrastare quella che sembrava
un'azione concertata da Lee e Jackson in direzione nord.

Correva voce che da quella zona Lee intendesse avanzare fino a Washington.

Cross si mise subito in marcia e mentre navigava sul Potomac si tastò con cautela la mascella inferiore, gonfia e dolorante per via del dente che si era rotto tre settimane prima mordendo un biscotto del rancio dell'esercito, stantio e duro come un sasso. Non si era concesso il tempo di inzupparlo nel caffè né aveva potuto curarsi come doveva, per quanto gli facesse male: non si sarebbe perso una bella battaglia per nulla al mondo.

Di norma quando pensava a uno scontro con un nemico protendeva la mascella in fuori, ma adesso gli faceva davvero troppo male. Pazienza, quel dolore gli sarebbe servito per rimanere in allerta, arrabbiato quanto bastava. La saliva aveva un sapore aspro e putrido, il che gli faceva pensare a quanto odiasse i ribelli traditori.

Cavalcando fino a Centreville, dove si era accampato il reparto di Porter, ebbe l'opportunità di riflettere un po' su ciò che aveva concluso fino a quel momento. Si era comportato con onore in tre difficili battaglie della Campagna peninsulare, soprattutto nell'ultima, quella di Malvern Hill. Le sue azioni avevano condotto alla cattura di un'intera batteria di ribelli e nel complesso la sua compagnia aveva fatto più di centocinquanta prigionieri tra le loro fila, uccidendone cinque volte tanti. Mettendo a rischio la propria vita era rientrato in territorio nemico per catturare un disertore, Rory Brett, e lo aveva consegnato al capo della polizia militare.

Sperava che quelle sue imprese arrivassero in qualche modo alle orecchie del generale Scott, l'uomo che rispettava più di ogni altro al mondo. Invece di ricevere una decorazione o un'altra promozione gli premeva essere apprezzato dal vecchio eroe: era sempre stato così. Scott parlava la lingua dei militari che Cross capiva benissimo e imponeva una disciplina chiara e facile da seguire, e per lui era un padre più di quanto lo fosse mai stato quello vero, un uomo cupo e critico.

Il che gli fece ripensare a Brett, il quale era stato membro dell'entourage di Winfield Scott, e poi non solo aveva abbandonato l'incarico ma era ricomparso nella penisola per curare i Confederati: che bastardo traditore!

Catturare Brett per la seconda volta era stato elettrizzante e trovarlo non era stato per niente difficile, perché si aggirava non lontano dal luogo in cui era fuggito il giorno prima. Si era rivelato invece molto più complicato recuperare il suo mulo che era trottato via, non perché non sapesse dov'era ma perché era cocciuto, l'esatto opposto del prigioniero, che sembrava rassegnato e depresso. Brett l'aveva infatti seguito senza fiatare, avevano viaggiato prendendo tutte le precauzioni possibili, stando alla larga dai campi aperti e avanzando nei boschi, e così erano riusciti a eludere diverse compagnie di ribelli e qualche unità di cavalleria.

Mentre erano nascosti nell'ombra per lasciar passare i Confederati diretti con una batteria di obici a Harrison's Landing, dove con ogni probabilità avrebbero ostacolato con altri attacchi la ritirata dell'esercito dell'Unione, Cross aveva studiato Brett.

Quell'uomo era distrutto.

"Che cosa vi ha spinto a disertare, Brett?" gli aveva chiesto.

"Non l'ho fatto" gli aveva risposto. "Ma voi vi sarete già dato una spiegazione, no?"

"Sono solo curioso... Se a Panama non foste fuggito, adesso sareste come minimo colonnello con tutti gli annessi e connessi, dal momento che facevate parte della cerchia di Scott."

"Avevo presentato le dimissioni mesi prima, soldato." Brett gli aveva spiegato che lo staff amministrativo di Scott aveva ignorato per mesi le sue richieste di congedo. Gli raccontò che mentre aspettava una risposta suo padre era morto e lui aveva deciso di prendere in mano la situazione, ma poi il treno di Panama, che trasportava dozzine di passeggeri oltre alla sua futura fidanzata, era deragliato. Era venuto fuori che quell'"incidente" era in realtà un assalto e la richiesta di Brett di fornire aiuto medico sul luogo del disastro era stata respinta.

"Esistono protocolli e procedure" disse Cross.

Brett scosse la testa e lo guardò. "La vita non è tutta nastri e spalline, soldato."

"Esistono l'onore e il dovere" ribatté Cross. "Voi avete aiutato dei ribelli dimenticati da Dio."

"Non avevo scelta, non si può stare a guardare dei feriti che muoiono."

"Siete è un traditore" disse Cross.

"Sono un medico" rispose Brett.

"Esistono anche il buonsenso e la decenza" aggiunse poi dopo una lunga pausa. "Spero che un giorno lo capirete, giovanotto."

Cross rimase zitto a rimuginare su quello scambio mentre guardava passare i carri dei Confederati con l'artiglieria. Si portò una mano al viso.

"Potrei dare un'occhiata a quella guancia gonfia, se volete" disse Brett.

Cross decise di non rispondere.

Il loro scambio finì lì. Dopo il passaggio dei Confederati, lui e Brett, che era sempre legato al mulo, si tennero a nord rispetto ai colpi di cannone e piegarono a sud quando raggiunsero l'ampio torrente che, come Cross ricordava, confluiva nel James River. Un chilometro e mezzo più a est incontrarono le prime linee della retroguardia dell'Unione e trovarono l'accampamento in preda al caos, con oltre mille carri in attesa di partire sparsi su quaranta acri di fronte al fiume.

Una delle sentinelle a cavallo riconobbe Cross e lo raggiunse.

"Vi chiedo scusa, signore. Siete Jonah Cross, vero? Terzo Pennsylvania. Ho saputo delle vostre imprese a Malvern Hill, signore."

Cross ricambiò il saluto con un gran sorriso, poi notò che Brett lo guardava scuotendo la testa.

Brett proprio non capiva, pensò. Eppure si era lasciato consegnare al capo della polizia militare senza protestare.

Il rapporto di Cross fu conciso:

Oggi, 4 luglio 1862, consegnato il tenente Rory Brett, medico e assistente chirurgo, da me arrestato il 3 luglio 1862 in base agli ordini ricevuti a Panama, nella Confederazione Granadina, nella prima settimana di febbraio del 1860 dal ten. col. George Persons, dello Stato Maggiore del maggior generale Winfield Scott. L'ordine era di catturare il dottor Brett e consegnarlo al capo della polizia militare perché fosse processato come disertore.

Rispettosamente,

Maggiore pro tempore Jonah Cross,
Terzo Pennsylvania,
Esercito degli Stati Uniti.

Cross disse al funzionario di polizia militare che nel caso fosse stata convocata la corte marziale sarebbe stato disponibile a testimoniare. Dipendeva da come avrebbero valutato la posizione di Brett, se come disertore o come ribelle, o ancora, stando a quanto continuava a ripetere il dottore, come semplice medico non schierato che curava i feriti di entrambe le parti.

Avrebbe lasciato che fosse la corte marziale a decidere il destino di quell'uomo.

Si chiese se lo avrebbero impiccato, liberato oppure lasciato marcire in prigione.

Una settimana dopo, avvicinandosi a Centreville e al luogo dove l'anno prima si era svolta la battaglia di Bull Run, Cross pensò a quando si sarebbe vendicato della vergognosa sconfitta subìta da parte di quel gruppo disorganizzato di ribelli. Se ne avesse avuta la possibilità li avrebbe fatti fuori come a Malvern Hill e a Frayser Farm.

Quando raggiunse l'accampamento la testa e la mascella gli pulsavano e i muscoli gli facevano male, perciò capì di avere la febbre. Lo sferragliare della sciabola nel fodero gli sembrava fortissimo anche quando il cavallo stava fermo.

Decise che, una volta raggiunta la sua tenda, si sarebbe tolto la spada e sdraiato per un attimo a riposare, aspettando che gli passasse l'intontimento.

"Avrei dovuto lasciare che il dottore desse un'occhiata a questo maledetto dente" disse a se stesso appena prima di addormentarsi.

CAPITOLO VENTISEI

⬦⬦⬦⬦

BRETT

5 luglio-5 settembre 1862 - Virginia orientale

Al di là del proprio orientamento politico, chiunque fosse rimasto coinvolto direttamente o indirettamente nell'attacco sferrato dall'Unione o nella difesa approntata dai Confederati nella penisola della Virginia nell'estate del 1862 si sarebbe lamentato delle stesse identiche cose: del caos e della colossale distruzione che avevano causato. Trascinato da una prigione all'altra, consegnato da un capo della polizia militare all'altro, Rory Brett non faceva eccezione.

Era diventato l'ombra dell'uomo che era stato appena sei settimane prima. Doveva aver perso oltre quindici chili e si sentiva sempre più intontito, senza contare che aveva ripetuti attacchi di diarrea dovuti probabilmente alla sbobba che veniva servita ai prigionieri e che sapeva di gesso annacquato. Non aveva appetito, e poi erano tre mesi ormai che non riceveva notizie di Emmy e la maggior parte delle lettere che aveva spedito prima di essere catturato gli erano tornate indietro ancora sigillate. Il suo morale, in genere alto grazie alla determinazione che lo animava, era crollato fino a toccare il fondo.

Non si era mai sentito così vicino ad arrendersi in vita sua. La situazione caotica nella quale lo avevano messo contribuiva a complicare quella che altrimenti avrebbe potuto essere una facile difesa dalle accuse lanciategli da Cross.

Perché era stato arrestato? E con quali capi di imputazione, poi? Dove si trovava?

Chi era? Non era più il dottor Rory Brett di Henrico County, in Virginia. Gli avevano assegnato un numero scritto con l'inchiostro indelebile sulla giubba che indossava e sul polso sinistro. Ogni volta che guardava quei numeri pensava a quanto fossero stati trascritti in modo maldestro, dal momento che quello sul polso lo identificava come il 790170 e quello sulla giubba come il 790270. Quale dei due era il suo?, si chiedeva.

Nel breve colloquio che gli era stato concesso dopo che lo avevano trasferito dalla nave prigione che solcava il fiume James fuggendo dalla Campagna peninsulare come il resto delle forze nordiste, era riuscito a dire ai suoi carcerieri come si chiamasse, ma non aveva avuto la possibilità di discutere le circostanze del suo arresto o di inviare messaggi a Emmy o ad altri. Aveva fatto il nome del defunto padre di Emmy, il membro del Congresso del Massachusetts Kern O'Malley, e accennato di essere stato collega del dottor John Letterman che, come aveva saputo, adesso era alle dipendenze del generale McClellan, ma da quanto aveva potuto vedere nessuno era rimasto impressionato da quelle sue conoscenze.

Ammanettato e recluso in una cella piccola e gelida, Brett aveva cercato di fare conversazione con gli altri due uomini che aveva visto incatenati al muro come lui al buio. Quello alla sua sinistra, però, teneva il capo chino, il mento sul petto, e russava come se dormisse profondamente. L'altro, alla sua destra, rantolava e non reagì ai suoi tentativi di svegliarlo. La guardia che quella sera gli portò la razione di pane secco e acqua ignorò la sua richiesta di inviare un messaggio.

"Non faccio favori a nessuno, ribelle. Non mi freghi" si limitò a dirgli richiudendo la porta e andandosene.

Il mattino dopo liberarono dalle catene il prigioniero alla sua destra, ormai cadavere, e lo trascinarono via. L'altro continuava a russare, ma a sera era già morto anche lui e quindi Brett rimase solo.

I processi della corte marziale del 1861 erano stati caotici come le altre attività svolte dall'esercito dell'Unione che era stato assemblato in tutta fretta e in quel momento, a un anno di distanza, le cose non erano migliorate granché. L'infrastruttura militare era stata riorganizzata più volte, i generali e gli ufficiali sostituiti per via dei numerosi fallimenti o per ragioni politiche, e l'intero comando di reggimento era stato riassemblato sotto nuovi capi. Molti ufficiali, competenti e incompetenti, erano stati uccisi, feriti oppure congedati.

Brett non lo sapeva ma c'erano ben pochi documenti scritti che giustificassero il suo arresto, grazie alla sospensione dell'Habeas Corpus operata da Lincoln. Inoltre, dopo la caotica ritirata dalla penisola il documento presentato da Jonah Cross in occasione dell'arresto era stato spedito da un posto all'altro, proprio com'era successo a Brett, tanto che nel giro di una settimana non era già più nello stesso luogo in cui si trovava il prigioniero. Archiviato in uno scatolone insieme ad altre carte ufficiali e a carte insignificanti, alla fine venne inviato ad Alexandria in un deposito temporaneo di documenti dell'esercito.

A complicare il tutto c'era il fatto che il capitano David Bretlow, il primo ufficiale di polizia militare a ricevere il rapporto, non sapeva bene a chi inoltrarlo, il che lo aveva indotto a procrastinarne l'invio. Dal momento che Brett non faceva parte di alcun reggimento nordista probabilmente il suo caso non doveva essere sottoposto alla corte marziale *reggimentale*, Bretlow lo capiva bene. Perciò, dato che l'accusa di diserzione era un reato *capitale* e per di più legato a fatti accaduti ormai tre anni prima che riguardavano l'ex comandante in capo Winfield Scott, secondo Bretlow la questione doveva essere gestita da una corte marziale *generale*, che era governata da regole completamente diverse e implicava un livello di responsabilità più alto.

Ma Winfield Scott era stato sostituito da McClellan e non era più in servizio attivo; inoltre, dopo la morte della moglie, era completamente scomparso dalla scena pubblica. A complicare ulteriormente le cose c'era poi il fatto che McClellan era stato rimpiazzato nel ruolo di comandante in capo da John Pope. Perciò l'assistente capo Bretlow, uomo coscienzioso ma prudente, decise che non appena ne avesse trovato il tempo avrebbe sottoposto la questione al Comando, così da poter stabilire quale fosse il modo migliore di procedere. Dopodiché, prima che Bretlow riuscisse a portare a termine quel compito il documento fu inviato ad Alexandria.

Quattro giorni dopo Rory Brett fu trasferito in un'altra prigione e cinque giorni più tardi in un'altra ancora, un edificio basso di cemento con ampie cantine che erano state trasformate in celle di isolamento. Anche se tecnicamente la sua non era una segreta, misurava circa un metro per uno ed era più piccola delle ultime due nelle quali lo avevano rinchiuso. A ogni trasferimento il motivo della detenzione diventava sempre meno chiaro persino ai suoi carcerieri, senza contare che il registro ufficiale si limitava a elencare il suo numero e l'accusa di "tradimento".

Al settimo giorno di reclusione i prigionieri delle cantine ebbero il permesso di uscire mezz'ora per fare un po' di esercizio fisico. Mentre camminava in cerchio nel cortile insieme agli altri Brett vide intorno a sé decine di acri di terra spazzati dal vento su un pendio che digradava verso un grande fiume grigio. Tutta l'area era coperta da tende e racchiusa da un reticolato alto sorvegliato da torrette di avvistamento disposte a intervalli di cento metri l'una dall'altra. In cima al reticolato c'era un sottile fil di ferro irto di punte aguzze. Fu un altro prigioniero, un giovane con le basette ispide e arruffate che come lui non portava segni che lo identificassero come soldato Confederato, a riferirgli il nome della prigione.

"Questa è Point Lookout" disse piano.

"E quelle là sono le tende dei prigionieri" aggiunse un tizio calvo passando davanti a loro. "Siete nel Maryland, ragazzi". Il caporale incaricato di sorvegliare gli esercizi si accorse dello scambio e gridò loro di tenere la bocca chiusa.

Brett si rese conto di non essere mai stato nel Maryland. Aveva sentito dire che era bello, ma non vedeva niente, lì intorno, che potesse confermarlo.

"Perché siete qui?" sussurrò al giovane con le basette.

"Scrivo poesie" si limitò a rispondergli l'altro. Aveva parlato troppo forte e la guardia gli si avvicinò e gli diede una bastonata.

"La mezz'ora d'aria è finita, ribelli." Continuò a colpirlo su braccia e gambe, poi ordinò agli uomini di rientrare.

Quella sera da solo nella sua cella, Brett non riuscì ad addormentarsi. Gambe e braccia gli facevano male e aveva il collo rigido. Non si sentiva più la febbre ed era lucido, ma era comunque irrequieto e provava una malinconia mai avvertita prima. I suoi tentativi di comunicare con il comandante o con chiunque altro erano stati ripetutamente ignorati.

"Ehi" si sentì chiamare da un punto in fondo al corridoio. Per la prima volta si rese conto che in quel settore freddo e buio c'era un altro prigioniero: era la voce del giovane con le basette crespe. Brett, illanguidito dalla malinconia, si chiese se rispondergli o meno.

"Ehi, laggiù" disse infine.

"Sei uno yankee o un ribelle?"

"Nessuno dei due."

"E allora perché ti hanno messo in prigione?" gli chiese l'altro. Aveva una voce giovanile leggermente roca, pensò Brett, doveva essere poco più che adolescente.

"Sono stati gli dei e i generali" rispose. "E nel tuo caso?"

"Le muse e le mie riflessioni" disse il giovane. "Alla fine sono state pubblicate, ma nel posto e nel momento sbagliati, appena prima che gli yankee arrestassero tutto il corpo legislativo del Maryland" disse ridendo. "Ho detto quello che pensavo ed espresso il mio parere sulla tirannia. Probabilmente i miei generali erano diversi dai tuoi ma credo che gli dei fossero gli stessi."

Brett scoppiò a ridere, ma nel farlo sentì male.

"Dobbiamo vincere" disse il giovane.

"E perché?" chiese Brett.

"Così saremo noi a scrivere la storia. Lo sanno tutti che funziona così."

Brett non rispose.

"Anche tu morirai qui dentro?" chiese il giovane.

Brett non aveva pensato molto a quell'eventualità perché sapeva di non essere un traditore, ma sapeva anche che la pena per tradimento, se per qualche motivo imperscrutabile quell'accusa si fosse concretizzata, sarebbe stata la morte, probabilmente per impiccagione.

Ma non era sempre così: ricordava le condanne per diserzione comminate da Winfield Scott dopo la battaglia di Churobusco in Messico.

Anche se Scott e Zachary Taylor avevano sbandierato in lungo e in largo la generosità del trattamento che avevano riservato ai prigionieri dell'esercito messicano, in particolar modo agli ufficiali, non avevano trattato i propri uomini allo stesso modo. Settanta membri della Brigata San Patricio, per lo più cattolici che avevano disertato per combattere al fianco dei messicani loro correligionari, furono condannati a morte dalla corte marziale. Scott concesse il perdono a cinque di loro, ne fece impiccare cinquanta e ordinò che agli altri fossero inferte cinquanta frustate da mulattieri appositamente selezionati.

Brett, che aveva assistito alle esecuzioni e in seguito aveva curato le vittime delle fustigazioni, aveva sentito Scott in persona promettere ai boia grosse ricompense se con i loro colpi avessero ucciso almeno qualcuno degli uomini sui ceppi. Ne pagò quattro, poi ordinò che tutti i sopravvissuti alle frustate venissero marchiati sulla guancia con la lettera "D".

Quando Brett si prese cura di loro notò che le ferite erano così gravi da lasciare ben poco derma intatto per consentire la guarigione della carne viva e sanguinolenta, e infatti molti morirono subito dopo di infezioni fulminanti.

Da quel giorno aveva iniziato a covare un odio viscerale per Winfield Scott.

Dopo quell'orribile esperienza aveva studiato le convenzioni e i codici di condotta nei confronti dei prigionieri di guerra non più convinto, com'era stato fino a quel momento, che entrambe le parti in conflitto li osservassero, benché sia l'Unione che i Confederati avessero affermato di trattare in modo umano i prigionieri dell'esercito nemico. Tali convenzioni, codificate nel 1812 durante la guerra contro la Gran Bretagna, non solo proibivano punizioni fisiche come percosse e fustigazioni ma ordinavano che i prigionieri dovessero avere cibo e un riparo adeguati.

La situazione in cui si trovava era forse più affine al modo disumano in cui aveva visto trattare dai Confederati i soldati neri che indossavano le divise dell'Unione? A parte ciò di cui era stato testimone a Churobusco i suoi carcerieri nordisti dimostravano una brutalità inaudita: stando a quanto poteva constatare l'Unione teneva migliaia di prigionieri in tende all'aperto, e dentro l'edificio, con il freddo di quei mesi estivi, lui non se la cavava meglio di loro. Lo avrebbero marchiato? Era in attesa di essere impiccato?

Comunque fosse, decise di non rispondere alla domanda del giovane sul fatto se sarebbe morto o meno in quel posto. Non poteva, ormai si era ritirato in se stesso. Però, deciso a non precipitare nella più cupa disperazione ripensò a Emmy Evers e si mise a comporre fra sé il discorso che le avrebbe fatto se e quando avesse avuto la possibilità di inviare un messaggio all'esterno.

Sarebbe stata una lettera molto lunga, in uno stile elegante, scritta su carta liscia e immacolata, e le sarebbe stata recapitata da un ragazzino ben pagato che l'avrebbe fermata una domenica nella via di Boston in cui viveva mentre tornava da Messa con i figli.

Emmy avrebbe ricevuto la lettera come l'aveva vista fare altre volte: in silenzio, con un atteggiamento composto, ringraziando il ragazzo e infilando la mano nel borsellino per dargli qualche spicciolo di mancia. Avrebbe continuato a camminare cercando di contenersi, mentre Jacob e Sarah la osservavano sempre più curiosi. Avrebbe dato una sola occhiata alla busta, sfiorato la sua superficie liscia e pensato alle volute dell'indirizzo scritto con una calligrafia accurata. Conoscendo Emmy, sapeva che una volta giunta a casa avrebbe salito le scale, mandato i bambini in camera loro, portato la lettera nel suo studio e chiuso la porta. Poi, composta e silenziosa, avrebbe aperto la busta ed estratto le pagine, leggendole con attenzione. Una, due, tre volte. Alla fine avrebbe sorriso e la gioia per le parole che aveva letto l'avrebbe sopraffatta. Le *sue* parole! Dichiarazioni ardite inframmezzate da fine poesia scritta ad arte, le cui sfumature emergevano da ogni verso alimentando la sola conclusione a cui Emmy sarebbe potuta arrivare: lui l'amava profondamente, in modo assoluto...

Oppure si era dimenticata di lui? Avrebbe potuto farlo? L'avrebbe fatto? Non mostrava un briciolo di cattiveria nella voce, nei gesti o nel modo di fare. L'aveva osservata a lungo, ad Aspinwall-Colón, quando era convalescente dopo un trauma terribile e una ferita alla spalla ed era rimasta incosciente per giorni. L'aveva lavata, le aveva fatto delle spugnature negli accessi di febbre alta, aveva persino osato cullarla un po' quando aveva creduto che non sarebbe sopravvissuta. Eppure persino in quei momenti, incosciente e con la guardia abbassata, era l'epitome della grazia. Allora capì di essersi innamorato e la situazione non era cambiata.

Ma lei dov'era? Pur di tenerla nei suoi pensieri, Brett confondeva forse il senso di responsabilità di Emmy con il vero amore?

Come poteva contattarla? Doveva in qualche modo far riemergere il proprio animo da quel pozzo di desolazione. Con una scheggia di pietra incise a grandi lettere una breve poesia sulla parete alle sue spalle, poi vi si appoggiò:

Il tempo è passato.
Tu sei qui, lontana.
Dentro, fuori e dentro,
Tu sei là, vicina.

Poi finalmente si addormentò.

Due giorni dopo fecero la mezz'ora d'aria sotto un caldo acquazzone estivo. Lo stesso tizio calvo che gli aveva spiegato dove si trovavano gli disse sottovoce che Lee aveva "appena battuto" gli yankee a Manassas Junction per la seconda volta. Secondo lui i Confederati sarebbero presto arrivati a Washington.

"Il generale Lee e Jackson sono inarrestabili" gridò un tizio dietro di loro e sentendo quell'esternazione un soldato e il caporale che supervisionava gli esercizi si avvicinarono e colpirono Brett e gli altri due uomini su schiena, collo e testa con il calcio dei fucili, ripetutamente e brutalmente. Ogni colpo era più forte di quello prima e Brett sentiva la cattiveria e la rabbia degli aguzzini sfogarsi sulle sue costole e sulla nuca.

Si era coperto la testa. Anche se sapeva di avere qualche costola rotta non svenne, anzi si accorse che stava gridando alle guardie di smettere di picchiare gli altri prigionieri: quando li portarono via erano già incoscienti.

Più tardi, in cella, cercando di attutire massaggiando piano l'acuto indolenzimento alle costole nei punti in cui il soldato lo aveva colpito, Brett rimuginò sullo scoppio di giubilo del Confederato che aveva scatenato quel feroce pestaggio. A lui in realtà non importava chi avrebbe vinto, non gli era mai importato: la schiavitù era indifendibile e alla lunga non sarebbe durata, ma Brett sapeva che le trame politiche e la cattiveria sarebbero rimaste e sarebbero state praticate da entrambe le parti com'era stato prima che si facessero guerra.

Uccidere e mutilare non serviva a sistemare le cose, anzi, spronava i soldati a darci dentro ancora di più. Il loro risentimento, ben radicato nelle fosse che si erano scavati da soli, sarebbe stato nutrito e alimentato per intere generazioni dal sangue che versavano su quelle terre e che alla fine avrebbe prodotto un frutto malvagio in grado di avvelenare tutti quelli che l'avrebbero assaggiato. Si chiese fino a che punto la rabbia e il rancore avrebbero imperversato in quel paese.

Ogni giorno la situazione peggiorava, bisognava mettere fine a quella guerra. Il pestaggio subito da lui e dai compagni, così come le parole che avevano scatenato l'attacco, erano solo manifestazioni di una debolezza umana che si ripeteva identica ovunque in quelle terre, un milione di volte: tollerare la brutalità. La violazione dei diritti umani trovava allora libero sfogo "per una giusta causa" ed era legittimata dalla percezione di coloro che colpivano per primi.

Doveva assolutamente trovare Emmy e portarla lontano da lì con i suoi figli, prima che fosse troppo tardi anche per loro.

Una settimana più tardi, dopo che l'Unione aveva perso la seconda battaglia di Bull Run, iniziò a girare la voce che Lincoln avesse finalmente dato ascolto a coloro che criticavano John Pope e affidato nuovamente il comando a "Little Mac" McClellan. Con l'allontanamento di Pope molti dei compari a cui questi aveva assegnato incarichi di comando vennero sostituiti, compreso il capo della polizia militare di Alexandria. E negli scatoloni contenenti il rapporto di Cross su Brett vennero ammucchiati altri documenti che riguardavano altri prigionieri.

Durante gli esercizi mattutini, che ancora una volta si svolsero sotto un acquazzone, Brett notò che gli altri due uomini che avevano subito il pestaggio non c'erano. Quella sera, poi, il giovane non rispose ai richiami di Brett, sempre ammesso che fosse ancora nella sua cella buia.

Il mattino dopo, grazie ai raggi di sole color pastello che all'alba si affacciavano per pochi minuti nella sua cella da una finestra bassa con le grate, Brett si accorse che l'umidità aveva cancellato la poesia incisa sulla parete.

CAPITOLO VENTISETTE

◇◇◇◇

KATHLEEN

2-4 agosto 1862 - New York

Q uando Kathleen, Escoffier e l'investigatore Grimes raggiunsero Midtown Manhattan con il
treno per Harlem erano passati quasi due giorni
e mezzo dalla scomparsa dei bambini.

Pensando che non avrebbero saputo dove scendere e
che qualcuno gli avrebbe suggerito di arrivare fino al capolinea, Grimes consigliò a Kathleen ed Escoffier di proseguire fino a Broome Street. Mentre si avvicinavano a
destinazione la donna notò che le abitazioni, i caseggiati
popolari, le baracche e in certi punti persino i mucchi di
rifiuti alti sei metri arrivavano a lambire i binari. Poiché
nel suo viaggio da Baltimora a Westchester aveva evitato la

città, non si era resa conto della sua densità abitativa lungo tutto il tragitto verso sud.

"Sporcizia, sporcizia, nient'altro che sporcizia!" disse a Escoffier e Grimes.

"La città sta scoppiando" disse l'investigatore. "Negli ultimi dodici anni gli abitanti sono triplicati, si dice siano quasi un milione. Ne arrivano mille a giorno con le navi. Mangiapatate, per lo più" aggiunse ridendo. Si riferiva alle folle di irlandesi che gremivano i porti non ancora chiusi dai nordisti. "Carne da macello per il vostro caro signor Lincoln."

Kathleen ignorò quella mancanza di tatto. Prima che si arricchisse e si conquistasse una posizione sociale a Boston la sua famiglia, di origini irlandesi, si era sentita affibbiare quell'epiteto e anche di peggio. Il padre le aveva raccontato delle sue difficoltà di giovane immigrato e lei stessa conservava un vago ricordo dei commenti maligni di certi bambini che sostenevano di essere "autoctoni", ma lei era riuscita a evitare quelle cose. L'aveva sorpresa vedere quanto fosse facile, accumulando ricchezza e potere, infrangere quelle barriere. Aveva scoperto che bastava calarsi nella parte, ma evidentemente lì nessuno lo aveva fatto.

"Come faremo a trovarli?" chiese mentre il treno rallentava avvicinandosi al capolinea.

"Potremmo anche non riuscirci" rispose Grimes. Avendo notato che lei rifiutava quell'idea, aggiunse: "Inizieremo dagli sbir... voglio dire, dagli agenti".

In Broome Street Grimes rintracciò il capostazione e lo interrogò. Quel colloquio, per quanto breve, le parve piuttosto approfondito. L'uomo non aveva visto bambini corrispondenti alla descrizione di Sarah e Jacob con indosso abiti ben diversi da quelli delle decine di monelli che chiedevano l'elemosina agli angoli delle strade e alle uscite della stazione. Disse che da lì passavano quasi quattromila passeggeri al giorno e che c'erano bambini ovunque. "Piccoli topi di fogna" li definì.

Mentre percorrevano mezzo isolato diretti al commissariato della Metropolitan Police, Grimes spiegò loro che fino a pochi anni prima in città esistevano due forze di polizia rivali. La Municipal Police, che sosteneva l'ex sindaco notoriamente corrotto, e la Metropolitan Police, che era stata istituita dal governatore per rimpiazzare "i Municipals". Il passaggio di consegne era stato imposto da truppe armate, ma non senza fortissime resistenze. Molti Municipals avevano conservato il loro posto passando nei "Metropolitans", perciò la corruzione, cancellata per un breve periodo e con le migliori intenzioni, era ben presto riemersa.

"È ancora un grande caos" disse Grimes, "e probabilmente sarà sempre così. L'importante è sapere con chi si lavora."

Al commissariato parlarono con il capitano, il quale riferì loro che nei due giorni precedenti non si erano presentati bambini né vi erano stati incidenti, a parte le solite denunce da parte di vittime di monelli di strada che si davano da fare come borsaioli e scippatori. Kathleen notò che Grimes trascorse molto più tempo parlando con due poliziotti che a quanto pareva erano di ronda nella zona e che forse pattugliavano il perimetro quando Sarah e Jacob erano scesi dal treno.

"Là verso la Mulberry gira una cavolo di gentaglia, meglio fare Chinatown verso la Bleecker. Io farei anche la Broad, lì ci sono le missioni e i buoni samaritani, forse i vostri mocciosi ci sono andati... sono bersagli piccoli, da come dite voi. A meno che i loro vestiti non hanno attirato i magnaccia di Five Points che li hanno già messi nel giro" disse il poliziotto più alto con un forte accento irlandese. L'altro annuì, indicando la strada alla sua destra.

Grimes si voltò verso Kathleen ed Escoffier, che evidentemente erano disorientati dalla sua parlata.

"Dice che dovremmo partire da Bleecker Street passando dalla zona dove i cinesi hanno i loro negozi e poi arrivare fino alla Broad. Meglio evitare di arrivarci passando dalla Mulberry, perché da quelle parti c'è gente pericolosa. I bambini potrebbero essere in una delle missioni, sempre che non si siano avventurati nella direzione sbagliata e non siano stati rapiti, vestiti bene com'erano" fece una pausa in modo che digerissero la notizia, "per altri scopi."

Per la prima volta, sentendo il tono di Grimes e vedendolo così afflitto, la dura realtà della situazione si fece strada nella mente di Kathleen: se i bambini non avevano trovato un porto sicuro avrebbero potuto non ritrovarli mai.

Alle due del pomeriggio seguente avevano già visitato quattro missioni e parlato con tantissime persone, compresi ministri di culto, volontari della chiesa, gente di strada e altri poliziotti di ronda. Nessuno aveva visto bambini che corrispondevano alla descrizione di Sarah e Jacob. Allora Escoffier suggerì a Kathleen di redigere un messaggio da attaccare ai lampioni e alle tante bacheche di annunci.

La donna disse a Grimes che avrebbe offerto una generosa ricompensa a chiunque avesse informazioni utili al ritrovamento dei bambini e gli aumentò ulteriormente il compenso.

Quando arrivarono all'inizio della via chiamata Broadway, Grimes li informò che secondo lui c'era almeno una dozzina di altri posti da visitare quel pomeriggio, prima che facesse troppo buio per muoversi senza rischi persino in carrozza.

Kathleen, stanca com'era, propose agli altri di dividersi. Sapeva quali domande fare ed Escoffier prendeva nota di ogni indizio, perciò Grimes avrebbe potuto esplorare metà dei posti e lei con Escoffier l'altra metà. Si sarebbero ritrovati quella sera alle sette all'albergo Astor House sulla Vesey, con o senza i bambini: se la sua ricerca fosse stata infruttuosa Grimes le avrebbe portato altri investigatori da interrogare, se invece lei ed Escoffier li avessero trovati avrebbero festeggiato offrendo a tutti una cena sontuosa. Era convinta che i piccoli avrebbero avuto una fame da lupi.

Grimes accettò riluttante e si diresse a nord, mentre Kathleen ed Escoffier andavano a sud, prima sulla Broadway e poi spostandosi nella direzione che, stando alle istruzioni di Grimes, li avrebbe portati a una serie di chiese e missioni. Seguendo l'istinto, però, Kathleen decise di andare per prima cosa nella via che i bambini avevano menzionato andando a Westchester, la via dove viveva con i figli un mangiaspaghetti che Emmy aveva incontrato due anni prima a Panama.

Grimes aveva detto di conoscere la zona e insistito perché lei lo aspettasse, in modo da poterla accompagnare insieme ad Escoffier, dal momento che lei non sapeva muoversi in città, ma Kathleen, ripensandoci, si disse che era in grado di leggere i nomi delle vie come chiunque altro. Perciò ignorò il suo avvertimento e insieme a Escoffier si diresse a ovest invece che a sud.

A meno di un isolato dalla Broadway gli edifici cominciarono ad assomigliare a quelli che avevano visto nella
zona di Broome Street, con strutture di legno a buon mercato invece degli esterni in pietra della ricca Broadway.
Sulle scalinate d'ingresso di molte case c'erano spazzatura e ciarpame, la via brulicava di centinaia di persone e i
commercianti vendevano verdura e casalinghi in mezzo a
un frastuono terrificante. Un uomo con indosso un grem-
biule coperto di sangue e mosche macellava la carne su un
carretto aperto, gettando pezzi di cartilagine ai cani e ai
bambini intorno. Accanto a lui un uomo dalla carnagione
scura intonava un canto che andava a tempo con il rumore
della mola con cui affilava una lunga lama nera.

Né Kathleen né Escoffier sentirono il fischio del tizio
che fungeva da palo quando gli passarono davanti per svol-
tare l'angolo ed entrare in Carter Street. Il richiamo "Pesce
fresco!" che questi lanciò si confuse con il rumore di fondo
della via gremita di persone. Se avessero prestato attenzione avrebbero notato diversi uomini e qualche donna voltarsi verso di loro. Uno di questi, un ragazzino dalle gambe
lunghe, attraversò la strada a mezzo isolato di distanza e
puntò dritto su Kathleen ed Escoffier mentre altri due, un
uomo con i denti neri che ghignava e una ragazza dall'aria
cupa e determinata, si avviarono in fretta fino a portarsi a
pochi metri dai loro obiettivi, camminando dietro di loro
allo stesso passo.

Quando Kathleen ed Escoffier raggiunsero un vicolo
che incrociava Carter Street il ragazzino dalle gambe lunghe che avevano di fronte estrasse dai calzoni un lungo
stiletto dalla lama ondulata. Escoffier vide il coltello, si
fermò, allungò un braccio per proteggere Kathleen e fece

per cercare la Derringer a due colpi nel panciotto. I due alle loro spalle, però, li raggiunsero e disarmarono facilmente Escoffier, dopodiché premettero le punte dei coltellini nella schiena delle vittime, che non ebbero altra scelta se non entrare nel vicolo. Il fracasso della via era tale da soffocare le grida di Kathleen mentre altri tre ragazzi e un'altra donna entrarono nella stradina per unirsi al borseggio. In meno di un minuto Kathleen ed Escoffier, colpiti ripetutamente con frammenti di mattone, gli abiti strappati e lacerati, si ritrovarono inermi per terra dietro un grosso mucchio di spazzatura.

Quando Kathleen si svegliò Doyle Grimes era inginocchiato accanto a lei. La donna si voltò e vide due agenti della Metropolitan Police che coprivano il cadavere nudo e insanguinato di Escoffier.

"Vi avevo detto che dovevo accompagnarvi io, signora" disse Grimes.

CAPITOLO VENTOTTO

◇◇◇◇

EMMY E BASETYR

5-8 agosto 1862 - Richmond e campagna della Virginia

Quando Pen Basetyr, la compagna di contrabbando di Henri Lebo, entrò nel salotto del Noah's Ark Emmy pensò che si trattasse dell'ennesimo uomo d'affari di Richmond in cerca dei favori di una delle prostitute di Janie Jones. La Basetyr, vestita da uomo da capo a piedi, dalla bombetta grigia agli stivali neri, entrò nella stanza spavalda come un galletto. Quando si accomodò su una sedia dallo schienale rigido la grossa pistola che teneva nella tasca anteriore dei calzoni le rigonfiò l'inguine. Nel parlare era sfacciata e sicura di sé, e anche se la sua voce rispecchiava il fisico minuto il suo tono era più tenorile che da contralto e non tradiva il suo sesso. I capelli tagliati corti erano pettinati all'indietro e infilati con cura nella bombetta. Portava dei baffetti sottili.

Janie Jones le corse incontro, le mise un braccio intorno al collo e le si sedette in grembo, dopodiché la presentò a Emmy.

"Questa è Pen" disse. "Brava come guida e anche a letto!" aggiunse ridendo.

Basetyr arrossì leggermente e non nel modo in cui lo avrebbe fatto un ragazzo, osservò Emmy, poi spinse via Janie, si alzò e guardò la sua cliente. Emmy indossava ancora la gonna e la camicetta comprate dalla tenutaria del bordello.

Piegando la testa di lato, Pen squadrò Emmy e disse a Janie: "Carina, no?"

"Lei è normale, Pen!" disse Janie ridendo. "La farai impiccare! E magari impiccheranno anche te!"

Emmy evitò di reagire a quei commenti ma osservò l'espressione di Basetyr, che rimase in silenzio per un attimo, la guardò di nuovo, lanciò un'occhiata a Clarissa che le dava la mano e alla fine disse: "Be', muoviamoci". Poi si avviò impettita verso la porta sul retro e uscì nel portico.

Chi era quella persona tanto strana? Ci si poteva fidare di lei?, si chiese Emmy.

Penelope Basetyr aveva deciso chi voleva essere a dieci anni, quando aveva abbandonato il nome datole da suo padre e gli abiti femminili. Minuta com'era e quasi sempre vestita con pantaloni di seconda mano e ampie camicie di cotone, la prendevano spesso per un ragazzino malnutrito, il che le offriva dei vantaggi nell'attività di contrabbando che aveva scelto di svolgere. Conosceva i quaccheri e le loro usanze perché era cresciuta in mezzo ai boschi, ai margini di una comunità quacchera di lingua tedesca lungo la linea Mason-Dixon, dove la Virginia confinava con il Maryland e la Pennsylvania seguendo il tracciato del Potomac. Questo aspetto divenne particolarmente importante quando iniziò a frequentare quella che gli abolizionisti del nord chiamavano *underground railroad*, una fitta rete di itinerari e luoghi sicuri per i neri in fuga dagli stati schiavisti del sud.

Nel 1847 aveva compiuto dieci anni e la matrigna Tess Ulman-Basetyr aveva finalmente trovato il coraggio di lasciare il marito, un uomo dal temperamento volubile che con i suoi insulti perdeva quel poco di fascino che avrebbe potuto avere. Le sue esplosioni di violenza terrorizzavano la famiglia e spesso lasciavano Tess e i bambini coperti di lividi e sangue. Non aveva mai spaccato le ossa alla moglie, ma lei sapeva che era capace di uccidere.

"È fatto così" diceva Tess sapendo che dopo lui avrebbe singhiozzato e chiesto perdono, ma che poi avrebbe trovato delle giustificazioni che gli avrebbero permesso di incolpare tutti tranne se stesso. Con la scusa di andare a occuparsi di una sorella malata che abitava a una giornata di viaggio da casa in una fattoria sul Potomac, la donna prese i tre bambini avuti da lui in quattro anni di matrimonio e lasciò i figliastri, Penelope e il fratello maggiore, a prendersi cura del padre che l'anno precedente aveva avuto un ictus.

"Siete i miei sostituti" disse la matrigna a Penelope. "Tuo fratello può lavorare nei campi e tu puoi lavorare in casa... così il Signore non può accusarmi di abbandonare un marito malato. Io da quel cane non ci torno, non cercateci."

Vedendo che la figliastra era rimasta di sale, squadrò lei e suo fratello dall'alto in basso e disse: "Ti ho tenuta d'occhio: presto sarai una donna, saprai cavartela di sicuro". Quando Penelope si mise a protestare la matrigna le disse: "Meglio per te se sei sveglia, e tanti auguri con le mestruazioni, quando ti verranno". Quelle furono le sue ultime parole e in seguito la ragazza venne a sapere che si era messa con un uomo di indole più mite che aveva incontrato a Sharpsville.

Per Penelope non era una bella situazione, dato che già da tempo detestava vivere in quella casa e in particolare suo padre, Benjamin Basetyr. Nonostante i suoi sforzi da più di cinque anni riusciva a stento a provvedere ai bisogni della famiglia: era un agricoltore fallito e in più si era fatto truffare due volte perdendo gran parte dei risparmi da falegname. Cinque anni prima era stato licenziato dal posto di insegnante part-time nella piccola scuola della cittadina per incompetenza e maltrattamenti.

A far vergognare Penelope c'era anche il fatto che gli altri bambini prendevano in giro suo padre per gli occhiali spessi che gli davano l'aria di un gufo affetto da strabismo convergente. A quel punto dopo le tante delusioni subite Benjamin si arrese completamente.

Un mese prima che gli venisse l'ictus, colto dalla disperazione aveva percorso a piedi quasi cento chilometri e si era candidato per un posto di insegnante che si era liberato nell'unica altra scuola della contea, a nord. Purtroppo però la sua reputazione e il soprannome che gli avevano affibbiato, Ben "occhi pigri", lo avevano preceduto. Il preside della scuola, infatti, era stato informato che quel nomignolo si riferiva più al suo temperamento volubile e violento che allo strabismo: era famoso per la sua mira imprecisa quando prendeva a sberle gli alunni che considerava pigri o impertinenti, tanto che si diceva che a volte nei suoi scatti di rabbia avesse colpito il bambino sbagliato.

Vedersi rifiutare l'unico lavoro con il quale era mai riuscito a guadagnarsi da vivere dignitosamente, per quanto in modo modesto, accrebbe la frustrazione e la rabbia di Basetyr, che se la prese con la famiglia. Poi fu colpito da un ictus debilitante, dopodiché la moglie lo lasciò.

La malattia lo aveva reso invalido, lasciandogli il braccio sinistro debole, l'andatura goffa e la pronuncia confusa, ma gli restavano molte energie, e quando si rese conto che la moglie non sarebbe tornata iniziò a picchiare Penelope accusandola con voce impastata di "complicità con quella puttana della matrigna". Dopo una quindicina di giorni o poco meno, Basetyr cercò di trascinarsela nel letto. Suo fratello tredicenne, con cui di tanto in tanto aveva diviso il giaciglio negli anni precedenti, rimase a guardarli ridendo. Lei riuscì a liberarsi e mentre il padre barcollava nell'aia gridando nel buio e chiedendole di tornare, si nascose dietro una catasta di legna di castagno. Suo fratello la trovò e chiamò il padre, ma Penelope sfuggì alla loro presa, scomparve nei boschi, poi tornò indietro e si infilò nel pollaio.

"Torna qui, puttanella. Ti ci vuole qualche bella frustata!" sentì il padre gridare in direzione del bosco dove pensava si fosse nascosta.

Alle prime ore del mattino seguente si infilò nell'acqua fredda dell'abbeveratoio per lavarsi, poi raccolse qualche indumento del fratello appeso fuori, recuperò dalla dispensa un fagotto di pancetta salata e biscotti secchi e si inoltrò nel bosco. Temendo che gli abitanti del paese avrebbero preso le parti del padre a prescindere da quello che lei avrebbe potuto dire, non cercò nemmeno di andarci. Non avrebbe mai scordato l'alba di quel giorno: si diresse a est evitando di piangersi addosso, mentre l'aria fresca che soffiava tra le spighe di grano giovani le sfiorava il viso e i capelli umidi. Avrebbe sempre collegato quella sensazione al sollievo di lasciarsi alle spalle la sofferenza.

Quando se n'era andata non aveva in mente una direzione particolare. Nelle notti calde di inizio estate delle prime settimane in cui aveva girovagato per la West Virginia aveva potuto dormire all'aperto senza grossi problemi perché non temeva il bosco: in quei mesi estivi i giacigli soffici che trovava quando la luce verde si affievoliva nell'oscurità le sembravano più confortevoli di quello lasciato nella casa sporca in cui era cresciuta. A un'età in cui la corazza è in genere molto sottile lei era insolitamente navigata e non aveva paura a dormire all'aperto da sola, anzi, lo preferiva, ripensando agli ambienti soffocanti in cui era vissuta con la famiglia, così estranea, conflittuale e sempre pronta a imporle le sue regole.

I boschi erano il suo elemento. Dai sei anni in avanti aveva lavorato nella foresta con il padre e il fratello, accompagnandoli nel trasporto del legname fino alle segherie sul fiume, dove si accampavano e andavano a caccia. Sapeva catturare i pesci, spellare e cucinare scoiattoli e uccellini, e le erano bastati pochi giorni dalla fuga per imparare anche a rubare il cibo nelle ricche fattorie sparse lungo il fiume. Di rado avevano abbastanza personale per tenere d'occhio le provviste che avrebbe potuto sottrarre, e lei lo sapeva. Era una ladra silenziosa e scaltra, si teneva alla larga dai paesi e rimaneva nei dintorni dei boschi dove si era sempre sentita a suo agio, seguendo il lento corso del Potomac ma tenendosi a debita distanza dal trambusto delle cittadine nei pressi della capitale. Conosceva e amava la solitudine dei boschi e poi non le era mai piaciuto parlare. Aveva imparato dov'erano i guadi più facili, attraversava il fiume a nuoto nei punti in cui era più lento e stretto, e nei bracci più larghi faceva la spola tra la Virginia e la Pennsylvania aggrappandosi alle fiancate delle chiatte, che venivano tirate per mezzo di lunghe corde.

La cosa che preferiva, oltre a svegliarsi al mattino con la rugiada e lo scintillio offuscato della luce che filtrava dalla chioma degli alberi, era rannicchiarsi al coperto sotto una tettoia di fortuna e ascoltare il ticchettio della calda pioggia estiva che lavava via la polvere dalle foglie.

Dopo sei settimane di quella che considerava l'avventura più liberatoria della sua vita, mentre era seduta su un ramo di ciliegio selvatico piegato a mangiare mais essiccato sottratto da uno dei silos della fattoria che aveva visitato la notte precedente, vide un uomo e una donna vestiti in modo curato ma semplice che avanzavano titubanti lungo il sentiero. Probabilmente erano quaccheri, pensò. Era appena piovuto e si era tolta i vestiti in modo che l'acquazzone tiepido la lavasse come piaceva a lei. Quando vide la coppia il suo primo pensiero fu di coprirsi, ma osservando gli animali muoversi nei boschi aveva imparato che il modo migliore per non farsi scoprire era rimanere immobili. Quindi rimase ferma, nuda tra due rami, e li osservò. Dal passo esitante che avevano immaginò che si fossero persi e aspettò che se ne andassero, ma diversi minuti dopo li vide tornare nello stesso punto. Si misero a litigare, ma poi la donna gli inveì contro e l'uomo si ammutolì. "Stupido!" la sentì dire con un tono arrabbiato che le ricordava il modo in cui spesso la matrigna si rivolgeva a suo padre. Dopodiché i due si voltarono e scomparvero nuovamente nella direzione dalla quale erano venuti facendo un sacco di rumore. Lei sorrise e scese a terra in silenzio, si rivestì in fretta e intascò le pannocchie lasciate a metà. Come si aspettava, la coppia tornò indietro un'altra volta. Dopo pochi minuti l'uomo fece un fischio, due note che non assomigliavano a nessuno dei suoni della foresta. Penelope sentì un secondo fischio, due note. Poco dopo cinque neri, un uomo alto e robusto, due donne e due bambine, tutti scalzi e con l'aria confusa e spaventata, si unirono alla coppia. Non avevano bagagli, erano magri e sembravano esausti.

Penelope sapeva chi erano: gente in fuga. Rimase a guardare: i sette si avviarono in quella che secondo lei era la direzione sbagliata, a meno che non avessero deciso di tornare in Virginia e farsi catturare. Perciò li seguì e li vide raggiungere un roveto, dove si fermarono e si misero a sedere e le due bambine scoppiarono a piangere.

Sapeva che stavano scappando da qualcosa di orribile, cioè dalla schiavitù, sapeva cosa volesse dire fuggire da qualcosa di odioso, ma non aveva mai provato il loro smarrimento perché conosceva i boschi e la fuga era stata una cosa naturale. Ci rimuginò sopra. Avevano un'aria pietosa, pensò.

Dopodiché si decise a parlare.

"Meglio andare nell'altra direzione, se non volete essere catturati e frustati ben bene."

All'inizio nessuno reagì, ma poi, uno a uno si voltarono tutti a guardarla. Lei sorrise, sapendo di essere una strana visione, lì nel bosco: era forse un angioletto di dieci anni oppure un diavolo?

Si avvicinò, si infilò una mano in tasca e diede una pannocchia alla bimba più piccola. "Se volete seguirmi..."

Detto questo si voltò e imboccò la direzione che li avrebbe portati a un sentiero che costeggiava una macchia di rovi, si inerpicava su una collina e conduceva infine a un comodo guado.

La seguirono e nessuno fiatò finché non raggiunsero il fiume.

"Come ti chiami, fratellino?" le chiese il quacchero bianco.

Per la prima volta lei si rese conto che era bello essere un maschio.

"Pen" rispose.

◇◇◇◇

"Qui avete passato dei bei guai con Henri Lebo, eh signora?" disse Basetyr a Emmy in tono asciutto mentre remavano lungo uno stretto braccio del fiume James a monte di Richmond.

"Dopo aver saputo delle complicazioni, la sparatoria e tutto il resto, quasi non venivo."

Emmy non rispose.

"Pensate che Henri sia sopravvissuto?" le chiese Basetyr dopo un po'.

"Non saprei" rispose Emmy. "Il giornale non lo diceva."

"Se non è sopravvissuto... be', mi dispiacerebbe davvero" disse l'altra dopo aver remato in silenzio per un altro minuto. "Davvero."

Proseguirono per un po' senza parlare.

"Immagino che mi pagherete bene se vi riporto a casa senza che vi abbiano tirato quel bel collo bianco" disse Basetyr.

"Lo farò di certo, Miss Basetyr" rispose Emmy.

"Gli amici mi chiamano Pen" disse dirigendo la barca verso un approdo nascosto da un alto canneto.

Dopo un attimo proseguì: "Non avete reagito come fanno tutti quando mi vedono per la prima volta, signora, però immagino che abbiate delle domande. Di solito la gente ce le ha, se non decide di ignorarmi non appena crede di aver capito come sono fatta... Tutto sommato sono 'diversa'".

"Non sono turbata, Pen" rispose Emmy, "e non ho domande." Guardò quella donna bassa e robusta che con le sue mani forti guidava abilmente la barca dal fondo piatto controcorrente.

"Ammetto che mi aspettavo foste un uomo perché nessuno mi aveva detto il contrario. Ma poi" proseguì Emmy, "data l'idea che mi sono fatta di Henri Lebo non credo che mi avrebbe parlato così bene di voi se non foste abile in quello che fate."

Emmy notò che a quelle parole Basetyr aveva abbozzato un sorriso.

Mentre le due donne remavano, Clarissa dormiva. Emmy guardò la bimba, rannicchiata sotto un cumulo di coperte. Se non altro le signore del Noah's Ark le avevano dato vestiti puliti per la bambina e Jamie Jones non glieli aveva fatti pagare. A ogni modo aveva finito l'oro e aveva gettato via la cintura che le conteneva. Sia a Basetyr che a Henri Lebo aveva versato un anticipo della metà, mentre a Baltimora li aspettavano il saldo e la stessa ricca ricompensa, quasi mille dollari in oro, a patto di rispettare un unico accordo: aiutarla a tornare a Washington sana e salva.

Sull'altra riva erano legati due cavalli, nascosti nel boschetto. Dal fiume Emmy e Pen si diressero a nord per diversi minuti attraversando una pineta, dove si fermarono e si voltarono a guardare l'approdo. Emmy fu la prima ad accorgersene e Basetyr le confermò che su entrambe le rive sciabolava la luce di parecchie torce.

"Capiranno presto dove andiamo, cercano le tracce finché c'è luce. Una delle ragazze del Noah's Ark deve aver parlato" disse Basetyr.

Cavalcarono senza sosta per due ore, poi si fermarono a riposarsi per pochi minuti in piedi in un torrente, uno dei tanti tributari delle paludi e del fiume Chicahominy. Basetyr insistette che Emmy facesse i suoi bisogni nell'acqua corrente.

"Ci danno la caccia sul serio" le disse. "Il fiume porterà via l'odore della nostra pipì." Clarissa, vedendo le due donne, fece lo stesso.

Da lì si diressero a ovest per pochi chilometri, poi di nuovo a nord attraversando e riattraversando corsi d'acqua e percorrendo lunghi tratti di ogni ruscello che trovavano per confondere gli inseguitori. Basetyr scoprì alcuni vasti appezzamenti nei quali l'esercito dell'Unione si era accampato e aveva cercato cibo, e dove il terreno era smosso e ricoperto di impronte di zoccoli. Cercava una via sassosa che portasse ai campi e quando trovò un torrente in secca vi condusse Emmy finché fu possibile.

"Se hanno i cani..." Non era necessario che finisse la frase, Emmy sapeva che cosa volesse dire: le probabilità di sopravvivere alla posse sarebbero state scarse.

Di primo mattino, quando la nebbia si dissolse, Emmy vide altri campi in lontananza, separati da brandelli di recinzioni.

"Secondo i miei calcoli abbiamo un vantaggio di un paio d'ore. Bisogna proseguire, signora."

Basetyr cavalcava per lo più davanti e si alternava con Emmy nel portare Clarissa. Emmy non dormiva da oltre un giorno ma per qualche ragione, forse perché sapeva di non potersi fermare, era lucida e amareggiata per aver fallito.

Si chiedeva se sarebbe dovuta rimanere a Richmond: avrebbe forse dovuto nascondersi da quelle parti e continuare a cercare Brett? E poi, era stato saggio intraprendere quella ricerca, quando le probabilità di successo erano tanto scarse?

Ripensò a quando, in passato, aveva ignorato i consigli di persone come Pickett e suo cognato e si era messa in viaggio per ritrovare il figlio rapito.

Quella volta ce l'aveva fatta, e forse era per questo che aveva accettato quella sfida, per assecondare il bisogno istintivo di fare qualcosa di grande.

Ma era davvero quello il motivo?

Sarebbe dovuta rimanere a Richmond per rivolgersi a Pickett?, si chiese. Quel giorno non si aspettava di vederlo, perché incontrandolo non lo aveva chiamato? Forse perché era con un'altra donna? Provava ancora per lui sentimenti che non riusciva a comprendere, e che in qualche modo le impedivano di impegnarsi con Rory Brett? Non lo sapeva, ma ciò di cui era certa era che se fosse sopravvissuta avrebbe dovuto chiarirsi le idee.

Cercò di non pensarci e si soffermò invece sul motivo per cui, tanto per cominciare, era andata fin lì e su ciò che aveva e non aveva fatto: la faccenda non era ancora conclusa. Tastò l'ultima lettera che Brett le aveva mandato e che portava sul cuore. Povero Rory! Sperava che un angelo gli sussurrasse che lei si era presentata sulla soglia di casa sua e non aveva mai smesso di sperare in ogni momento del suo viaggio in quelle terre devastate.

Un'ora più tardi, imboccando una strada maestra che stando a Basetyr si trovava pochi chilometri a sud della città di Po River, si fermarono nuovamente per far riposare i cavalli. Emmy scrutò l'orizzonte in tutte le direzioni. Guardando verso quella da cui erano venute, cercò segni come uccelli in volo, sagome colorate o polvere che avrebbero indicato la presenza di eventuali inseguitori in avvicinamento, ma non ne vide. Quando guardò a nordovest, dalla parte opposta, scorse in lontananza alcune ciminiere che a giudicare dai fili di fumo grigio erano in attività. Non c'era vento e il fumo saliva dritto formando riccioli pigri, ma all'orizzonte non si muoveva nulla. Poi vide i corvi, a centinaia, molto più vicini, che volavano bassi in cerchio proprio sopra un campo a meno di quattrocento metri da lì, nella direzione in cui stavano andando, come le aveva detto Basetyr.

Quando lo raggiunsero e vide la scena, Emmy coprì gli occhi di Clarissa. Contò nove persone, tutte di colore: tre donne e sei bambini massacrati lungo un piccolo canale di irrigazione. A giudicare dallo stato dei cadaveri erano insepolti da giorni. Attraversarono il campo a cavallo e trovarono i corpi smembrati di altri tre uomini neri. Poco più avanti c'era il cadavere decapitato di un quarto. "Fuggitivi" disse Basetyr scuotendo la testa. "Ho già visto questa scena un milione di volte e ne ho visti anche il doppio, di cadaveri, a neanche otto chilometri da qui." Sospirò e guardò Clarissa ed Emmy. "I ribelli non vogliono lasciarli andare anche se sanno che è finita. Ed è finita da tanto tempo."

Emmy tenne le mani sugli occhi di Clarissa finché non ebbero superato quella scena ripugnante e le premette un fazzoletto sul naso per non farle sentire la puzza. Continuando a cavalcare, chiuse gli occhi e rabbrividì, poi fermò il cavallo. Alcuni di quei bambini avevano l'età di Clarissa e Jacob. Quelle persone non erano state solamente uccise, ma anche mutilate. Le tornò in mente quello che suo marito Isaac aveva visto a Camano Island nel Territorio di Washington quattro anni prima: lì i nativi avevano fatto la stessa cosa ad alcuni coloni neri liberi.

"Non possiamo fermarci a fare il nostro dovere" disse Basetyr. "Dite le vostre preghiere e poi proseguiamo."

Emmy fermò nuovamente il cavallo. Basetyr, vedendola riflettere su ciò che aveva appena visto, le si avvicinò. "Altri due giorni e mezzo, signora. Andiamo avanti." La sua voce era ferma, ma Emmy notò che aveva un fondo di tristezza.

Quando calò la sera Basetyr disse che secondo lei avevano percorso almeno quaranta chilometri. Indicò una fila di pali lungo la strada alla loro sinistra. "L'esercito dell'Unione ha tagliato tutti i fili del telegrafo, da queste parti. E questo va a nostro vantaggio, altrimenti ci sarebbero quelli della vigilanza ad aspettarci, ci può scommettere."

Proseguirono per altri quattrocento metri. "Ai cani non importa niente del telegrafo, però, seguono le tracce tue e del tuo cavallo per cento chilometri e non si fermano finché non sei con le spalle al muro. Li odio" disse Basetyr.

Poi le spiegò che siccome Otis Loller, lo sceriffo della contea di Henrico che si era autonominato capo del Comitato di vigilanza della Virginia, non poteva segnalare che erano ricercate, avrebbe messo sulle loro tracce tutti gli uomini e i cani che riusciva a racimolare. Le avrebbero inseguite furiosamente dividendosi in due o più gruppi, con i cani e i cavalieri che correvano più in fretta che potevano, ma probabilmente con il buio si sarebbero fermati a riposare. I cani avrebbero dovuto mangiare e dormire, mentre l'unico vantaggio suo, di Emmy e Clarissa era potersi muovere in fretta.

Emmy guardò i cavalli: schiumavano copiosamente. Al che Basetyr, vedendola esitare, disse: "Ho dei cavalli freschi che ci aspettano non lontano dal fiume Rapidan. Andiamo avanti, signora".

Poche ore dopo si fermarono presso un altro ruscello e lasciarono riposare ancora un po' gli animali. Emmy li spazzolò, mentre Basetyr controllava loro gli zoccoli. Avevano avuto fortuna, Emmy lo sapeva: i cavalli avevano resistito per tutta la corsa.

Guardò l'altra parlare sottovoce al suo cavallo quasi fosse un bambino, mentre gli piantava un chiodo sotto uno degli zoccoli anteriori. Era una donna straordinaria, concluse, proprio come Lebo era un uomo straordinario. E proprio come le era successo con Lebo, per Emmy fu chiaro che Basetyr conosceva quelle zone a menadito e vi si muoveva con agio anche in quella luce fioca. Entrambi apparivano audaci e duri, ma tradivano una certa tenerezza nel modo in cui si erano comportati con Clarissa. Che cosa avrebbe fatto Pen Basetyr se avesse dovuto lottare per difendere la bimba, si chiese Emmy?

A quel punto le disse: "Stavo pensando a quello che avete detto... Anch'io vengo sempre ignorata dagli altri. Succede a tutti, no? Cioè, a noi donne. Mi chiedo quando smetteremo di abbandonarci ai pregiudizi, a questa smania di etichettare le persone come 'diverse' basandoci solamente sul loro aspetto. Com'è successo a quelli che ci siamo lasciate alle spalle".

Basetyr rispose: "Be', io mi sento a mio agio nei miei panni e non m'importa niente di quello che gli altri pensano di me. Per quanto mi riguarda mi piacciono le donne e anche gli uomini, faccio quello che faccio perché mi permette di guadagnare e devo dire che mi riesce piuttosto bene. Da quello che vedo voi fate quello che ritenete giusto. Be', per me è lo stesso".

Dopodiché proseguirono senza parlare.

Poche ore dopo l'alba si fermarono per calmare Clarissa che si era messa a piangere per la prima volta in tutta la cavalcata. Basetyr prese la bambina in braccio e con grande sorpresa di Emmy si mise a cullarla, addolcendo di nuovo la voce, tanto che la piccola si riaddormentò.

"Dobbiamo andare avanti" disse Basetyr, che teneva ancora in braccio la bimba. "Dovremmo aver percorso una settantina di chilometri, siamo quasi a metà strada."

Fecero un'altra sosta presso uno snodo ferroviario di una linea incompiuta, stavolta accanto a un capanno costruito a ridosso di un vecchio castagno nodoso i cui rami avevano distrutto parte del tetto. Dentro erano legati due cavalli e c'erano un sacco di avena e un fagotto con quattro uova sode, una pagnotta e due piccole mele verdi. Il pane era raffermo e le mele aspre, ma a Emmy parve il miglior pasto che avesse mai fatto. Basetyr sbucciò la sua mela e ne diede metà a Clarissa tagliandola a pezzettini.

"Non avete trovato quello che cercavate, vero?" disse a Emmy, che tentava di non rimuginare sugli eventi della settimana appena passata.

Lei si voltò e annuì, triste. Non si sentiva più lucida: era troppo stanca per abbandonarsi alla malinconia e subito si addormentò appoggiata al tronco nodoso dell'albero.

Sognò di trovarsi con un uomo... era Isaac, poi si trasformò in Rory Brett e poi in qualcuno che non conosceva. Era di nuovo incinta e lui si comportava come se fosse il padre. La spingeva da dietro, ma lei opponeva resistenza. Aveva un disperato bisogno di dormire, però sentiva il ginocchio di lui in mezzo alle scapole.

Basetyr la svegliò dopo quelli che le parvero solo pochi minuti, ma l'orologio da taschino indicava che l'aveva lasciata dormire per più di un'ora. Era già mezzogiorno e i cavalli erano sellati.

"Tra poco attraversiamo il Rapidan e poi percorriamo un tratto delle colline di Blue Ridge" disse Basetyr indicando un punto a ovest. "Poi svoltiamo a est passando da Snickerville, guadiamo lo Shenandoah e proseguiamo verso Sharpsburg, dove attraverseremo il Potomac. Su quel fiume, a valle, a Harper's Ferry, c'è troppo caos... ci vorrà un altro giorno pieno, forse un giorno e mezzo. Se riusciamo ad arrivare fin là mi sa che dovete darmi la ricompensa."

Al tramonto Emmy valutò che dovevano aver percorso altri trentacinque chilometri su colline dolci e poi in un'ampia vallata che, rispetto a quello che aveva visto più a sud, le appariva intonsa. Basetyr le disse che McClellan aveva concentrato le truppe dalle parti di Richmond e si mormorava che avesse evitato di proposito di fare rifornimento di cibo lì o di irritare gli agricoltori che vivevano in quella zona della Virginia sperando che, al pari delle contee occidentali, alla fine anche quella sarebbe passata pacificamente sotto il comando dell'Unione. Era risaputo, disse, che il generale dell'Unione John Pope, che nella zona meridionale dello Shenandoah aveva condotto battaglie davvero sanguinose, aveva fatto indispettire la popolazione di quella parte dello stato, ma il voto per la secessione dell'anno precedente aveva dimostrato ai nordisti che depredando la gente della zona non avrebbero perso granché.

"Mi aspetto che facciano tutto il necessario per vincere questa battaglia" disse.

Poiché il terreno non era martoriato da migliaia di carri, uomini e bestie com'era successo a sud nei territori dove si era svolta la Campagna peninsulare, Basetyr confessò a Emmy di temere che le loro tracce sarebbero state molto più facili da seguire.

In quel momento si accorse che avevano già incrociato più volte le orme di un folto gruppo di trenta o più persone, quasi tutte a piedi, con pochi muli e un carro. Le tracce andavano nella loro stessa direzione, lungo la via che Basetyr aveva usato varie volte per far uscire di nascosto persone e cose dal territorio controllato dai ribelli.

"Altri fuggitivi, immagino." Quando l'oscurità cancellò quasi del tutto la luce, li avvistarono davanti a loro.

C'erano dieci uomini, due bianchi e otto neri, e il resto erano donne e bambini che camminavano di fianco a un carro carico di bagagli. Tutti gli uomini avevano un fucile, ma la comitiva non avanzava molto in fretta.

"Be', ci sarà un bel po' di confusione" disse Basetyr indicando a Emmy la direzione opposta, dietro di loro. Attraverso l'oculare Emmy vide delle torce in avvicinamento a un chilometro e mezzo da lì, divise in due gruppi. Non sentiva ancora i cani, ma sapeva che stavano correndo in avanscoperta: era la posse di Otis Loller. Per una frazione di secondo pensò alla piccola rivoltella che le aveva dato Lebo e rabbrividì.

"Fate in fretta!" le ordinò Basetyr.

Emmy capì: andarono dritte verso i neri, gridando, gesticolando e fischiando.

"Siamo amici! Non sparate, maledizione, non sparate! La posse dello sceriffo sta arrivando da sud."

Emmy e Basetyr, che teneva stretta Clarissa, non si fermarono ma superarono i fuggitivi che avevano abbassato le armi e guardavano verso sud, nella direzione delle due posse che stavano per riunirsi. Quando Emmy si voltò vide che la banda di fuggitivi stava cercando un nascondiglio nella boscaglia, coprendo il carro e dividendosi in due file per formare un imbuto che gli inseguitori avrebbero dovuto per forza attraversare. Da quello che si poteva capire in quella luce fioca sembrava che si stessero preparando allo scontro con Otis Loller.

Sentì i primi latrati dei segugi, prima fiochi, poi sempre più forti. I cani, che dovevano essere cinque, deviarono dal ruscello in secca dove sarebbe dovuta passare la posse di Loller e imboccarono il sentiero sul quale stavano cavalcando lei e Basetyr.

"Accidenti! Quei maledetti cani si sono messi sulle nostre tracce!" gridò a Emmy. "Dateci dentro, signora!"

Emmy spronò il cavallo cercando di tenere il passo con Basetyr, che si era lanciata al galoppo verso uno stretto crinale, attraversando un boschetto di conifere. Sentiva i cani ringhiare e ululare recuperando in fretta terreno su di lei. Quando raggiunse il boschetto vide il cavallo di Basetyr con le redini gettate su un cespuglio di more. Era stata disarcionata?

I cani, tutti segugi Bluetick Coonhound, erano ormai a meno di trenta metri. Emmy cercò di condurre il cavallo attraverso i rovi, ma quello scartò, si fermò e prese a indietreggiare.

Il capobranco raggiunse la sua giumenta proprio mentre riabbassava le zampe anteriori e quando fece per saltarle addosso la cavalla si voltò, rinculò e gli sferrò un calcio in un fianco con lo zoccolo posteriore sinistro.

Il cane uggiolò e fu scagliato tra i rovi.

Ma ecco spuntare altri due segugi che mordevano l'aria. Il primo spiccò un salto e addentò la giumenta sul muso, e mentre quella girava su se stessa cercando di scrollarselo di dosso il segugio roteò nell'aria finché perse la presa.

Emmy stava frugando in una tasca e aveva estratto la Derringer per sparare, ma la cavalla smise di colpo di girare e lei venne disarcionata prima di riuscire a caricare la pistola. Cadde malamente per terra tenendo ancora le redini in una mano e la pistola nell'altra.

Due segugi le furono addosso e le si gettarono alla gola, afferrandole un braccio e strappandole la manica del soprabito.

Non sentì neanche gli spari del fucile di Pen Basetyr che le tolsero i cani di dosso scagliandoli via.

Fu assalita dagli ultimi due segugi, uno dei quali le morse una gamba mentre l'altro puntava alla gola. Tenendolo lontano con la sinistra caricò la Derringer e gli sparò addosso due colpi.

Il segugio che le aveva afferrato la gamba si voltò e fuggì via.

"Tutto bene?" le chiese Basetyr.

Emmy annuì, si ricompose e calmò il suo cavallo, che aveva un labbro ferito e sanguinante. Sapeva che avrebbero dovuto allontanarsi in fretta prima che Loller sguinzagliasse altri cani, e che il sangue della giumenta ferita avrebbe lasciato una traccia facile da seguire.

"Muoviamoci" gridò ancora Basetyr risalendo a cavallo. Passò Clarissa a Emmy e fece per ricaricare l'arma.

"Accidenti! Guardate là!" disse Basetyr alzando gli occhi e puntando il fucile verso il punto in cui i fuggitivi avevano preso posizione per affrontare la posse in arrivo.

La banda, ormai a meno di trecento metri da loro, si dirigeva proprio verso la loro linea d'attacco.

Pochi secondi dopo iniziò la sparatoria. Dal loro punto di osservazione nel boschetto Emmy vide che in meno di un minuto molti cavalieri della posse con le torce, bersagli perfetti nell'oscurità della notte, erano stati colpiti e disarcionati.

La giusta conclusione, pensò.

"Credo che il vecchio Loller non si aspettasse un'accoglienza simile" disse Basetyr. "E con questa sono due, le imboscate in cui è caduto in meno di una settimana." Emmy annuì.

◇◇◇◇◇

Attraversarono lo Shenandoah all'alba e raggiusero il guado di Sharpsburg alle nove del mattino. Seduta sulla riva del Potomac a osservare il traffico fluviale che andava verso sudest in direzione di Harper's Ferry e Washington, Emmy guardò Clarissa che ancora una volta dormiva serena. Che cosa avrebbe dovuto fare con lei?, si chiese. Una volta a Washington avrebbe dovuto trovare il modo di insegnarle innanzitutto a comunicare. Sembrava malleabile e abbastanza sveglia per imparare ed Emmy sperava di avere la forza di darle ciò di cui aveva bisogno.

Vide che l'altra scrutava lei e Clarissa, la quale si era svegliata e si guardava in giro. Basetyr allungò le braccia e subito la bimba si alzò e andò da lei, le si sedette in grembo, si rannicchiò sotto il suo giaccone, poi chiuse gli occhi e si rimise a dormire. Anche Basetyr chiuse gli occhi, sorrise serena e la cullò piano. "Credo di piacere a questa piccolina, signora" disse meditabonda. "So che avete i mezzi e forse anche un sacco di tempo a disposizione ma... be', se siete d'accordo vorrei tenerla con me" aggiunse.

Emmy le guardò, poi annuì: aveva ragione. Con le disgrazie che la vita le aveva riservato, Clarissa aveva bisogno sia di una madre che di una figura protettiva, e Basetyr possedeva capacità che andavano ben oltre quelle che la società riteneva fossero appannaggio delle donne sole ed era tutt'altro che schiava del bisogno di approvazione. Tutto questo era davvero ammirevole ed Emmy immaginava che a Clarissa avrebbe fatto un gran bene; il resto non contava, concluse.

Annuì nuovamente.

Si chiese che cosa significasse essere "diversi" e come ci si sentisse: come si faceva a sopravvivere da "diversi" in un contesto ostile non per via dell'ambiente naturale ma del bisogno istintivo e tribale di sicurezza degli esseri umani, sicurezza che derivava dal conformarsi alle regole e alle aspettative altrui? Questo la fece ripensare all'esperienza vissuta a Panama quasi due anni prima, quando insieme ad altri era stata presa in ostaggio durante l'assalto al treno su cui viaggiava, perpetrato da un bandito di nome Bocamalo. Quell'uomo si era circondato di un leale seguito di *descapacitados*, persone che come lui erano nate con gravi malformazioni. A quanto pareva erano sopravvissute creando una loro comunità, infischiandosene delle regole e di ciò che era "normale".

Poi le venne in mente suo figlio Jacob. Anche lui non era più "normale", lo sapeva bene, e temeva che le sue sofferenze lo avessero cambiato per sempre. Sarebbe riuscito a sopravvivere in quel mondo "normale", circondato da persone "normali"? Il suo carattere vivace, che lei aveva percepito fin da quando era neonato e che a volte sconfinava nell'aggressività, sarebbe mai riemerso? O forse Jacob era ormai spaventato e perduto in modo irreparabile?

Non vedeva l'ora di tornare da lui e da Sarah.

Guardò ancora una volta Basetyr e la bambina. "Clarissa avrà un bisogno costante di amore e di attenzioni, Pen sarà sempre 'diversa'. Credo che saprete prendervi cura di lei" disse, certa che sarebbe stato così.

CAPITOLO VENTINOVE

EMMY, McEMEEL E BUTLER

9 agosto 1862 – Sul treno da Washington a New York

La permanenza di Emmy a Washington fu densa di preoccupazioni e durò poche ore per via della notizia che l'aspettava al suo arrivo: Sarah e Jacob erano spariti. Si concesse a malapena il tempo di mettere insieme un po' di abiti puliti, immergersi in una vasca di acqua calda per mezz'ora di sollievo, in modo da ripulirsi dalla sporcizia accumulata nella lunga cavalcata da Richmond, e organizzare il prelievo di un altro anticipo sul diamante di Jacob presso l'avvocato, il signor Dolan.

Inviò un telegramma a New Orleans al cognato Jonathan McEmeel, dicendogli che si sarebbe presa cura di Kathleen ricoverata al New York Hospital, e un altro al signor Doyle Grimes, l'investigatore privato che le aveva inviato il messaggio con cui le comunicava la scomparsa dei bambini. Dopodiché prese un treno diretto a nord.

Com'è che i suoi figli si erano persi proprio a New York, fra tutti i posti possibili? E perché Kathleen li aveva portati fin là? Emmy cercò di calmarsi, non sarebbe servito a niente fare delle ipotesi, perciò decise di non insistere finché non avesse potuto affrontare Kathleen e parlare con Grimes.

Alla prima fermata un po' più lunga scese per qualche minuto e inviò un altro telegramma al detective Grimes, dandogli istruzioni perché ingaggiasse altri assistenti e si assicurasse l'aiuto della polizia ai più alti livelli possibili, poi risalì a bordo. A parte questo l'unica cosa che poteva fare, dal momento che si trovava ancora a centinaia di chilometri da New York e poteva fare poco o nulla per contribuire al ritrovamento dei figli, era tenere sotto controllo le emozioni e riposarsi il più possibile.

Si concesse un pisolino sui duri sedili di legno del treno: non fu difficile, stanca com'era. Dormì fino a Baltimora, dove fece una breve sosta per controllare il conto sul quale aveva lasciato il saldo dei compensi di Henri Lebo e Pen Basetyr. Lebo aveva ritirato il denaro, quindi era sopravvissuto. Era un uomo brusco, ma le aveva salvato la vita, ed Emmy si chiese in quali termini fossero lui e Basetyr: non aveva informazioni che le permettessero di spingersi oltre la conclusione che erano molto affezionati l'uno all'altra.

Da Baltimora il viaggio a New York le avrebbe richiesto solo un altro giorno, sempre ammesso che i ribelli di Jubal Early o di Nathan Bedford Forrest non avessero attaccato nuovamente la linea ferroviaria. In quella tappa del viaggio le preoccupazioni si fecero nuovamente sentire, perciò per evitare di crollare al pensiero di Sarah e Jacob scomparsi cercò di leggere tutto ciò che aveva a disposizione. Trovò un vecchio numero del *Tribune* e provò a concentrarsi su una lettera di Abraham Lincoln al direttore Horace Greeley che, sia in privato sia sulla stampa, aveva ripetutamente criticato il presidente dell'Unione perché non conduceva la guerra in modo più aggressivo. Greeley, un repubblicano caparbio, in un editoriale chiedeva a Lincoln di dichiarare che per l'Unione lo scopo della guerra era soprattutto l'abolizione della schiavitù.

Emmy lesse a bassa voce la risposta di Lincoln alle ultime critiche di Greeley:

> *Il mio obiettivo primario in questa battaglia è salvare l'Unione e non preservare o abolire la schiavitù. Se potessi salvare l'Unione senza liberare nemmeno uno schiavo lo farei, così come lo farei se potessi salvarla liberando tutti gli schiavi o liberandone solo alcuni e lasciando stare gli altri. Quello che faccio riguardo alla schiavitù e alla gente di colore lo faccio perché ritengo possa contribuire a salvare l'Unione, e quello che evito di fare lo evito perché non credo contribuisca a salvarla.*

Un altro articolo in prima pagina riportava voci secondo le quali Abraham Lincoln, tramite dei portavoce, aveva offerto l'incarico di maggior generale a Giuseppe Garibaldi che, ricordò Emmy, era il condottiero cui si era votato Antonio "Ari" Scarpello, l'uomo che aveva salvato i suoi figli a Panama. Proseguendo nella lettura apprese che Garibaldi aveva rifiutato l'incarico perché Lincoln non aveva come obiettivo principale l'abolizione della schiavitù, il che sembrava corroborare ciò che dicevano Greeley e altri, pensò. Perché Lincoln esitava? Lui e il suo gabinetto credevano davvero che non prendere posizione potesse convincere la gente a cambiare opinione sullo schieramento da sostenere?

Lincoln sosteneva che il suo obiettivo in quella guerra era proteggere l'Unione e risolvere le cose nel modo più rapido possibile ed Emmy, pur comprendendo il pragmatismo di quell'approccio, si chiese quanto fosse moralmente giusta una posizione del genere. A prescindere dalle sue ben note convinzioni sul fatto che la schiavitù fosse un abominio, Lincoln avrebbe fatto qualunque cosa pur di vincere la guerra e proteggere l'Unione. Qualunque cosa.

Emmy capiva anche che cosa implicasse tale approccio perché lo aveva appena visto nei campi della penisola: una guerra contro i civili, oltre che contro l'esercito. Perciò a suo parere il conflitto sarebbe stato duro per entrambi gli schieramenti, per quanto non ben definito dal momento che gli obiettivi di ciascuna fazione non erano ancora chiari. Almeno, così le sembrava che stessero le cose.

Da molti punti di vista l'Unione, invadendo ripetutamente la "madrepatria" in Virginia, aveva prestato il fianco a eventuali accuse di provocazione che i bianchi del sud avrebbero potuto lanciare nelle manifestazioni di protesta, a prescindere dal fatto che fossero pro o contro la schiavitù. A parte coloro che vivevano nelle grandi città, la maggior parte degli americani del nord e del sud con cui aveva parlato nei due anni precedenti dava chiaramente la priorità alla propria patria locale rispetto al vasto regno proclamato dal governo federale.

Ricordò le conversazioni avute con George Pickett, che odiava la schiavitù ma amava la natia Virginia e aveva sentito dire che il generale Lee provava le stesse cose. Le persone, anche quelle considerate "d'animo nobile", mettevano i propri interessi davanti a quelli degli altri e lo stesso valeva al Nord, dove la guerra e le questioni di Washington erano astrazioni, soprattutto per chi non era originario delle città. Di sicuro, se i ribelli avessero portato la guerra in Pennsylvania o addirittura nel Maryland le forze che sostenevano i valori morali delle due fazioni sarebbero potute cambiare.

Ma per il momento pareva che la gente del sud fosse molto più ferita e offesa di quella del nord che, a differenza dei neri direttamente colpiti da quell'ingiustizia, si sentiva lontana da tutti quei tormenti. A meno che gli abitanti del nord non si ritrovassero immischiati nelle tragedie in corso la situazione sarebbe rimasta immutata.

A conferma di tali conclusioni, quando Emmy arrivò a New York le parve che la guerra fosse a migliaia di chilometri di distanza e lontanissima dai pensieri della gente comune, che invece a Richmond e Washington non pensava ad altro. I newyorkesi si dedicavano alacremente ai loro affari: lì la guerra era un qualcosa che riguardava gli altri, nessuno si vestiva di nero come avveniva di solito nelle due capitali ed era certa che anche a Boston o a Whidbey Island, nel Nordovest Pacifico, la situazione fosse identica. Ma adesso non aveva tempo per rimuginare su quelle cose e comunque in quel momento non avevano importanza: i suoi figli erano scomparsi.

◇◇◇◇◇

10 agosto-6 settembre 1862 - New York

Kathleen non la finiva più di scusarsi. Contrariamente al solito si trattenne dall'inventare giustificazioni per manipolare i presenti, almeno quelli che non la conoscevano bene, convincendoli che lei era una vittima senza colpe. Aveva le braccia ingessate e il volto sfigurato.

Emmy la trovò su una sedia a rotelle in una stanza con le vetrate che davano sull'East River. Piangeva, e non capì se fosse per il dispiacere o perché aveva gli occhi spaventosamente neri e gonfi.

"Prima che tu arrivassi ho cercato di specchiarmi nel vetro della finestra: credo di stare molto meglio di qualche giorno fa" disse Kathleen cercando di fare una battuta, con le gengive sanguinanti e la mascella rotta. Poi ricominciò a piangere.

Prima di andare all'ospedale, Emmy aveva avuto un colloquio con Grimes e conosceva già tutti i dettagli più spiacevoli.

"Volevi dirmi altro?" le chiese.

"Pensavo di fare la cosa giusta."

"Oh, Kathleen... certe volte ne siamo proprio convinti, eh?" disse Emmy trattenendo la rabbia: non aveva certo autorizzato la sorella a portare i suoi figli a New York, né a far "curare" Jacob da un ciarlatano.

Emmy si rendeva conto che persino le sue, di decisioni, avevano avuto conseguenze importanti, alcune positive, altre meno. Perciò, non volendo giudicare nessuno a parte se stessa come si era allenata a fare nel corso degli anni, cercava di non dare per scontato che la sorella stesse trovando per l'ennesima volta delle giustificazioni. Kathleen si era sempre comportata così, dimostrando di usare uno specchio davvero speciale: quando Emmy era in America centrale aveva sentito dire che gli antichi, forse gli Inca, praticavano fori sottili al centro dei loro specchi d'argento perfettamente lucidati. Aveva immaginato che lo facessero per evitare di inciampare rimirandosi mentre camminavano, ma forse era anche un modo per ricordare a se stessi quanto fosse egoistico il narcisismo, pensò. O forse quell'espediente li aiutava a proteggere il proprio egoismo dalle calamità che comportava. Comunque fosse, concluse, Kathleen non aveva mai guardato davanti a sé mentre si rimirava allo specchio.

Emmy si chiese se anche lei avrebbe potuto trarre vantaggio da un simile oggetto.

"Sono certa che ti riprenderai, Kathleen" disse con tutta la compassione che era in grado di dimostrarle in quel momento. "Tuo marito ha inviato un telegramma per dire che sta tornando da New Orleans. Tra l'altro pare che il generale Butler sia stato riassegnato e governerà la parte orientale della Virginia, perciò Jon sarebbe comunque tornato da queste parti. Immagino che sarà qui tra meno di una settimana."

A quelle parole, Emmy la vide sospirare.

"Adesso devo trovare i miei figli." Le diede un bacio sulla fronte e si voltò.

"Non era un cattivo uomo" disse Kathleen mentre la sorella si allontanava. "Parlo di Roland Escoffier."

Sentendo montare nuovamente la rabbia Emmy evitò di rispondere e se ne andò chiedendosi se la sorella sarebbe mai stata capace di cambiare.

Vide Doyle Grimes che l'aspettava nell'atrio dell'ospedale parlando con quattro assistenti che, come lei aveva chiesto, erano affidabili e navigati e conoscevano bene la città. Mentre gli si avvicinava lo sentì spiegare la situazione al gruppetto.

"La bellezza al piano di sopra si è presa due cazzotti negli occhi, ha qualche costola rotta e le braccia spezzate. E lei è quella fortunata... ha avuto solo una scarica di botte. Il bellimbusto che l'accompagnava invece ha vinto un viaggio all'altro mondo."

Quando si accorsero del suo arrivo gli uomini si alzarono e si tolsero il cappello e Grimes si scusò: "Perdonatemi, signora, stavo solo raccontando della vostra sfortunata sorella e del signor Escoffier. Ho un piano per ritrovare i bambini, se volete ascoltarmi un momento".

Emmy si rese conto che Grimes era ben organizzato ed efficiente, e ascoltò la strategia che aveva in mente per ritrovare Sarah e Jacob: avrebbero passato al setaccio la città seguendo il percorso della ferrovia Harlem-Manhattan, sparpagliandosi e parlando con la polizia, gli assistenti sociali, le missioni e i religiosi nel raggio di sei isolati da ogni stazione. Due uomini si sarebbero occupati della parte alta, da Harlem verso sud, due avrebbero iniziato dall'89esima e sarebbero scesi fino alla 49esima e lui, insieme a un altro, avrebbe cominciato da Broome Street, dov'era partita anche Kathleen, per poi dirigersi verso Midtown.

Emmy gli chiese ansiosa: "Avete abbastanza uomini per questo incarico?"

"Quelli che ho sono persone in gamba, signora, con tanti contatti, ma se non troviamo i bambini entro domani ne ho altri pronti a partire" rispose.

Detto questo, proseguì con le spiegazioni: avrebbero affisso il messaggio fatto realizzare da Emmy, illustrato dalle fotoincisioni dei bambini, a ogni angolo e sulle bacheche di ogni chiesa; avrebbero parlato con gli strilloni che vendevano i giornali sui quali aveva fatto pubblicare alcuni annunci a pagamento: il *Daily Post*, il *Tribune* e la *Police Gazette*, e avrebbero interrogato le centinaia di piccole fioriste della zona, molte delle quali, aggiunse Grimes, vendevano anche se stesse.

Mentre ascoltava il su piano Emmy fu contenta di avere avuto la lungimiranza di portare le foto, vista la fretta con cui era partita da Washington, ma era dispiaciuta che fossero state scattate più di due anni prima, quando ancora si trovavano nel Territorio dell'Oregon. Sarah stava diventando una signorina e i suoi tratti adesso erano più fini, mentre Jacob a quei tempi aveva i capelli più lunghi, senza contare che erano tutti e due più alti, anche se Jacob era piccolo per la sua età.

"È un buon piano: avete la mia approvazione, signor Grimes, ma voglio partecipare anch'io alle ricerche" rispose Emmy. Visto quello che era successo a Kathleen, Grimes obiettò ma poi, quando lei accettò di pagarsi una scorta composta da due membri della Metropolitan Police, capitolò.

Le ricerche iniziarono immediatamente.

In quel primo giorno Emmy parlò con diverse persone e ben presto si rese conto di quanto sarebbe stata difficile la ricerca. Per quanto avesse già speso molto per ingaggiare tutti quegli uomini, più di duemila dollari, la città era immensa e gli abitanti sembravano infiniti. Migliaia di bambini vagabondavano per le strade a ogni ora del giorno.

"Sono tutti senzatetto" osservò Grimes notando la reazione di Emmy alla vista dei tanti orfanelli sui marciapiedi.

Quella sera, quando prese la carrozza per raggiungere l'albergo, molti dei bimbi che aveva visto al mattino erano ancora seduti allo stesso posto.

"Nel pomeriggio ho parlato con una suora dell'orfanotrofio domenicano" disse Grimes scortando Emmy sulla carrozza diretta all'hotel. "Mi ha detto che secondo lei i bambini senzatetto sono più di 20.000 e che a Chicago e Filadelfia ce ne sono ancora di più."

La guerra aveva peggiorato le cose, Emmy lo sapeva, perché molte famiglie erano andate in pezzi in seguito alla morte o al ferimento di tanti uomini precettati per combattere. Dato che l'Unione aveva bloccato i porti sudisti, tutti gli immigrati, "la carne da macello di Lincoln", si erano riversati nelle città del nord. Gli irlandesi continuavano ad arrivare a ondate di oltre mille al giorno, ridotti in miseria dalla carestia di patate del 1845 che aveva messo in ginocchio l'economia del paese, senza contare che dal 1849, quando i Britannici avevano dichiarato che l'infezione era "finita", gli effetti devastanti della peronospora non si erano ancora attenuati.

Ai nuovi arrivati che decidevano di rimpolpare le truppe dell'Unione venivano promessi 300 dollari di ricompensa e la certezza di ricevere tre pasti sostanziosi al giorno da un esercito ben rifornito, perciò molti uomini si arruolavano non appena sbarcati dalla nave, lasciando donne e bambini a sbrigarsela da soli, e gli affollatissimi caseggiati della città venivano ripetutamente colpiti da malattie come colera, febbre gialla e vaiolo.

I bambini più sani sopravvivevano, mentre i loro genitori e fratelli si spegnevano lasciandoli senza mezzi di sostentamento, cibo, abiti e casa. Allora si riversavano per le strade e molti vi morivano. Quasi tutti quelli che invece ce la facevano, nel giro di un anno avevano già preso una brutta strada: alcuni si univano alle gang, altri finivano nel giro della prostituzione e solo una piccola percentuale trovava aiuto presso organizzazioni e istituti religiosi già sopraffatti dall'afflusso di centinaia di migliaia di immigrati.

Emmy capì subito che più si spingeva a sud e a ovest, peggiori erano le condizioni di vita degli abitanti. Nella zona di Five Points, vicino al posto in cui avevano picchiato Kathleen, vide cantine prive di finestre sotto ogni scalinata d'ingresso e nella parte bassa di ogni edificio. Grimes e i poliziotti che la accompagnavano le dissero che quelle cantine si intersecavano tra loro formando una serie di corridoi e di anfratti nei quali abitavano migliaia di persone.

"È un formicaio di assassini, prostitute e ladri, chiedo scusa, signora" disse Grimes. "Le persone per bene non vanno sottoterra prima della loro ora."

I caseggiati che visitò nelle tre settimane seguenti assomigliavano a quelli che aveva visto a Boston e a Washington, con tante famiglie ammucchiate in casette di legno costruite per una sola, e a volte anche trenta persone su ogni piano di edifici da due o tre, con un solo bagno. Era peggio di quello che aveva visto attraversando il ghetto di Panama. Dietro molti di quegli edifici sorgevano altre strutture di fortuna, capanne e tettoie senza latrine, era una baraccopoli formata da costruzioni di ogni tipo che brulicavano di occupanti abusivi, i quali avevano recintato piccoli appezzamenti di terra. Osservò che molti di loro coltivavano patate.

In confronto l'Upper East Side dalla 59esima alla 90esima appariva lussuoso, con residenze e case di arenaria circondate da cancelli di ferro battuto che terminavano con spuntoni aguzzi per tenere alla larga i visitatori indesiderati. C'erano diversi hotel con statue di alabastro e rifiniture di marmo, sorvegliati da guardie di sicurezza e portieri in uniforme, per soddisfare le esigenze degli ospiti benestanti. Emmy notò che molti enti caritatevoli avevano la loro sede lì, accanto alle banche e alle chiese più ricche, e che in quella zona ogni viale era pattugliato da coppie di poliziotti.

Dopo una settimana Emmy ebbe l'impressione di non essersi avvicinata nemmeno di un passo al ritrovamento di Sarah e Jacob. Si dedicava senza sosta alle ricerche per sedici-diciotto ore al giorno, parlando con chiunque potesse fornirle opinioni o consigli, scoprendo tutto ciò che poteva sulle complicate e sovraffollate infrastrutture cittadine e seguendo qualunque pista, che appuntava via via su un registro.

Il fatto di essersi buttata a capofitto in quell'impresa colossale non le lasciava il tempo di pensare alle realtà con cui si scontrava di continuo, né di abbattersi perché non era riuscita a trovare Rory Brett. Giorno dopo giorno le speranze che fosse sano e salvo diminuivano. Se non altro, disse a se stessa trovando ben poca consolazione, aveva decine di piste sulla possibile ubicazione di Jacob e Sarah e ogni giorno se ne aggiungevano di nuove.

Uno dei primi posti che aveva visitato accompagnata da Grimes e dai due poliziotti in borghese si trovava nella zona in cui Kathleen ed Escoffier erano stati aggrediti, non lontano dall'indirizzo approssimativo, in una traversa della Broadway, datole dall'uomo che le aveva scritto fornendole il recapito di Scarpello.

Stando a quella lettera, quest'ultimo era tornato a Panama a cercare sua moglie, scomparsa durante la rapina al treno, affidando i due figli, Jonny di dieci anni e Falco di sei, a un cugino di nome Carluccio. Ma Emmy non ne conosceva il cognome e l'assistente che Grimes aveva sguinzagliato sulle sue tracce riferì di non aveva trovato persone con quel nome nei dintorni di quella strada. Inoltre nessuno ricordava di aver visto i due bambini.

A dieci giorni dall'inizio delle ricerche Emmy parlò con un duro di nome Googy Cohen il quale, come le avevano detto, era un procacciatore di clienti per prostitute: "un pappone", come lo definì Grimes. Dietro una garanzia di anonimato messa per iscritto dalla polizia e il pagamento anticipato di un quarto dei 1000 dollari di ricompensa, Cohen fornì loro l'indirizzo di una certa "istituzione" dove venivano tenuti alcuni bambini, due dei quali corrispondevano perfettamente alla descrizione di Sarah e Jacob. La sede da lui indicata, chiamata Flowers, si trovava all'angolo tra la Pearl e la Chatham. Cohen disse che, come sapevano bene sia lui che altri procacciatori, si trattava di uno dei tanti bordelli che soddisfacevano le esigenze di uomini dai gusti particolari.

Mentre Emmy e il suo gruppetto rimanevano fuori ad aspettare e sperare, due squadre di agenti fecero irruzione nella casa da entrambi gli ingressi. Quando ne uscirono, portarono fuori in manette tre donne poco vestite, tre uomini coperti solo in parte, uno dei quali era un consigliere di distretto appartenente alla Tammany Hall, e sei bambini avvolti nelle coperte. Ma né Jacob né Sarah erano tra quei bimbi spaventati, tutti sotto i dodici anni. Vedendo la scena il capitano della polizia, un uomo gigantesco dalle mani nodose soprannominato "Williams il bastonatore", disse scuotendo la testa furioso: "Non credereste a quello che abbiamo visto lì dentro. Ma dove andremo a finire?".

Due settimane dopo l'inizio delle ricerche Emmy ricevette due telegrammi dal cognato, che adesso si trovava a Newport in avanscoperta per conto del generale Butler, il quale sarebbe arrivato nel giro di qualche mese.

Il primo telegramma diceva: "Arrivo Manhattan giovedì da Newport".

E il secondo: "Trovato Rory Brett".

24-31 agosto 1862 - New York

Nel vederlo Emmy rimase di stucco: dall'ultima volta che si erano incontrati, pochi mesi prima, McEmeel sembrava invecchiato di vent'anni. Aveva messo su parecchi chili, era trasandato e camminava chino. La sua zoppia sembrava più pronunciata e di tanto in tanto nel muovere un passo faceva una smorfia. La visita a Kathleen lo aveva chiaramente turbato, tanto che sembrava assente.

"Le cose sono più complicate di quanto sembrino, Emmy" le disse uscendo dal reparto dov'era ricoverata la moglie. "Se *è* davvero l'uomo giusto sono sicuro che a tempo debito il suo caso verrà preso in esame. Tuttavia, se si tratta del vostro dottor Brett" aggiunse, "temo che si sia cacciato in un guaio bello grosso. Mi hanno detto che a quanto pare ha attaccato le guardie e si rifiuta di mangiare e di fare esercizio" disse McEmeel scuotendo la testa, "e poi ha cercato di inoltrare reclami sulle condizioni dei prigionieri di Point Lookout, con grande imbarazzo e costernazione dei direttori. Non è certo stata una mossa molto furba! E come se non bastasse è accusato a vario titolo di tradimento e diserzione nientemeno che da uno degli ufficiali di Winfield Scott, per ragioni che nessuno comprende o, per dirla tutta, visto che si è comportato in modo tanto increscioso, che non interessano a nessuno."

"Voi potreste intervenire senz'altro, Jon" disse Emmy. "Siete influente, avete tante conoscenze: dopotutto lavorate per Butler, no? I vostri contatti mi hanno aiutato ad attraversare le linee nemiche e a tornare indietro sana e salva, senza contare che ho ancora una discreta somma che mi avanza dall'anticipo sulla vendita del diamante di Jacob, perciò posso pagare bene."

"Non è la stessa cosa, Emmy" disse McEmeel. "In questo caso non ci sono conoscenze che tengano. Non posso far leva sull'entourage del generale Butler per mettere in discussione il protocollo della corte marziale di un altro generale, di sicuro non senza il suo permesso, soprattutto se si tratta di mettersi contro Scott, Grant o Halleck, che odiano il nostro caro generale. E Lincoln non si farà coinvolgere né farà niente che possa irritare Grant, il suo 'generale *du jour*', né si metterà certo contro Butler, perché alle elezioni avrà bisogno dei voti del Massachusetts; gli serviranno entrambi."

"Posso almeno andare a trovare Rory?" chiese Emmy.

"Non gli sono concesse visite né assistenza legale a causa delle accuse che gli sono state mosse: tradimento. Dovreste saperlo."

Emmy analizzò quello che sarebbe potuto accadere se le accuse contro Brett fossero cambiate grazie al suo intervento. Avrebbe potuto spiegare le circostanze della presunta diserzione dal servizio di Scott a Panama e gettare luce su una situazione che si era verificata più di tre anni prima.

McEmeel ammise che questo avrebbe forse potuto imprimere un corso diverso agli eventi, perciò il giorno dopo le inviò un messaggio per informarla che le accuse erano state presentate da un ufficiale di cavalleria di nome Jonah Cross. Il maggiore Cross faceva parte di un reggimento della Pennsylvania che poco tempo prima aveva combattuto nella seconda battaglia di Manassas, conclusasi con un'altra pesante sconfitta per l'Unione. Dopo la battaglia il reggimento del maggiore era stato spostato ad Antietam.

Il mattino seguente, non appena l'ufficio del telegrafo aprì i battenti, prima di iniziare le ricerche sulle varie altre piste relative all'ubicazione dei bambini Emmy inviò un telegramma al quartier generale reggimentale dell'unità di dragoni.

Due giorni dopo ricevette a sua volta un telegramma dall'assistente chirurgo assegnato al reggimento: diceva che alla vigilia della seconda battaglia di Bull Run il maggiore Jonah Cross, l'accusatore di Brett, era morto nel sonno "per una grave infezione alla mascella".

1°-14 settembre 1862 – New York

Emmy sapeva di non avere scelta: si sarebbe dovuta rivolgere direttamente a Butler, nonostante le ripugnasse dovergli chiedere un favore.

Ripensò al loro ultimo incontro: era avvenuto un anno prima in occasione della visita di Butler a Jon McEmeel che con Kathleen era ospite come lei da suo padre a Washington. Butler aveva offerto a McEmeel, in convalescenza per le ferite riportate durante la prima battaglia di Bull Run, un posto nel suo organico. Lei, Jacob e Sarah stavano tornando da una passeggiata nella quale avevano potuto verificare i progressi nella costruzione della cupola del Campidoglio. Butler aveva fatto fermare la propria carrozza e l'aveva chiamata. Purtroppo Emmy ricordava molto bene quella conversazione.

"Speravo proprio di vedervi qui, Emmy!" aveva esclamato Butler. "Abbiamo saputo che finalmente eravate tornata dalle terre selvagge del Nordovest Pacifico e ci chiedevamo se eravate cambiata da quando avevate lasciato Boston... Tredici anni fa di questi tempi, giusto?"

Jacob era corso via e Sarah, per quanto interessata a quella conversazione tra adulti, gli era coscienziosamente andata dietro per riacciuffarlo.

"Siete bella come ricordavo" aveva detto Butler, guardandola in un modo che l'aveva messa a disagio.

Emmy rammentava di averlo ringraziato e poi di aver cercato Sarah e Jacob, sperando di farli tornare da lei perché la proteggessero da quello che temeva avrebbe detto Butler.

"Mi sono assicurato un grande cuoco francese per deliziare i miei ospiti, un grandissimo cuoco, direi, come potete immaginare dalla pancia che ho messo su negli ultimi tempi" aveva detto lui ridendo; poi aveva aggiunto: "Saremmo felici se veniste a cena a casa mia nei prossimi giorni".

Lei aveva annuito senza replicare.

Lui era rimasto in silenzio per un attimo.

"Mia moglie è partita, sapete, adesso si trova a Boston, poverina, con questo caldo terribile." Aveva fatto un'altra pausa, aspettando la sua risposta. Alla fine, abbassando la voce, aveva detto: "Sarebbe una serata tranquilla e privata".

Emmy ricordò che lui l'aveva scrutata in attesa di una reazione a quelle ultime parole. Aveva inclinato la testa di lato, gli occhi stretti e la bocca atteggiata a un mezzo sorriso, le labbra socchiuse quanto bastava perché lei potesse vedere il giallo opaco dei suoi denti.

Intanto Sarah era tornata insieme a Jacob. Emmy ricordava di averli stretti a sé senza rispondergli: non sapeva che cosa dire.

"Bambini, eccovi qui!" aveva detto rivolgendo un rapido sorriso a Jacob e Sarah. "Per favore, pensateci, cara" le aveva detto Butler, poi si era toccato il cappello e aveva ordinato al cocchiere di proseguire, preceduto e seguito dalla scorta a cavallo.

Quel pomeriggio Emmy aveva ricevuto una lettera in una busta semplice, indirizzata "Alla Sig.ra Emmy Evers. Personale". Veniva dal maggiore Clinton Ives dell'esercito americano, l'aiutante di campo personale di Butler, ed era un invito a cenare con il generale la settimana seguente in una delle sue residenze, quella dall'altra parte del fiume, ad Alexandria.

Per tutta risposta, aveva scritto una lettera "Personale e confidenziale" indirizzata direttamente a Butler e l'aveva spedita con la posta del mattino. Diceva:

Generale Butler, il vostro invito a unirmi a voi per cena nella vostra residenza in assenza di vostra moglie non solo è inappropriato, ma anche offensivo per me e irrispettoso verso di lei.

Distinti saluti, Sig.ra Emmy Evers.

Avrebbe voluto dire molto di più, ma sperava che sarebbe bastato. Dopotutto Butler era un uomo intelligente.

E infatti da allora non si era più fatto vivo.

Ripensandoci adesso, dati i precedenti, come avrebbe fatto a riprendere i contatti con il generale?, si chiedeva. Il solo pensiero di avere a che fare con lui la gettava nello sconforto.

Il mattino seguente, insieme a Grimes, incontrò brevemente una donna di nome Fredericka "Marm" Mandelbaum, nota alla polizia come la "Regina dei ricettatori", per verificare se quel famigerato personaggio ben introdotto in società potesse fornirle informazioni su Sarah e Jacob.

La Mandelbaum, come tutti gli altri, tanto i funzionari quanto i malviventi che Emmy aveva incontrato nel corso delle sue ricerche, si aspettava un anticipo. Quando Emmy le porse oltre duecento dollari d'oro la donna fece un gran sorriso e le promise che avrebbe sparso la voce nella sua vasta "rete".

Vedendo quella donna enorme infilarsi il sacchettino di monete d'oro nella scollatura si interrogò sull'avidità che in quella città caratterizzava qualunque transazione. C'erano un prezzo dichiarato e uno non dichiarato, ormai lo sapeva, solo che i malviventi te lo dicevano apertamente, mentre i funzionari pubblici si aspettavano di essere pagati sottobanco. Nel Nordovest Pacifico non era così.

Si chiese quanto fosse ingenua lei per tutto questo e quali fossero le regole del gioco. In passato le cose erano state più semplici, quale altra lezione avrebbe dovuto imparare sul modo in cui girava il mondo?

Dopo l'incontro con la Mandelbaum Emmy inviò una lettera "Personale e confidenziale" al generale Butler, che sarebbe dovuto arrivare a Washington quella settimana. Senza accennare al fatto che aveva avuto quell'informazione da McEmeel gli diceva di aver saputo che il suo fidanzato Rory Brett era rinchiuso a Point Lookout e gli chiedeva se lui, il generale Butler in persona, fosse disposto a intervenire in suo favore per garantirne il rilascio.

Quattro giorni dopo ricevette un telegramma dal tenente colonnello Clinton Ives, con la richiesta di recarsi a Washington la settimana successiva per incontrare il generale nel suo ufficio. L'appuntamento era fissato per venerdì alle 18.

Emmy informò l'investigatore Grimes, che la rassicurò dicendole che avrebbe condotto le ricerche senza fermarsi anche durante la sua breve assenza, e che le avrebbe notificato subito con un dispaccio se fosse emerso qualcosa di nuovo dalla rete della Mandelbaum.

Per prepararsi all'incontro Emmy lesse tutto quello che poté sulle imprese del generale su vari giornali, e scavò tra i ricordi di quando, lei adolescente, suo padre era stato suo collega nello studio legale a Boston. Su una copia dell'*Olympia Intelligencer* inviatale dal fratello del defunto marito Isaac trovò la trascrizione di un discorso tenuto da Butler subito dopo lo scoppio della guerra. Fresco di nomina a maggior generale per opera di Lincoln, Butler aveva accennato al fatto che avrebbe messo *personalmente* fine al conflitto.

Tornata a Washington pochi giorni prima dell'appuntamento con Butler Emmy frugò nell'archivio di famiglia e si mise a leggere tutta la corrispondenza intercorsa tra Ben Butler e suo padre, compresi alcuni interessanti appunti che il papà aveva scritto in un diario. Poi fissò un incontro con Jon McEmeel il quale le disse, dietro garanzia di riservatezza, che le avrebbe raccontato parecchi dettagli sulle attività di Butler a New Orleans.

Sapeva che il generale, così come suo padre Kern O'Malley, era cresciuto in Massachusetts, in una famiglia povera e senza il papà. Ambizioso fin da bambino, aveva iniziato l'attività professionale a Lowell, località in cui regnava il malcontento per le condizioni di lavoro nelle fabbriche.

Trovò interessante che dopo ripetuti e inutili tentativi di entrare a West Point Butler avesse deciso di intraprendere la carriera per entrare al ministero. L'anno seguente aveva iniziato a studiare giurisprudenza e, a quanto pareva, la materia gli era congeniale, tato che quando prese Kern O'Malley tra i suoi partner allo studio legale aveva già un'attività ben avviata: si occupava per lo più di risarcimenti agli operai che avevano dei contenziosi con i datori di lavoro.

Emmy aveva sentito il padre borbottare più di una volta che il suo partner anziano aveva un branco di clienti donne, giovani e senza un soldo, e si chiedeva come si facesse pagare per i suoi servigi, dal momento che per quelle attività lo studio non riceveva alcun compenso.

Durante il terzo anno di pratica legale congiunta, nel 1838, quando Emmy aveva otto anni, Butler si candidò al Congresso e fu eletto, e suggerì a Kern O'Malley di fare lo stesso. Suo padre, però, era soddisfatto della propria attività e preferiva impiegare il tempo libero navigando ed esplorando le regioni costiere del Nordest, oltre che partecipando ad attività politiche di stampo più progressista rispetto a quelle di Butler, strenuo difensore dei diritti dello stato e della schiavitù.

Emmy ricordava vagamente che negli ultimi tempi la divergenze politiche fra suo padre e Butler avevano provocato tensioni tali che O'Malley aveva lasciato lo studio. Erano però rimasti buoni amici per un bel po', anche se l'anno prima di morire Kern O'Malley aveva preso le distanze da Butler, senza mai spiegarne il perché.

Fu un'annotazione sul diario del padre, risalente a pochi mesi prima della morte, ad aiutarla a capire quanto disprezzasse Butler e il fratello maggiore, Andrew Jackson Butler, e perché avesse iniziato a snobbare il marito di Kathleen, Jon McEmeel: Kern O'Malley aveva le prove che tutto il clan dei Butler si dedicava ad attività speculative e di contrabbando e sospettava che Jon vi fosse coinvolto.

Emmy non ne aveva dubbi: dopotutto era stato il cognato a organizzare il suo viaggio a Richmond per cercare Brett; senza contare che da quando aveva iniziato a lavorare con Butler, meno di quattordici mesi prima, aveva accumulato grandi ricchezze.

Il pomeriggio dell'11 settembre Emmy si intrattenne per due ore con McEmeel, che era appena tornato da una missione nel Maryland.

Aveva un aspetto persino peggiore della volta precedente, rifletté Emmy. Gli tremavano le mani, aveva la barba lunga e mal rasata sulla guancia sinistra e diversi taglietti di rasoio sulla destra. Il tono della sua voce era meno fermo che nell'ultima conversazione che avevano avuto, che cosa gli stava succedendo?, si chiese.

McEmeel cercò di spiegarle i motivi per cui si era dovuto unire a Butler: la ferita riportata a Bull Run lo avrebbe costretto a zoppicare per il resto della vita, dicevano i dottori. L'esercito non prevedeva pensioni per i feriti di guerra e lui sapeva che se non avesse dato un contributo alla causa presto lo avrebbero sbattuto fuori. Non voleva dipendere dall'influenza di suo suocero o dalla beneficenza che forse gli avrebbe fatto. Le disse di essersi ritrovato senza un soldo e senza la possibilità di tornare al suo precedente lavoro e che nella confusa costellazione formata dai politici e militari emergenti Butler era una stella nascente, anche se controversa.

Per questo, spiegò McEmeel in quello che a Emmy parve un tono di scusa, aveva accettato il lavoro offertogli da Butler ricevendo subito un'altra promozione e un notevole aumento di stipendio, e ben presto era rimasto incastrato nei meccanismi di un'organizzazione complessa e profittatrice quanto lo era il suo energico capo.

Il generale Butler era sempre sul palco, le disse McEmeel: parlava alle manifestazioni, portava con sé i suoi addetti stampa che inviavano notizie e resoconti a qualsiasi quotidiano o periodico desideroso di vendere copie, e si poneva al centro di ogni possibile aneddoto nel quale la sua figura potesse suscitare punti di vista contrastanti. Aveva addirittura incaricato un biografo di iniziare a scrivere la storia della sua vita.

"Il generale era già molto famoso prima che iniziassi a lavorare nel suo staff" proseguì McEmeel. "Aveva occupato Baltimora, come forse ricorderete, il che aveva fatto infuriare Winfield Scott perché non gli aveva dato l'ordine di farlo! Avreste dovuto vedere come si pavoneggiavano i suoi uomini!

"Due settimane dopo Butler inviò le truppe da Fort Monroe per intralciare le elezioni e il referendum della Virginia sulla secessione. Non aveva ricevuto ordini nemmeno quella volta" disse McEmeel ridendo e scuotendo la testa. "Tre settimane dopo entrò a passo di marcia nella penisola della Virginia per conquistare Richmond, dicendo a tutti che avrebbe messo fine alla guerra. Lo fecero a pezzi."

A quelle parole, Emmy si ricordò di aver letto in vari resoconti che Butler era stato sconfitto senza difficoltà dai Confederati nella battaglia di Big Bethel, il che aveva convinto le gerarchie di entrambi gli schieramenti che come capo militare fosse un inetto.

A sua discolpa, proseguì McEmeel, c'era da dire che si era rifiutato di rimettere in schiavitù i fuggitivi, definendoli "merce di contrabbando" soggetta alla confisca. Il Congresso, con il Primo atto di confisca, sostenne la posizione di Butler e da allora in poi nel nord gli schiavi vennero definiti con quel termine.

"Conoscete bene l'impatto che ha avuto" disse McEmeel riferendosi al fatto che migliaia di neri "di contrabbando" erano fuggiti verso la salvezza dietro le linee dell'Unione, certi di non doversi più preoccupare di essere restituiti ai loro "padroni" come si faceva prima che venisse emanato quell'atto.

Emmy ricordava che all'epoca il gesto di Butler l'aveva sorpresa perché conosceva le sue opinioni in merito al diritto di proprietà, ai diritti di stato e alla schiavitù. Le tornò in mente di aver sentito dire da suo padre che Butler era a favore della schiavitù e che prima della guerra aveva sostenuto più volte il senatore Jefferson Davis come candidato alla presidenza. O'Malley aveva detto che un voltafaccia tanto comodo da parte del suo ex partner era assolutamente scontato, dato il suo evidente opportunismo.

"Ben Butler venderebbe cara sua madre, se servisse a renderlo più famoso e a sostenere la sua causa" aveva commentato il padre.

"Ma sapete" proseguì McEmeel, "è stato dopo Bull Run, quando sono andato a New Orleans in compagnia del generale Butler, che ho capito quali fossero le vere implicazioni della parola 'contrabbando'" disse ridendo e scuotendo la testa. "È stato allora che tutti hanno cominciato a fare soldi per davvero."

Quelle parole le fecero tornare in mente un articolo che aveva letto su un giornale di Richmond, nel quale la Camera dei Comuni britannica aveva condannato la dura legge marziale imposta da Butler, le incarcerazioni e le altre misure da lui imposte contro le donne di New Orleans. Emmy aveva anche trovato una sua caricatura su *Punch* che lo raffigurava come il "Barbablù di New Orleans" e letto dell'esistenza di un mercato nero cittadino con riproduzioni in ceramica di vasi da notte con la sua immagine sul fondo. Nessuna delle due cose rendeva giustizia alla sua bruttezza, aveva sentito dire da un burlone.

Era stato lì a New Orleans, spiegò McEmeel, che il fratello di Butler, Andrew, lo aveva introdotto nella propria cerchia. Servendosi dell'influenza e dell'autorità del generale e dei soldati dell'Unione come manodopera Andrew aveva iniziato a confiscare tutto ciò che lui e Ben ritenevano fosse il caso di espropriare a qualunque cittadino della Louisiana passibile di venire opportunamente etichettato come "infedele" all'Unione. Si appropriavano degli effetti personali di sudisti imprigionati e di carichi di merci varie, pilotavano le confische e le aste sottraendo centinaia di tonnellate di cotone, ormai diventato un bene molto prezioso, che in qualche modo finivano per essere reimbarcate e inviate alle fabbriche del Massachusetts di proprietà di Butler e ai suoi compari di Dover e Lowell, oppure ai soci inglesi.

Gli "uffici secondari" di Butler divennero il luogo di scambio di favori e dal momento che tutti sapevano benissimo che la guerra non sarebbe potuta durare per sempre le attività assunsero un ritmo frenetico.

"E io mi trovo proprio nel mezzo" disse McEmeel abbozzando un sorriso che scomparve in fretta.

Si interruppe e distolse lo sguardo, come se stesse pensando a qualcosa di doloroso. Poi diede un'occhiata a Emmy per vedere come reagiva.

"È una trovata astuta, sapete" disse. "E Lincoln ci ha mandati là."

In quelle parole Emmy percepì orgoglio misto a senso di colpa. Ricordava di aver sentito delle voci sul fatto che

Lincoln aveva dovuto spostare Butler dal comando orientale ma che non poteva cacciarlo.

Allora suo padre aveva ragione, concluse Emmy. Senza bisogno di chiederlo capì che il cognato aveva tratto enormi vantaggi dalla propria posizione, perché da quanto poteva intuire McEmeel si occupava di registrare le transazioni e di facilitare gli scambi e il contrabbando lungo la costa e i fiumi del nord e del sud.

"Spero che questi chiarimenti su ciò che facciamo vi aiutino a trovare il modo migliore di affrontare il generale, Emmy" disse McEmeel. "È un uomo molto intelligente. Magari non sarà un buon generale in campo, ma gli amici gli stanno a cuore. Per lui si tratta sempre di affari e da ogni scambio deve sempre avere un tornaconto. Tenetelo presente quando gli parlate."

Emmy aveva ascoltato con attenzione il suo racconto e concluse che il cognato era stato travolto dagli eventi.

"Jon, vi voglio bene perché siete il marito di mia sorella e perché vi conosco da quando eravate giovane, prima che tutte queste vicende si abbattessero... su tutti noi. So che siete migliore di così." Fece una pausa prima di proseguire, poi disse: "Comprendo perché trovate delle giustificazioni al vostro coinvolgimento in questa... impresa. Ma si tratta solo di questo, Jon, di giustificazioni".

Vide la sua espressione nel sentire quella parola. Lo aveva colpito, pensò.

Si alzò, rimase in silenzio per qualche istante prima di andarsene e lo guardò. C'era qualcos'altro nel suo discorso su New Orleans: una sfumatura nel tono della voce e certe pause nel parlare. imbarazzo o rimorso?

Uscì dall'ospedale e tornò in albergo. Prima di andare a Washington ad affrontare Butler avrebbe dovuto trovare il modo di riposarsi.

◇◇◇◇

14 settembre 1862 - Washington

Quando Emmy arrivò davanti all'ufficio di Butler vicino a Pennsylvania Avenue si fermò un attimo a guardare l'avanzamento della costruzione della cupola del Campidoglio, che era in corso da diversi anni. La statua della Libertà alta sei metri, appena completata, era posta in una grossa cassa accanto alle gru che, una volta terminati i lavori alla cupola, l'avrebbero sollevata lungo i ponteggi fino alla cima. Si chiese che cosa sarebbe successo alla statua se i ribelli fossero riusciti a entrare in città. Aveva sentito dire che gli eserciti invasori depredavano sempre i monumenti dei paesi sconfitti: che cosa avrebbero fatto al naso e ai seni della statua della Libertà?

Fece un respiro profondo, poi suonò il campanello. L'incontro non sarebbe stato piacevole, sperava però di riuscire a gestirlo.

Una guardia la fece entrare nel palazzo e la scortò lungo un corridoio deserto fino all'ufficio di Butler, dove il maggiore Clinton Ives la invitò ad accomodarsi.

Gli interni, compresa l'anticamera, erano diversi da quelli degli altri uffici che aveva visto a Washington quando ci era stata con suo padre. Dappertutto sulla scrivania del generale c'erano zanne d'avorio di un metro e ottanta con elaborate incisioni, statue di bronzo e d'oro e costosi cimeli. Alle pareti erano appesi enormi dipinti a olio di fattura europea, mentre i pavimenti di marmo erano ricoperti da spessi tappeti orientali.

Ives bussò alla porta di Butler, la aprì e dopo aver fatto entrare Emmy chiese al suo superiore se aveva bisogno di qualcos'altro prima che lui finisse il turno.

Butler lo congedò con un cenno della mano.

Ives gli fece il saluto e richiuse la porta, lasciando Emmy con i fascicoli in mano davanti alla scrivania di Butler.

Il generale, che stava scrivendo una lettera con una penna d'oca placcata oro, non alzò nemmeno lo sguardo.

Emmy lo scrutò per un attimo. Dall'ultima volta che si erano visti l'anno prima era ingrassato molto, e il mento sfuggente ormai gli scompariva quasi tra le pieghe della pelle. Portava ancora dei mustacchi flosci che, come qualcuno aveva detto, insieme alla fronte convessa e alla zucca pelata lo facevano sembrare un tricheco sdentato.

Dopo circa un minuto Butler firmò la lettera con uno svolazzo, si alzò, fece il giro dell'enorme scrivania e alzò gli occhi su Emmy con un mezzo sorriso.

"Sedetevi, mia cara" disse indicando il soffice divano di broccato nell'angolo della stanza.

Vide Emmy guardare le pareti, la scrivania e la credenza coperta di magnifici calici di argento e oro sbalzati tra cui spiccava una coppa d'avorio e pietre preziose placcata d'oro.

"Qualche ricordo... regali degli ammiratori sudisti" disse. "Posso?" Senza aspettare risposta, le si sedette accanto all'altro capo del piccolo divano.

Emmy lo guardò negli occhi mentre si accomodava. Butler, schernito nelle caricature per le palpebre cascanti che gli davano sempre l'aria di essere mezzo addormentato, le fissò le mani. Quando si fu seduto sul divano i suoi piedini sfioravano a malapena il pavimento e per mettersi esattamente di fronte a Emmy girò le spalle strette e la grossa testa. Poi inclinò il capo come aveva fatto quando le si era proposto un anno prima, ricordò lei, però adesso i suoi denti sembravano più bianchi perciò si chiese se non li avesse fatti sbiancare o ripulire da un dentista.

"Emmy, che sorpresa avere vostre notizie."

"Mi sono chiesta a lungo se... disturbarvi, generale."

Butler inclinò la testa dall'altra parte, guardandole le mani, poi le ginocchia e infine il collo. Si passò la lingua all'angolo della bocca, poi alzò lo sguardo per osservare il suo viso e i suoi occhi.

"Abbiamo sentito dei guai che ha passato a New York, di vostra sorella, i bambini e tutto il resto. Quel problemino del francese che si è fatto ammazzare. Di questo il maggiore McEmeel non mi ha detto granché. Vostra sorella sta meglio?"

Emmy annuì e lo ringraziò per l'interessamento.

"Potete spiegarmi meglio che cosa vorreste da me?" disse.

Lei rimase in silenzio per un attimo. Era certa che con tutte le conoscenze che aveva Butler si fosse già informato sulla situazione. Sapeva che quella era solo una tattica per negoziare: capire quanto lei fosse in ansia e sotto pressione. Decise perciò di spiegargli la questione di Brett ma di evitare di essere diretta, per vedere come Butler si sarebbe comportato e per mettersi in una posizione che lo avrebbe indotto a concederle un favore poco impegnativo; poi, se questo non avesse funzionato, almeno sarebbe stato costretto a dire chiaramente quale fosse secondo lui uno scambio equo, il che la preoccupava non poco.

"Generale, nella mia lettera vi accennavo che il mio... fidanzato, il dottor Rory Brett, ex assistente chirurgo dello staff del generale Scott, è stato rinchiuso in una prigione del Maryland, Point Lookout. Ho saputo che è stato accusato di tradimento e diserzione e ritengo che tali accuse siano ingiuste e infondate" disse sottovoce, scegliendo le parole con cura. "Purtroppo, dal momento che Lincoln ha sospeso l'Habeas Corpus e a causa del tipo di accuse, Rory... il dottor Brett... non può ricevere visitatori né consulenza legale. A quanto pare nessuno si sta occupando della questione e ho saputo anche che a Point Lookout le condizioni sono deplorevoli."

Mentre Emmy parlava Butler continuava a guardarle il collo, facendo di tanto in tanto guizzare gli occhi su orecchie e capelli, evitando però con cura il suo sguardo.

"E quindi...?" chiese lui.

Quella risposta la colse di sorpresa e capì che il generale desiderava costringerla a spiegarsi meglio. Se non si fosse dimostrato subito bendisposto probabilmente l'avrebbe obbligata a implorarlo, tanto da quello che poteva vedere Butler non pareva nutrire alcun sentimento di lealtà nei confronti di suo padre, l'ex socio in affari. Senza contare che nel distretto del padre Emmy non aveva contatti politici che in futuro sarebbero potuti risultare utili a Butler.

Decise quindi di andare dritta al punto, di strappargli un sì o un no e magari anche mandare a monte le eventuali trame di Butler. Perciò proseguì.

"Vorrei che interveniste, signore... per consentire al dottor Brett di farsi rappresentare da un avvocato, concedergli la possibilità di ricevere visitatori e ottenere una valutazione del suo stato di salute."

"Tutto qui?" le chiese.

Lei annuì.

Butler sollevò il mento, guardandola negli occhi.

"Temo che questo vada oltre le mie possibilità" disse poi.

"Siete l'uomo più influente di Washington, generale."

Di fronte a quel complimento Butler fece un sorrisetto.

"Non ho intenzione di intervenire, mia cara."

"E va bene..." disse, e fece un respiro profondo. "Generale, io la imploro."

Butler allungò una mano e diede un colpetto a Emmy sul ginocchio, soffermandosi un attimo, poi si alzò di colpo, andò alla scrivania e le voltò le spalle cercando un documento fra quelli che aveva lì sopra.

"Ci tenete molto, vero?"

"Sì, certo" rispose lei.

"Capirete senz'altro che un intervento da parte mie nella corte marziale di un altro comando sarebbe inappropriato" disse girandosi appena verso di lei.

Emmy annuì. "Sì, lo capisco."

"Be', immagino di poter quantomeno *chiedere* di verificare le questioni e le condizioni di Point Lookout, di arrivare in questo modo al vostro innamorato e magari 'inciampare', per così dire, nelle informazioni utili per affrontare il comandante della prigione perché riapra il caso. Una battuta di pesca, diciamo, con un solo pesce da catturare" disse ridendo.

Emmy si rianimò: Butler si comportava da persona ragionevole.

"Vi sarei davvero grata, generale."

"Non ho dubbi, mia cara." Detto questo, Butler si voltò verso di lei.

Si era sbottonato i pantaloni e aveva tirato fuori il pene semieretto, e se lo stava accarezzando.

La guardava dritto negli occhi per vedere la sua reazione e aveva di nuovo stampato in volto quel mezzo sorriso più simile a un ghigno.

Emmy, sorpresa e disgustata per quella svolta inattesa, si girò dall'altra parte. Evitando di guardarlo negli occhi si alzò, e mentre si voltava per uscire dall'ufficio, lottando contro il rossore e la rabbia che le faceva venire voglia di prenderlo a schiaffi, parlò misurando il ritmo delle parole: alzando il mento, adesso sì che lo guardò dritto negli occhi. "Voi, signore, con quella specie di... mantello da re che vi siete cucito da solo, vi nascondete dietro finte preoccupazioni per la gente comune e siete vergognoso. Siete la conferma delle peggiori paure che le donne per bene e gli uomini rispettabili nutrono nei confronti della gente che è salita al potere. Buonasera."

Uscendo, chiuse la porta evitando di sbatterla.

"È solo il protocollo, mia cara" lo sentì dire ridendo alle sue spalle.

Invece di prendere una carrozza percorse a piedi i dieci isolati che la separavano dall'hotel.

"Maledetto bastardo!" imprecò senza quasi rendersene conto. Quando arrivò all'albergo la rabbia era ormai svaporata e stava riprendendo il controllo.

Quella sera all'hotel di Washington, dopo essersi ulteriormente calmata, scrisse tre lettere: una a McEmeel, un'altra al generale Scott e la terza, contenente un altro appello, al presidente Abraham Lincoln. Ogni tanto la rabbia le ribolliva dentro rendendo ancora più goffi i movimenti della mano destra, ma le sue parole erano chiare.

Nelle lettere non raccontò dell'incontro con Butler né a Scott né a Lincoln, ma riferì, come aveva già fatto nelle precedenti missive che aveva inviato loro, i dettagli delle dimissioni di Rory Brett dall'esercito e il suo operato di medico che aveva soccorso i feriti di entrambi gli schieramenti dopo la battaglia di Gaines Mill.

I precedenti appelli a Scott e Lincoln non avevano ottenuto risposta ma avrebbe comunque continuato a provarci, se necessario. Poiché aveva l'impressione che Lincoln fosse di indole gentile forse sarebbe stato possibile avvicinarlo, almeno così sperava, nonostante il padre si fosse sempre opposto energicamente alla sua presidenza e alle sue strategie militari. Aveva saputo che Lincoln non era fuori sede come l'ultima volta che aveva portato la sua richiesta all'ufficio dell'esecutivo.

Se il presidente la evitava o era costretto a farlo, come Emmy temeva a causa del rancore scatenato da suo padre fra i Repubblicani, sarebbe rimasta ad aspettare quel poveretto fuori dalle latrine notte e giorno, se necessario. Non si sarebbe arresa.

Nel telegramma inviato a McEmeel, che nel frattempo era tornato a Manhattan, disse solo che non voleva dilungarsi in particolari sull'incontro con Butler: gli bastava sapere che il suo comportamento l'aveva messa in grave imbarazzo e che non avrebbe più avuto niente a che fare con lui. Date le circostanze avrebbe continuato meglio che poteva, gli disse, e lo ringraziò nuovamente per ogni ulteriore aiuto che avrebbe potuto fornirle.

Il giorno seguente si rimise in fila davanti alla Casa Bianca sperando di incontrare Lincoln, ma dopo aver aspettato quattro ore le dissero che era fuori sede, in viaggio. Frustrata, il giorno seguente ripartì per New York per riprendere le ricerche dei bambini.

Il 17 settembre, quando arrivò a Manhattan, all'Astor Hotel la aspettava un telegramma di James London, uno dei colleghi di suo padre al Congresso. London era un membro dei Copperheads dell'Ohio, con cui suo padre a volte aveva concluso alleanze di voto. Ciò che li univa era sempre stata la critica feroce al modo in cui Lincoln e i Repubblicani conducevano la guerra.

In sostanza London la invitava a tornare a Washington nella settimana del 24 settembre: dal momento che Lincoln aveva bisogno di più sostenitori possibili per soffocare le proteste contro il suo recente Proclama di emancipazione dei neri, secondo London era un buon momento perché lei ripresentasse al presidente la sua richiesta in favore di Brett.

Emmy si sentì riavere: Lincoln avrebbe capito, ne era certa.

CAPITOLO TRENTA

McEMEEL

19 settembre 1862 – New York

McEmeel sveva ricominciato a sudare e mentre le gocce gli imperlavano la fronte si chiese se la pioggia avrebbe reso quella giornata difficile ancora più umida. La nausea che andava e veniva e le fitte di bruciore allo stomaco iniziate cinque giorni prima erano peggiorate.

Doveva tornare a casa, erano successe troppe cose, in quella settimana da dimenticare: Kathleen, che era ancora ricoverata in ospedale, si era rifiutata di vederlo. Dato che aveva le braccia ingessate si era fatta scrivere un biglietto laconico da mandargli, nel quale diceva che non era sicura di potere, anzi, di voler tornare da lui.

Quelle parole lo aveva sbalordito, perché aveva sempre dato per scontato che sarebbero rimasti insieme, a prescindere da come ciascuno gestiva la propria vita e dalla distanza tra loro che era andata aumentando durante la sua assenza. Era convinto che avrebbero sempre trovato il modo di ritrovare ciò che in passato li aveva uniti.

Decise di non prendere la carrozza e, con il biglietto di lei accartocciato in una mano, tornò a piedi all'appartamento che aveva affittato. Aveva dimenticato il bastone da passeggio, ma non importava. Aveva bisogno di macinare, per così dire, un passo dopo l'altro tutto ciò che gli era capitato.

Era a pezzi, lo sapeva bene, probabilmente per la dipendenza dal laudano, aggravatasi negli ultimi quattro mesi nonostante i ripetuti e inutili tentativi di uscirne. Da quando aveva preso l'ultima dose era passata quasi una settimana, ma non era certo di riuscire a resistere ancora a lungo.

O forse dipendeva dal senso di colpa per tutti i privilegi immeritati che gli erano stati concessi, ne era convinto, in cambio di quella parvenza di rispettabilità che le medaglie garantivano a lui e ai traffici in cui era invischiato. Quella spossatezza poteva anche essere dovuta alla sua complicità negli astuti raggiri dell'entourage di Butler a New Orleans o al rimorso che sentiva per quella smania costante di farsi strada, o ancora alle donne e alla sua tendenza verso quella che molti avrebbero chiamato depravazione.

O magari a tutto quanto insieme e all'atteggiamento irresponsabile con cui aveva affrontato ciò che aveva fatto negli ultimi anni?

Quale, tra i suoi peccati venali e mortali, in gran parte ancora da confessare, lo faceva precipitare in quel buco nero dal quale temeva di non poter più uscire, pur continuando a trovare ottime giustificazioni al proprio comportamento?

Forse era il fatto di non prendere più la morfina a farlo sentire ancora più depresso.

Si rese conto che quel disprezzo per se stesso proveniva più dall'esterno ed era alimentato dai rimproveri che aveva dovuto mandar giù in confessionale e dalle discussioni avute con le poche persone che ammirava davvero, come ad esempio sua cognata Emmy. Lei, a differenza di tanti altri che aveva incontrato durante la guerra, era schietta, sincera, non giudicava gli altri e non approfittava delle situazioni, o almeno così sembrava. C'erano davvero tante persone di sua conoscenza che traevano enormi vantaggi da quella guerra civile, come alcuni vigili del fuoco che invece di limitarsi a contenere le fiamme ne approfittavano per rubacchiare nelle case; Emmy, al contrario, affrontava i colpi bassi della sorte a testa alta, senza mai vacillare.

Ma più di tutto a farlo davvero vergognare di se stesso era stata la vista di sua moglie Kathleen distrutta e sconvolta. Dopo quella tragica esperienza non sarebbe più stata la stessa: in che misura l'avidità di lei e le sue azioni impulsive e avventate erano state scatenate e rafforzate dal comportamento egoista di lui?

Questo voleva forse dire che dopotutto lui l'amava?

Non lo sapeva.

Ma anche questo, ormai, faceva parte del passato.

Il rimorso e la depressione si erano insinuati dentro di lui lentamente, per mesi, cuocendolo nel suo stesso brodo, finché la carne non gli si era staccata dalle ossa e dall'anima, rovesciando il proprio succo amaro sulla sua autostima, spargendolo sul fuoco che covava dentro di lui.

Tutto era cominciato una brutta sera a New Orleans in una delle residenze di Andrew Butler nel Quartiere francese, durante una sfrenata orgia notturna in cui l'alcool scorreva a fiumi. Senza accorgersene McEmeel si era ritrovato a vagare nudo per la strada al buio; legata intorno al pene aveva una sciarpa di seta rossa. Mentre la vibrante musica creola si affievoliva alle sue spalle, McEmeel ebbe uno sprazzo di lucidità e, vedendo il proprio riflesso in una vetrina buia, fu stravolto nello scorgere il relitto umano che gli barcollava davanti agli occhi: quello non era lui, giusto? Era forse diventato il diavolo? Non poteva essere lui, ricordò di aver pensato. Il diavolo era bello, no? O almeno così gli avevano assicurato.

Perciò si voltò, cercando di pensare a qualcosa di meno spiacevole, ma quando guardò la strada deserta e buia che lo avrebbe riportato là dove sentiva provenire la musica la sua visuale parve sdoppiarsi: con l'occhio destro annebbiato vide la porta che conduceva in quel posto caldo e gaudente che aveva appena lasciato, verso il piacere che lo attirava afferrandolo per le spalle e poi giù fino all'inguine. Aveva già vissuto quella situazione tantissime volte, conosceva bene le sirene e i serpenti tentatori, alcuni dei quali avevano persino un nome.

"Torna dentro, tesoro!" lo schernivano dalla cima delle scale. "Vedrai che ti piacerà."

Con l'occhio sinistro vide invece le proprie gambe allampanate che si sforzavano di reggere il tremolio convulso del suo corpo, quel vagabondo grasso e bianco come il riso che mangiava schifezze, si era trasferito in una terra straniera, un posto inebriante nel quale si sentiva superiore anche se non ne comprendeva davvero né la lingua né la valuta, e aveva speso tutto ciò che possedeva vagando su un terreno sconnesso. Mentre si trovava lì aveva buttato alle ortiche tutto ciò che aveva di più caro e poi ci aveva pisciato sopra, perciò quello che vide con l'occhio sinistro quella notte era chiaro come il sole.

La mattina si svegliò dopo uno spiacevole sogno erotico interminabile. Aveva inseguito una mulatta con il sedere grosso ma non era riuscito a raggiungerla. Disteso di fianco al letto di casa sua, si ritrovò scoperto, ancora nudo e dolorante per via di un'erezione e della voglia di pisciare. La sciarpa era sparita. Cercò di alzarsi ma era come se fosse inchiodato al pavimento. Gli ci vollero ore per ricomporsi e tornare al lavoro. Infilandosi gli stivali, sollevò gli occhi per guardarsi allo specchio del cassettone: a ricambiare il suo sguardo, adesso, c'era relitto umano in uniforme.

Jon McEmeel sospirò. Sapeva che era ora di tornare a casa, ovunque fosse.

Quando finalmente arrivò in ufficio, quel pomeriggio, nel cassetto della scrivania chiuso a chiave trovò una busta con dentro 10.000 dollari: la sua quota bimestrale delle aste di "merce di contrabbando" che aveva confiscato a cittadini originari del sud i quali a suo insindacabile parere non erano fedeli all'Unione. Non contò i soldi come aveva sempre fatto in passato perché c'erano tutti e lo sapeva. Questa volta, invece dell'esaltazione, provò un dolore sordo che dallo stomaco gli scese fino all'inguine. Adesso la sciarpa rossa era avvolta intorno alla busta.

Qualche mese dopo, quando venne a sapere che Emmy aveva deciso di rivolgersi direttamente a Benjamin Butler, capì di dover fare una scelta cruciale. Aiutarla nonostante le obiezioni o gli ordini del generale e dei suoi galoppini avrebbe sicuramente significato rovinarsi la carriera. Schierarsi con gli altri, però, facendo fronte comune contro Emmy o sostenendo le decisioni prevedibilmente egoistiche che Butler avrebbe preso in merito alle richieste di lei gli avrebbe dannato l'anima per sempre.

Una settimana più tardi, in un giorno in cui a Manhattan il caldo aveva raggiunto quasi i trentotto gradi, parlò della questione con alcuni amici, che però non gli diedero alcun suggerimento: nessuno di loro in fondo comprendeva il suo dilemma. Quella sera bevve poco e fiutò solamente una presa di oppio mista a tabacco, che comunque fece ripartire subito il solito delirio. Alle prime ore del mattino dopo, quando si svegliò, si ricordò della visione sdoppiata di quella notte al Quartiere francese.

Poi finalmente, quando Emmy tornò a Manhattan qualche giorno dopo e gli confidò ciò che era emerso con Butler, gli si chiarirono le idee e prese la sua decisione.

Mentre si trovava ancora a New Orleans nell'entourage del generale Butler, suo fratello Andrew gli aveva affidato un incarico di grande responsabilità. Subito dopo il suo arrivo, McEmeel era infatti diventato il contabile incaricato di gestire tutti i registri dell'attività "collaterale" di Butler e negli ultimi sei mesi, oltre alle consuete responsabilità, aveva anche tenuto un libro mastro chiamato "Registro dei permessi speciali", come previsto dal regolamento militare. Le transazioni valevano milioni. McEmeel sapeva bene di aver favorito il generale e suo fratello. Quando Andrew

Butler seppe che nel giro di pochi mesi il comando di suo fratello sarebbe stato trasferito a Norfolk, in Virginia, e che il registro sarebbe stato affidato come da regolamento a chiunque fosse subentrato al generale, se ne impossessò immediatamente e disse a McEmeel di iniziarne uno nuovo, con voci predatate risalenti all'epoca in cui si erano insediati a New Orleans, specificando che nel nuovo registro avrebbe dovuto omettere un bel po' di transazioni.

Lui, però, subodorando che sarebbe potuta succedere una cosa del genere, aveva già fatto una copia del vero Registro dei permessi speciali e l'aveva nascosta a casa sua. Quel duplicato lo avrebbe protetto nell'eventualità in cui lo avessero incastrato o ricattato, e a quanto gli risultava nessuno l'aveva mai visto con quella copia in mano.

Certo, sapeva bene che se l'avesse consegnata all'ufficio del capo della polizia militare sarebbe sicuramente finito in prigione, ma con lui ci sarebbero finiti anche il generale, suo fratello e gran parte dello staff.

Adesso che aveva in mano quella copia, sapeva come aiutare Emmy: avrebbe consegnato il Registro alle autorità Avrebbe e convinto Butler a intervenire. E forse avrebbe anche ritrovato la sua anima, si disse.

Quando tornò al suo alloggio trovò ad attenderlo un telegramma inviatogli dall'unico buon amico che avesse a New Orleans, nonché unico socio di cui si fidasse. Diceva che due notti prima qualcuno aveva fatto irruzione nel suo appartamento in città. Era stato passato al setaccio, messo sottosopra, eppure nessuno sapeva della copia nascosta, no?

Dato che l'amico non era a conoscenza delle attività che svolgeva alle dipendenze di Butler né dell'esistenza del registro, non poteva certo chiedergli di cercarlo, perciò non aveva modo di sapere se il duplicato che teneva nascosto fosse stato rubato, né l'avrebbe saputo finché non fosse tornato a New Orleans tre settimane più tardi.

Adesso però non aveva tempo di pensarci, doveva subito andare dal capo della polizia militare. Avrebbero dovuto credergli sulla parola.

Uscendo non si accorse che appoggiati alle colonne d'ingresso dell'albergo c'erano degli uomini che lo sorvegliavano, uno a destra e due a sinistra.

CAPITOLO TRENTUNO

∞∞∞

BRETT

21 e 22 settembre 1862 – Prigione nordista di Point Lookout, Maryland

Era scorbuto, anche molti altri prigionieri l'avevano preso. Conosceva bene i segni e i sintomi, i lividi e il rossore diffuso, il dolore muscolare e la letargia, le gengive sanguinanti. Una settimana prima uno dei canini aveva iniziato a dondolare e gli era caduto mordendo un pezzo di pane raffermo. Lo aveva ingoiato per sbaglio insieme al pane. La cavità continuava a sanguinare, lasciandogli in bocca un sapore salato, e adesso gli dondolavano anche altri denti.

Cercò di rivolgersi ancora una volta al comandante inviandogli una supplica con la riluttante complicità di una delle guardie. Stavolta chiese dei lime per gli altri prigionieri e per sé, ma non ottenne risposta.

Soffriva molto e i freddi giorni autunnali non facevano che peggiorare il suo stato d'animo, perciò ormai erano tre settimane che si rifiutava di fare esercizio. I suoi carcerieri non volevano litigare con lui, perciò lo lasciavano stare. Inoltre aveva smesso di mangiare da quattro giorni e a differenza di quando aveva provato a digiunare per protesta adesso non aveva proprio appetito e temeva di perdere altri denti. Tastandosi il costato, ripassò l'anatomia dello scheletro. Si ricordò di essere un medico, anche se quello era un modo ben strano per rinfrescarsi la memoria.

Quella mattina il secondino batté sulle sbarre di tutte le celle del sotterraneo.

"Anche se dovremo tirarvi fuori con le chiappe doloranti, oggi dovete uscire. C'è un nuovo comandante che non vuole scendere in questo buco puzzolente a sentire il tanfo della vostra merda."

Perciò qualche ora dopo Brett e gli altri prigionieri vennero trascinati fuori dallo scantinato. Nella luce di quel giorno nuvoloso, davanti ai compagni, i pantaloni gli scivolarono giù fino a mezza coscia e per tenerli a posto dovette afferrarli per la cintura. Era dimagrito moltissimo.

Si sforzò di camminare in cerchio e rimase indietro rispetto ai prigionieri più sani, che lo doppiarono, ma non gli importava. Una volta incontrato il nuovo comandante si sarebbe inventato un modo per appellarsi a lui, protestare: forse il nuovo capo di Point Lookout avrebbe fatto il proprio dovere, non come quello che veniva a sostituire.

Un quarto d'ora dopo sentì gli ottoni e i tamburi annunciare l'arrivo del nuovo comandante, ma quando si avvicinò e riuscì a guardare al di là del cancello il piazzale della parata, fuori dal cortile, vide che la cerimonia per il passaggio di consegne era già finita e che gli ufficiali si stavano allontanando.

Brett si staccò dalla fila e si incamminò verso il cancello, intenzionato a richiamarli indietro, ma subito gli andarono incontro il caporale e il soldato che lo avevano picchiato un mese prima. Vedendoli arrivare si chinò e raccolse da terra una pietra grande quanto il suo pugno. Per lanciargliela ci vollero tutte le sue forze: il soldato si abbassò e la pietra colpì il caporale dritto in fronte, facendogli volare via il chepì e uscire un fiotto di sangue. L'altra guardia, che si era accucciata, si voltò e cercò di avvicinarsi di più. Brett si chinò e raccolse un bastone e un'altra pietra, minacciandola.

"Dai, forza, sparami, bastardo figlio di puttana" si sentì dire sollevando il bastone.

Il soldato alzò il fucile e gli sparò.

Brett cadde tenendosi la coscia sinistra, ma dato che tutti si preoccupavano per la ferita del caporale, nella confusione che seguì ci volle quasi un minuto prima che qualcuno andasse a vedere come stava. Mentre guardava le nuvole in corsa che si aprivano a tratti rivelando un po' di azzurro, Brett capì che la pallottola gli aveva rotto il femore e dal gonfiore alla coscia seppe di avere anche l'arteria femorale lacerata.

A quel punto poteva scegliere: o chiedeva ai soldati che finalmente si erano avvicinati di applicare un laccio emostatico sulla ferita, che forse gli avrebbe salvato la vita quanto bastava per consentire l'amputazione e vedere se la cancrena si sarebbe diffusa oppure poteva stare zitto e lasciarsi lentamente morire.

Poi pensando a Emmy, si riprese.

CAPITOLO TRENTADUE

⬨⬨⬨⬨⬨

ROBBY E SARAH

31 luglio-26 settembre 1862

Il tredicenne Robby Hoyt fu a capo di una banda per cinquanta giorni.

Diversamente da quei disgraziati di New York che se ne andavano in giro per la città e che formavano gang e tribù sulla base dei rapporti familiari o di vicinato e dell'appartenenza alla stessa etnia e credo religioso, la sua banda era nata perché gli affiliati volevano potersi spostare in sicurezza sottoterra, cosa che lui gli garantiva con grande generosità, guidandoli nei meandri profondi di quella città che pullulava di meraviglie.

Sarah e Jacob Evers erano state le sue prime reclute e furono subito travolti dal lato avventuroso di quella vita.

"Sembrate affamati, mocciosi" disse loro poco dopo averli portati nel suo mondo, perciò aprì la credenza di un deposito segreto che si trovava dietro una delle tante porte da cui erano passati quel giorno e capì subito di averci visto giusto: i due divorarono ogni pezzettino di formaggio, frutta e pane che gli mise davanti.

Dopo averli sfamati, li guidò per un altro lungo corridoio tutto curve, salendo ogni tanto in superficie in quella sera estiva afosa e umida per poi ripiombare nel buco asciutto e caldo di un bugigattolo pieno di brande e pagliericci che si trovava sotto la casa sulla Diciassettesima dove sua zia un tempo aveva una cantina.

Jacob si addormentò subito e Robby capì che anche Sarah era esausta.

"Dormi, signorinella" le ordinò.

"Siamo al sicuro, qua sotto?" gli chiese lei per tutta risposta.

"Molto più che sopra, a meno che tu non abbia un posto migliore dove andare" la schernì Robby.

Sarah si sdraiò sulla branda, guardandolo diffidente.

"Dobbiamo trovare gli Scarpello e mandare un messaggio per capire se mia madre è già tornata da Washington."

"Lo faremo quando saremo certi di non correre rischi" disse Robby lanciandole una coperta di lana. Poi ne stese un'altra su Jacob.

"Usa questo come cuscino" le disse passandole un sacco di fagioli da due chili e mezzo. "È il migliore che ho."

Notando che lei non rispondeva, si avvicinò a un armadietto e aprì il chiavistello.

"Questi li ho presi da casa di mia zia" disse tirandole qualche indumento. "Forse ti stanno, o forse no, ma se non ti stanno so dove trovare altra roba."

"Non sono una bambina, sai? Anzi, magari sono più grande di te" disse infine Sarah cercando di tenere gli occhi aperti.

Poi si addormentò anche lei, esausta.

Nella silenziosa frescura della cantina, sia lei che Jacob dormirono finché Roby non li svegliò dodici ore dopo.

Mentre i suoi ospiti pisolavano, sia quella sera che nei giorni successivi, lui ne approfittava per esaminarli.

Il ragazzino, Jacob, aveva un fisico gracile ed era basso per l'età che diceva di avere, cioè nove anni. Il suo modo di comportarsi, però, all'inizio esitante e per certi versi timido, cambiò dopo qualche notte di sonno: seguire Robby per i corridoi, su nelle strade della città e poi ancora giù lungo i tanti passaggi sotterranei pareva rinvigorirlo e dopo tre giorni di esplorazione iniziò a mostrare una vivace curiosità. Era perché si sentiva al sicuro, pensò Robby.

La ragazzina, Sarah, sembrava più piccola dei tredici anni che dichiarava, gli stessi di lui, ma aveva qualcosa che per certi aspetti gliela faceva sembrare molto più grande, come lei continuava a ripetere.

Chissà come mai, poi. Nessuna femmina, soprattutto se carina e benvestita come quella, poteva avere più esperienza di lui, no?

Dopo una settimana di convivenza, quando lei si lasciò un po' andare e gli raccontò delle loro tragiche esperienze nel Nordovest Pacifico e a Panama, Robby capì meglio il carattere di quella ragazzina forte e attraente.

Aveva sempre guardato con sospetto le femmine, anzi, era più giusto dire che le aveva tollerate, ma lei lo intrigava e lo affascinava come non gli era mai successo con nessuno, ragazze o ragazzi che fossero. Sarah era diversa e questo gli piaceva.

Si ritrovò a osservare costantemente le sue reazioni e iniziò anche a mettersi in mostra, anche se ogni volta che si accorgeva di farlo diceva a se stesso che era tutto inutile e che lei era davvero al di là delle sue possibilità. Era una signorina ricca o magari un giorno lo sarebbe diventata, pensava, e non l'avrebbe certo preso in considerazione perché era solamente un selvaggio, uno che se l'era sempre cavata bene da solo, senza l'aiuto di nessuno, molto più in basso di lei nella scala sociale.

Quindi decise di concentrarsi sulla cosa che in quel momento gli sembrava più importante: sopravvivere. Non poteva permettersi distrazioni, si disse, senza contare che adesso aveva persino delle responsabilità, perché per la prima volta nella vita aveva dei seguaci che vedevano il mondo come lo vedeva lui e gli ricordavano un po' il modo in cui lui stesso aveva seguito il padre. Dopotutto era il custode di Jacob, e anche di lei, per quanto Sarah fosse convinta di potersela cavare da sola.

Perciò se ne stava per conto suo, tranne quando doveva far mostrare i dintorni, dov'erano le corde e i tunnel, insegnargli a sopravvivere in un mondo ostile.

A conferma delle sue ipotesi sui sentimenti di Sarah nei suoi confronti, notò che non gli si affidava completamente come invece faceva Jacob, ma se ne stava sulle sue.

Forse era per questo, si disse, che si sforzava di convincerla che né la chiesa né la polizia l'avrebbero aiutata a mettersi in contatto con i parenti: per proteggerla e accertarsi che capisse.

Robby era convinto di non piacerle, e quella era la vera sfida: aveva bisogno di passare del tempo con lei prima che la portassero via.

◇◇◇◇

Dopo averli guidati come turisti alla scoperta delle meraviglie di una metropoli che non figurava sulle mappe, Robby acquisì altri due seguaci: i fratelli che Sarah e Jacob stavano cercando, Jonny Scarpello, di dieci anni, e il suo precoce fratellino di sei e mezzo, Falco.

Robby non aveva avuto problemi a trovarli, conosceva le strade molto meglio degli uomini che il detective Grimes aveva ingaggiato e che li avevano cercati tentando di arrivare a Sarah e Jacob.

"Vorrai dire *West* Broadway" aveva detto Robby sentendo Sarah affermare che i bambini vivevano da qualche parte vicino all'angolo tra la Moore e Broadway Avenue. "La Moore non interseca la grande Broadway."

"Non ricordo una 'West' Broadway" aveva protestato Sarah. "E ho un'ottima memoria."

"Certo, ma ti sbagli comunque" l'aveva schernita Robby.

Il ragazzo conosceva anche le persone giuste a cui chiedere. In quel caso erano gli strilloni che, come lui, vendevano giornali agli angoli delle strade più affollate.

Dopo qualche ora passata a cercare nei quartieri giusti, scoprirono che quando il cugino a cui erano stati affidati era morto durante un'epidemia di tifo Jonny e Falco erano stati piazzati in un orfanotrofio delle Sorelle della carità.

"Sono mezzi orfani" disse loro uno strillone, inten-
dendo che Jonny e Falco avevano il privilegio di lavorare
durante il giorno e avere un pasto caldo e un letto nell'orfanotrofio di notte.

Trovarono i due ragazzini impiegati presso un ciabatti-
no che riparava scarpe sulla Mulberry. Robby non ebbe alcuna difficoltà a convincerli a lasciare il lavoro e l'orfanotrofio. Anche se dubitava che in
quell'istituto cattolico avessero subito degli abusi, sapeva
che in quanto "mezzi orfani" erano costretti a consegnare alle suore tutti i loro guadagni in cambio del manteni-
mento. Senza contare che i due bambini dovevano essere
esausti e anche disperati, visto che piegavano e tingevano
il cuoio per sedici ore al giorno tanto da avere le mani tutte
callose e macchiate.

"Pochi mesi dopo che papà era partito per cercare la
mamma a Panama non abbiamo più ricevuto le sue lettere"
disse Falco.

"Sono morti tutti e due, ci scommetto" aggiunse
cupo Jonny.

Da quanto Sarah e Jacob gli avevano raccontato delle
traversie affrontate nella pericolosa giungla panamense,
Robby si era fatto l'idea che Jonny potesse avere ragione. I
fratellini non avevano speranze: come lui e molti altri bambini che vivevano per le strade di New York i due piccoli
italiani erano vittime delle circostanze.

"Be', tutti siamo soli, mocciosi" disse Robby. "Ma una
volta che si capisce la situazione, come ho fatto io, non è
così male."

Poi offrì loro un'alternativa.

"Posso insegnarvi a usare le corde, mocciosi" disse. "E possiamo fare un po' di soldi, divertirci un sacco e vivere grandi – e quando dico grandi intendo *grandi* – avventure" aggiunse lanciando un'occhiata a Sarah per vedere come reagiva a quella che, pensava, dal punto di vista di lei era una sbruffonata.

In realtà non lo era: nessuno in tutta Manhattan avrebbe potuto mantenere quella promessa come Robby Hoyt, solo lui conosceva la città in quel modo.

La sua strategia di sopravvivenza era sempre stato metodica e ben pianificata, perciò insegnò agli altri bambini a fare come lui.

"Primo" disse, "ci sono ingressi e uscite". Spiegò che quando tornava dal "mondo di sopra", come chiamava le grandi arterie stradali in superficie, si accertava sempre di non essere osservato. Utilizzava quattro ingressi diversi e nascosti che portavano ai labirinti del sottosuolo. Partendo da quello che aveva scelto, attraversava poi una serie di corridoi che si intersecavano con strati su strati di tunnel stretti, tutti scavati nel corso degli anni per le fogne e le tubature del gas e dell'acqua potabile.

Mostrò loro un anello pieno di chiavi spiegandogli che da fabbro autodidatta aveva anche forgiato le chiavi di molte porte sotterranee, alcune delle quali portavano a magazzini e catacombe di chiese, altre a passaggi privati, come ad esempio il tunnel per il bestiame foderato di legno di quercia che diversi macelli avevano scavato nel sottosuolo per portare gli animali allevati nel New Jersey dalle banchine sul lato est dell'Hudson direttamente alle macellerie.

Nelle catacombe aveva trovato il modo di alleggerire con discrezione i cadaveri degli anelli d'oro e altri gioielli: ad esempio la grande pistola che sfoggiava l'aveva presa dal fodero di un defunto capitano della polizia.

Dato che stava molto attento a non lasciare tracce e rubava solo se costretto dalla situazione, era riuscito a garantirsi un reddito sicuro benché modesto, scambiando merci di vario genere con i soldi necessari per comprare, invece che sgraffignare, cibo e altri beni di prima necessità.

Ordinò loro con fare severo di non rubare all'aperto, nelle strade, sapendo fin troppo bene che così facendo alla fine sarebbero stati "pizzicati" da tipi come Mulally, il poliziotto corrotto. Essere pizzicati voleva quasi certamente dire l'internamento e poi il trasferimento in un altro orfanotrofio o peggio, la "deportazione" su uno dei treni che spedivano i bambini senzatetto nelle comunità rurali dislocate negli stati del nord.

"Ho sentito tante storie su quei treni – li chiamano 'orfanotrofi su ruote' – e sui posti dove mandano i bambini" disse. "È come alla fine del mondo, quando cadi giù dal bordo" disse.

Adesso, però, l'arrivo di altre quattro bocche da sfamare gli imponeva di ripensare tutta la strategia di sopravvivenza che negli ultimi quattro anni aveva funzionato benissimo.

Una settimana dopo aver trovato Jonny e Falco Scarpello per conto di Sarah e Jacob, Robby portò la sua piccola squadra in uno dei posti che aveva scoperto: una cucina inutilizzata sulla Greenwich, dietro a un rettorato in fase di ristrutturazione. Una volta giunti sul posto, preparò per tutti un pasto sostanzioso a base di fichi, salame, pane fresco e sottaceti, marmellata e mele che aveva comprato qualche ora prima.

"L'ultimo grande pranzo, ricordatevelo bene" disse piano quando ebbero finito, "a meno che non troviamo il modo di rifornirci di provviste. Qualche idea ce l'ho. E voi?" Attese una risposta.

"Io non voglio rubare" disse Sarah decisa. Jacob esitò, poi annuì, d'accordo con la sorella.

"E da dove pensi che vengano i soldi che ci danno da mangiare?" chiese Robby.

"Io non ho paura di prendermi le cose" disse Jonny Scarpello. "Tanto gli altri non ne sentiranno la mancanza e comunque andrebbero sprecate. Siamo noi contro di loro, ed è anche divertente" disse ridendo.

Robby notò che Falco era rimasto in silenzio e pareva imbarazzato dalle parole del fratello.

"Bene, mocciosi, sarà meglio che troviamo un accordo su questo punto" disse poi continuando a squadrare Jonny Scarpello e Sarah. "Altrimenti staremo insieme per poco e patiremo la fame."

Sarah scrollò il capo e Robby capì che non avrebbe ceduto.

E fu così che con quella discussione sul fatto di imbarcarsi o meno in avventure ancora più pericolose che implicavano parecchi furti, iniziarono la loro breve carriera di banda astuta e veloce. Robby faceva da mentore e cervello del gruppo, mentre Jonny, e in seguito anche Jacob, si assumevano i rischi maggiori. Durante le loro scorribande, Falco faceva il palo e imparava dagli altri.

E Sarah faceva del suo meglio – data la situazione – per essere la coscienza di quella gang di ragazzini.

◇◇◇◇◇

Le tattiche di sopravvivenza che iniziarono a mettere in atto quella sera, metri e metri sottoterra, nell'angolo più fresco di una città arroventata dalla calura di metà agosto, alla fine portarono alla cattura dei quattro maschi, ma il rischio implicito nelle loro avventure li esaltava, e così iniziarono a porsi sfide ancora più grosse.

Tre settimane e mezzo dopo Robby li convinse infatti che avrebbero dovuto irrompere nel favoloso museo americano di P.T. Barnum situato all'angolo tra Broadway e Anne per tentare un colpo facile e probabilmente redditizio.

"Entriamo in fretta, prendiamo quello che ci serve e usciamo. Non si accorgeranno mai che siamo stati lì. Se facciamo tutto per bene potrebbe persino diventare un appuntamento fisso" disse loro.

La prima visita andò liscia come l'olio, secondo programma: alle due del mattino entrarono nella vasta cantina del museo da una grata di ventilazione e si diressero subito verso le gabbie dello zoo situate al terzo piano. Robby scassinò il lucchetto della voliera e disse ai ragazzi di strappare le piume di diversi uccelli esotici in quattro delle gabbie. Nel giro di mezz'ora erano di nuovo fuori. Il giorno dopo vendette le piume colorate per dieci dollari a uno stilista di cappelli che serviva l'alta società dell'Upper East Side.

Due giorni dopo portò Sarah e i ragazzi a visitare il museo negli orari di apertura. Sgomitando insieme alle orde di clienti paganti, passarono ore su ciascun piano, esaminando attentamente le creature in mostra e altre stranezze.

Falco rimase folgorato dalle due balene bianche che nuotavano nell'enorme vasca del quarto piano. Jonny e Jacob invece si spinsero fino alla prima fila durante la presentazione della donna barbuta e dell'uomo scimmia. Sarah voleva vedere l'uomo più piccolo del mondo, il generale Tom Pollicino, ma la fila era troppo lunga.

Due settimane dopo tornarono al museo, sempre alle due del mattino e con l'intenzione di raccogliere altre piume preziose e anche qualche oggetto che secondo Robby era da non perdere, come il lungo boa di piume indossato dalla donna barbuta.

Durante quella bravata, però, Falco sgattaiolò via dimenticandosi di fare da palo.

Le due guardie di sicurezza lo trovarono davanti all'acquario del quarto piano, dov'era tornato a vedere le balene. Era seduto e fissava con gli occhi spalancati quelle creature nell'enorme vasca di acqua di mare. Poi le guardie pizzicarono Jonny e Jacob nel serraglio, e infine Robby, ma nel frattempo lui riuscì a far nascondere Sarah.

"Aspettaci in uno dei nostri nascondigli!" le disse spingendola in un armadio aperto. "Aspettami."

Perciò Sarah tornò al nascondiglio della banda, nel locale caldaia di un albergo mai finito di costruire sulla Trentaseiesima. Li aspettò per due giorni, ma non si fece vivo nessuno. Allora tornò brevemente in superficie e si diresse verso un'altra entrata segreta che portava a un tunnel per il bestiame, il quale a sua volta sfociava in una conceria abbandonata dove alcune settimane prima Robby aveva portato lei e Jacob. Non erano neanche lì.

Ma mentre andava a caccia di cibo sul posto, Sarah trovò, chiusa nell'armadietto di Robby, un'enorme pila di manifesti consunti con il suo ritratto e quello di Jacob.

E proprio allora, il 26 settembre 1862, quattro giorni dopo essere stati catturati nel museo americano del favoloso Barnum, Robby, Jacob, Jonny e Falco furono stipati su uno dei "treni degli orfani" diretti a ovest ed espulsi da New York City insieme ad altri 112 bambini di strada.

CAPITOLO TRENTATRÉ

◇◇◇◇

EMMY

*24 settembre 1862 – Prigione nordista di Point
Lookout, Maryland*

Quando arrivò, Rory era già stato seppellito. "I resti del prigioniero che state cercando sono sepolti nel Campo numero 6, quello più grande, con le vittime dell'epidemia di colera degli ultimi quattro mesi. Temo che avrete di che cercare, i paletti di identificazione sono stati messi un po' a casaccio" le disse il cappellano.

Il Campo numero 6 era un lotto pianeggiante di terra bagnata nella quale si affondava fino alla caviglia, puntellato da diverse file di paletti di legno grezzo piantati in modo irregolare, larghi dieci centimetri e alti mezzo metro. I pali erano privi di nome, ma ciascuno recava, scritto a matita e quasi invisibile, il numero del prigioniero morto. Molti erano già caduti nel fango.

Dopo aver battuto il campo per oltre un'ora Emmy trovò il numero che le avevano dato e che corrispondeva a Rory, il 790170. Sul paletto però c'era anche un altro numero: 790270.

Che cosa significava? Non erano riusciti a far bene neanche quello?, si chiese. Si inginocchiò nel fango appoggiandosi al paletto: era questo che le rimaneva di lui?

Si lasciò andare e pianse con rabbia perché si rendeva conto che era proprio così. Non aveva un suo ritratto, non poteva sfiorare il suo corpo freddo, non aveva modo nemmeno di fare un gesto impotente davanti al suo cadavere... per fargli sapere che era andata da lui, che lo aveva amato, anche se non abbastanza.

La richiesta di far riesumare il corpo di Rory per trasferirlo a Boston che aveva precedentemente inoltrato al comandante era stata respinta per via del suo "status". Però, quando fece per uscire dal comprensorio della prigione il cappellano le diede una grande busta contenente le lettere che lei aveva spedito a Point Lookout quando aveva saputo che Brett era stato imprigionato lì. Erano ancora chiuse: non gliele avevano mai consegnate.

Non poteva dargli l'estremo saluto.

CAPITOLO TRENTAQUATTRO

⟨⟨⟨⟨⟩⟩⟩⟩

SARAH

21 ottobre 1862 – Stazione ferroviaria di New York

In una lettera di risposta a un reclamo della madre, che chiedeva alla New York Medical Society di indagare su quell'istituto, il signor Tinder, che scriveva a nome del Westchester, cercava di spiegare che le "gabbie di costrizione" come quella in cui era stato rinchiuso suo fratello prima che lei lo trovasse e lo portasse via da lì erano state ideate da stimati medici tedeschi molto competenti. E si erano dimostrate efficaci, se non addirittura risolutive, per i pazienti con gli "stessi problemi di Jacob". Era una teoria strana, pensò Sarah, perché quella pratica pareva più che altro una specie di punizione per gente in difficoltà che facevano irritare il personale.

Pensò a sua madre e la osservò mentre guardava fuori dal finestrino. Quella mattina aveva parlato pochissimo e questo non era certo da lei.

In passato Emmy avrebbe organizzato tutto, controllato e ricontrollato la lista delle cose da fare, e sarebbe corsa dietro a Jacob, che era sempre stato un perdigiorno. Ripensandoci, le bighellonate complici di quando erano piccoli si erano sempre rivelate il modo migliore per mettere alla prova la pazienza e la capacità di sopportazione della madre. Adesso che lei stessa era quasi adulta e si era assunta parte delle responsabilità materne nei confronti di Jacob, aveva perso un po' di slancio in quel senso, lo sapeva bene. L'anno precedente era sempre intervenuta al posto della madre quando lui si ritirava in se stesso, cosa che faceva spessissimo, soprattutto quando aveva le sue paturnie. Tre anni prima sarebbe stato Jojo a intervenire, mettendo in riga anche lei. Ma adesso era cambiato tutto, e Jacob era sparito di nuovo.

Un telegramma spedito diversi mesi prima li aveva informati che Jojo si era arruolato in Marina per un anno intero e che si trovava su una corazzata in viaggio sul Mississippi.

Sua zia Kathleen era incinta, figurarsi, e il marito Jon McEmeel risultava disperso, nessuno aveva sue notizie da settimane. Poi il dottor Brett era stato ucciso, anzi, assassinato dalle guardie. Ma come aveva fatto lei a sopravvivere, si chiese? E che ruolo aveva avuto in tutti quegli eventi? Aveva deluso Jacob e quello era l'unico, vero motivo per cui si sentiva responsabile di tutte quelle tragedie.

Come avrebbero fatto a trovare Jacob, quel suo fratellino perennemente smarrito? Pareva un'impresa impossibile.

Secondo il signor Grimes, in quella retata della polizia durata un mese erano stati prelevati dalla strada quasi tremila ragazzini e ragazzine senzatetto fra i quattro e i tredici anni, che erano poi stati assegnati a una serie di agenzie di servizi sociali private sparse per la città. In quell'audace esperimento sociale, aggirando le normali procedure degli orfanotrofi che in genere tenevano in bambini per almeno sei mesi prima di inviarli all'esterno, le agenzie li avevano trasferiti subito in treno nelle comunità degli stati del nord.

Per diverse settimane a partire dall'inizio di settembre, carrozze di bambini disorientati e agitati dai quattro ai tredici anni di età, ripuliti e, in alcuni casi per la prima volta, vestiti con abiti di seconda mano privi di macchie, furono spediti in oltre settanta paesini rurali di Pennsylvania, Ohio, Indiana, Illinois, Iowa e Wisconsin, nella parte settentrionale dello stato di New York e da lì, con altri mezzi di trasporto, in centinaia di altre località. Alcuni vennero mandati addirittura nel Territorio del Nebraska!

"Meglio inserirli in comunità cristiane, dove possono essere adottati da qualche famiglia di protestanti timorati di Dio e grandi lavoratori, che lasciarli morire di freddo o di fame sulle nostre strade in inverno" aveva detto un ministro del culto molto stimato. Il suo appello appassionato aveva convinto talmente tanti esponenti dell'assistenza sociale, un sistema vasto ma disorganizzato, che all'esperimento decisero di prendere parte cattolici, protestanti, battisti, ebrei e persino qualche agenzia indipendente.

Quando il 2 ottobre Sarah trovò finalmente il signor Grimes, le probabilità che Jacob, Robby e i fratelli Scarpello fossero già saliti sul treno erano alte. Ma sua madre era nel Maryland, sulla tomba di Rory Brett, e quando tornò da quel triste viaggio lei e l'ispettore Grimes impiegarono più di una settimana a trovare qualche traccia, anche perché la polizia non sapeva su quale degli oltre novanta treni carichi di ragazzini diretti a ovest fossero stati imbarcati Jacob e gli altri.

Sapendo che una richiesta scritta avrebbe potuto essere perduta o distrutta da uno scroscio di pioggia improvviso, sua madre aveva fatto tre copie della lista da seguire nelle ricerche di Jacob e Sarah le aveva dato una mano. Le voci di quella lista, selezionate e trascritte da sette dei quarantacinque registri relativi alle spedizioni delle due settimane precedenti nelle città di otto stati del nord, i primi compilati da squadre di volontarie di qualche associazione di beneficienza, benintenzionate e probabilmente gentili ma senz'altro frettolose, fornirono a sua madre e al signor Grimes ben poche informazioni utili per trovare Jacob. Diverse agenzie non tenevano nemmeno un registro.

Una voce tra quelle che Emmy aveva letto diceva semplicemente: "Ragazzino. Preadolescente. Consegnato a Symerton, Illinois". E non c'era nemmeno la data.

Un'altra diceva: "Maschio, 8 o 9 anni, Clam Falls, Wisconsin".

Sugli ultimi treni per l'ovest erano stati registrati i nomi di battesimo di diciotto maschietti chiamati "Jacob", "Jake" o indicati semplicemente con l'iniziale "J". Grazie ai dispacci telegrafici inviati in molte località, Emmy aveva eliminato un buon numero di possibilità, ma nessuna delle cittadine sulla loro lista le aveva inviato una risposta. I registri più accurati erano quelli della Children's Home Society, che aveva anche annotato il cognome di molte famiglie riceventi e una breve descrizione del bambino.

Tuttavia, dei dieci bambini di quell'agenzia che avevano la stessa età di Jacob e almeno la stessa iniziale, nessuno pareva corrispondere a lui.

E poi dove diamine era Clam Falls, si chiese Sarah?

Dato che in quel periodo dell'anno negli stati del sud il tempo era migliore, lei ed Emmy scelsero un tragitto che le avrebbe portate innanzitutto nelle piccole cittadine della Pennsylvania meridionale e poi in Ohio e nell'Indiana, mentre il signor Grimes si era offerto di cercare nelle località invernali più fredde come Upstate New York e il Massachusetts occidentale. Con il passare dei giorni, però, avevano l'impressione che le probabilità di trovare Jacob diminuissero: era come se fosse ridiventato una piuma volata via da un cuscino strappato che adesso si trovava in balia del vento in un giorno di tempesta, pensò Sarah.

Come sua madre, anche lei sapeva bene che le aspettava una ricerca difficilissima, impegnativa, ma molto diversa da quella che avevano dovuto intraprendere quando erano partite sulle tracce di Jacob nelle terre selvagge del Nordovest Pacifico, quattro anni prima. Verificare un numero così alto di possibili destinazioni avrebbe richiesto mesi o forse addirittura anni.

Dopotutto i treni degli orfani erano solo un'altra forma di rapimento, pensò Sarah.

Quella mattina, mentre andavano alla stazione ferroviaria, Sarah notò che sua madre aveva cucito nella fodera della gonna nera diverse strisce di seta di un bel colore azzurro "uovo di pettirosso" e le aveva chiesto come mai.

"Vengono da un vestito che mi piaceva tantissimo, Sarah. Ho pensato di accostare il nero ai colori, d'ora in avanti" aveva risposto Emmy. "Se accettiamo il nero distinguiamo meglio i colori, anche se li vediamo solo noi. Almeno, questo è ciò che voglio credere adesso."

Il treno uscì lentamente dalla stazione cigolando e stridendo nel tentativo di vincere l'inerzia dovuta al proprio peso. Sarah si mise le dita nelle orecchie per non sentire quel fracasso, il rumore del metallo che sfregava contro altro metallo, e guardò sua madre. Emmy si era addormentata.

La osservò mentre pisolava e si accorse che quel suo modo di dormire seduta dritta la faceva apparire maestosa come quando era sveglia. Sapeva però che sua madre non lo faceva per un motivo preciso: era semplicemente fatta così.

Sarah si chinò e guardò i fogli che Emmy teneva in grembo: riconobbe l'ultima lettera di Brett, perché nei giorni precedenti aveva visto sua madre leggerla e rileggerla diverse volte. Emmy lasciava trapelare di rado le proprie emozioni, soprattutto il dolore, ma Sarah sapeva che quello era il suo modo di affrontare situazioni del genere, elaborandole con calma. Non scaricava mai il peso dei suoi sentimenti sugli altri.

Per certi versi, ora che sua madre si era addormentata, Sarah sentì di potersi dedicare ancora una volta a uno dei suoi passatempi preferiti: elaborare le cose in silenzio come sapeva fare lei, ripercorrendo ciò che aveva vissuto e cercando di coglierne il significato.

Ripensò a Robby Hoyt, passò nuovamente in rassegna gli eventi, riascoltò le sue parole, cercò di riportare alla mente il suo viso, da quando lei e Jacob si erano persi in città e lui li aveva salvati fino a quando Robby, Jacob e i due Scarpello erano stati catturati e spediti chissà dove.

Perché gli aveva creduto così ciecamente?, si chiese. Magari era proprio per quello che era sopravvissuta, si disse, perché aveva avuto fiducia in lui.

Ripensò alle sue parole, al modo buffo in cui pontificava, alla convinzione con cui enunciava le sue elucubrazioni filosofiche e alle cose che le aveva confidato sottovoce, in privato.

Nessuno le aveva mai sussurrato la parola "amore" in quel modo – come dovevano averla sussurrata a sua madre, che Dio li avesse in gloria, il buon Rory Brett e l'amato patrigno Isaac.

Che cosa aveva voluto dire veramente Robby Hoyt quando gliel'aveva detta quel giorno, l'ultima volta che l'aveva visto? Le si era sdraiato accanto non appena Jacob, Jonny e Falco si erano addormentati in attesa di ripetere la loro avventura più entusiasmante: irrompere di notte e seguirlo in un altro tour privato nel fantastico Barnum American Museum di Ann Street.

Lei era rimasta sveglia pensando a quello che lui le avrebbe mostrato al mattino: una vera sirena! Quando Robby si era disteso vicino a lei Sarah si era stupita, perché aveva sempre dormito da solo in una stanza accanto alla loro.

Al buio, lui aveva allungato la mano e aveva sfiorato la sua.

Sentendo quel tocco lei aveva sussultato, ricordando per un istante che quando era piccola, prima di andare a vivere alla fattoria e vedere gli animali che si accoppiavano, credeva che le donne rimanessero incinte in quel modo! Ripensandoci adesso la sua reazione la fece sorridere.

Provava qualcosa per lui, lo sapeva bene, e per quanto Robby sembrasse sempre così insolente si era chiesta spesso se anche lui provasse qualcosa per lei. Poi pensò a che cosa volesse dire essere incinta e per quanto desiderasse essere sfiorata ancora da lui, si spaventò.

"Non è il momento giusto, signore" gli aveva detto.

Robby l'aveva guardata sorpreso.

"Non sai neanche a cosa stavo pensando" le aveva detto. L'aveva baciata sulla guancia, poi anche sul palmo della mano e si era tirato a sedere.

Lei si era voltata verso di lui con gli occhi spalancati, un po' sbalordita e un po' contenta.

"Una volta ho visto un tizio che faceva così a una signora" le aveva sussurrato Robby.

Lei non gli aveva risposto e lui le aveva dato le spalle. "Credo di amarti, signorina mocciosa" le aveva detto. "Adesso cerca di dormire un po'." Dopodiché si era alzato e se n'era andato.

Sarah era rimasta di sasso: l'aveva lasciata lì da sola. Si aspettava che tornasse, ma non lo aveva fatto.

Davvero l'amava?, si chiese.

Da quel giorno ci aveva pensato e ripensato spesso e aveva deciso che avrebbe aggiunto anche quello alla lunga lista di cose che doveva capire meglio: così facendo, se e quando la parola amore si fosse ripresentata alla sua porta avrebbe avuto un maggiore controllo della situazione. Era una parola meravigliosa e voleva che rimanesse tale, pensò, ma dato che l'aveva anche spaventata non si sarebbe più fatta cogliere di sorpresa in quel modo: se e quando l'amore fosse tornato e se lei avesse deciso di accoglierlo non lo avrebbe lasciato appassire.

Allora era questo l'amore?

E Robby l'amava davvero?, si chiese di nuovo. E se era così, perché aveva nascosto i volantini che avrebbero permesso a lei e Jacob di scoprire che la zia e poi anche la madre li cercavano da settimane?

L'aveva forse fatto per proteggerla, pensando che tenendola con sé avrebbe potuto dimostrarle il suo "amore"?

Perché diamine aveva creduto a Robby Hoyt, trasformandolo nell'eroe senza macchia e senza paura che lui avrebbe tanto voluto essere...

Ma poi lo era davvero, un eroe? O era solo un bugiardo?

Quanto si può imparare in poche settimane?, si chiese poi calmandosi. Un sacco, si rispose, forse era così che si diventava saggi. Una volta sua madre le aveva detto che nella vita si potevano controllare ben poche cose, ma almeno una sì, ed era il modo in cui si reagiva alle situazioni.

Ma sua madre capiva davvero *quelle* cose? E quando avrebbe potuto raccontarle tutto quello che stava passando? Sarebbe accaduto, prima o poi? Avrebbe dovuto farlo? E, cosa ancor più importante, ci sarebbe mai riuscita?

CAPITOLO TRENTACINQUE

◇◇◇◇

EMMY

22 ottobre 1862 – Da New York a Baltimora

Si svegliò mentre il conducente passava per forare i biglietti, ma quando il treno uscì dalla stazione diretto a Baltimora ricominciò a pisolare.

Non era decoroso, lo sapeva: non stava dando un buon esempio a Sarah, ma non poteva farci niente e si chiese se sarebbe mai riuscita a perdonarsi almeno un po', a smettere di lottare e a lasciarsi andare, sapendo che avrebbe potuto essere, per così dire, un buon esercizio: la morte infatti si travestiva in tanti modi diversi e quando alla fine sarebbe giunta avrebbe potuto presentarsi anche in quella forma; non che si sentisse pronta ad affrontarla, ma una volta arrivato il momento era decisa a farlo con dignità. Perciò, concluse, controllarsi, lottare contro il sonno e poi abbandonarsi trincerandosi nel silenzio era più che appropriato.

Poi si chiese se la razza umana avesse bisogno della morte per gli stessi motivi per cui aveva necessità di dormire...

Il consesso di anime, il "corpo mistico" di cui parlavano i cattolici, quello che in teoria univa tutti gli esseri senzienti aveva forse bisogno della morte dei suoi esponenti più vecchi e stanchi per potersi rinnovare, come aveva sentito dire a un predicatore, allo stesso modo in cui presumibilmente le cellule del corpo ringiovanivano nel sonno?

Allora era quello il senso della guerra?, le purghe erano davvero un'epurazione di tipo maltusiano? O forse la morte e il sonno erano solo fastidiose interruzioni nella vita di persone che conducevano un'esistenza pienamente consapevole?

E che dire poi dell'amore?, si chiese. L'Amore, come la Morte, si presentava sotto tante spoglie diverse, rifletté. Era sempre stata convinta che chi non provava il *bisogno* di amare ed essere amato non potesse definirsi un essere umano.

E sulla falsariga del pensiero precedente, l'amore, il fatto di "cadere innamorati", era forse un qualcosa di fastidioso? Bisognava controllarlo come spesso aveva cercato di fare, così come lottava contro il sonno in quel momento?

"I fastidi dell'Amore, della Morte e del Sonno"... sorrise a quel pensiero, come se fosse il titolo della tesi di un qualche studioso. Si chiese se anche gli altri la pensassero così. In che modo erano uguali o diversi? Le persone erano forse *costrette* a fare esperienza dell'Amore così come dovevano affrontare la Morte e il Sonno? Se uno non dormiva di sicuro sarebbe morto, pensava Emmy. E anche se uno non amava, se non si donava completamente agli altri sarebbe morto, anche se magari in modo diverso e più lento...

Ma ci si donava poi davvero alle persone amate o era vero il contrario? Forse si amavano solo quelli a cui ci si dedicava, su cui si era investita la propria esistenza, non tutti gli esseri umani indistintamente.

E se non ci si donava completamente a Dio, se non si investiva la propria vita su di Lui, l'anima sarebbe forse morta? Da bambina le avevano insegnato che era proprio così.

Si appisolò un momento ma senza sognare, e se ne rese conto quando si svegliò sentendo il fischio del treno. Guardò sfilare rapido dal finestrino il paesaggio invernale tutto bianco. Stavano andando in Pennsylvania e fuori faceva freddo, se lo ricordava bene: aveva già visto campi coperti di bianco come quelli, ma non rammentava di averli mai osservati dal finestrino di un treno.

Forse le era successo in sogno?

Allora pensò ai sogni: se il sonno era un fastidio, rifletté, perché ci era stata data la facoltà di sognare e che cos'erano davvero i sogni? Forse il modo in cui la mente sfuggiva a quell'interruzione inopportuna e prolungata della sua vita pensante costituita dal sonno? Oppure un modo al tempo stesso meraviglioso e terrificante di divertirsi, concesso da Dio all'umanità per risarcirla dell'imperfezione fisica che le faceva sentire il bisogno di dormire?

Forse Dio aveva regalato i sogni all'umanità per fornire all'occhio della mente una lente nuova attraverso cui leggere tutte le sue esperienze, chissà. Gli scopi potevano essere numerosi e diversi: offrire una soluzione a ciò che di norma la persona non riusciva ad affrontare, ripresentarle gli eventi in una veste nuova e meno limitante, conferire una patina simbolica a questioni gravose, irrisolte e ingestibili, consentire di portare a termine l'elaborazione di questioni ancora insolute, attribuire un nome, un volto o un colore all'imponderabile per aiutare la gente a liberarsi dalla temibile assenza di forma dei suoi sentimenti, categorizzare o sistematizzare le cose che a volte collochiamo in modo impreciso qua e là, come avviene con quel minestrone di sentimenti che tanti chiamano "amore". Quale di questi era quello giusto?

Emmy non lo sapeva. Aveva letto tante teorie al riguardo e aveva concluso che nemmeno i cosiddetti "esperti" ne sapevano granché.

Molto tempo prima, però, aveva deciso che si sarebbe sforzata di ricordare i propri sogni, annotandoli di tanto in tanto, perché aveva capito che, pur non riuscendo a comprendere fino in fondo le storie che narravano, ricordarle l'avrebbe aiutata a capire ciò che aveva vissuto nelle ore di veglia precedenti. In qualche occasione aveva persino utilizzato i sogni per intuire cose che non erano *ancora* successe ma che poi erano accadute davvero, in modo che quando il fatto in questione si era verificato era riuscita a mantenere la calma e a mettere nella prospettiva giusta fatti che altrimenti sarebbero risultate sconcertanti o imponderabili. Le venne in mente che per definire il dono di prevedere le cose aveva insegnato a Sarah una parola: "Preveggenza". Forse ricordare i sogni consentiva di sviluppare quell'utile dono, perciò li accoglieva ogni volta che si presentavano e sebbene sapesse che dormire in pubblico era da maleducati, se proprio non poteva fare a meno di appisolarsi nel primo tratto di quel viaggio sperava almeno di poter sognare un po' e di districare in quel modo tutto ciò che le era successo nei mesi precedenti e quello che ancora l'aspettava.

Il cantilenante *tutum-tutum* del treno sulle rotaie d'acciaio si insinuava nei suoi momenti di veglia, calmandola. Finalmente riposata, Emmy lanciò un'occhiata a Sarah, seduta sulla panca di fronte a lei. Com'era sua abitudine, stava osservando tutti i passeggeri che entravano e uscivano.

Aveva quasi quattordici anni! Era già una giovane donna intelligente, per tanti versi precoce, ma ancora dolcissima e ingenua, nonostante tutto ciò che le era successo. Aveva preparato Sarah alla vita come avrebbe dovuto? Le aveva trasmesso le chiavi giuste, le giuste domande da fare per scoprire la verità nelle circostanze in cui si sarebbe trovata, le aveva parlato dei problemi che avrebbe dovuto affrontare? Da adulta sarebbe riuscita a diventare una donna risoluta dal pensiero indipendente? Le aveva dedicato il tempo necessario?

Qualunque fosse la risposta, con Jacob Emmy sapeva di non averlo fatto, anche se in qualche modo, forse perché aveva sempre sognato un lieto fine, sapeva in cuor suo che prima o poi lo avrebbe ritrovato: aveva così tante cose da raccontargli, da farsi raccontare, da fare per lui, anzi, per entrambi.

E chi era quel Robby Hoyt? Sarah le aveva detto ben poco ma con una sorta di ammirazione, questo l'aveva notato. In base al poco che aveva saputo di lui le pareva un ragazzo complicato che, quantomeno stando ai racconti di Sarah, si era preso cura dei suoi figli e dei due fratelli Scarpello.

Doveva trascorrere più tempo con la figlia per permetterle di aprirsi e raccontarle quello che era successo nei due mesi in cui lei e il fratello erano spariti. Quando, qualche settimana prima, Sarah era ricomparsa Grimes l'aveva tartassata di domande: dov'era Jacob? Perché non si era fatta viva prima? Sarah si era chiusa in se stessa e aveva smesso di parlare. Poi, quando Emmy, che portava il lutto di Brett, era tornata a New York e aveva cercato di parlarle, Sarah era stata stranamente ostica. C'erano voluti parecchi tentativi di persuasione per ottenere le informazioni necessarie per capire che cosa fosse successo a Jacob.

Emmy era dispiaciuta: aveva scaricato sulla figlia la rabbia che lei stessa provava per tutto quello che era successo, il che aveva peggiorato le cose. Sarah era molto confusa, lo capiva, e si teneva dentro tante cose.

A quel punto Emmy era tornata in sé e aveva concluso che avrebbe dovuto riguadagnarsi la fiducia della figlia. Per aprire un vasetto ostinato la pazienza era più efficace della forza, così diceva l'antica saggezza. In quel modo c'erano minori probabilità di romperlo o di agitarne il contenuto rovinandolo per sempre.

Riprese a leggere l'ultima lettera di Brett cercando di pensare a lui, ma ogni volta che l'aveva fatto nelle quattro settimane precedenti aveva sentito montare la rabbia e il rimorso, che le avevano rovinato qualunque tentativo di trovare una spiegazione plausibile a ciò che era successo, a tutta la sfortuna e la cattiveria che aveva dovuto subire dal momento in cui lui le aveva tenuto la mano quando erano sdraiati sull'erba a guardare il cielo, in quel giorno burrascoso a Boston. Quando le aveva prospettato una vita futura da passare insieme.

Aveva così tanti rimpianti...

Aveva ricambiato la sua stretta troppo... debolmente? I suoi baci troppo... rispettosamente? Anche se in quel momento non era ancora pronta a impegnarsi con lui, forse avrebbe potuto dargli qualcosa di più... lasciare la presa un secondo più tardi invece di farlo prima di lui, permettergli di baciarla con più trasporto... Sarebbe stato onesto, da parte sua, o invece egoistico mantenere vivo l'affetto di Brett, rimandando ogni intimità al momento in cui si fosse scossa di dosso il ricordo delle tragedie che le erano capitate e il peso che di conseguenza aveva dovuto portare? O forse comportarsi in quel modo sarebbe stato un atto di gentilezza, un dono cosciente, sapendo che l'amore cambia e cresce nel tempo man mano che due persone imparano a conoscersi nel profondo? Sempre ammesso di averne la pazienza.

Se lei avesse accettato la sua proposta, c'era il rischio che Brett mal interpretasse la sua reazione e pensasse che volesse garantire a se stessa e ai suoi figli qualche certezza per il futuro. Ma era stata presuntuosa, a dare per scontato che lui l'avrebbe aspettata, in questa vita o nell'altra? Era stata arroganza, la sua? Il pensiero che la tormentava di più, però, era questo: avrebbe potuto fare di meglio quando si erano perse le sue tracce, facendo valere il proprio carattere deciso per difenderlo una volta scoperto che era in pericolo?

Il treno entrò in una galleria e per trenta secondi Emmy trattenne il respiro aspettando di tornare alla luce.

Quando il treno riemerse, lei sospirò e sentì montare ancora una volta la rabbia.

Era curioso che Benjamin Butler, dopo quello che era successo nel suo ufficio, avesse deciso di far ispezionare la prigione di Point Lookout dov'era rinchiuso Brett, proprio come aveva accennato quando le aveva fatto la sua proposta indecente. Ma l'ispezione alla prigione che quel vile opportunista le aveva sbandierato era avvenuta sei settimane troppo tardi: Brett era già morto.

Si chiese se Butler avesse voluto in tal modo fare ammenda per il proprio comportamento o se fosse uno scaltro espediente per crearsi un alibi in vista di eventuali accuse. Forse, rifletté, era solo un modo cinico di giocare con i suoi sentimenti mentre lei era ancora in lutto.

Si chiese anche se l'improvvisa scomparsa di Jon McEmeel fosse in qualche modo collegata alla sua promessa di intercedere a favore di Emmy con Butler e suo fratello. Il generale poteva davvero essere così spregevole?

Sua sorella Kathleen, che aspettava un figlio dal defunto amante Escoffier, riteneva che la scomparsa del marito fosse una reazione alle disgrazie capitate a lei. Povera Kathleen! Sarebbe mai riuscita a sfuggire alle trappole che si creava da sola? E avrebbero mai scoperto che fine aveva fatto McEmeel?

Poi ripensò a Butler. Un tempo era stato anche lui un bambino... come Jacob. Che cosa aveva trasformato lui e suo fratello nelle persone che erano diventate? Il male, soprattutto se praticato ad arte come parevano saper fare quei due, era una condizione acquisita, ne era sempre stata convinta. Il delitto intenzionale e premeditato, l'assassinio passionale, l'omicidio colposo e violenze come quelle che in quel momento mettevano a ferro e fuoco il paese derivavano tutti dalla perdita di controllo e dal fatto che la coscienza non riusciva a intervenire... per contrastare efficacemente gli istinti più bassi. Non era così? Come aveva sempre insegnato ai figli, ciò che distingueva le persone dagli animali erano il controllo delle passioni, l'esercizio del discernimento e il dominio di sé.

Emmy non credeva, né aveva mai creduto, che si nascesse "cattivi" o "peccatori", ma piuttosto che ogni anima ricorresse all'egoismo e alla manipolazione per sopravvivere. Il suo Jacob era un sopravvissuto, lo sapeva: in che modo gli eventi che aveva dovuto sopportare avrebbero plasmato la sua vita? Sarebbe rimasto una persona problematica, gli altri l'avrebbero forse giudicato "malvagio"? rifletté sulla profonda ingiustizia di certi meccanismi.

Poi pensò anche a se stessa: avrebbe avuto la forza di perdonare le azioni di persone spietate come l'indiano Anah Nawitka, il bandito dell'Istmo Rafael Bocamalo o l'opportunista Butler "la Bestia"? Ognuno di loro l'aveva fatta soffrire molto, ma nel contempo era stato per lei un banco di prova.

Lo scossone del treno che frenava per imboccare lo scambio di New Rochelle la distolse dai suoi pensieri.

Dalla carrozza osservò i passeggeri che salivano alla stazione e si concentrò per qualche istante su una coppia che camminava a braccetto. La donna, più giovane, sorrideva adorante all'ufficiale in blu che l'accompagnava. E le venne in mente di nuovo George Pickett: anche lui una volta indossava un'uniforme come quella. Emmy era triste perché aveva perso il suo "George Picchetto", ma doveva lasciar perdere, perché lui purtroppo si era già sistemato, che sopravvivesse o meno a quella guerra, e forse si era persino innamorato. Pensò con rimpianto che avrebbe tanto voluto concedersi la possibilità di innamorarsi di lui, ma sapeva fin troppo bene che tra loro non avrebbe mai funzionato.

Avrebbe voluto concedersi tante cose, *dare* molto di più...

Riprese a leggere la lettera di Brett e la poesia che era riuscita a recuperare sfregando trucioli di matita carboncino sui segni impressi sulla pagina rendendo leggibili le parole, anche se al contrario.

"..., Amore mio
Il tempo è passato.
Tu sei qui, lontana.
Dentro, fuori e dentro,
Tu sei là, vicina."

Le prime parole della poesia erano "Non dimenticare" o "Non mi lasciare"?, non riusciva a capirlo perché la scrittura era indistinta, ma c'era una bella differenza.

Con quel pensiero in testa si riaddormentò. Il crepitare della pioggia sul tetto della carrozza la rassicurava lasciandole una sensazione dolceamara che adesso si mescolava al picchiettio regolare delle ruote sui binari.

Vedeva Jacob, adesso.

E anche Brett.

CAPITOLO TRENTASEI

<><><><>

JOJO

12 dicembre 1862

A causa delle tante secche e degli ostacoli nascosti a pelo d'acqua, la U.S.S. *Cairo* non viaggiava quasi mai di notte sui fiumi, neanche sullo Yazoo che aveva l'ordine di pattugliare. Nelle due settimane precedenti la nave aveva sconfitto tutte le batterie di ribelli spingendosi fino a venticinque chilometri dal punto in cui lo Yazoo sfociava nel Mississippi. E adesso il comando occidentale le aveva assegnato un'ultima missione: bombardare una roccaforte della fanteria confederata venticinque chilometri a monte e poi tornare alla base a Memphis. Il capitano, pensando che sarebbe stato meglio sorprendere l'accampamento dei ribelli con un'incursione di primo mattino, si arrischiò a spostare la grande nave nera nell'oscurità più completa lungo quel tratto di fiume pieno di insidie, impresa ardua persino di giorno.

Quando esplose il primo siluro, Jojo stava dormendo un sonno irrequieto e senza sogni. Mentre la nave si inclinava l'amaca su cui era sdraiato venne sbattuta contro la paratia di tribordo. La detonazione del secondo siluro aprì uno squarcio enorme nella caldaia e la nave iniziò a imbarcare rapidamente acqua. Gli uomini salirono di corsa dai ponti inferiori passando in mezzo al vapore che si innalzava a ondate, per evitare di affogare in quella bara d'acciaio in discesa libera.

"Abbandonate la nave! Maledizione" sentì dire da qualcuno, forse McClinton, che urlava in un megafono.

Jojo guardò oltre la balaustra e intravide tre uomini in abiti color kaki che si stagliavano alla luce di una torcia e che stavano urlando e festeggiando sulla riva del fiume. Sull'altra sponda una folla di uomini e donne esultanti gridava e fischiava mentre la grande nave affondava.

La *Cairo* aveva solamente due scialuppe di salvataggio: una era ormeggiata proprio nel punto in cui era esploso il siluro sparato da terra e la seconda, vicina a poppa, era già piena.

Jojo saltò in acqua e iniziò a nuotare. Non aveva mai avuto paura di quello che gli uomini definivano "freddo" lì sul Mississippi. Aveva nuotato nei fiumi del Nordovest Pacifico e *là* sì che faceva davvero freddo, si disse.

Quella notte tutti e 187 gli uomini riuscirono a scampare all'affondamento della *Cairo*. Jojo e altri ventidue membri dell'equipaggio si ruppero le ossa o rischiarono di annegare e furono trasferiti sulla nave ospedale U.S.S.

Stanton per trascorrere un periodo di convalescenza. Qualche giorno più tardi, quando la *Stanton* attraccò a Cincinnati, Jojo, tenendosi stretta la lettera dell'avvocato Patrick Dolan sbiadita ma ancora leggibile, se ne andò dritto alla stazione ferroviaria.

Era venuta l'ora di tornare a est e di rivedere la signora Evers, ne aveva avuto abbastanza della Marina e delle guerre di quegli uomini bianchi, così passionali, metodici e folli.

EPILOGO

◇◇◇◇

SARAH

14 dicembre 1862 – In una cittadina del Wisconsin

Il treno rallentò per poco più di un chilometro prima di fermarsi all'altezza della baracca che fungeva da stazione a Paddock, nel Wisconsin. La cittadina era identica alle altre in cui Sarah e sua madre erano state nelle ultime quattro settimane: povera gente di campagna che lavorava sodo, faceva una vita dura e aveva accolto di buon grado quelli che venivano considerati gli scarti della società, orfanelli di strada della grande metropoli i quali, quando venivano mandati in quelle cittadine, portavano già il marchio dei sopravvissuti. Era una combinazione che non funzionava, "ingredienti impossibili da mescolare", aveva sentito dire a sua madre, anche se messi insieme da persone buone e benintenzionate.

Quegli scarti della società sarebbero riusciti a mettere radici in un terreno difficile come quello, si chiese?

Fuori faceva freddo e Sarah pensò a come sarebbe stato quando lei e sua madre sarebbero dovute scendere dal treno. Tanto valeva affrontarlo subito, ormai c'era abituata. D'altronde negli ultimi anni era proprio questo che le pareva di aver vissuto, immersioni rapide, anzi, meglio dire tuffi sconvolgenti.

Immersioni rapide. Sì, si era trattato proprio di quello, e più ci pensava più ne era convinta, pensò abbottonandosi il cappotto fino al collo. Era nata nel tepore dell'estate nel Territorio dell'Oregon, si era bagnata nella acque piacevoli e tranquille della sua isola del Nordovest, dove un sole mai feroce e mai aggressivo riscaldava dolcemente la sua vita certo difficile ma comunque sua. E poi qualcosa, un corvo di Dio o forse un dio-corvo, l'aveva portata via, lasciandola precipitare in un fiume ghiacciato dopo l'altro. I viaggi che aveva intrapreso con la madre e il fratello lontano dalla sua casa sull'isola le avevano fatto capire molte più cose di sé in relazione agli altri, del posto che occupava in quella piccola fetta di mondo che sentiva sua, del suo ruolo in quel mondo "adulto" e molto più vasto e di come sarebbe potuta finire.

Dopo quelle immersioni la sua anima aveva quasi ceduto, lo sentiva chiaramente: erano sopraggiunte così alla svelta ed erano state talmente gelide da rallentarle il cuore per tutto il tempo in cui era rimasta con la testa sotto.

Immersioni rapide, quindi, e poi il ritorno del tepore che le aveva fatto nuovamente accelerare i battiti. Era stata

la rinascita, un risveglio che però si era portato dietro la
cosa che aveva odiato di più di quelle esperienze: aspettare
che finissero i brividi nelle ossa.

E ogni salto, ogni immersione profonda nel mondo plasmato e concepito dagli adulti instillava in lei un ricordo
doloroso: San Francisco l'aveva spaventata più dell'Istmo,
anche se la giungla di Panama le era sembrata molto diversa dalle fredde foreste del Territorio dell'Oregon dove non
ti si appiccicava addosso *niente*. Nella giungla invece *tutto*
pareva disfarsi e marcire, anche dentro di te.

San Francisco l'aveva quasi sopraffatta e adesso capiva
che era stato per via di tutte quelle anime che le passavano
accanto senza fermarsi abbastanza a lungo da permetterle
di capirle fino in fondo. Sul treno dell'Istmo, prima della
rapina, prima di perdersi di nuovo, almeno aveva avuto il
tempo di osservare gli altri, alcune di quelle anime.

Poi era arrivata Boston con i suoi abitanti disorientati
ma sicuri di sé.

E infine era stata la volta di Washington sulla costa est,
la capitale della confusione, dove tutti parevano tollerare il
caos da cui i più anziani cercavano di trarre qualche valido
insegnamento da passare a lei e agli altri.

Ma era stato il mondo sotterraneo dei cunicoli di New
York a impressionarla e spaventarla più di tutto il resto.
Con il buon Robby Hoyt. Sarah sorrise riflettendo sul mo-
tivo per cui aveva finito per ripensare a lui.

Insieme alla madre attese per mezz'ora il predicatore che
sarebbe dovuto andare a prenderle. Aveva iniziato a fioc-
care e quando lui arrivò borbottando un mucchio di scuse

per il ritardo la neve, luccicante e fine come polvere, le aveva già coperto il cappello e le spalle.

Sul carro, guardando l'ampio orizzonte grigio della prateria, Sarah pensò a come in quel momento si trovasse sotto il grande cielo di quel vasto mondo che non conosceva ma di cui adesso aveva avuto nozione, e paragonò il proprio atteggiamento al modo in cui gli adulti vi trovavano ciascuno il proprio posto. Le avevano raccontato storie su luoghi *ancora più grandi* di quello, con edifici e fabbricati fatti di pietra, non di legno – granito, marmo, arenaria – materiali durevoli ma con una vita media diversa, ciascuno dei quali dava una falsa sensazione di eternità.

Allora il mondo era ancora più vasto di quanto avesse mai immaginato... Gli adulti le avevano detto che era abitato da *milioni* di persone, così tante che nessuno avrebbe mai potuto studiarle come piaceva a lei per intuirne il destino e predire che cosa sarebbe stato di loro. Una volta aveva pensato che così facendo, applicando costantemente quel metodo, la saggezza della sua anima antica avrebbe raggiunto il culmine. Ma a questo punto forse non sarebbe mai successo, le sarebbe toccato continuare a imparare per tutta la vita...

Comunque sia in questo mondo si sentiva molto più piccola di prima, adesso che entrava nel suo quattordicesimo anno. Si chiese se la sua saggezza antica sarebbe avvizzita prima che lei tornasse a casa, ovunque fosse casa. Ma no, non poteva succedere, perché inaridirsi non voleva dire avvizzire, giusto? Infatti, stando a quello che aveva imparato nelle lezioni impartitele dalla madre e applicandolo al tema su cui stava rimuginando in quel momento, erano le anime giovani ad *avvizzire*, i fiori ancora in boccio come lei che non avevano ancora sperimentato l'amore e si ritrovavano ad affrontare impreparati il fuoco della passione, che li sciupava prima del tempo. L'*inaridimento*, invece, toccava alle anime antiche rimaste a lungo sulla pianta, che avevano *perso* l'amore e poi si erano prosciugate. Ma se non altro quelle anime avevano vissuto l'amore almeno una volta, o almeno così sperava.

Allora per non avvizzire avrebbe dovuto accettare l'amore, accoglierlo e correre il rischio di inaridirsi in futuro? Ma non poteva evitare questo inaridimento, mantenere per sempre l'amore nel suo pieno fulgore, intenso e vivo? Come doveva amare per impedire che il sentimento appassisse, come?

Proseguendo nel ragionamento le venne il dubbio che l'inaridimento fosse invitabile, ciò che occorreva per diventare anime integre e antiche in modo da sperimentare la perdita e così apprezzare pienamente la bellezza di un amore prima di scomparire nella polvere. E a quel punto allora quella polvere preziosa, vestigia delle anime antiche e integre, diventava il terreno che Dio offriva alle anime nuove perché vi facessero germogliare il loro amore.

Insomma, era possibile evitare di inaridirsi e avvizzire? E non è che magari lei fosse rimasta intrappolata fra questi due estremi per colpa della paura?

Mentre scendeva con la madre dal carro del predicatore di fronte alla pensione cittadina ripensò al buon Robby: dov'era finito? Non avevano ancora ritrovato Jacob né avevano la sensazione di esserci vicine; sarebbe sopravvissuto a quel nuovo capitolo della sua giovane vita?

Pensando al modo in cui Robby aveva cercato di salva-guardarla, si chiese se stavolta sarebbe riuscita a protegge-re il fratello.

Nota dell'autore

PERSONAGGI REALMENTE ESISTITI

Generale Benjamin "la Bestia" Butler (1818-1893) – Il senatore del Massachusetts Benjamin Butler si affermò come influente figura politica a livello nazionale e, dopo aver formato due reggimenti statali in seguito all'appello di Lincoln per la creazione di un esercito di volontari, durante la Guerra di secessione divenne uno dei tanti cosiddetti "generali politici" dell'esercito americano. Uomo controverso e di indole aggressiva, accusato di corruzione e di essersi arricchito sfruttando le circostanze, era giudicato dai più un leader militare inetto. Si meritò il soprannome di "la Bestia" per via del suo comportamento in qualità di comandante di New Orleans durante l'occupazione della città. L'**Ordine generale numero 28** da lui firmato fece imbestialire i cittadini del sud e ricevette numerose critiche anche al nord e all'estero. Noto anche come "l'Ordine delle donne", stabiliva che se una donna "dimostrava disprezzo o insultava" un soldato o ufficiale dell'esercito americano doveva essere trattata come una "donna di strada, che esercitava il mestiere" (cioè l'adescamento). L'ordine autorizzava inoltre l'impiego di misure drastiche tra cui l'arresto. Le donne del sud denunciarono il documento, che secondo loro era solo un modo per legalizzare abusi e stupri. In seguito a queste critiche e alle ripetute accuse di corruzione a carico di Butler, Lincoln decise di trasferirlo da New Orleans e di nominarlo governatore militare della penisola della Virginia. Nel suo breve periodo di "regno" su New Orleans, Butler, insieme al fratello Andrew Jackson Butler, mise da parte un'immensa fortuna. Venne accusato di crimini di guerra e di speculazione, ma dopo l'assassinio del presidente Lincoln le indagini furono interrotte. Nel 1863 condusse un'ispezione al carcere di Point Lookout, pubblicizzando sagacemente l'operazione.

Bibliografia: Butler, Benjamin E., *Autobiography and Personal Reminiscences of Major General Butler, Benjamin E.*, 1892; Hearn, Chester G., *When the Devil Came Down to Dixie – Ben Butler in New Orleans*, Baton Rouge, University of Louisiana Press 1997.

George Pickett (1825-1875) e Sallie Ann Corbell (1843-1931) – George Pickett lasciò San Juan Island, nel Territorio di Washington, dopo l'attacco di Fort Sumter, rassegnando le dimissioni da capitano dell'esercito degli Stati Uniti. Con la ferrovia dell'istmo tornò in Virginia, dove venne nominato tenente colonnello nel neonato esercito della Virginia del Nord, nella divisione di James Longstreet. Si distinse in numerose battaglie e fece rapidamente carriera.

Il 27 luglio 1862, appena promosso generale di brigata, durante un'avanzata dei Confederati nella battaglia di Gaines Mill (nota anche come "battaglia del fiume Chickahominy") venne gravemente ferito a una spalla. Poco dopo incontrò la diciottenne Sallie Corbell e la sposò nel 1863 a Richmond, in Virginia.

Bibliografia: Cordon, Lesley J., *Pickett — General George E. Pickett in Life & Legend*, Chapel Hill, The University of North Carolina Press 1998.

Il **generale Winfield Scott (1786-1866)** si conquistò la fama di grande condottiero con importanti vittorie sia nella guerra anglo-americana del 1812, sia in quella messicano-statunitense del 1846 e allo scoppio della guerra di secessione era comandante dell'esercito americano. Mise a punto insieme a Lincoln il celebre "Piano Anaconda": la strategia prevedeva un blocco navale dei porti meridionali, la presa di New Orleans e del Mississippi e la distruzione delle linee ferroviarie del sud, e mise in ginocchio l'economia della Confederazione. Scott venne messo al comando di un esercito di 75.000 uomini formato per l'occasione e in gran parte costituto da volontari inesperti. Intanto, quasi la metà degli ufficiali dell'esercito regolare, tra cui Robert E. Lee, Thomas "Stonewall" Jackson, Albert Sydney Johnston, Joseph Johnston e George Pickett avevano abbandonato i loro incarichi per unirsi all'esercito Confederato.

Nonostante la grande esperienza in battaglia e i ripetuti successi diplomatici, Scott venne criticato e messo in ridicolo perché costituiva un inutile relitto del passato. Nel giugno del 1862 approvò insieme a Lincoln il piano del generale Irwin McDowell per conquistare la capitale dei

Confederati con l'ennesimo esercito di uomini inesperti. Dopo la disastrosa sconfitta nella battaglia di Bull Run, accusato di essersi appisolato nel corso dello scontro accanto al telegrafo nel quartier generale di Washington, Scott, all'epoca settantatreenne, fu sostituito e messo a riposo dal presidente Abraham Lincoln.

Bibliografia: Johnson, Timothy D., *Winfield Scott – The Quest for Military Glory*, Lawrence, University Press of Kansas 1998.

Il **colonello Lafayette Guild, medico (1825-1870)**, diresse il corpo sanitario dell'esercito della Virginia del Nord. Negli anni precedenti alla guerra diventò famoso grazie ai suoi studi sulla febbre gialla e durante la guerra, quando Robert E. Lee si affermò come comandante delle forze confederate, divenne il suo medico personale.

Bibliografia: Freemon, Frank R., *Gangrene and Glory – Medical Care during the American Civil War*, Urbana, University of Illinois Press 2001.

Janie James (date di nascita e morte ignote), proprietaria del famigerato Noah's Ark di Richmond, bordello di dubbia reputazione, iniziò la carriera poco dopo l'occupazione, da parte dell'esercito dell'Unione, di Alexandria (Virginia), in seguito alla quale fuggirono dalla città centinaia di "professioniste del piacere" che si riversarono nella sua zona. Quando la Confederazione spostò la capitale da Montgomery, in Alabama, proprio a Richmond, dislocò migliaia di soldati sulla penisola della Virginia a scopo difensivo, fornendo così un enorme bacino di potenziali clienti al giro della prostituzione. In precedenza Janie James faceva l'insegnante, ma poi le difficoltà della guerra la costrinsero a dedicarsi a una professione che lei stessa affermava essere molto più redditizia e a causa della quale fu arrestata e imprigionata più volte.

Josephine DeMeritt (date di nascita e morte ignote) gestì abilmente la propria attività rivolgendosi alla classe benestante di Richmond fino alla caduta della città, avvenuta nel 1865. Al contrario del Noah's Ark di Janie James, il lussuoso locale della DeMeritt, situato a meno di due isolati dalla residenza del presidente confederato, non subì mai retate, né la donna venne mai arrestata.

Bibliografia: Lowry, Thomas P., *The Story the Soldiers Wouldn't Tell – Sex in the Civil War*, Mechanicsville, Stackpole Books 1994.

LUOGHI ED EVENTI

Battaglia di Memphis

La Marina dell'Unione, composta principalmente da corazzate a vapore, ebbe facilmente la meglio sulla compagine raffazzonata di barche fluviali scarsamente armate che era stata messa insieme in fretta e furia dai Confederati. Soprannominata dagli storici "*cottonclad*" per via delle balle di cotone che venivano ammassate sui ponti delle navi, la "flotta" ribelle aprì il fuoco per prima, avanzando con fiera determinazione verso la fila di imbarcazioni nordiste ancorate in porto. Nel giro di pochi minuti la prima nave ribelle venne affondata. L'intera battaglia durò meno di un'ora e solo una delle imbarcazioni confederate sopravvisse allo scontro. Subito dopo la sconfitta, il sindaco e il consiglio cittadino di Memphis consegnarono la città, evitandole

così il destino di Vicksburg, che venne devastata dall'U-
nione nel corso di un assedio durato dodici mesi.

Bibliografia: Bryan, Tony, *Mississippi River Gunboats
of the American Civil War, 1861-65*, Long Island, Osprey
Books 2002.

Prima battaglia di Manassas (Bull Run)

Come hanno affermato molti storici la prima battaglia di
Manassas (nota come Bull Run), fino ad allora la più sanguinosa nella storia della giovane America, rappresentò per
molti la fine dell'innocenza e dell'ingenua convinzione che
la guerra fosse un qualcosa di romantico. Fece anche capire
a entrambi i fronti che il conflitto sarebbe stato lungo e
molto combattuto. Il campo di battaglia è oggi preservato
dal National Park Service; chi fosse impossibilitato a visi-
tarlo può consultare la mappa interattiva messa a disposizione dal Civil War Trust (https://www.civilwar.org/learn/
maps/first-manassas-animated-map), che narra gli eventi
con un taglio molto interessante.

Bibliografia: Hines, Blaikie, *The Battle of First Bull Run
— Manassas Campaign – July 16-22*, Thomasen, American
Patriot Press 2011.

L'ospedale di Chimborazo

Tra la primavera e l'estate del 1862, quando ebbe inizio la
Campagna peninsulare, a Richmond e nei dintorni vennero aperti poco meno di cinquanta ospedali per accogliere
migliaia di feriti e di malati. I 71 reparti di quello di Chimborazo, situato in cima alla collina più alta della città,
ospitavano in tutto 3500 degenti, più della metà di tutti gli
altri nosocomi di Richmond messi insieme. Si calcola che

in quanto ospedale più grande della zona, dall'inizio della guerra fino al 1865 ebbe in cura oltre 70.000 pazienti.

Bibliografia: Calcutt, Rebecca Barbour, *Richmond's Wartime Hospitals*, Grema, Pelican Publishing Company 2004. Green, Carol C. *Chimborazo*, Knoxville, University of Tennessee 2004.

Cure mediche militari in tempo di guerra

Durante la Guerra di secessione in entrambi gli schieramenti fecero più vittime le malattie dei proiettili: morbillo, vaiolo, febbre gialla, malaria, diarrea cronica e, almeno tra le fila dell'esercito confederato, la malnutrizione, colpirono infatti migliaia di persone. A quanto pare dobbiamo al dottor **Jonathan Letterman (1824-1872)**, nominato Chirurgo generale dal generale McClellan durante la ristrutturazione dell'esercito, la creazione di un sistema di evacuazione dei campi di battaglia che salvò migliaia di vite tra le fila dell'Unione. Per contro, le lettere della sua controparte, il dottor **Lafayette Guild,** indicano che i corpi medici Confederati, sfiancati dalla perenne mancanza di rifornimenti e di personale, ottennero risultati meno positivi. Il National Civil War Medical Museum di Fredrick, nel Maryland (http://www.civilwarmed.org), mostra interessanti reperti che aiutano a comprendere in che stato versasse la sanità a metà del XIX secolo.

Bibliografia: Cunningham, H.H., *Doctors in Gray – The Confederate Medical Service*, Baton Rouge, Louisiana State University Press 1958; Faust, Drew Gilpin, *This Republic of Suffering – Death and the American Civil War*, New York, Vintage Books 2009; McGaugh, Scott, *Surgeon in Blue*

– *Jonathan Letterman, the Civil War Doctor Who Pioneered Battlefield Care*, New York, Arcade Publishing 2013.

BIBLIOGRAFIA GENERALE

Asbury, Herbert, *The Gangs of New York*, New York, Vintage Books, 2008 (ristampa dell'edizione originale del 1927); Brasher, Glenn David, *The Peninsula Campaign & the Necessity of Emancipation*, Chapel Hill, The University of North Carolina Press, 2012; Cisco, Walter Brian, *War Crimes Against Southern Civilians*, Gretna, Pelican Publishing Company, 2013; Gamwel, Lynn and Tomes, Nancy, *Madness in America — Cultural and Medical Perceptions of Mental Illness before 1914*, Ithaca: Cornell University Press, 1995; Goodheart, Adam, *1861 — The Civil War Awakening*, New York: Vintage Books, 2011; Goodwin, Doris Kearns, *Team of Rivals — The Political Genius of Lincoln*, New York, Simon & Schuster, 2005; Grimsley, Mark, *The Hard Hand of War — Union Military Policy Toward Southern Civilians, 1861-1865*, Cambridge, Cambridge University Press, 1995; Newcomer, Elsie Renalds and Ramsey, Janet Renalds, *1861 — Life in the Shenandoah Valley*, Mechanicsville, Hills and Mills, 2011; Newcomer, Elsie Renalds and Ramsey, Janet Renalds, *1862 — Life in the Shenandoah Valley*, Mechanicsville, Hills and Mills, 2012; Reis, Jacob, *How the Other Half Lives*, New York, Charles Scribner & Sons, 1890; Sanders, Jr., Charles W., *While in the Hands of the Enemy — Military Prisons of the Civil War*, Baton Rouge, Louisiana State University Press, 2005; Whitaker, Robert, *Mad in America*, New York, Basic Books, 2002.

Ringraziamenti

A
Allen Hurt e Barbara LaSalle,
fonti perenni di ispirazione costruttiva

A
John DeDakis, Archana Murthy, Randy Mott,
Neil Gonzalez, Rose Ambrosio Bradley, Mike Green,
James Ferrari, Alex Head, Scott James, Francesca LaSalle,
Angela LaSalle, Patti Campbell McKillop,
Brian McKillop, David McClinton, James Polley,
Geoff Robinson, Tom Skerritt, Maureen Matthiesen
Weber e Terry Wilkinson
per avermi assistito durante la stesura, per l'incoraggia-
mento e gli utilissimi commenti

Guida alla lettura

<><><>

1. Che cos'era il "piano Anaconda" del generale Winfield Scott? Funzionò?

2. Che funzione avevano all'epoca i "generali politici" come quelli di cui si serviva il presidente Abraham Lincoln?

3. Perché gli schiavi fuggiti venivano chiamati "merce di contrabbando" e come nacque questa espressione?

4. Chi erano i "Wide Awakes" e qual era il loro programma?

5. Illustrate le ragioni della sconfitta nordista durante la prima battaglia di Bull Run (Manassas) dell'estate del 1861.

6. Quale fu la causa principale dei tassi di morbilità e mortalità che si registrarono durante la Guerra civile americana?

7. Che cos'era la "guerra dura" praticata dal generale John Pope nella Shenandoah Valley? Perché non venne condotta allo stesso modo anche in altre zone della Virginia, in particolare in quelle occidentali?

8. In quali condizioni versavano le prigioni militari della Confederazione e dell'Unione?

9. Perché Abraham Lincoln e Jefferson Davis sospesero i diritti garantiti dall'Habeas Corpus?

10. Spiegate in che modo la "Grande carestia irlandese" influenzò l'esito della Guerra civile americana.

11. Quanto era diffuso il fenomeno dei bambini senzatetto alla metà del XIX secolo nelle principali città americane dell'est, in particolare a New York, Philadelphia, Boston e Chicago?

L'autore

Medico, scultore, regista pluripremiato e scrittore, Gar LaSalle ha ottenuto vasti consensi in campo medico e artistico per le sue doti manageriali e la sua creatività.

Il suo documentario *Diary of a Moonlighter*, uscito nel 1976, ha vinto numerosi premi, è stato trasmesso in prima nazionale dalla PBS ed è stato il primo lungometraggio dedicato alla nuova specializzazione in medicina d'urgenza.

LaSalle ha scritto due romanzi storici pluripremiati. *L'approdo* è stato pubblicato nel 2014 da Greenleaf e ha vinto numerosi premi, tra cui l'Eric Hoffer Award for Literature, l'eLit Silver Medal, l'IndieReaders Award for Best Novel e il Gran premio della giuria per il miglior romanzo al San Francisco Book Festival.

Isthmus è stato pubblicato nel 2015 da Avasta Press come secondo episodio della saga ed è stato finalista del PNWA Nancy Pearl Award for Literature.

I diritti per la versione cinematografica de *L'approdo* sono stati acquistati da Heyou Media Inc.

http://www.garlasalle.com/about/bio/

L'APPRODO

PRIMO LIBRO
DELLA PLURIPREMIATA
SAGA OMONIMA

Siamo nel 1859 nel verdissimo territorio inesplorato del Nordovest Pacifico. Mentre Stati Uniti e Inghilterra si sfidano per una questione di confini, un manipolo di ambiziosi pionieri si scontra con le popolazioni indiane "aborigene" cercando di accaparrarsi il controllo delle terre fertili e sconfinate della zona.

L'approdo è il racconto avvincente di una donna decisa a ritrovare il figlio, rapito durante un attacco notturno sferrato contro la sua casa da un assassino spietato, che le uccide il marito per vendetta. Incentrato sulla spedizione irta di pericoli in cui si avventura la protagonista Emmy Evers, *L'approdo* è una storia coinvolgente e profonda che fa riflettere su emozioni come l'amore, la cupidigia, la solitudine e il desiderio di vendetta.

Questa seconda edizione de queata nQQuesta*L'approdo* (di cui sono stati opzionati i diritti per la versione cinematografica), pubblicato per la prima volta nel 2014, ha vinto l'Eric Hoffer New Horizon Award per il miglior romanzo, lo USA Best Book Award, l'Indie Readers Award per il miglior romanzo, l'eLit Silver Medal, il Gran premio della giuria per il miglior romanzo al San Francisco Book Festival ed è stata finalista all'International Book Awards.

"*L'approdo* è un romanzo storico americano che si inserisce nel solco della migliore tradizione, quella de *L'ultimo dei Moicani* e di *Ritorno a Cold Mountain.* Nel suo suggestivo resoconto, LaSalle narra i brutali conflitti tra le tribù indiane americane e i coloni bianchi del Nordovest Pacifico con uno stile sobrio ed elegante e una prosa pulita e intensa che va dritta al cuore. Le vicende de *L'approdo*, con i loro risvolti crudeli e avvincenti, vi faranno soffrire e poi esultare. Questo è il racconto dell'Esperienza americana nella sua essenza più vera."

—Richard Barager, autore di *Altamont Augie*
Medaglia d'argento 2011 al Book of the Year Awards

Disponibile su Amazon e, in versione originale, su
Solipsispublishing.com e GarLaSalle.com

ISTHMUS

SECONDO LIBRO DELLA PLURIPREMIATA SAGA DE *L'APPRODO*

È il 1860: in tutto il mondo scoppiano moti d'indipendenza e sugli Stati Uniti incombe la guerra civile. Nel frattempo, una donna torna a Boston con ciò che resta della sua famiglia, distrutta e ridotta sul lastrico dai tragici eventi verificatisi meno di un anno prima nel Nordovest Pacifico.

Grazie alla ferrovia appena costruita attraversano insieme il territorio ostile dell'istmo di Panama a bordo del treno, il mezzo di trasporto più moderno del mondo. Dalla loro carrozza osservano la foresta umida, di un colore diverso da quello cui erano abituati al Nord, sfilare rapida fuori dal finestrino come una grande macchia verde sfocata. Guardandosi intorno vedono passeggeri poco raccomandabili, un'accozzaglia di persone di ogni cultura e paese che finiranno per conoscere anche troppo bene... ognuno con le proprie speranze e sogni nascosti... predatori e vittime, boia e fuorilegge, vedove e assassini che le hanno rese tali. Una piacevole traversata della giungla, bruscamente interrotta da un terribile assalto. E i protagonisti si ritroveranno a fuggire per salvarsi la vita.

La nuova edizione di *Isthmus*, pubblicata in prima edizione nel 2016, è stata finalista al Pacific Northwest Writers Association Nancy Pearl Award per la narrativa.

Disponibile su Amazon e, in versione originale, su Solipsispublishing.com e GarLaSalle.com

www.ingramcontent.com/pod-product-compliance
Lightning Source LLC
Chambersburg PA
CBHW032135270626
47172CB00008B/36